상하며 시와 소설 분야 모두에서 가장 촉망받는 신예 작가로 떠올랐다. 레이네펠트는 세 살 때 오빠를 잃은 경험을 바탕으로 이 소설을 썼으며 집필에만 6년이 걸렸다고 밝힌 바 있다. 2020년, 이 소설을 영문으로 옮긴 번역자 미셸 허친슨과 함께 인터내셔널 부커상을 수상했다. 역대 최연소 수상이었다. 같은 해 두 번째 장편소설 《나의 가장 소중한 존재 *Mijn lieve gunsteling*》를 발표했다.

"글을 쓴다고 치유되는 건 아니지만
글을 쓸 때만 외롭지 않을 수 있었다."

마리커 뤼카스 레이네펠트

그날 저녁의 불편함

De avond is ongemak
by Marieke Lucas Rijneveld

De avond is ongemak ⓒ 2018 by Marieke Lucas Rijneveld
Korean translation copyright ⓒ 2021 by Viche, an imprint of Gimm-Young
Publishers, Inc.
All rights reserved.

Originally published by Uitgeverij Atlas Contact, Amsterdam
This Korean edition was published by arrangement with Uitgeverij Atlas
Contact B.V. through MOMO Agency.

This publication has been made possible with financial support from the Dutch

Foundation for Literature. **N**ederlands
letterenfonds
dutch foundation
for literature

이 책은 네덜란드 문학재단에서 수여한 번역지원금을 받았습니다.
이 책의 한국어판 저작권은 모모 에이전시를 통한 저작권사와의 독점 계약으로
비채에 있습니다.
저작권법에 의해 한국 내에서 보호를 받는 저작물이므로 무단전재와 무단복제를 금합니다.

그날 저녁의 불편함

De avond is ongemak

/

마리커 뤼카스 레이네펠트 장편소설

김지현 옮김

※
비채

불안은 상상력에 날개를 달아준다. 마우리서 힐리암스

"내가 모든 것을 새롭게 하고 있어!"라고 적혀 있네.
그러나 현들은 슬픔의 빨랫줄이고,
날카로운 돌풍이 이 잔혹한 시작에서
도망치려는 자의 신앙을 부러뜨리네.
얼음비가 꽃을 후려쳐 매끄러운 곤죽을 만들고
똥개 한 마리가 바싹 마른 털가죽을 난폭하게
흔들어대네. 안 볼커스 시선집에서(2008)

일러두기 ──────────────────────────────

• 이 책은 저자 및 저작권사의 공식 인정을 받은, Michele Hutchison이 번역한
  Faber & Faber 사의 영어판을 저본으로 하여 번역되었습니다.
• 모든 주는 옮긴이주입니다.

제1부

1

나는 열 살이었고 더 이상 코트를 벗지 않았다. 그날 아침 엄마는 우리를 추위에서 지켜주려고 노란색 '보헤나' 깡통에 든 젖소 연고를 발라주었다. 원래는 소의 젖이 트거나 갈라지거나 콜리플라워 같은 부스럼이 생기지 말라고 바르는 연고였다. 엄마가 미끈거리는 깡통 뚜껑을 행주로 감싸 쥐고 돌려 열자 소 젖통 스튜 같은 냄새가 풍겼다. 가끔 가스레인지 위의 육수 냄비를 들여다보면 두툼하게 썰린 소 젖통 살점들이 소금과 후추와 함께 끓고 있었는데, 언제 봐도 공포스러운 광경이었다. 악취가 나는 연고를 피부에 바르고 있으니 꼭 그런 공포가 밀려왔다. 엄마는 둥근 치즈의 껍질이 숙성되었는지 확인하려고 만져보듯이 우리 얼굴을 굵은 손가락으로 토닥였다. 파리똥에 뒤덮인 부엌 전등알에서 새어 나오는 불빛이 우리의 창백한 뺨을 비추고 있었다. 우리는 저 전구에 꽃무늬가 있는 예쁜 등갓을 씌우려고 오래전부터 별렀지만, 막상 엄마는 마을에서 그런 등갓을 봐도 살 엄두를 내지 못했다. 그렇게 망설이기만 한 지도 3년째였다. 크리스마스를 이틀 앞둔 그날, 엄마의 미끌미끌한 엄지손가락이 내 눈두덩에 닿았을 때, 나는 혹시 엄마가 너무 힘을 주는 바람에 눈알이 유리구슬처럼 눈구멍 속으로 툭 튀어 들어가지는 않을까 무서웠다. 그러면 엄마가 뭐라고 말할지도 뻔했다. "네가 눈알을 자꾸 이리저리 굴리니까 그렇지. 참된 신앙인이라면 저 하늘의 하나님만 바라봐야 하는 거야. 하늘이 언제 무너질지 모른다 생각하면서." 하지만 이곳의 하늘은 눈보라가 칠 때를 빼면 무너지는 법이 없는데 그걸 멍청이처럼 올려다보고 있을 이유가 없었다.

아침 식탁 한가운데에 놓인 빵 바구니에는 크리스마스 천사들이 그려진 냅킨이 대어져 있었다. 천사들은 양손에 든 트럼펫과 겨우살이 가지로 자기 고추를 가렸다. 전구 불빛에 냅킨을 들이대도 천사들의 고추가 어떻게 생겼는지는 보이지 않겠지만, 나는 얇게 썰어서 돌돌 만 슬라이스 햄처럼 생겼을 거라고 상상했다. 냅킨 위에는 빵이 가지런히 놓여 있었다. 흰색 빵, 양귀비 씨가 박힌 통밀 빵, 건포도 빵이었다. 엄마가 빵의 바삭한 윗면에 슈가파우더를 체로 쳐서 뿌려놓았는데, 마치 초원에 풀어둔, 얼굴에 흰 얼룩이 진 소들을 축사로 몰아들일 때 녀석들의 등에 사락사락 떨어지던 첫 눈발 같았다. 빵 봉투를 여미는 플라스틱 클립은 비스킷 통 위에 놓여 있었다. 엄마는 빵 봉투 주둥이를 묶어서 여미면 모양새가 안 좋다며, 뺀 클립을 잃어버리지 않게 꼭 그 자리에 놔두도록 했다.

"단것 먹기 전에 고기나 치즈부터 먹으렴."

엄마가 늘 하는 말이었다. 이건 우리 집의 규칙이고, 이 규칙을 지켜야만 우리가 크고 튼튼하게 자랄 거라고 했다. 성경에 나오는 골리앗처럼 크고 삼손처럼 튼튼하게. 신선한 우유도 큰 컵으로 한 잔씩은 꼭 마셔야 했다. 보통 탱크에서 받아낸 지 두어 시간 된 미적지근한 우유였는데, 너무 천천히 마시면 윗입술에 누리끼리한 크림 막이 들러붙었다. 눈을 감고 단숨에 들이켜는 게 상책이었다. 엄마는 '불경한' 짓이라고 했지만 성경에는 우유를 천천히 마시라든가 소의 몸을 먹으라든가 하는 내용은 없었다. 나는 바구니에서 흰 빵을 한 조각 꺼내 빵 윗부분이 내 쪽을 향하도록 접시 위에 놓았다. 그렇게 하면 아기의 하얀 엉덩이처럼 보였고, 빵에 초콜릿 스프레드를 조금씩 바르면 더더욱 그랬다. 나랑 내 형제들은 그걸 보면서 늘 즐거워했다. 오빠들은 "너 또 엉덩이 핥아먹냐?"라고 말하곤 했다.

"어두운 방에 금붕어를 너무 오래 놔두면 하얗게 변한대."

나는 맛히스 오빠에게 속닥거리면서 익힌 소시지 여섯 조각을 가져다 내 빵을 완전히 덮었다. '소 여섯 마리가 있었는데 그중 두 마리가 잡아먹혔다. 그러면 몇 마리나 남았을까?' 선생님의 목소리가 머릿속을 맴돌았다. 무언가를 먹을 때마다 그런 질문이 떠오르곤 했다. 그 한심한 셈법들은 어째서 늘 음식과 연관되는 걸까? 사과, 케이크, 피자, 비스킷…… 잘 모르겠지만, 아무튼 선생님은 나에 대한 희망을 버린 듯했다. 언젠가는 내가 계산을 할 수 있으리라거나 내 연습장이 빨간 밑줄 하나 없이 깨끗해질 날이 오리라고는 기대하지 않는 것이다. 나는 시계 보는 법을 익히는 데만도 꼬박 1년이 걸렸다. 아빠는 학교에서 준 연습용 시계를 식탁에 올려놓고 몇 시간이고 나를 가르치다 너무 답답해 시계를 바닥에 내동댕이치곤 했고, 그러다 시계가 고장 나 부속이 튀어나오고 알람이 울려대기도 했다. 심지어 지금까지도 내 눈에는 시곗바늘이 종종 지렁이로 보인다. 축사 뒤편 땅에서 포크로 파헤쳐 잡은 낚싯밥용 지렁이 말이다. 지렁이를 엄지와 검지로 집어 들면 꿈틀거리며 몸부림을 치는데, 그때 두어 번 꾹꾹 눌러주면 지렁이는 판라위크 씨네 사탕 가게에서 파는 달콤한 빨간색 딸기맛 신발끈 젤리처럼 손안에서 축 늘어진다.

"다른 사람 앞에서 귓속말하는 건 무례한 짓이야."

식탁 맞은편, 오버 오빠의 옆자리에 앉은 여동생 하나가 말했다. 걔는 뭐가 마음에 안 들면 입술을 왼쪽에서 오른쪽으로 실룩거리곤 했다.

"어떤 말은 너무 커서 네 조그만 귀에는 안 맞는단 말이야. 들어가질 않는다고."

나는 입안 가득 음식을 물고 우물거렸다.

오버 오빠가 따분한 듯 손가락을 잔에 집어넣어 우유를 휘젓더니, 손가락에 묻은 유막을 식탁보에 문질러 닦았다. 천에 묻은 희끄무레한 유막이 콧물처럼 보였다. 역겨웠다. 내일 엄마가 식탁보를 다시 씌우면 내가 저 앞자리에 앉게 될 수도 있다. 그땐 아예 내 접시를 식탁에 내려놓지 않고 먹어야겠다. 바구니의 종이 냅킨은 장식일 뿐이라는 것을 우리 모두 잘 알았기에 그걸로 더러운 손가락과 입을 닦을 생각은 아무도 하지 않았다. 식사가 끝나면 엄마가 냅킨의 주름을 반듯하게 펴서 부엌 서랍 안에 돌려놓을 터였다. 사실 나도 내 주먹 안에서 천사들이 모기처럼 짜부라지고 날개가 바스러진다거나 그 하얀 머리카락이 딸기잼에 범벅될 거라 생각하면 기분이 좀 찝찝했다.

"그럼 나는 밖에 있어야겠다. 난 너무 하얗잖아."

맛히스 오빠가 그렇게 속삭이고는 씩 웃더니, '두오 페노티' 초콜릿 스프레드 병 안에 칼을 밀어넣고 하얀 초콜릿 부분을 퍼내는 데 심혈을 기울였다. 두오 페노티는 연말연시에만 먹을 수 있었다. 이것 때문에 우리는 크리스마스 방학이 시작되기를 며칠 동안 손꼽아 기다렸다. 가장 황홀한 순간은 엄마가 두오 페노티 포장지를 벗겨내고 가장자리에 묻은 풀을 닦아낸 다음, 갓 태어난 송아지의 무늬처럼 독특한 모양으로 종이에 묻어난 갈색과 흰색의 스프레드 얼룩을 우리에게 보여줄 때였다. 그러고 나면 그 주에 학교 성적이 가장 좋았던 사람에게 맨 먼저 먹을 기회가 주어졌다. 내 차례는 언제나 마지막이었다.

나는 의자 위에서 몸이 자꾸만 앞뒤로 미끄러졌다. 아직 키가 작아서 발가락이 바닥에 잘 닿지 않았다. 내가 원하는 것은 우리 가족 모두가 안전하게 실내에 있게끔 지키면서, 익힌 소시지 조각들로 빵을 뒤덮듯이 그들을 목장 전체로 퍼뜨리는 것이었다. 어제 학교에서 선생님이 남극에 대해 한 주간 배운 내용을 정리하면서 말하기를, 어떤 펭귄들은 고기를 잡으러 갔다가 돌아오지 않는다고 했다. 여기는 남극이 아니지만 그래도 춥기는 했다. 너무 추워서 호수가 얼어붙었고 축사의 물통마다 물 대신 얼음이 가득했다.

우리의 접시 옆에 각각 연파란색 지퍼백이 놓여 있다. 나는 지퍼백 하나를 집어 들고 엄마를 의아한 눈길로 바라보았다.

"너희 양말 위에 덧씌우라고."

엄마가 보조개가 파이도록 미소 지었다.

"그러면 발도 따뜻하고 양말이 축축해지지도 않을 거야."

엄마는 암소 새끼를 받느라 자리에 없는 아빠를 위해 따로 아침 식사를 준비하고 있었다. 엄마는 빵 한 장 한 장에 버터를 바르고 나서 엄지와 검지로 칼날을 싹 훑어낸 다음, 칼의 뭉툭한 부분으로 손가락에 묻은 버터 찌꺼기를 떼어냈다. 지금쯤 아빠는 소 옆에 착유용 걸상을 놓고 앉아서 찔끔찔끔 나오는 초유를 짜내고 있을 터였다. 김이 피어오르는 소의 등 위로 아빠의 숨결과 담배 연기가 섞여들고 있을 것이다. 그러고 보니 아빠의 접시 옆에는 지퍼백이 없었는데, 아빠의 발은 지퍼백으로 감싸기에는 너무 커서 그런가 싶었다. 특히 왼발은 스무 살 무렵 콤바인 기계에 사고를 당하고부터 기형이 되어서 오른발보다 더 컸다. 식탁 위, 엄마의 옆쪽에는 은제 치즈 주걱이 놓여 있었다. 아침마다 엄마는 그걸로 직접 만든 치즈의 맛을 보았다. 쿠민 치즈 하나를 개봉하기 전에 우선 치즈를 코팅한 플라스틱 막에 주걱을 꽂고 두 번 돌려 천천히 떠낸 다음, 성찬식 때 교회에서 흰 빵을 먹듯 사려 깊고 경건한 태도로 치즈 덩어리를 바라보면서 천천히 먹었다. 오버 오빠는 예수님의 몸도 치즈로 만들어졌다고, 우리가 매일 빵에 치즈를 두 조각만 올려 먹을 수 있는 까닭도 예수님이 너무 빨리 없어지면 안 되기 때문에 그런 거라고 농담한 적이 있다.

어머니가 아침 기도를 마치고 "가난과 부를 주관하시며, 많은 이들이 슬픔의 빵을 먹을 때 저희를 배 불리 먹여주신" 하나님께 감사를 올리자, 맛히스 오빠는 의자를 뒤로 젖히고는 검은 가죽 스케이트화를 목에 걸고서 엄마가 몇몇 이

웃집 우편함에 넣어달라고 부탁한 크리스마스카드들을 호주머니에 챙겨 넣었다. 오빠는 친구 두어 명과 함께 동네 스케이트 대회에 나가기로 되어 있어서 먼저 호수에 갈 셈이었다. 20마일*짜리 경주였는데, 우승자에게는 겨자를 넣은 소 젖통 스튜 한 그릇과 2000년이라는 올해 연도가 박힌 금메달이 수여된다. 나는 오빠의 머리에도 지퍼백을 씌워줄 수 있으면 좋겠다고 생각했다. 목까지 밀봉해서 오랫동안 따뜻하게 해줄 수 있다면 좋을 텐데. 오빠가 내 머리카락을 손으로 슬쩍 훑었다. 나는 재빨리 머리를 원래대로 매만지고 파자마 상의에 묻은 빵 부스러기를 닦아냈다. 맛히스 오빠는 항상 머리 가운데에 가르마를 타고 앞머리에 젤을 발랐다. 그 앞머리는 마치 접시 위에 놓인, 돌돌 말린 버터 두 덩이처럼 보였다. 엄마는 크리스마스 철이면 늘 그런 식으로 버터를 내놓곤 했다. 버터를 통째로 내는 것은 명절 분위기에 어울리지 않는다고 생각하기 때문이다. 버터 통은 평상시에 내놓는 물건이고, 예수님이 태어난 날은 평상시가 아닌 것이다. 해마다 예수님이 우리 죄를 위해 다시 죽는 듯 그날이 되돌아오는데도 말이다. 이상한 일이었다. 나는 그 불쌍한 남자가 오래전에 죽었는데 모두가 그걸 잊어버린 모양이라고 자주 생각했다. 하지만 그 사실을 굳이 들먹여서 좋을 건 없었다. 그러면 설탕 뿌린 비스킷도 못 먹을 테고, 동방의 별과 세 왕**에 대한 크리스마스 이야기도 아무도 들려주지 않을 테니까.

---

* 약 32킬로미터.
** 예수가 탄생했을 때 찾아와 경배하고 보물을 바쳤다고 하는 동방박사 세 사람을 일컬음.

맛히스 오빠는 현관으로 나가서 머리 모양을 확인했다. 어차피 꽁꽁 어는 추위 속에 나가면 머리카락은 돌처럼 굳어지고 곱슬곱슬한 앞머리 두 가닥은 이마에 축 늘어져 들러붙을 테지만.

"같이 가도 돼?"

나는 물었다. 아빠는 다락방에서 내 목제 스케이트 날을 꺼내다가 갈색 가죽 끈으로 내 신발에 묶어두었다. 나는 며칠 동안 내 스케이트화를 신고 목장 주변을 돌아다녔다. 바닥이 날에 찍혀 자국이 생기는 일이 없도록 보호구를 끼우고, 두 손을 등 뒤로 돌리고 걸었다. 종아리가 단단해졌다. 이만큼 연습했으니 접이식 의자를 밀고 다니지 않고도 얼음을 지칠 수 있을 것 같았다.

"아니, 너는 안 돼."

맛히스 오빠는 그렇게 말하더니, 내게만 들릴 만큼 작은 목소리로 덧붙였다.

"호수 건너편으로 갈 거거든."

"나도 건너편에 가고 싶어."

나는 속삭였다.

"네가 더 크면 데려가줄게."

오빠는 털모자를 쓰고 미소 지었다. 치아 교정기에 지그재그로 얽힌 파란 고무줄이 드러났다.

"어두워지기 전에 올게요."

오빠가 엄마에게 소리쳐 말했다. 그리고 문간에서 다시 몸을 돌려 나를 보더니 손인사를 했다. 이후로 나는 이 기억을 두고두고 되풀이해 떠올릴 것이다. 기억 속 오빠의 팔이 들려

올라가지 않을 만큼, 아니 우리가 애초에 작별 인사를 나누기
는 했던지 의심될 만큼.

2

우리 집 텔레비전에는 상업 케이블 방송이 안 나왔다. 채널은 네덜란드 1번, 2번, 3번뿐이었다. 아빠는 이런 방송에는 누드가 안 나온다고 했다. 아빠는 '누드'라는 말을 마치 입안에 날아든 초파리 한 마리를 뱉어내듯 발음했다. 그 단어를 들으면 나는 엄마가 저녁마다 감자 껍질을 벗길 때, 껍질이 물에 풍덩 떨어지는 소리가 연상되었다. 벌거벗은 사람에 대해 너무 오래 생각하면 몸에서 싹이 자랄 수도 있을 것 같다. 한동안 방치한 감자에서 싹이 자라듯이. 그런 싹이 생기면 칼끝으로 그 부드러운 속살을 파내야 한다. 그렇게 파낸 녹색 찌꺼기를 닭들에게 주면 녀석들은 환장하게 좋아한다. 나는 텔레비전이 들어 있는 오크 캐비닛 앞에 배를 깔고 엎드렸다. 너무 화가 나서 거실 귀퉁이에 스케이트화를 벗어 던졌는데 버클 하나가 튕겨나가 캐비닛 밑으로 들어가버린 것이다. 나는 호수 건너편으로 가기에는 너무 어렸고, 축사 뒤편의 두엄 배수로에서 스케이트를 타기에는 너무 나이가 많았다. 솔직히 그건 스케이트를 탄다고 말할 수도 없는 일이었다. 먹을 만한 것을 찾아 어슬렁거리는 거위들처럼 발을 질질 끌며 돌아다니는 것에 지나지 않았다. 얼음에 상처가 날 때마다 두엄의 악취가 올라왔고 스케이트 날이 갈색으로 물들었다. 마을의 다른 애들은 모두 커다란 호수로 얼음을 지치러 나가는데, 우리만 옷을 두툼하게 껴입은 몸으로 배수로 위에 서서 이 두둑 저 두둑 뒤뚱거리는 꼴은 미련한 거위 한 쌍처럼 우스꽝스러워 보였을 것이다.

"지금 맛히스를 보러 갈 순 없어. 송아지 한 마리가 설사를 한단 말이야."

아까 아빠는 이렇게 말했다.

"하지만 약속했잖아요."

나는 소리를 질렀다. 지퍼백으로 발을 감싸기까지 해둔 참이었다.

"정상 참작 상황이란다."

아빠가 검은 베레모를 눈썹 위로 끌어내리며 말했다. 나는 고개를 두어 번 끄덕였다. 예측 불허의 상황이 닥치면 어쩔 도리가 없는 데다, 하물며 소를 상대로 당해낼 수 있는 사람은 아무도 없었다. 소는 언제나 더 중요했다. 심지어 관심을 필요로 하지 않을 때조차도, 그 뚱뚱하고 어설픈 몸뚱아리로 축사를 꽉 채우고 앉아 있을 때도 소들은 최우선으로 대접받았다. 그래서 나는 부루퉁히 골을 내면서 팔짱만 꼈다. 끈으로 스케이트 날을 동여매고 그렇게나 연습을 했는데, 이제 내 종아리는 현관에 서 있는, 아빠만큼 큰 도자기 예수상처럼 딴딴해졌는데, 그 모든 노력이 수포로 돌아간 것이다. 나는 지퍼백을 쓰레기통에 조심스럽게 버렸다. 혹시라도 엄마가 지퍼백을 냅킨처럼 도로 꺼내 재활용하는 일이 없게끔, 커피 찌꺼기와 빵 조각 사이 깊숙이 묻어버렸다.

텔레비전 캐비닛 밑은 먼지투성이였다. 머리핀, 말라붙은 건포도, 레고 블록 한 개가 보였다. 엄마는 친척들이나 교회 원로들이 집에 방문할 때면 늘 텔레비전 캐비닛을 닫아두었다. 우리가 저녁 시간마다 하나님의 길에서 벗어나길 즐긴다는 것을 그들에게 보여줘선 안 되기 때문이었다. 월요일이면 엄마는 항상 '링고'라는 제목의 퀴즈 프로그램을 봤다. 엄마가 다리미판 앞에 서서 단어를 알아맞히는 동안 우리는 생쥐처럼 조용히 하고 있어야 했다. 엄마가 정답을 맞힐 때마다 다리미가 쉭쉭거리고 증기가 뿜어져 나오는 소리가 들렸다. 대부분 성경에 나오지 않는 단어인데도 엄마는 아는 것 같았다. 그중 어떤 단어는 듣기만 해도 얼굴이 붉어진다며, 엄마는 그 단어들을 '낯부끄러운 말'이라고 불렀다. 언젠가 오버오빠는 텔레비전 화면이 꺼지고 나면 그건 하나님의 눈이 된다며, 엄마가 캐비닛을 닫아두는 까닭은 하나님이 우리를 보지 않기를 바라기 때문이라고 했다. '링고'가 방송 중일 때가 아니어도 가끔 우리가 낯부끄러운 말들을 쓰니 엄마는 그런 우리가 창피한 것 같았다. 엄마는 우리의 질 좋은 교복에 묻은 기름과 진흙 얼룩을 녹색 비누로 지워내듯 우리 입에서 그 단어들을 씻어내려고 했다.

나는 버클을 찾아서 바닥을 더듬거렸다. 이렇게 엎드려서 보니 부엌이 들여다보였다. 냉장고 앞에 별안간 밀짚과 쇠똥이 옆부분에 붙은 아빠의 녹색 장화가 나타났다. 아마 또 채소 서랍에서 당근 잎사귀를 한 묶음 가져가려고 온 것 같았다. 아빠는 작업복 가슴 주머니에 넣고 다니는 발굽 손질용 칼로 잎사귀를 잘라낼 것이다. 며칠 전부터 아빠는 냉장고와 토끼장 사이를 오락가락하던 참이었다. 하나의 일곱 살 생일 파티 때 먹고 남은 밀푀유 과자도 아빠가 가져갔다. 이제껏 나는 냉장고 문이 열릴 때마다 그걸 먹고 싶어서 군침을 흘렸다. 분홍색 설탕옷 끄트머리를 손톱으로 긁어내 빨아먹고 싶은 충동을 억누르질 못했다. 한번은 냉장고 안에서 뻑뻑하게 굳어진 크림을 터널을 파듯 손톱으로 길게 긁어내서 노란색 덩어리를 떠 먹은 적도 있었다. 하지만 아빠는 눈치채지 못했다. "너희 아빠가 뭔가 마음을 먹으면 아무도 방해할 수가 없지." 가족 중에서도 가장 독실한 신앙인인 우리 할머니는 그렇게 말하곤 했는데, 아빠가 내 토끼 디우에르티어에게 먹이를 주는 것도 그래서인 것 같았다. 디우에르티어는 이틀 뒤에 있을 크리스마스 만찬을 위해 내가 옆집 린 아주머니에게서 얻어온 것이었다. 아빠는 보통 토끼 같은, 우리 접시에 올라오는 작은 가축에게는 신경 쓰지 않았다. 아빠는 시야를 꽉 채우는 동물들만 좋아하는 편이었다. 하지만 내 토끼는 시야의 절반도 채우지 못하는 녀석이었다. 예전에 아빠가 몸에서 가장 부서지기 쉬운 부분은 목뼈라고 말한 적이 있었다. 나는 엄마가 익히지 않은 베르미첼리 면 한 움큼을 부숴서 냄비에 넣을 때처럼 내 머릿속에서 목뼈가 우두둑 부러지는 소리를 들을 수 있었다. 그리고 최근 다락방 서까래에 올가미가 엮인 밧줄이 걸린 것도 보았다. "그네 매달려고 해놓은 거야"라고 아빠는 말했지만 여태까지 그네는 달리지 않았다. 아빠가 드라이버와 각종 볼트들을 보관해두는 곳은 헛간인데 왜 하필 다락방에 밧줄을 건 것인지 이해할 수 없었다. 어쩌면 우리에게 보여주고 싶었던 것일까. 우리가 죄를 지으면 그런 일이 벌어질지도 모른다고. 나는 내 토끼가 다락방에,

맛히스 오빠의 침대 뒤편에 걸린 밧줄에 아빠가 가죽을 벗기기 편하도록 목이 부러진 채 매달려 있는 모습을 잠깐 상상해보았다. 엄마가 아침에 감자 칼로 커다란 소시지 껍질을 벗길 때처럼 토끼 가죽도 그렇게 벗겨질지도 모른다. 그러고 나면 디우에르티어는 버터를 녹인 커다란 찜솥에 들어가 가스레인지에 올려질 것이고, 온 집 안에 토끼 구이 냄새가 풍길 것이다. 크리스마스 만찬이 준비되었다는 것을 우리 뮐더르가(家) 사람들 누구나 멀리서도 냄새로 알 테고, 입맛을 망칠 일을 해서는 안 된다는 것도 알 것이다. 나는 원래 먹이를 아껴 줘야 한다고 배웠지만 이제는 내 토끼에게 사료를 한 국자 푹 떠줘도 되고 당근 잎사귀까지 줘도 된다는 것을 눈치챘다. 녀석은 수토끼였지만, 나는 아동 텔레비전 방송에 나오는 곱슬머리 여자 진행자가 너무 예뻐서 그 이름을 따 디우에르티어라고 불렀다. 나는 그녀를 크리스마스 선물 목록 맨 위에 올리고 싶었지만, 아무리 기다려도 어떤 장난감 회사 카탈로그에도 그녀를 본딴 장난감은 올라오지 않았다.

　내 토끼에게 단순한 자비 이상의 어떤 조처가 가해지리라는 것은 분명했다. 그래서 아빠가 아침 식사 전에 젖소들을 겨울 채비를 시키러 들여보냈을 때 나는 아빠에게 다가가 토끼 대신 다른 동물을 선택하는 게 어떻느냐고 제안했다. 나는 젖소를 모는 막대기를 들고 있었다. 계속 걸으라고 옆구리를 후려치는 것이 상책이었다.

　"우리 반 다른 애들은 오리나 꿩이나 칠면조를 가지고 있어요. 그럼 어른들이 그 안에 감자, 부추, 양파, 비트를 엉덩이까지 넘치도록 꽉꽉 채워넣죠."

흘긋 돌아보니 아빠는 고개를 끄덕이고 있었다. 우리 마을에서 고개를 끄덕이는 방법은 다양하다. 그것이 스스로를 다른 사람들과 구별하는 방법이 되기도 한다. 이제 나는 그 고갯짓들 하나하나의 의미를 꿰고 있다. 방금 아빠의 고갯짓은, 소 상인이 너무 낮은 가격을 제시했지만 그 불쌍한 녀석에게 하자가 있어서 그 가격에라도 팔지 않으면 평생 녀석을 지고 살아야 할지도 모르기 때문에 어쩔 수 없이 제안을 받아들일 때 하는 고갯짓이었다.

"여기 꿩은 많잖아요. 특히 버드나무 숲에요."

나는 목장 왼편에 버드나무가 무성히 자란 곳을 눈짓하며 말했다. 가끔 그곳의 나무 위나 바닥에 앉아 있는 꿩들을 보곤 했다. 녀석들은 나를 보면 돌덩이처럼 바닥에 고꾸라져 죽은 척했다. 그러다 내가 가고 나면 그제야 고개를 빠끔히 쳐드는 것이었다.

아빠는 다시 고개를 끄덕이고는 막대기로 바닥을 후려치며 젖소들을 몰았다.

"쉬이이잇, 이리 와."

그 대화 이후 나는 냉동고를 들여다보았지만, 수프거리로 쓸 다진 고기와 채소만 보일 뿐 오리나 꿩이나 칠면조는 없었다.

아빠의 장화가 시야에서 사라지고 부엌 바닥에는 밀짚 몇 가닥만 남았다. 나는 텔레비전 캐비닛 밑에서 버클을 꺼내 호주머니에 집어넣고 목장 마당이 내다보이는 위층의 내 방으로 스타킹 바람으로 올라갔다. 그리고 침대 가장자리에 웅크려 앉아서, 아빠와 함께 젖소들을 몰아들이고 두더지 덫을 확인하러 초원으로 돌아갔을 때 내 머리를 만졌던 아빠의 손길을 생각했다. 덫이 비어 있을 때면 아빠는 손을 바지 주머니에 뻣뻣하게 꽂고 있었다. 상을 받을 만한 것이 아무것도 없었다는 뜻이다. 반면 무언가 덫에 잡혔을 때는 녹슨 드라이버로 집게를 벌려서 비틀린 피투성이 사체를 끄집어냈는데, 나는 아무것도 모른 채 덫으로 걸어 들어온 조그마한 짐승을 보고 눈물 흘리는 얼굴을 아빠에게 보이지 않으려고 고개를 수그리곤 했다. 아빠가 바로 그 손으로 내 토끼의 목을 비트는 모습이 상상되었다. 아이들이 열 수 없도록 만들어진 질소 깡통 뚜껑을 따듯이, 단 하나의 정확한 방법으로. 엄마가 일요일마다 예배가 끝나고 러시아풍 샐러드*를 낼 때 쓰는 은접시에 축 늘어진 내 토끼를 올려놓는 장면도 상상되었다. 엄마는 녀석을 마타리 상추 위에 놓고 작은 오이, 토마토 조각, 간 당근, 타임 가지를 곁들일 것이다. 나는 내 손을, 불규칙적인 손금을 내려다보았다. 물건을 잡는 것 이상의 무언가를 하기에 아직 너무 작은 손이었다. 부모님의 손이 내 손을 쥘 수는 있지만 내 손으로 엄마나 아빠의 손을 쥘 수는 없었다. 그게 부모님과 나의 차이였다. 부모님은 토끼 목을 거머잡을 수도 있고, 방금 물속에서 뒤집은 치즈를 감싸쥘 수도 있었다. 부모님의 손은 언제나 무언가를 찾고 있었고, 동물이나 사람을 더 이상 부드럽게 잡을 수 없다면 차라리 그냥 놔두고 다른 유용한 것에 주의를 돌리는 편이 나았다.

　나는 침대 틀에 이마를 힘껏 누르고 또 눌렀다. 서늘한 나

---

* 익힌 채소에 마요네즈를 섞은 드레싱을 얹은 샐러드.

무의 압력이 느껴졌다. 눈을 감았다. 가끔은 어둠 속에서 기도해야 한다는 게 이상하게 느껴졌다. 내 야광 이불과 같은 이치인가 싶기도 했다. 이불 위의 야광별과 행성 들은 주변이 충분히 어두워져야만 빛을 뿜어내며 나를 밤으로부터 지켜준다. 하나님도 마찬가지인 모양이었다. 나는 두 손을 맞잡고 무릎 위에 올렸다. 그리고 호숫가 노점상에서 핫초콜릿을 마시고 있을 맛히스 오빠를 생각하며 화를 곱씹었다. 오빠가 뺨이 붉어진 채 스케이트를 타는 모습이 떠올랐고, 내일부터 날씨가 풀린다던 일기예보도 떠올랐다. 그 곱슬머리 방송 진행자는 성 니콜라스*가 굴뚝을 타고 내려오기에는 지붕이 너무 미끌미끌할 수 있으며 안개 때문에 길을 잃을 위험도 있다고 경고했다. 맛히스 오빠도 그럴 위험이 있었다. 만약 그런대도 오빠 탓이겠지만. 나는 기름이 발린 채 상자 안에 든, 다락방에 돌려놓을 준비를 마친 스케이트화를 잠시 바라보았다. 내가 너무 작다는 것에 대해 너무나 많이 생각했다. 하지만 언제 충분히 커지는 것인지, 문설주에 새긴 눈금에서 몇 센티미터까지 올라와야 충분히 큰 것인지는 정작 아무도 말해주지 않는다는 것에 대해서도 생각했다. 그리고 나는 하나님에게 내 토끼 대신 맛히스 오빠를 데려가줄 수 없겠느냐고 빌었다.

"아멘."

* 산타클로스의 유래가 된 네덜란드의 성인.

3

"하지만 개가 죽진 않았잖아요."

엄마가 수의사 아저씨에게 말하고는 욕조 가장자리에서 일어나 연푸른색 수건에서 손을 뗐다. 엄마는 하나의 엉덩이를 닦아주려던 참이었다. 그러지 않으면 벌레가 생길 수도 있으니까. 벌레들은 사람의 몸속에 배추 잎사귀처럼 작은 구멍들을 뚫는다고 한다. 나는 몸에 벌레가 들지 않게 스스로 간수할 만큼은 나이를 먹었다. 나는 노크도 없이 욕실로 쳐들어온 수의사 아저씨 앞에서 몸을 최대한 가리려고 두 팔로 무릎을 감싸안았다.

아저씨는 조급한 목소리로 말했다.

"호수 반대쪽은 얼음이 너무 약했어요. 항로가 그쪽으로 나 있어서요. 그 애는 한참 전부터 선두로 나가 있어서 다들 못 봤답니다."

나는 수의사 아저씨가 언제나처럼 토끼장에 앉아 당근 잎사귀를 먹고 있는 내 토끼 이야기를 하는 게 아니라는 것을 즉시 알아차렸다. 게다가 아저씨의 목소리가 심각했다. 수의사 아저씨는 가끔 소 이야기를 하러 우리 집에 오곤 했다. 여기 찾아오는 사람들의 용건이야 대부분 소 이야기이긴 했다. 하지만 이번에는 뭔가 잘못된 듯했다. 아저씨는 '가축들'

은 좀 어떠냐는 말로 우리, 그러니까 사람 아이들에 대해 묻기는 했어도, 소에 대해서는 언급조차 하지 않았다. 아저씨가 고개를 수그린 틈을 타서 나는 윗몸을 뻗어 욕조 위의 작은 창문을 내다보았다. 벌써 어두워지고 있었다. 날마다 밤을 가져다주는, 검은 옷을 입은 교회 집사들이 점점 가까이 다가와 우리를 팔로 감싸안으려 하고 있었다. 맛히스 오빠가 시간 가는 걸 깜빡한 모양이라고 나는 스스로를 타일렀다. 처음 있는 일도 아니었다. 그래서 아빠가 오빠에게 야광 문자판이 달린 손목시계를 준 것이 아닌가. 그걸 실수로 거꾸로 차고 나간 모양이었다. 아니면 아직 크리스마스카드를 나눠주는 중인 걸까?

나는 욕조 물에 몸을 푹 담그고 축축한 팔에 턱을 괴고서 속눈썹 너머 엄마를 바라보았다. 최근에 우리 집 현관문의 우편 투입구에 솔처럼 생긴 문풍지를 붙여서 외풍이 덜 들게 해놓았는데, 나는 가끔 그 틈으로 밖을 내다보곤 했다. 그런데 지금 내 속눈썹 틈으로 바라보고 있자니 엄마도 수의사 아저씨도 내가 대화를 듣고 있는 줄 모르는구나 하는 생각이 들었다. 마음속에서 나는 엄마의 눈과 입 주변에 난, 어울리지 않는 주름을 지울 수도 있고, 엄마 뺨을 내 엄지로 쿡 찍어서 보조개를 만들 수도 있었다. 엄마는 원래 남의 말에 고개를 끄덕이는 부류가 아니었다. 그러기에는 할 말이 너무 많은 사람이었다. 그런데 지금 엄마는 고개를 끄덕이고만 있었다. 처음으로 나는 생각했다. 제발 무슨 말이라도 해봐요, 엄마. 청소 좀 하라든지, 송아지가 또 설사를 한다든지, 아니면 일기예보나, 자꾸 빽빽해지는 방문, 우리의 버릇없는 태도, 우리 입가에 말라붙은 치약에 대해서라도 말이에요. 하지만 엄마는 아무 말도 않고 들고 있는 수건만 내려다보았다. 수의사 아저씨는 개수대 밑에서 계단식 스툴을 끌어내 앉았다. 아저씨의 몸무게 아래서 스툴이 삐걱거리는 소리가 났다.

"에베르천이 호수에서 그 애를 꺼냈답니다."

아저씨는 잠깐 말을 끊고 오버 오빠와 나를 번갈아 보더니 덧붙였다.

"너희 형제가 죽었다."

나는 아저씨에게서 눈을 돌려, 개수대 옆 갈고리에 걸린 채 추위에 뻣뻣하게 굳어가는 수건들을 바라보았다. 아저씨가 자리에서 일어나 모든 게 착오였다고 말해주었으면 했다. 소들이나 아들들이나 비슷하다고, 그들은 저 크고 넓은 세계로 나아갔다가도 언제나 해 지기 전에는 밥 먹으러 축사로 돌아오는 법이라고.

"그 앤 스케이트 타러 나갔으니 곧 돌아올 거예요."

엄마가 그렇게 말하고는 욕조 물 위에서 수건을 둥글게 말아 쥐었다. 물이 뚝뚝 떨어져 파문이 일었다. 엄마의 몸이 모아 세운 내 무릎에 부딪혔다. 나는 무슨 행동이라도 하고 싶어서 동생 하나가 만든 물결 위에 레고 보트를 띄워주었다. 이제 보니 하나는 방금 나온 대화를 이해하지 못하고 있었다. 나 또한 귀가 막힌 척, 귀에 영원히 풀리지 않는 매듭이 묶여서 아무것도 못 들은 척 행세할 수 있겠다는 생각이 들었다. 욕조 물이 미지근해지고 있었다. 그러고 보니 나도 모르는 사이에 오줌을 눠버렸다. 나는 황토색 오줌이 구름처럼 피어올라 물과 뒤섞이는 광경을 지켜보았다. 하나는 눈치채지 못한 모양이었다. 눈치챘다면 비명을 지르며 펄쩍 뛰고 나더러 더럽다고 했을 테니까. 하나는 바비 인형 하나를 수면 위에 들고서, "이렇게 들어주지 않으면 숨 막혀 죽을 거야"라고 했다. 인형은 줄무늬 수영복을 입고 있었다. 나는 언젠가 아무도 모르는 사이에 그 수영복 밑으로 손가락을 집어넣어 플라스틱 젖꼭지를 만져보았다. 아빠 턱에 난 물혹보다 더 단단한 감촉이었다. 나는 내 몸과 똑같은 하나의 알몸을 바라보았다. 오버 오빠의 몸만 달랐다. 오빠는 아직 옷을 입은 채로 욕조 옆에 서 있었다. 오빠는 사람을 커다란 토마토처럼 쏴 터뜨릴 수 있는 컴퓨터 게임에 대해 이야기하던 중이었다. 우리가 목욕을 다 하고 나면 오버 오빠가 욕조 물을 쓸 예정이었다. 나는 오버 오빠의 몸에 작은 수도꼭지 같은 게 달려 있어서 그리로 오줌이 나온다는 것, 그리고 그 밑의 피부는 칠면조 목 부분처럼 늘어져 있다는 것을 알고 있었다. 가끔 나는 오빠의 거기에 아무도 말하지 않는 뭔가가 매달려 있는 것 같아서 걱정스러웠다. 어쩌면 위험한 병에 걸린 건지도 모른다. 엄마는 그걸 주름이라고 부르지만, 사실 암덩어리인데 엄마가 우리를 겁주지 않으려고 그러는 건 아닐까. 우리 할머니들 중에서 신앙심이 덜 깊은 할머니는 암으로 돌아가셨다. 할머니는 죽기 직전에 에그노그를 만들었다. 아빠는 시신을 찾았을 때 에그노그의 크림이 굳어 있었다고, 사람이 죽으면 모든 게 굳어버린다고 했다. 뜻밖의 죽음이든 아니든 간에. 이후로 몇 주 동안 나는 밤마다 관 속 할머니의 얼굴이 보여서 잠을 이루지 못했다. 반쯤 열린 입술, 눈구멍, 계란 노른자처럼 묽은 에그노그가 질질 새어 나오는 땀구멍.

엄마가 나와 하나의 위팔을 붙잡고 욕조에서 끌어냈다. 엄마의 손아귀가 우리 피부에 흰 자국을 남겼다. 보통 엄마는 수건으로 우리를 감싸고 완전히 물기가 닦였는지 확인하곤 했다. 안 그러면 우리가 녹슬 수도 있고, 심지어는 욕실 타일 사이의 금에 생길 법한 곰팡이가 필지도 모르니까. 하지만 지금 엄마는 우리를 욕실 매트 위에, 이를 딱딱 부딪히며 서 있도록 그냥 내버려뒀다. 내 겨드랑이에는 아직 비누 거품이 묻어 있었다.

"물기 제대로 닦아."

나는 덜덜 떨고 있는 동생에게 돌처럼 단단한 수건을 건네주며 속닥거렸다.

"안 그러면 나중에 물때 생긴 거 닦아내야 해."

나는 몸을 굽혀 내 발가락부터 확인했다. 곰팡이가 제일 먼저 피는 곳인 데다가, 이렇게 몸을 숙이면 내 뺨이 '파이어볼' 사탕처럼 시뻘겋게 물든 것을 내보이지 않을 수 있기 때문이었다. "한 소년과 토끼가 경주를 벌인다. 한쪽이 다른 한쪽을 이기려면 시간당 몇 마일이나 더 빨리 가야 할까?" 선생님이 지시봉으로 내 배를 쿡쿡 찌르며 캐묻는 목소리가 머릿속에 울렸다. 발가락을 다 닦은 다음 나는 재빨리 손톱을 확인했다. 아빠가 가끔 농담으로 말하길, 우리가 욕조에 너무 오래 있으면 살가죽이 벗겨질 거라고, 그러면 헛간 나무 벽의 토끼 가죽 옆에다 못으로 박아둘 거라고 했다. 나는 일어서서 수건으로 내 몸을 감쌌다. 그때 별안간 수의사 아저씨 옆에 아빠가 나타났다. 아빠는 작업복 어깨에 눈발이 묻은 채 덜덜 떨고 있었고 얼굴이 시체처럼 창백했다. 아빠는 두 손을 모으고 연신 입김을 불었다. 나는 이런 네덜란드 시골에서 눈사태가 일어날 리는 없다는 걸 알면서도 선생님이 들려준 눈사태 이야기를 떠올렸다. 그러다 아빠가 울기 시작했을 때에야 눈사태 때문이 아니라는 것을 깨달았다. 오버 오빠는 눈물을 닦아내려 움직이는 자동차 앞유리 와이퍼처럼 고개를 왼쪽 오른쪽으로 까딱거리고 있었다.

그날 저녁, 엄마의 부탁을 받은 옆집 린 아주머니가 크리스마스트리를 치웠다. 나는 소파에서 오버 오빠와 함께 앉아 파자마 상의에 박힌 버트와 어니*의 행복한 얼굴 뒤에 숨어 있었다. 하지만 내 공포가 버트와 어니를 뒤덮었다. 나는 학교 운동장에서 친구들에게 뭔가 의도치 않은 말을 했거나, 약속이나 기도를 취소하고 싶을 때 으레 그러듯 검지와 중지를 포개고 있었다. 우리는 트리가 반짝이와 솔잎들을 떨어뜨리며 밖으로 끌려나가는 모습을 서글프게 지켜보았다. 그제야 나는 수의사 아저씨의 말을 들었을 때보다 더 생생한, 가슴이 찔린 듯한 아픔을 느꼈다. 맛히스 오빠는 분명 돌아오겠지만 크리스마스트리는 그러지 못할 것이기 때문이었다. 며칠 전 어른들의 허락을 받은 우리는 조그맣고 뚱뚱한 산타, 반짝이는 공, 천사, 구슬 달린 줄, 화환 모양 초콜릿 등으로 트리를 장식했다. 그러는 내내 바우더베인 드 그루트**의 〈지미〉를 들었다. 우리는 가사를 외우고 있었고, 우리가 써서는 안

---

* 아동 프로그램 '세서미 스트리트'에 나오는 캐릭터.
** 네덜란드의 싱어송라이터.

되는 단어들이 든 구절이 나오기를 기대하며 노래를 따라 불렀다. 이제 우리는 거실 창문 너머로 린 아주머니가 오렌지색 방수포로 감싼 트리를 손수레에 실어 길가에 버리는 것을 지켜보고 있었다. 트리에 남은 유일한 장식물인 은색 별이 밖으로 삐져나와 있었다. 그걸 떼는 걸 다들 깜빡한 것이다. 하지만 이제 트리가 없는데 별을 챙겨봤자 무슨 소용이겠나 싶어서 나는 아무 말도 하지 않았다. 린 아주머니는 오렌지색 방수포를 두어 번 정돈했다. 그렇게 하면 우리 관점이나 상황이 바뀌기라도 할 것처럼. 얼마 전에 맛히스 오빠가 바로 저 손수레에 나를 태워서 밀어준 적이 있었다. 나는 말라붙은 두엄이 얇게 뒤덮인 손수레 양 가장자리를 두 손으로 붙잡아야 했다. 그때 나는 오빠가 너무 열심히 일해서 등이 더 굽었다는 것을 알아차렸다. 마치 땅으로 몸을 수그리고 무언가를 하는 사람 같았다. 오빠가 별안간 빠르게 내달려서 나는 수레가 덜그럭거릴 때마다 허공으로 높이, 더 높이 솟구쳤다. 이제 와서 생각하면 그때 역할을 바꾸었어야 했다. 내가 맛히스 오빠를 수레에 싣고 엔진 소리를 내면서 마당을 뛰어다녔어야 했다. 오빠를 송아지 사체처럼 오렌지색 방수포로 덮어 길가에 내다버리기에는 너무 무거웠겠지만, 그렇게 하면 오빠는 수거됐을 테고 우리는 오빠를 잊을 수 있었을 것이다. 다음날이면 오빠는 다시 태어났을 테고, 오늘 저녁은 다른 날 저녁과 다를 바 없었을 것이다.

"천사들이 알몸이야."

나는 오버 오빠에게 속삭였다.

천사들은 우리 앞의 서랍장 위에, 제 외투 속에서 녹아버린 초콜릿 별들 옆에 놓여 있었다. 이 천사들은 자기 고추를 가릴 트럼펫이나 겨우살이 가지를 들고 있지 않았다. 아빠는 천사들이 아무것도 입고 있지 않다는 것을 눈치채지 못한 모양이었다. 알았다면 분명 포일로 다시 감싸주었을 테니까. 예전에 나는 한 천사의 날개를 부러뜨리고 다시 자라나는지 지켜본 적이 있다. 하나님이라면 틀림없이 그런 일을 일으킬 수 있을 것 같았다. 나는 하나님이 정말로 존재한다는, 그리고 밤만이 아니라 낮에도 우리 곁에 있어주신다는 징조를 원했다. 내게는 합리적인 생각인 것 같았다. 그래야 하나님이 상황을 예의주시할 수 있고, 하나도 돌봐주실 수 있고, 젖소의 유열(乳熱)이나 젖 감염을 막아주실 수도 있을 테니까. 하지만 아무 일도 일어나지 않았고 날개가 부러진 하얀 자리도 그대로였다. 그래서 나는 텃밭으로 천사를 가져가 붉은 양파 찌꺼기 두 개 사이에 묻어버렸다.

"천사들은 원래 알몸이야."

오버 오빠가 마주 속삭였다. 오빠는 아직까지 목욕을 하지 않아서 목에 수건을 감고 있었다. 싸울 태세를 갖춘 것처럼 수건 양쪽 끝을 꽉 붙잡고 있었다. 내 오줌이 섞인 욕조물은 지금쯤 싸늘하게 식었을 것이다.

"천사들은 감기 안 걸려?"

"천사들은 냉혈 동물이야. 뱀이나 물벼룩처럼. 그러니까 옷이 필요없지."

나는 고개를 끄덕였지만, 린 아주머니가 돌아왔을 때 황급히 천사들 중 하나의 도자기 고추에 손을 뻗어 가려주었다. 아주머니가 현관에서 평소보다 오래 매트에 신발을 문지르는 기척이 들렸다. 이제부터 우리 집에 오는 손님들은 모두 필요 이상으로 오래 신발을 문지를 것이다. 나는 사람들이 죽음을 접하면 처음에는 고통을 미루기 위해 작은 세부 사항들에 관심을 기울인다는 것을 알게 되었다. 엄마가 치즈를 만들고 손톱에 말라붙은 레닛* 효소를 확인하듯이. 일순간 나는 린 아주머니가 맛히스 오빠를 데려왔기를 바랐다. 오빠가 초원 꼭대기에 있는, 속이 빈 나무 안에 여태 숨어 있었기를, 그러다 기온이 영하로 뚝 떨어지자 이만하면 장난은 실컷 쳤다고 생각하고 슬슬 돌아온 것이기를. 바람 때문에 얼음에 생겼던 구멍들이 다시 얼어붙고 있을 것이다. 오빠는 그 아래서 나올 길을 찾지 못하고 칠흑 같은 암흑 속에서 혼자 호수 전체를 둘러보아야 할 것이다. 스케이팅 클럽에 설치된 임시 조명도 지금쯤이면 꺼졌을 것이다. 신발을 다 닦은 린 아주머니는 엄마에게 뭐라고 이야기했는데, 목소리가 너무 작아서 나한텐 들리지 않았다. 아주머니의 입술이 움직이는 것과, 엄마의 입술이 마치 짝짓기하는 민달팽이 한 쌍처럼 꽉 닫혀 있는 것만 볼 수 있을 뿐이었다. 나는 아무도 보지 않는 틈을 타 천사의 고추에서 손을 슬쩍 떨어뜨리고는, 엄마가 부엌으로 건너가면서 틀어올린 머리카락에 머리핀 하나를 더 꽂아넣는 모습을 지켜보았다. 엄마는 핀을 점점 더 많이 꽂고 있었다. 행여라도 머리카락이 풀어헤쳐져서 그 안에서 일어나고 있던 모든 것이 드러나지 않게끔 머리를 고정시키려는 것만 같았다. 엄마는 크리스마스 비스킷을 들고 돌아왔다. 다 같이

* 치즈를 만들 때 쓰는 응고 효소.

시장에 가서 샀던 것이었다. 나는 비스킷 겉면에 뿌려진 설탕 고명의 오독오독한 식감과 바삭바삭한 비스킷 속살을 기대하고 있었다. 하지만 엄마는 그걸 린 아주머니에게 줘버렸다. 그뿐만이 아니라 냉장고 안에 있던 라이스 푸딩과 아빠가 정육점에서 사온 고깃덩이, 심지어 그걸 묶는 데 쓰는, 빨간색과 흰색이 섞인 80미터 길이의 실까지 내주었다. 그 실로 우리 몸이 조각조각 허물어지지 않게 친친 동여매줄 수도 있었을 텐데. 나중에 나는 바로 이때부터 공허가 시작되었구나 하는 생각을 종종 했다. 맛히스 오빠의 죽음 때문이 아니라, 냄비와 텅 빈 러시아풍 샐러드 통 속에 담긴 채 떠나가버린 이틀간의 크리스마스 때문이었다고.

4

오빠의 관은 응접실에 있었다. 오크로 만들어진 관에는 얼굴을 들여다볼 수 있도록 창이 나 있고 금속 손잡이가 달려 있었다. 오빠가 거기 있은 지 사흘째였다. 첫날에 하나는 손마디로 유리를 두드리고 작은 목소리로 "자, 이만하면 됐어. 장난 그만 쳐, 오빠"라고 말했다. 그러고는 잠시 가만히 있었다. 주변이 완전히 조용하지 않으면 혹시라도 오빠가 속삭이는 소리를 못 들을까 봐 두려운 듯이. 그래도 아무 대답도 없자 걔는 인형을 가지고 놀러 소파 뒤로 돌아갔다. 하나의 가느다란 몸이 잠자리처럼 파르르 떨리고 있었다. 나는 그 몸을 엄지와 검지로 집어서 입김을 불어 따뜻하게 해주고 싶었다. 하지만 맛히스 오빠가 이제부터 영원히 잠을 잘 거라고, 우리는 마음속 유리창 너머에 누워 있는 오빠를 들여다보는 수밖에 없다고는 차마 말할 수 없었다. 우리가 아는 사람 중에서 영원히 잠든 사람은 신앙심이 덜 깊은 할머니밖에 없었다. 하지만 결국에는 우리 모두 부활할 거라고 했다. "우리는 하나님의 뜻에 따라 사는 거야." 신앙심 깊은 할머니는 이 문제에 대해 종종 이렇게 말했다. 할머니는 아침에 일어나면 뻣뻣한 무릎 때문에 고생하는 데다 "죽은 참새를 삼킨 것처럼" 고약한 입냄새가 난다고 했다. 그 새도, 우리 오빠도 다시는 일어나지 않을 것이다.

관은 낮은 서랍장 위에 놓여 있고 그 밑에는 보통 생일 파티에 꺼내 쓰는, 치즈 스틱과 견과와 유리잔과 과일 펀치 따위를 늘어놓곤 했던 흰 뜨개천이 깔려 있었다. 딱 그런 파티 때와 마찬가지로 사람들은 그 주변에 빙 둘러서서 손수건이나 다른 사람의 목에 코를 묻었다. 사람들은 오빠에 대해 좋은 말을 해주었지만 죽음은 여전히 흉측하고 소화하기 어려운 무언가로 느껴졌다. 생일 파티가 끝나고 며칠 뒤 의자 뒤나 텔레비전 캐비닛 밑에서 발견된, 잃어버렸던 기름골*처럼 말이다. 관 속 맛히스 오빠의 얼굴은 밀랍으로 만들어진 듯 매끈매끈하고 팽팽해 보였다. 간호사들이 오빠의 눈을 감겨놓으려고 눈꺼풀 밑에 박엽지를 넣었다고 했다. 하지만 나는 오빠의 눈이 뜨여 있는 편이 좋을 것 같았다. 그래야 우리가 한 번 더 서로를 마주보고, 내가 오빠 눈 색깔을 잊지 않았는지, 오빠가 나를 잊지 않았는지 확인할 수 있으니까.

두 번째 사람들 무리가 떠났을 때 나는 오빠의 눈을 뜨게 해보려 했다. 그러자 학교에서 색색깔의 박엽지로 스테인드글라스, 마리아, 요셉을 만들었던 예수 탄생 장면이 떠올랐다. 크리스마스 날 아침 식사 때는 그 박엽지들 뒤에 양초를 켜놓아서 예수님이 불이 밝혀진 마구간에서 태어날 수 있었다. 하지만 맛히스 오빠의 눈은 칙칙한 회색이었고 스테인드글라스 같은 무늬가 없었다. 나는 재빨리 눈꺼풀을 닫고 창문을 닫았다. 사람들은 오빠의 젤 바른 머리카락을 재현하려고

* 견과류처럼 생긴 작은 덩이줄기 식물의 일종.

했지만 오빠의 머리카락은 데친 갈색 콩꼬투리처럼 이마 위에 늘어져 있었다. 엄마와 할머니는 오빠에게 청바지와 함께 오빠가 가장 좋아하는 스웨터를 입혀주었다. 파란색과 초록색이 섞여 있고 가슴에 커다란 글자로 '영웅들'이라고 박혀 있는 스웨터였다. 내가 책에서 읽은 영웅들은 대부분 높은 빌딩에서 떨어지거나 화재에 휘말리고도 몇 군데 생채기만 입고 살아났다. 어째서 맛히스 오빠는 그렇게 할 수 없는 건지, 왜 우리 마음속에서만 영원할 수 있는 건지 이해가 되지 않았다. 예전에 오빠는 콤바인 기계에 빨려 들어갈 뻔한 왜가리 한 마리를 구해준 적이 있었다. 오빠가 아니었다면 그 새는 갈기갈기 찢어져서 밀짚 더미에 들어가 젖소들의 먹이가 되었을 것이다.

할머니가 오빠의 몸을 다듬는 동안 나는 문 뒤에 숨어서 할머니가 오빠에게 하는 말을 듣고 있었다. "항상 어두운 데로 헤엄쳐가야 해. 넌 알고 있었지, 그렇지?" 나는 어떻게 어두운 데로 헤엄칠 수 있는 것인지 상상할 수 없었다. 그건 색깔의 차이에 관한 문제였다. 얼음에 눈이 쌓였을 때는 빛을 찾아야 하지만, 눈이 없을 때는 얼음의 색깔이 구멍보다 더 옅기 때문에 어둠으로 헤엄쳐가야 한다. 맛히스 오빠가 직접 해준 이야기였다. 오빠는 스케이트 타러 가기 전에 내 방에 와서 양말 신은 발을 번갈아 움직이는 법을 보여주었다. "물고기 두 마리를 타고 가듯이 해야 돼"라면서. 나는 침대에서 오빠를 지켜보며 혀를 입천장에 딱딱 부딪히는 소리를 냈다. 텔레비전에서 스케이트 타는 장면이 나올 때 들은, 얼음 지치는 소리를 따라한 것이다. 우리는 그 소리를 무척 좋아했다.

그런데 이제 내 혀는 호수 속에서 점점 더 위험하게 도사리는 항로처럼 입속에 구부러진 채 들어 있었다. 딱딱거리는 소리는 더 이상 낼 엄두가 나지 않았다.

할머니가 물비누 한 병을 들고 응접실로 들어왔다. 오빠 눈꺼풀 밑에 박엽지를 넣어둔 것이 저것 때문인가 싶기도 했다. 비누가 눈에 들어가서 따가울까 봐. 오빠를 다 닦아주고 나면 박엽지도 떼어낼지도 모른다. 내가 만든 예수 탄생 장면 속 마리아와 요셉이 자기들 삶을 살아갈 수 있게끔 촛불을 꺼주었듯이. 할머니가 나를 잠시 끌어안아주었다. 할머니 가슴에서는 햄과 시럽이 든 벌꿀 팬케이크 냄새가 풍겼다. 점심으로 만들고 남은, 버터가 잔뜩 발리고 가장자리가 바삭바삭한 팬케이크가 조리대 위에 아직 잔뜩 쌓여 있었다. 점심 때 아빠는 블랙베리 잼과 건포도와 사과로 자기 팬케이크에 얼굴 모양을 만든 사람이 누구냐고 우리 한 사람 한 사람을 마주보며 물었다. 아빠와 눈이 마주친 할머니는 팬케이크만큼이나 명랑한 미소를 지어 보였다.

"그 불쌍한 녀석은 잘 닦아뒀어."

할머니 얼굴에는 갈색 반점이 점점 많아지고 있었다. 할머니가 팬케이크에 입으로 쓰려고 잘라놓은 사과처럼. 나이가 들면 결국엔 너무 익어버린 과일처럼 되는 것이다.

"팬케이크를 돌돌 말아서 오빠 옆에 놔두면 안 돼요? 오빠가 제일 좋아했던 음식인데요."

"그러면 냄새만 날 거야. 벌레 꼬이면 좋겠니?"

나는 할머니 가슴에서 머리를 떼고, 다락방에 돌려놓으려고 계단 두 번째 단 위에 올려둔 상자 안에 든 천사들을 돌아보았다. 나는 어른들의 허락을 받아서 천사들을 포일로 하나하나 싸서 엎드린 자세로 정리해두었다. 나는 아직까지 울지 않았다. 울려고 해봤지만 눈물이 나질 않았다. 오빠가 얼음 밑으로 떨어지는 장면을 세세하게 상상해봤는데도. 빛이나 어둠을 살피며 구멍을 찾아 얼음을 더듬는 오빠의 손, 물속에서 무겁게 늘어지는 옷자락과 스케이트화까지. 나는 숨을 참아보았다. 30초도 채 버틸 수 없었다.

"아뇨. 멍청한 벌레 따윈 질색이에요."

할머니가 빙그레 웃었다. 나는 할머니가 그만 웃기를 바랐다. 아빠가 포크로 팬케이크에 했듯이 할머니 얼굴의 모든 것을 짓이겨버리기를 바랐다. 나중에 할머니가 응접실에 혼자 남았을 때에야 나는 할머니가 소리 죽여 우는 것을 들었다.

이후로 밤마다 나는 오빠가 정말로 죽었는지 확인하려고 아래층에 슬그머니 내려갔다. 처음에 나는 침대에서 꿈틀거리며 누워 있거나, 다리를 허공에 쳐들고 엉덩이를 두 손으로 받친 '촛대 자세'를 하곤 했다. 아침이면 오빠의 죽음은 명백해 보였지만 날이 어두워지면 의심이 들었다. 지금 잘 확인하지 않았다가 나중에 땅속에서 오빠가 깨어나면 어쩌나? 매번 나는 하나님이 마음을 바꿨기를, 디우에르티어를 지켜달라는 내 기도를 들어주지 않았기를 바랐다. 일곱 살 때였던가, 새 자전거를 달라고 기도했을 때 들어주지 않았듯이 말이다. 그때 나는 기어가 최소 7단이고 안장이 폭신하며 더블 서스펜션이 있는 빨간 자전거를 갖고 싶다고 빌었다. 학교에서 집으로 돌아갈 때 바람을 맞으며 자전거를 타면 가랑이가 아팠기 때문이다. 하지만 그런 새 자전거는 결국 얻을 수 없었다. 나는 이번에야말로 아래층으로 내려가면 시트 밑에 누워 있는 것이 맛히스 오빠가 아니라 토끼이기를 바랐다. 물론 그것도 슬프겠지만, 침대에서 죽음을 이해해보려고 숨을 참거나, 촛대 자세를 오랫동안 해서 머리에 피가 촛농처럼 몰릴 때 이마의 정맥이 두근거리는 느낌하고는 다를 것이었다. 나는 마침내 다리를 매트리스에 내려놓고 조심스럽게 방문을 열었다. 살금살금 층계참을 가로질러 계단을 내려갔다. 그런데 아빠가 선수를 친 뒤였다. 계단 난간 너머로 아빠가 관 옆의 의자에 앉아 유리창에 고개를 기울이고 있는 모습이 보였다. 나는 아빠의 너저분한 금발 머리를 내려다보았다. 아빠의 머리에서는 늘 젖소 냄새가 났다. 목욕을 해도 그랬다. 나는 아빠의 구부린 몸을 보았다. 아빠는 떨고 있었다. 아빠가 파자마 상의로 코를 닦는 걸 보며, 나는 파자마 천에 콧물이 묻어 내 코트 소매처럼 빳빳해지겠구나 생각했다. 아빠를 보고 있으니 가슴을 누가 쿡쿡 찌르는 것 같았다. 나는 내가 네덜란드 1번이나 2번이나 3번 채널을 보고 있다고, 내용이 너무 견디기 힘들면 언제든지 꺼버려도 된다고 상상했다. 아빠는 의자에서 한참을 일어날 줄 몰랐고 나는 슬슬 발이 시렸다. 그러다 마침내 아빠가 의자를 밀어넣고 침대로 돌아갔을 때—우리 부모님은 물침대를 썼다. 지금쯤 아빠는 거기에 몸을 묻었을 것이다—나는 계단을 마저 내려가 아빠의 의자에 앉아보았다. 의자는 아직 따뜻했다. 나는 꿈속에서 얼음에 대고 하듯이 유리창에 입을 대고 입김을 불어보았다. 아빠가 흘린 눈물의 짭짤한 맛이 느껴졌다. 맛히스 오빠의 얼굴은 회향처럼 창백했고 입술은 자줏빛이었다. 오빠의 얼어붙은 몸을 유지시키는 냉각 시스템이 있는 것 같았다. 나는 그걸 꺼버리고 싶었다. 그래서 내 품안에서 오빠가 녹으면, 위층으로 데리고 올라가서 하룻밤 자면서 생각해보고 싶었다. 가끔 우리가 잘못을 저질러서 아빠가 저녁 식사를 안 주고 우리를 방으로 올려보냈을 때처럼. 오빠에게 정말로 이런 식으로 우리를 떠나는 게 올바른 방법이냐고 묻고 싶었다.

오빠를 관에 넣어 응접실에 둔 첫날 밤, 아빠는 내가 계단 난간을 잡아쥐고 기둥 사이에 고개를 들이민 채 앉아 있는 것을 보고는 코를 훌쩍이며 말했다.

"사람들이 그 애 엉덩이에서 뭐가 더 나오지 않도록 솜뭉치로 막아놨어. 그 애 속은 아직 따뜻할 거야. 그렇게 생각하면 안심이 되는구나."

나는 숨을 참고 수를 헤아렸다. 33초 동안 질식해보았다. 조금만 더 참으면 맛히스 오빠를 잠에서 끄집어낼 수 있을 것 같았다. 축사 뒤 배수로에서 그물로 잡아낸 양동이에 담아둔 개구리알들이 올챙이가 되어 꼬리와 다리가 서서히 자라나듯, 오빠도 천천히 되살아나 발장구를 치며 움직일 것만 같았다.

셋째날 아침 아빠가 계단 밑에서 나를 불러, 얀선 아저씨 댁에 들러 사료용 사탕무를 좀 챙겨서 새로운 땅에 가져다놓을 건데 같이 가지 않겠느냐고 물었다. 나는 마음 같아서는 오빠와 같이 있고 싶었다. 내가 없는 사이에 오빠가 녹아버려서 눈송이처럼 우리 삶에서 사라지진 않을지 지켜보고 싶었다. 하지만 아빠를 실망시키고 싶지 않았기에, 작업복 위에 빨간 코트를 입고 지퍼를 턱까지 끌어올렸다. 트랙터가 너무 낡아서 차체가 덜컹거릴 때마다 몸이 앞뒤로 흔들렸다. 나는 열린 창문 가장자리를 붙잡고 매달리며 아빠를 초조하게 흘끔거렸다. 아빠의 얼굴에 잠자는 동안 찍힌 자국이 아직 남아 있었다. 물침대가 아빠의 피부에 강줄기를 만든 듯해 호수가 연상되었다. 물침대 위에서 엄마 몸이나 아빠 자신의 몸이 자꾸만 깐닥거려서인지, 또는 사람의 몸이 물에 떨어졌을 때 들썩거리는 장면이 연상되어서인지 아빠는 잠을 이루지 못했다. 내일이면 부모님은 보통 매트리스를 살 것이다. 내 배에서 우르릉거리는 소리가 났다.

"똥 누고 싶어요."

"왜 집에서 안 눴어?"

"그때는 안 마려웠어요."

"말도 안 돼, 느낌이 있잖아."

"하지만 진짜예요. 설사인가 봐요."

아빠가 트랙터를 세우고 엔진을 끈 다음 팔을 뻗어 내 옆의 문을 열어주었다.

"저 나무 뒤에서 눠. 저쪽에 재도 있어."

나는 부랴부랴 트랙터에서 기어 내려가 코트를 벗고 작업복과 팬티를 무릎까지 내렸다. 할머니가 라이스 푸딩에 끼얹어주는 캐러멜 소스 같은 설사가 풀에 튀는 것을 상상하며 나는 엉덩이에 힘을 줬다. 아빠가 트랙터 타이어에 기대서서 담배 한 개비에 불을 붙이며 나를 바라보았다.

"더 오래 걸리면 두더지가 네 똥구멍에 들어가서 굴을 팔 거다."

나는 땀이 나기 시작했다. 아빠가 언급했던 솜뭉치와, 오빠가 땅에 묻혔을 때 두더지들이 오빠의 몸속으로 파고들리라는 것, 내 속에 있는 것도 전부 두더지들이 파헤치리라는 것이 상상되었다. 내 똥은 나에게 속했지만, 일단 풀밭에 떨어지고 나면 그것은 세상에 속했다.

　"그냥 힘을 줘."

　아빠가 건너와서 이미 쓴 티슈를 내게 건네줬다. 눈매가 엄했다. 나는 아빠의 이런 표정에는 익숙하지 않았다. 하지만 아빠가 기다리는 것을 싫어한다는 건 알고 있었다. 그러면 너무 오래 가만히 서 있어야 하고, 그러면 이런저런 생각에 잠기게 되고, 담배도 더 피우게 될 테니까. 이 마을 사람들 중 생각에 잠기길 좋아하는 사람은 없었다. 그러는 사이에 작물이 말라죽을 수도 있는 데다, 우리는 땅에서 나오는 수확물에 대해서만 알지 우리 안에서 자라나는 것들에 대해서는 모르기 때문이다. 나는 아빠의 걱정거리가 내 것이 될 수 있도록 아빠의 담배 연기를 들이마셨다. 그러고는 하나님에게 담배 연기 때문에 암에 걸리지는 않게 해달라고 재빨리 기도를 올렸다. 대신 내가 충분히 나이를 먹으면 두꺼비들의 이주를 도와주겠다고. "의인은 자기의 가축의 생명을 돌본다."* 언젠가 성경에서 읽은 구절이었다. 그러니까 질병에 관해서만큼은 나는 안전하다고 할 수 있었다.

　"이제 안 마려워졌어요."

　나는 팬티를 끌어올리고 작업복을 도로 꿰어 입은 다음,

* 잠언 12장 10절.

코트를 여미고 지퍼를 턱까지 채웠다. 똥은 참을 수 있었다. 이제부터 내가 간직하고 싶은 것은 무엇이든 잃지 않을 것이다.

아빠는 두더지가 파놓은 흙 두둑에 담배를 밟아 껐다.

"물을 많이 마셔. 송아지들한테도 그게 도움이 돼. 안 그러면 언젠가 다른 쪽 구멍으로 나올 거다."

아빠가 내 머리에 손을 얹었다. 나는 그 아래에서 최대한 몸을 꼿꼿이 세우고 걸으려 애썼다. 이제부터 나는 몸의 양쪽에 난 두 구멍을 주의해야 한다.

우리는 트랙터로 돌아갔다. '새로운 땅'은 나보다 나이가 많지만 계속 그 이름으로 불렸다. 제방 아래쪽에 지금은 울퉁불퉁한 미끄럼틀이 있는 놀이터가 들어섰지만, 우리가 거기서 놀 약속을 잡을 때는 그곳에 한때 의사가 살았다는 이유로 '옛날 의사 집'이라고 부르는 것과 같았다.

"벌레랑 구더기가 오빠를 먹을까요?"

걸어가면서 나는 아빠에게 물었다. 차마 아빠를 마주볼 수는 없었다. 아빠가 예전에 이사야서에서 이런 구절을 읽어준 적이 있다. "네 영화가 스올에 떨어졌음이여 네 비파 소리까지로다 구더기가 네 아래에 깔림이여 지렁이가 너를 덮었도다." 나는 이런 일이 오빠에게도 일어날까 봐 걱정스러웠다. 아빠는 묵묵부답으로 트랙터 문을 당겨 열었다. 오빠의 몸에 딸기밭 피복처럼 구멍이 숭숭 뚫린 것을 상상하니 열이 나는 것 같았다.

사탕무가 있는 곳에 도착해보니 일부는 썩어 있었다. 집는데 희고 걸쭉한 고름 같은 것이 손에 묻어났다. 아빠는 무심히 그것들을 어깨 너머로 던져 트레일러에 넣었다. 둔탁한 퍽 소리가 났다. 아빠가 나를 볼 때마다 나는 뺨이 화끈거렸다. 텔레비전 보면 안 되는 시간을 정해두었듯 아빠가 나를 보면 안 되는 시간도 정해놔야 할 것 같았다. 맛히스 오빠가 그날 집에 오지 않은 것도 그래서였는지도 몰랐다. 텔레비전 캐비닛이 닫혀 있어서 아무도 우리를 지켜보지 않았던 것이다.

나는 오빠에 대해 더 이상 아무것도 묻지 못하고 마지막 사탕무를 트레일러에 던져 넣었었다. 그리고 아빠의 옆자리에 올라탔다. 백미러 윗부분의 녹슨 가장자리에는 "목장주를 짜지 말고 소젖을 짜시오"라는 스티커가 붙어 있었다.

목장에 돌아온 뒤 아빠와 오버 오빠가 남색 물침대를 밖으로 끌어냈다. 아빠가 노즐과 안전캡을 당겨서 빼자 물이 마당으로 쏟아져 나왔다. 얼마 지나지 않아 얇은 얼음이 얼었다. 나는 넘어질까 봐 무서워서 감히 그 위에 서지 못했다. 짙은 빛깔의 매트리스는 진공 포장된 커피 봉지처럼 천천히 쭈그러들었다. 아빠는 쭈그러든 물침대를 둘둘 말아 길가로 가져가 크리스마스트리가 든 손수레 옆에 가져다 놓았다. 저 쓰레기는 월요일에 쓰레기 수거 업체에서 가져갈 것이다. 오버 오빠가 나를 쿡 찌르더니 말했다.

"저기 온다."

나는 오빠가 가리킨 곳을 쳐다보았다. 제방 너머에서 이리로 다가오는 검은 영구차가 보였다. 그것은 커다란 까마귀처럼 점점 더 가까워지더니 왼쪽으로 틀어서 목장으로 진입했다. 물침대에서 쏟아져 나온 물이 얼어붙은 자리에 영구차가 들어서자 얼음은 정말로 깨져버렸다. 렝케마 목사님이 나의 두 숙부와 같이 내렸다. 아빠는 그들과 더불어 에베르천 아저씨, 얀선 아저씨를 선택했다. 이제 그들이 오크나무 관을 들어서 영구차에 싣고 교회까지 가줄 것이고, 교회에서는 찬송가 416번이 울려퍼질 것이며, 맛히스 오빠가 몇 년 동안 트롬본을 불었던 악단의 연주가 함께할 것이다. 그날 오후에 있었던 일 중에서 적절하게 느껴졌던 것은 단 하나, 영웅은 언제나 허공에 붕 떠서 운반된다는 것뿐이었다.

제2부

1

두꺼비 몸에 난 무사마귀들은 가까이에서 보면 꼭 케이퍼처럼 생겼다. 케이퍼, 그 조그만 녹색 싹에서 나는 맛은 딱 질색이다. 엄지와 검지로 케이퍼를 누르면 시큼한 것이 비어져 나오는데, 두꺼비의 몸에서 분비되는 독과 똑같다. 나는 막대기로 두꺼비의 살진 엉덩이를 쿡쿡 찌른다. 녀석의 등에 검은 줄무늬가 있다. 녀석은 움직이지 않는다. 막대기를 더 세게 밀어보니 두꺼비의 거친 피부가 막대기에 쓸려 접히고, 그 말랑말랑한 배가 아스팔트에 잠깐 닿는다. 첫 봄볕에 따스하게 데워진 아스팔트는 두꺼비들이 즐겨 앉는 장소다.

"나는 널 도와주고 싶을 뿐이야."

나는 속삭인다.

나는 교회에서 받은 등을 옆의 길바닥에 내려놓는다. 등은 흰색이고 가운데 부분에 주름이 져 있다. "하나님의 말씀은 발치의 등불이고 너희 길을 밝혀주는 빛이란다." 렝케마 목사님은 아이들에게 등을 나눠주며 말했다. 아직 8시도 안 됐는데 내 초는 벌써 절반으로 줄어들었다. 하나님의 말씀까지 스러지지는 않기를 바랐다.

등불을 비춰보니 두꺼비의 앞발에 물갈퀴가 없었다. 왜가리에 쪼여 먹혔거나 원래부터 그렇게 태어난 것인지도 모른

48

다. 아빠가 사일리지* 더미를 누를 때 쓰는 모래주머니인 양 다친 다리를 질질 끌고 마당을 돌아다니듯이.

"레모네이드와 '밀키웨이' 초콜릿바가 준비되어 있어."

내 뒤에서 교회 자원봉사자가 말하는 소리가 들린다. 화장실 없는 곳에서 밀키웨이를 먹는다는 생각만 해도 속이 울렁거린다. 레모네이드에는 누가 코를 풀거나 침을 뱉었을지도 모를 일이고, 밀키웨이는 유통기한을 확인하기나 했는지 알수 없다. 맥아 누가 사탕을 감싼 초콜릿 코팅이 희끗하게 변했을지도 모른다. 음식을 잘못 먹고 아프면 얼굴이 희끗하게 변하듯이. 그러고 나면 순식간에 죽음이 덮쳐온다. 그건 확실하다. 나는 밀키웨이에 대해 잊으려고 애쓴다.

"서두르지 않으면 네 등에 줄무늬만이 아니라 타이어 자국까지 날 거야."

나는 두꺼비에게 속삭인다. 너무 오래 쭈그려 앉아 있었더니 무릎이 아프다. 두꺼비는 여전히 움직이지 않는다. 다른 두꺼비들 중 하나가 녀석의 위로 올라타려는 듯 앞다리로 겨드랑이에 매달리려 하지만 자꾸 미끄러진다. 녀석들도 나처럼 물을 무서워하는지도 모른다. 나는 다시 일어나서 등을 집어들고, 아무도 보지 않는 틈을 타 두꺼비 두 마리를 냉큼 내코트 주머니에 넣는다. 그리고 형광 조끼를 입은 두 사람을 찾아 주변 사람들을 살핀다.

엄마가 우리에게 형광 조끼를 입으라고 시켰다.

"안 그러면 너희도 두꺼비처럼 차에 눌려 납작해질 거야.

---

* 작물을 저장탑이나 구덩이에 넣고 젖산 발효시켜 저장한 사료.

49

그러면 누가 좋다고 하겠니. 이걸 입으면 너희가 등불처럼 될 수 있어."

그러자 오버 오빠는 천 냄새를 맡더니 말했다.

"절대 안 입을래요. 이 더럽고 땀내 나는 자루를 덮어썼다가는 완전 멍청이처럼 보일 거라고요. 안전 조끼 입는 사람이 누가 있다고 그래요."

엄마는 한숨을 쉬었다.

"나는 늘 틀린 말만 하는구나, 안 그러니?"

그리고 엄마가 입꼬리를 늘어뜨렸다. 요즘 엄마의 입꼬리는 늘 처져 있었다. 정원 테이블보에 달린 과일 모양 추가 엄마 입꼬리에도 매달려 있는 것처럼.

"아니에요, 엄마. 당연히 입어야죠."

나는 오빠에게 손짓하며 말했다. 이 조끼는 초등학교 졸업반 애들이 자전거 숙련 시험*을 칠 때에나 입는 것이다. 엄마는 그 시험의 감독관이다. 엄마는 마을의 유일한 교차로에 낚시 의자를 펴고 앉아서 한껏 집중한 얼굴로 입술을 오므린다. 피지 않는 양귀비처럼. 엄마가 할 일은 모두가 팔을 내뻗어 신호를 하는지, 차들 사이를 안전하게 통과하는지 확인하는 것이다. 내가 처음으로 엄마를 창피하게 여겼던 것이 바로 그 교차로에서였다.

또 다른 형광 조끼가 이쪽으로 온다. 하나가 두꺼비가 든 검은 양동이를 오른손에 들고 있다. 반쯤 열린 조끼 자락이

---

* 네덜란드에서는 자전거와 수영을 기본 생활 기술로 중요하게 여겨서 아이들이 시험을 치고 자격증을 발급받게 되어 있다.

바람에 나부낀다. 그걸 본 나는 기분이 초조해진다.

"조끼를 여며야지."

하나가 캔버스에 박힌 호치키스 심 같은 눈썹을 추켜올린다. 그 애는 그렇게 약간의 짜증을 띤 얼굴로 나를 한참 동안 쳐다본다. 이제 낮에는 해가 더 뜨거워져서 하나의 콧잔등에 주근깨가 늘었다. 불현듯 어떤 장면이 떠오른다. 두꺼비가 차에 치여 몸이 조각나 흩어지듯, 아스팔트 위에 납작하게 짜부러진 하나와 그 주변에 흩어진 주근깨. 그러면 우리는 길바닥에 눌어붙은 하나를 삽으로 뜯어내야 하겠지.

"그치만 너무 덥단 말이야."

하나가 말한다. 그때 오버 오빠가 우리 곁으로 다가온다. 오빠의 긴 금발이 기름에 떡진 채 얼굴 앞에 드리워져 있다. 오빠는 머리카락을 연신 귀 뒤로 넘기지만 머리카락은 서서히 원래 자리로 돌아온다.

"이것 봐, 이거 렝케마 목사님처럼 생겼어. 뚱뚱한 머리랑 툭 튀어나온 눈 보이지? 그리고 렝케마 목사님도 얘처럼 목이 없잖아."

오버 오빠의 손바닥 위에 갈색 두꺼비 한 마리가 올려져 있다. 우리는 낄낄거리지만 너무 큰 소리로 웃지는 않는다. 하나님을 놀리면 안 되는 것처럼 목사님을 놀리면 안 되기 때문이다. 그 둘은 단짝친구 사이이고 단짝친구에게는 조심해야 하는 법이다. 내게는 아직 단짝친구가 없지만 새 학교에 있는 많은 여자애들 중 하나쯤은 내 단짝이 될 것이다. 오버 오빠는 한참 전에 중학교에 들어갔고, 하나는 아직 초등학생이고 나보다 2학년 아래이다. 걔는 예수님이 제자를 거느리

듯 수많은 친구들을 거느리고 있다.

갑자기 오버 오빠가 두꺼비의 머리 위에 등불을 들이댄다. 녀석의 피부가 연노란색으로 빛나는 것이 보인다. 나는 녀석의 눈을 감겨준다. 오버 오빠가 빙글빙글 웃는다.

"두꺼비들은 따뜻한 걸 좋아해. 그래서 겨울이면 그 못생긴 머리를 진흙에 파묻는 거야."

오빠가 등불을 두꺼비에게 점점 더 가까이 가져간다. 케이퍼를 튀기면 검고 바삭바삭해지는 게 생각난다. 나는 오빠의 손을 떨쳐내려고 하지만 때마침 레모네이드와 밀키웨이를 든 아주머니가 우리 쪽으로 건너온다. 오빠는 두꺼비를 냉큼 양동이에 집어넣는다. 아주머니는 "조심! 두꺼비가 길을 건너요"라고 적힌 티셔츠를 입고 있다. 아주머니는 하나의 충격받은 표정을 보았던 모양인지, 우리에게 괜찮으냐고 묻는다. 두꺼비들의 으스러진 몸을 보고 마음이 상하진 않았느냐고. 나는 부루퉁히 입술을 내민 동생을 다정하게 팔로 감싸안는다. 저 애가 저러다 갑자기 눈물을 터뜨릴 수도 있다. 오늘 아침 오버 오빠가 나막신을 축사 벽에 던져 메뚜기를 때려잡았을 때도 그랬다. 하나가 겁을 먹는 건 주로 소리 때문인 것 같지만, 그 애는 나름의 신념을 주장한다. 자기에게 그것은 작은 생명이라는 것이다. 메뚜기 머리 위로 조그마한 방충망처럼 포개진 날개까지도. 그 애는 생명을 보았고, 오버 오빠와 나는 죽음을 보았다.

레모네이드 아주머니는 비뚜름히 미소 짓고 코트 주머니에서 밀키웨이를 꺼내 우리에게 하나씩 건네준다. 나는 일단 공손히 그걸 받은 다음, 아주머니가 안 보는 틈을 타서 포장지를 벗겨 두꺼비들이 든 양동이에 떨어뜨린다. 두꺼비들은 그런 걸 먹어도 배가 아프거나 위경련을 일으키지 않으니까.

"세 왕은 괜찮아."

나는 말한다. 맛히스 오빠가 집에 오지 않은 날 이후로 나는 우리 형제를 세 왕이라고 부른다. 우리도 언젠가는 우리 형제를 찾을 테니까. 비록 아주 먼 길을 여행해야 하고 선물을 가져가야 할지라도.

나는 등불을 흔들어 새 한 마리를 쫓아낸다. 촛불이 위태롭게 흔들리더니 촛농이 내 장화 위에 떨어진다. 놀란 새가 나무 위로 날아오른다.

마을이나 들판을 자전거로 지나다 보면 식탁보처럼 늘어져 말라붙은 파충류 사체를 어디서든 볼 수 있다. 아이들과 자원봉사자들 모두가 힘을 합쳐서 꽉 들어찬 양동이며 등 들을 반대쪽의 호수로 이어지는 길가로 옮겨놓는다. 오늘 물은 너무나 한심할 만큼 천진해 보인다. 저 멀리 공장들과 불빛을 수십 개 밝힌 높다란 건물들, 마을과 도시를 잇는 다리의 윤곽이 성경에서 모세가 손을 뻗어 바닷물을 갈라 낸 길처럼 보인다. "여호와께서 큰 동풍이 밤새도록 바닷물을 물러가게 하시니 물이 갈라져 바다가 마른 땅이 된지라. 이스라엘 자손이 바다 가운데를 육지로 걸어가고 물은 그들의 좌우에 벽이 되니……."

하나는 내 옆에 서서 건너편을 내다본다.

"저 불빛들 좀 봐. 밤마다 등불 행렬이라도 하나 봐."

"아니야. 그냥 어둠을 무서워해서 그래."

"언니가 어둠을 무서워하는 거겠지."

나는 고개를 젓는다. 하지만 하나는 자기 양동이를 비우느라 바쁘다. 개구리와 두꺼비 수 십 마리가 수면에 흩어진다. 철벅거리는 소리를 들으니 현기증이 난다. 이제 보니 내 코트 천이 겨드랑이에 들러붙어 있다. 나는 열기를 날려 보내려고 날아오르려는 새처럼 팔을 퍼덕거린다.

"건너편에 가보고 싶은 적 있어?"

하나가 묻는다.

"거기 볼 건 아무것도 없어. 젖소도 없는데 뭐."

나는 하나의 앞에 시야를 가로막고 서서 안전 조끼 왼쪽 자락을 끌어당겨 찍찍이 부분에 힘껏 눌러 붙여준다.

동생이 옆으로 비켜선다. 하나는 머리를 묶고 다녀서 움직일 때마다 포니테일이 그 애를 격려하듯 등을 두드린다. 나는 저 머리 고무줄을 확 빼버리고 싶다. 하나가 무엇이든 가능하다고 생각하지 않았으면 좋겠다. 어느 날 갑자기 스케이트를 타고 사라져버릴 수도 있다고는 생각하지 않기를.

"저긴 어떤 곳인지 궁금하지 않아?"

"당연히 안 궁금하지, 이 돌대가리야. 너도 알잖……."

나는 문장을 끝맺지 못하고 빈 양동이를 내 옆의 풀밭에 팽개친다.

나는 뒤돌아 걸으면서 걸음 수를 헤아린다. 네 발짝 걸었을 때 하나가 다시 내 옆에 따라온다. 4는 내가 제일 좋아하는 숫자다. 소에게는 위장이 네 개 있고, 계절도 네 가지이고, 의자 다리도 네 개다. 가슴속을 꽉 메웠던 묵직한 느낌이 펑 터진다. 호수 속 공기 방울이 수면으로 떠올라 흩어지듯이.

"소가 한 마리도 없으면 지루하겠지."

하나가 재빨리 말한다. 촛불 빛 속에서 보니 그 애 코가 비뚤어진 게 눈에 띄지 않는다. 하나는 오른쪽 눈이 사시다. 상대방에게 초점을 잡으려고 계속해서 눈을 카메라 셔터처럼 조정하는 듯 보인다. 나는 그 애가 안전하게 앞을 볼 수 있도록 새 필름을 한 롤 넣어주고 싶다. 내가 손을 내밀자 하나가 손을 잡는다. 그 애의 손가락이 끈적끈적하다.

"오버 오빠, 여자애랑 얘기한다."

하나의 말에 나는 뒤를 돌아본다. 평소 흐느적거리던 오버 오빠의 몸이 갑자기 더 매끄럽게 움직이고 있다. 오빠는 과장된 손짓을 몇 차례 해 보이더니 굉장히 오랜만에 소리 내어 웃는다. 그러고는 호숫가에 쪼그려 앉는다. 아마 두꺼비에 대해서나 우리의 선량한 의도에 대해 듣기 좋은 이야기를 해주고 있을 것이다. 하지만 물에 대해서는 이야기하지 않을 것이다. 햇살에 거의 데워지지 않은, 두꺼비들이 헤엄치고 있는, 그리고 1년 하고도 반 년 전에 우리 큰오빠가 밑바닥에 누워 있었던 저 호수에 대해서는. 오버 오빠는 여자애랑 같이 제방을 따라 걸어간다. 몇 미터 걸어가자 두 사람의 모습은 어둠에 녹아내려 보이지 않는다. 우리가 찾을 수 있는 것은 아스팔트 위에 놓인, 반쯤 탄 등불뿐이다. 그 옆에 작은 녹색 양초가 거위 똥처럼 납작하게 짓밟혀 있다. 나는 삽으로 그걸 긁어낸다. 저녁 내내 열심히 봉사하고는 저런 걸 놔두고 갈 순 없다. 나는 목장으로 돌아가서 울퉁불퉁한 버드나무 가지 위에 그걸 올려놓는다. 나무들이 한 줄로 늘어서서 내 방 쪽을 향해 머리를 수그린 모양이, 마치 교회 원로들이 우리 대화를 엿듣는 것 같다. 별안간 코트 주머니 속에서 두꺼비들이 움직이는 게 느껴진다. 나는 녀석들을 지켜주듯 주머니 위에 손을 얹는다. 그리고 몸을 90도로 돌려 하나에게 말을 건다.

"엄마 아빠한테 호수 건너편에 대한 얘기는 하지 마. 더 속상해하실 거야."

"아무 말도 안 할 거야. 멍청한 생각이었어."

"완전 멍청했지."

창문 너머 소파에 앉아 있는 엄마와 아빠가 보인다. 뒤에서 본 두 사람의 모습이 우리 등불 속 양초 토막 같다. 우리는 침을 뱉어서 초를 끈다.

2

엄마가 자기 접시에 음식을 담는 양을 착각하는 날이 점점 잦아진다. 음식을 담아 가지고 자리에 앉자마자 엄마는 "위에서 내려다봤을 때는 더 많아 보였는데"라고 한다. 가끔 나는 그게 우리 잘못일까 봐 걱정된다. 우리가 엄마의 속을 갉아먹고 있는 것은 아닐까. 아모로비우스 페록스라는 거미는 그렇게 한다고 들었다. 생물 시간에 선생님에게 들은 이야기로는, 어미가 알을 낳고 나서 새끼들에게 자기 몸을 내준다고 한다. 조그맣고 굶주린 거미들이 제 어미를 먹어치우는 것이다. 다리 한 짝 남기지 않고 몽땅. 녀석들은 한 순간조차 어미의 죽음을 슬퍼하지 않는다. 엄마는 항상 치킨 코르동 블뢰*를 접시 가장자리에 약간 남겨놓고는 "제일 맛있는 부분은 마지막까지 남겨두는 거야"라며 식사가 끝나갈 때까지 먹지 않는다. 혹시라도 우리가, 엄마 자식들이 배가 덜 불렀을까 봐 그러는 것이다.

나도 점점 우리 가족을 위에서 내려다보는 습관이 생겼다. 그렇게 하면 맛히스 오빠가 없는 우리 가족이 얼마나 수가 적은지 실감이 덜 되기 때문이다. 식탁 앞의 빈자리에는 이

---

* 얇게 썬 닭고기에 치즈와 햄을 넣고 빵가루를 묻혀 튀긴 요리.

제 텅 빈 좌석과 등받이만 있다. 오빠가 태평하게 기대 앉아 있고 아빠가 "의자 바닥에 제대로 붙이고 앉아!"라고 고함치는 일도 없다. 그 의자에 다른 누가 앉는 것도 허락되지 않는다. 언젠가 오빠가 돌아올 날에 대비해서 그런 것 같다. "예수님이 돌아오는 날은 여느 날과 같을 거야. 일상은 언제나처럼 돌아가겠지. 노아가 방주를 지었을 때처럼 사람들은 일하고 먹고 마시고 결혼하느라 바쁠 거야. 맛히스가 돌아오는 날도 예수님이 돌아오는 날처럼 완전히 예상된 일일 거야." 아빠는 장례식에서 이렇게 말했다. 오빠가 돌아오면 나는 오빠의 의자를 식탁 가장자리에 닿을 만큼 밀어놓을 것이다. 음식을 흘리거나 자리에서 일어날 때 소리를 내지 않을 수 없도록. 오빠가 죽은 이후로 우리는 식사를 15분 만에 마친다. 시계 시침과 분침이 꼿꼿하게 서면 아빠는 일어난다. 아빠는 검은 베레를 쓰고 소들을 보러 나간다. 방금 보고 왔는데도.

"우리 뭐 먹어?"

하나가 묻는다.

"햇감자랑 콩."

나는 냄비 하나의 뚜껑을 열어보고 말한다. 냄비에 비친 내 창백한 얼굴이 보인다. 나는 나 자신을 보며 조심스럽게 미소 짓는다. 아주 잠깐만. 안 그러면 엄마가 노려봐서 입꼬리를 다시 늘어뜨릴 수밖에 없게 만든다. 미소 지을 일은 아무것도 없다는 것이다. 가끔 우리가 그 사실을 잊는 장소는 변식장 뒤, 부모님의 시선이 닿지 않는 곳뿐이다.

"고기는 없어?"

"탔어."

나는 속삭인다.

"또?"

엄마가 내 손을 찰싹 친다. 그러자 내 손에서 뚜껑이 떨어져서 식탁보에 둥그런 모양의 물기를 남긴다.

"욕심 사납게 굴지 마."

엄마가 눈을 감으며 말한다. 그러자 모두가 즉시 눈을 따라 감는다. 오버랑 나는 한쪽 눈을 뜨고 주위를 지켜보지만, 이제부터 기도할 거라거나 아빠가 식전 기도를 올리겠다거나 하는 말은 없다. 그냥 느낌으로 알아차려야 한다.

"우리 영혼이 이 덧없는 삶을 고집하지 않고, 하나님께서 명하시는 모든 것을 하고 마침내 하나님 뜻대로 되게 하옵소서. 아멘."

아빠는 엄숙한 목소리로 말하고 눈을 뜬다. 엄마가 접시에 음식을 하나씩 떠준다. 엄마가 환풍기 켜는 걸 깜빡한 탓에 온 집 안에 스테이크 탄내가 나고 유리창엔 김이 서려 있다. 이제 밖에서 창문을 들여다봐도 엄마가 여전히 분홍색 나이트가운을 입고 있다는 것이 보이지 않을 것이다. 이 마을 사람들은 서로의 집을 많이 들여다본다. 서로가 어느 시간대에 일하는지, 식구들끼리 어떻게 따뜻하게 지내는지 알려고 그러는 것이다. 아빠는 식탁 앞에 앉아 두 손으로 머리를 감싸 쥐고 있다. 하루 종일 머리를 꼿꼿이 쳐들고 다니다가도 식탁 앞에서는 너무 무거운 듯 수그리고야 만다. 이따금씩 포크를 입에 넣느라 고개를 들지만 이내 다시 축 늘어뜨린다. 나는 배 속이 쿡쿡 찔리는 듯한 느낌이 더욱 심하게 든다. 안쪽 피부에 구멍이 뚫리고 있는 것만 같다. 다들 아무 말도 하지 않고 접시 위에 나이프와 포크만 움직인다. 나는 코트 끈을 더 단단히 여민다. 의자 위에 쪼그려 앉을 수 있다면 좋겠다. 그렇게 해서 앞이 더 잘 보이면 부풀어가는 내 배가 덜 아플 것이다. 아빠는 그 자세가 버릇없다고 생각해서 다시 엉덩이를 붙이고 앉으라고 포크로 내 무릎을 두드린다. 가끔은 무릎에 붉은 줄무늬가 생긴다. 맛히스 오빠 없이 지낸 날들의 기록인 것처럼.

갑자기 오버 오빠가 내게 몸을 기울이고 말한다.

"지하차도에서 사고가 나면 어떻게 되는지 알아?"

나는 깍지콩을 포크로 찔러 구멍을 네 개 낸 참이다. 즙이 배어나고, 깍지콩은 리코더가 되었다. 내가 뭐라고 대답하기도 전에 오버 오빠가 입을 벌린다. 물기 어린 매시트포테이토에 콩 조각이 점점이 박혔고 사과 퓌레가 좀 섞여 있다. 토사물처럼 보인다. 오빠가 킬킬 웃고는 사상자들을 삼킨다. 오빠의 이마에 연푸른 선이 나 있다. 오빠는 잠결에 침대 가장자리에 머리를 들이받는다. 하지만 아직 그걸로 걱정하기에는 너무 어리다. 아빠는 아이들에겐 걱정거리가 있을 수 없다고 한다. 걱정이란 자기 밭을 직접 쟁기질하고 일굴 때가 되어야 생기는 것이라고. 하지만 나는 점점 더 나만의 걱정거리가 생겨서 밤에 잠을 못 이루기 일쑤다. 걱정은 점점 더 커지는 것만 같다.

요즘 엄마가 점점 말라가고 원피스는 더 펑퍼짐해지는 걸 보니 엄마가 일찍 죽을까 봐, 그리고 아빠도 엄마를 따라갈까 봐 두렵다. 두 사람이 갑자기 죽어 사라지지 않도록 나는 하루 종일 부모님을 뒤쫓는다. 항상 내 눈꼬리에 엄마와 아빠를 머금고 있다. 맛히스 오빠를 위한 눈물처럼 말이다. 그리고 아빠가 코를 고는 소리, 침대 스프링이 두 번 삐걱거리는 소리가 나기 전까지는 내 침대 옆 스탠드를 끄지 않는다. 엄마는 항상 오른쪽에서 왼쪽으로, 그리고 다시 오른쪽으로 뒤척이고 나서야 알맞은 자세를 잡는다. 그러고 나면 나는 북해의 빛 속에 누워서 조용해지기를 기다린다. 하지만 부모님이 저녁에 마을의 친구 집에 방문하러 갈 때, 언제 돌아오냐는 내 질문에 엄마가 어깨만 으쓱할 때, 그럴 때면 나는 몇 시간이고 천장만 쳐다보며 누워 있다. 그리고 내가 고아가 되면 어떻게 대처할지, 부모님의 사망 원인에 대해 선생님에게 뭐라고 말할지 상상한다. 가장 흔한 사망 원인 열 가지의 목록이 있다. 학교에서 쉬는 시간에 검색해본 적이 있다. 폐암이 1위였다. 나는 남몰래 나만의 목록을 만들었다. 익사, 교통사고, 그리고 축사에서 발 헛디디는 것이 상위권이다.

선생님에게 뭐라고 말할지 결정하고 자기연민을 떨쳐내고 나면 나는 베개에 머리를 묻는다. 나는 이빨 요정을 믿기에는 나이가 너무 들었지만 그렇다고 이빨 요정을 기다리지 않기에는 아직 너무 어리다. 오버 오빠는 가끔 그 요정을 농담조로 '이빨 년'이라고 부른다. 어느 날부턴가 요정이 더 이상 돈을 주지 않았고, 오빠의 어금니들을 뿌리까지 전부 베개 밑에 고스란히 남겨두었기 때문이다. 오빠가 이를 씻어두지 않았기 때문에 핏자국이 남았다. 나중에 이빨 요정이 나를 찾아오면 나는 요정을 때려잡을 것이다. 그러면 요정은 내 곁에 남을 수밖에 없을 테고, 나는 새로운 부모님을 달라고 빌 것이다. 아직 내겐 사랑니가 있으니 요정을 부를 미끼로 쓸 수 있다. 부모님이 도통 집에 오지 않는 때, 아주 가끔은 아래층에 내려가기도 한다. 그럴 때 나는 파자마 바람으로 어둠 속 소파에 무릎을 모으고 앉아 두 손을 포개고 하나님께 기도한다. 부모님을 안전하게 집에 데려다주시기만 한다면 또 한 차례 설사쯤은 참아내겠다고. 나는 당장이라도 전화벨이 울리고 부모님이 운전대나 자전거 핸들을 놓치는 바람에 사고가 났다는 소식이 들리기를 기다린다. 하지만 전화벨은 좀처럼 울리지 않고, 잠시 그러고 있다 보면 추워져서 위층으로 돌아가 이불 속에 누워서 마저 기다린다. 안방 문이 열리고 엄마 슬리퍼가 바닥에 끌리는 소리가 났을 때에야 부모님은 되살아난다. 그제야 나는 편안히 잠들 수 있다.

침대로 갈 시간이 되기 전에 나랑 하나는 조금 논다. 하나는 소파 뒤 카펫에 앉는다. 나는 내 양말이 높이 끌어올려진 채 끄트머리가 두 번 접힌 걸 본다. 나는 끄트머리를 문질러 편다. 내 동생은 선더버드 섬* 장난감 옆에 앉아 있다. 그건 원래 맛히스 오빠 것이었는데 종종 다 같이 가지고 놀았다. 우리는 로켓을 하늘로 쏘아 올리고 적들과 싸우기도 했다. 그때는 적이 누구인지 우리가 직접 정할 수 있었다. 오버 오빠는 헤드폰을 귀에 끼고 소파에 엎드려 있다. 오빠가 우리를 내려다본다. 회색 티셔츠에 프랑스 땅 모양으로 마요네즈 얼룩이 져 있다.

"진입로에 있는 나무들 부러뜨리는 사람한테는 내 워크맨

* 1960년대 영국 SF 인형극 드라마 '선더버드'의 배경이 되는 섬.

으로 〈히트존〉 최신곡들 10분 동안 듣게 해줄게."

오버 오빠가 헤드폰을 귀에서 내려 목에 걸친다. 우리 반 애들 거의 전부 워크맨을 갖고 있다. 몇몇 고리타분한 애들 빼고. 난 고리타분한 애가 되고 싶지 않기 때문에 워크맨을 살 돈을 모으고 있다. 충격 방지 시스템이 있는 필립스 제품으로. 그래야 학교 가는 길에 들판에서 차가 덜컹거려도 음악이 멎지 않기 때문이다. 그리고 내 코트랑 같은 색깔의 보호 커버도 살 것이다. 돈은 조금만 더 모으면 된다. 아빠는 우리가 목장 일을 도운 대가로 토요일마다 2유로를 준다. "아랫 서랍에 놔뒀다가 나중에 쓰렴"이라고 진지하게 말하며 건네준다. 워크맨 생각을 하면 내 주변의 모든 것을 잊을 수 있다. 심지어 아빠가 우리 가족이 이사 가기를 바란다는 사실도.

장난감 섬의 나무들은 원래 올리브색이었지만 세월이 흐르면서 색이 바래고 칠이 벗겨졌다. 누가 부추기기라도 하는 것처럼 나는 줄지어 늘어선 플라스틱 나무들을 통째로 부러뜨린다. 손가락 사이에서 뚜두둑 부서지는 소리가 들린다. 한 손으로 부술 수 있는 것은 부술 만한 가치가 없다. 하나가 곧장 비명을 지른다.

"농담이었어, 이 멍청아."

오버 오빠가 재빨리 말한다. 그때 엄마가 부엌에서 나오자 오빠는 엄마를 돌아보고는 헤드폰을 도로 귀에 쓴다. 엄마는 나이트가운 벨트를 단단히 여미고 있다. 엄마의 눈길이 하나, 나, 오빠를 휙 스치더니 내 손 안에 있는 부러진 나무들을 본다. 엄마는 말 한마디 없이 내 팔을 잡아 일으킨다. 엄마의 손톱이 내 코트 천을 파고든다―나는 이제 실내에서도 코트를 벗지 않는다. 나는 아무 반응도 않고 엄마를 보지도 않으려고 한다. 엄마가 감자 껍질 벗기듯 내 코트를 무자비하게 벗겨버릴 생각을 할까 봐 두려워서다. 엄마는 계단 밑으로 나를 끌고 가서 놓아준다.

"가서 네 저금통 가져와."

엄마는 얼굴에 늘어진 금발 머리칼을 혹 불어 날리며 말한다. 걸음을 옮기자 심장이 점점 빠르게 뛴다. 문득 예레미야서에 나오는 구절이 떠오른다. 할머니는 신문을 읽을 때, 세상 문제들이 서로 들러붙지 않도록 엄지와 검지를 핥으면서 그 구절을 인용하곤 한다. "만물보다 거짓되고 심히 부패한 것은 마음이라 누가 능히 이를 알리요마는".

아무도 내 마음을 모른다. 내 마음은 내 코트, 피부, 갈비뼈 안 심장 속에 깊이 숨어 있다. 내 심장은 엄마 배 속에 있었던 아홉 달 동안에는 중요하게 여겨졌지만, 엄마 배를 나오고 나서는 시간당 몇 번이나 뛰는지 아무도 신경 쓰지 않게 되었다. 심장이 내게 뭔가가 잘못됐다고 알리려고 박동을 멈추거나 빨리 뛰기 시작할 때도 아무도 걱정하지 않는다.

아래층에 내려온 나는 저금통을 부엌 식탁에 올려놓는다. 등에 구멍이 난 젖소 모양의 도자기 저금통이다. 엉덩이에 플라스틱 뚜껑이 있어서 원할 때 돈을 뺄 수 있지만 나는 거기에 테이프를 붙여놓았다. 쓸데없는 데에 돈을 쓰지 않으려고 이중으로 방어 장치를 해놓은 것이다.

"네 죄 때문에 하나님께서 숨어 계시고 네 말을 듣고 싶어 하지 않으신다."

엄마가 말한다. 엄마는 손에 장도리를 들고 있다. 여태껏 그걸 가지고 나를 기다렸던 것이리라. 나는 그토록 갖고 싶었던 워크맨을 생각하지 않으려 애쓴다. 부모님은 나보다 훨씬 큰 것을 잃었으니까. 돈을 모아서 새 아들을 살 수는 없는 것이다.

"하지만 여기 구멍이 있는데요……."

나는 말해본다. 엄마가 장도리에서 못을 빼는 부분을 부풀어오른 내 배 위에 가져다 댄다. 그 부분은 금속으로 된 토끼 귀 한 쌍처럼 보인다. 그걸 보니 내가 디우에르티어를 살려두기 위해 희생한 것이 언뜻 떠오른다. 나는 냉큼 장도리를 받아든다. 손잡이가 따끈하다. 나는 장도리를 쳐들었다가 저금통을 쾅 내리친다. 저금통은 세 조각으로 부서진다. 엄마가 붉은 지폐, 푸른 지폐, 동전 두어 개를 조심스럽게 꺼낸다. 그리고 쓰레받기와 빗자루를 가져와서 젖소 조각들을 쓸어 담는다. 나는 장도리 손잡이를 손마디가 하얗게 물들 만큼 힘껏 거머쥔다.

3

공룡 무늬 이불 위에 누워 있으려니 온갖 흑백 영상이 머릿속에 떠오른다. 나는 두 팔을 몸에 딱 붙이고 발을 살짝 벌리고 있다. 코트를 갑옷처럼 둘러 입고, 잠시 쉬는 병사처럼. 오늘 학교에서 제2차 세계대전을 배우느라 관련한 영화를 봤다. 생각하자마자 목이 메어온다. 찌개용 고기처럼 겹겹이 포개진 유대인들, 옛날 차를 탄 대머리 독일인들이 눈에 보인다. 분홍빛을 띠고 짧은 검은 털이 박혀 있는 독일인들의 대머리가 마치 산란용 닭의 털 뽑힌 엉덩이처럼 보였다. 그들 사이에서 서로 깃털을 쪼아대는 싸움이 벌어지면 아무도 도망칠 수 없는 것이다.

나는 매트리스에서 몸을 반쯤 일으키고 경사진 천장에서 야광별을 긁어낸다. 아빠가 이미 몇 개 떼어냈다. 내가 학교에서 나쁜 성적을 받는 날, 아빠가 나를 방으로 데려와 재우는 차례이면 꼭 그렇게 한다. 아빠는 한때 못된 아이 요니에 대한 이야기를 들려주곤 했다. 늘 해선 안 되는 일을 하고 다니는 아이였다. 그런데 이제 요니가 착한 아이가 되어서 벌을 받지 않게 된 건지, 아빠는 이제 그 이야기를 잘 하지 않는다. 아니면 아빠가 그냥 요니를 잊은 것이거나.

"요니는 어딨어요?"

나는 물었다.

"갠 지쳐서 짜부라져 있어."

그때 나는 아빠의 머릿속이 지쳤고 짜부라져 있다는 것을 알 수 있었다. 요니가 사는 곳은 아빠의 머릿속이니까.

"돌아오기는 해요?"

"기대하지 마."

아빠는 낙담한 목소리로 대답했다.

아빠가 별을 떼어내고 난 자리에는 하얀 블루택*이 남는다. 블루택 조각 하나하나가 내가 잘못 대답한 질문들을 나타낸다. 나는 떼어낸 별 하나를 내 코트 심장께에 붙인다. 선생님이 히틀러에 대해 이야기했을 때 나는 히틀러처럼 콧수염이 있는 얼굴에 키스하면 어떤 기분일지 궁금했다. 아빠는 맥주를 마실 때만 콧수염이 생긴다. 윗입술을 따라 맥주 거품이 묻는 것이다. 히틀러의 수염은 손가락 두 개만큼 굵었다.

책상 아래에서 나는 배 속에서 근질거리는 벌레들을 가라앉히려고 배에 손을 얹었다. 배와 가랑이에서 그런 느낌이 점점 더 자주 일어나고 있었다. 내가 요니 위에 누워 있다고 생각해서 그런 느낌을 불러일으킬 수도 있었다. 가끔은 내가 그런 생각을 하는 바람에 개가 짜부라졌나 생각했지만, 아빠의 머리가 여전히 둥그렇고 상체에 잘 붙어 있으니 나는 진지하게 생각하지 않았다. 보통 나는 수업 시간에 질문을 하지 않는다. 질문이 떠오르지 않기 때문이다. 하지만 이때는 손을 들어 질문을 했다.

* 종이를 붙일 때 접착제로 쓰는 점토 같은 것.

"히틀러가 혼자 있을 때 울었을 거라고 생각하세요?"

선생님은—내 담임 선생님이기도 했다—대답하기 전에 나를 한참 바라보았다. 선생님의 눈은 언제나 반짝거렸다. 눈속에서 배터리로 작동하는 양초가 오랫동안 빛나고 있는 것 같았다. 선생님은 내가 좋은 사람인지 나쁜 사람인지 알아보려고 내가 울음을 터뜨리기를 기다렸는지도 모른다. 나는 아직까지도 오빠 때문에 울지 않았으니까. 소리 없이 운 적조차 없었다. 눈물이 눈꼬리에 걸려서 나오지 않았다. 아마도 내 코트 때문인 것 같았다. 교실이 따뜻하니 눈물이 뺨에 닿기도 전에 증발할 게 분명했다.

"악당은 울지 않아. 영웅만 울지."

선생님이 말했다. 나는 시선을 떨어뜨렸다. 오버 오빠와 나는 악당일까? 엄마는 우리를 등지고서만, 들리지 않을 만큼 조용히 울었다. 엄마의 몸은 뭐든 조용하게 했다. 방귀조차 조용히 뀌었다.

선생님은 히틀러가 가장 즐기던 취미는 몽상이었으며, 그는 질병을 무서워했다고 말해주었다. 그는 위경련과 습진에 시달렸고, 콩 수프를 많이 먹은 탓에 배 속에 가스가 많이 찼다고 했다. 히틀러에게는 형제가 셋 있고 여동생도 하나 있었는데 모두 여섯 살을 넘기지 못하고 죽었다. 나 자신이 그와 닮았다는 생각이 들었다. 하지만 아무도 알아서는 안 된다. 심지어 생일도 똑같았다. 4월 20일. 아빠는 기분이 좋은 날이면 흡연용 의자에 앉아서 내가 태어났던 날은 몇 년 사이에 가장 추웠던 4월 날이었다고, 그 토요일은 세상이 온통 연푸른빛이었다고 이야기해주었다. 얼음으로 조각상을 깎듯 나를 자궁에서 깎아내야 했을 정도였다고. 내 육아 앨범을 보면 내 첫 초음파 사진 옆에 코일 피임 장치가 붙어 있다. 활 모양의 장치에 구리관이 감겨 있고, 정자를 모두 물어 죽일 수 있는 조그마한 상어 이빨 같은 하얀 갈고리가 달려 있으며, 아래쪽에는 점액질의 흔적처럼 보이는 실이 매달려 있다. 나는 그 코일을 피해 헤엄쳐 나온 것이다. 왜 엄마가 배 속에 상어 이빨을 달았느냐고 물었더니 아빠는 이렇게 대답했다. "너희는 생육하고 번성하며 땅에 가득하여 그중에서 번성하라 하셨더라*, 그러나 집에 방은 충분히 있는지 먼저 확인해야 하느니. 이건 임시 해결책이었어, 하나님도 아셨지. 그런데 네가 노새처럼 끈질겼던 거야." 내가 태어난 이후로 엄마는 다시 피임 장치를 하지 않았다. "아이들은 주님의 유산이다." 유산을 받지 않겠다고 거절할 수는 없는 것이다.

나는 구글에 내 생일을 몰래 검색해봤다. 우리 집에서는 인터넷 선을 꽂으려면 전화선을 뽑아야 하기 때문에 연결할 때 지직거리고 삑삑거리는 소리가 난다. 부모님은 혹시라도 중요한 전화가 올 수도 있다는 이유로 우리가 인터넷을 오래 쓰지 못하게 한다. 사실 부모님에게 중요한 전화라고는 전혀 오지 않고, 온다고 해봤자 젖소 한 마리가 또 새로운 땅에 나갔다는 소식일 뿐이지만 말이다. 부모님은 인터넷에 있는 것은 모두 사악하다고 생각하지만, 아빠가 가끔 하는 말마따나 "우리는 세상 안에 있지만 세상에 '속하지'는 않는다". 우리는 가끔 학교 숙제를 위해서만 인터넷을 써도 된다는 허락을

---

* 창세기 9장 7절.

받는다. 하지만 사람들이 개신교인다운 우리 얼굴을 보고 우리가 어느 마을에서 왔는지 알겠다고 말하는 걸 보면 아빠의 말(요한복음에서 따온 것이다)이 과연 맞는지 의심이 든다. 내가 태어난 날에는 바람이 강하게 불었다고 하는데, 아빠는 오히려 그날 공기가 너무 잔잔해서 울퉁불퉁한 버드나무들마저도 겸허한 태도로 가지를 가만히 두었다고 했다. 4월의 그날, 히틀러가 죽은 지 46년이 지났을 시점이었다. 그와 나 사이의 차이점이라고는 나는 유대인이 아니라 구토와 설사를 무서워한다는 것이다. 비록 나는 유대인을 실제로 본 적이 없지만, 어쩌면 그들은 여전히 사람들 집 다락방이나 지하실에 숨어 있을지도 모른다. 전쟁 때 네덜란드 농부들이 그들을 숨겨주었듯이. 부모님이 우리를 지하실에 못 들어가게 하는 것도 그래서인지도 모른다. 엄마가 금요일 저녁마다 봉투 두 개가 꽉 차도록 장을 봐서 지하실로 가지고 내려가는 데에는 그럴 만한 이유가 있을 것이다. 우리 가족은 핫도그를 먹지 않는데 거기엔 핫도그 캔도 들어 있다.

나는 코트 주머니에서 구겨진 편지를 꺼낸다. 선생님이 안네 프랑크에게 편지를 쓰라고 해서 쓴 것이다. 나는 미친 짓이라고 생각했다. 안네 프랑크는 죽었지 않은가. 우리 마을 우체통은 인근 지역번호인 8000번부터 8617번까지 보내는 편지와 타 지역으로 보내는 편지, 두 가지 편지를 넣는 구멍만 나 있을 뿐, 천국으로 보내는 편지는 취급하지 않는다. 취급했다가는 난리가 날 것이다. 죽은 사람들은 언제나 산 사람들보다 더 그리움을 받으니, 천국으로 가는 편지가 넘쳐날 것이므로.

"안네의 상황에 공감해보자는 거란다."

선생님이 말했다. 선생님은 내가 다른 사람의 입장을 이해하는 것은 잘하지만 나 자신의 입장을 벗어던지고 즐기는 건 잘 못한다고 생각했다. 가끔 나는 다른 사람의 입장을 너무 오래 생각하고 있기도 했다. 나 자신의 입장 안에 머무는 것보다는 그편이 쉽기 때문이었다. 나는 걸상을 약간 옮겨서 벨러에게 가까이 끌어당겼다. 우리는 중학교 첫 주부터 옆자리에 앉았다. 나는 그 애를 보자마자 마음에 들었다. 밀짚색 금발 위로 커다란 귀가 삐져나와 있고 입이 약간 비뚤어져 있는 게, 완성하기 전에 말라버린 찰흙 인형 같아 보였기 때문이다. 원래 아픈 소는 멀쩡한 소보다 더 사랑스럽다. 아픈 소는 부드럽게 어루만져도 갑자기 발길질당할 염려를 하지 않아도 된다.

벨러는 잠깐 내게 고개를 기울이더니 속닥거렸다.

"그 유니폼 지겹지 않아?"

나는 아이라이너를 칠한 벨러의 눈을 바라본다. 눈 위와 밑에 그려진 아이라인은 수직선 위에 너무 크게 그려넣어서 답을 구할 수 없는 곡선처럼 보인다. 그 눈이 내 코트를 향하고 있었다. 코트 후드에 달린 끈은 침이 묻었다가 말라붙어서 빳빳해졌다. 가끔 바람이 불면 끈이 내 목을 탯줄처럼 휘감았다.

나는 고개를 저었다.

"운동장에서 애들이 너 얘기 해."

"그래서?"

말하는 사이에 나는 책상 밑 서랍을 살짝 열었다. 아직 책상에 서랍이 있는 사람은 나뿐이었다. 이 책상은 사실 중학교 옆에 있는 초등학교에서 가져온 것이었다. 포일에 싸인 꾸러미들을 보니 마음이 차분해졌다. 이 서랍은 밀크 비스킷의 공동묘지였다. 배 속이 꾸룩거렸다. 어떤 비스킷은 벌써 물컹물컹해졌다. 누가 입안에 넣었다가 도로 뱉어놓은 것처럼. 음식이 장에 들어가고 나면 똥으로 변한다. 이곳 변기들은 속이 평평한 선반처럼 되어 있어서 내 똥이 하얀 접시에 올려진 것처럼 보였다. 나는 그게 싫었다. 똥을 배 속에 담아둬야 했다.

"애들이 하는 말이 너는 가슴이 안 자라서 항상 코트를 입고 다니는 거래. 넌 코트를 절대로 안 빤다며? 너한테서는 젖소 냄새가 나."

벨러는 만년필로 자기 페이지에 적힌 제목 옆에 마침표를 찍었다. 나는 잠시 그 푸른 점이 되고 싶다는 생각을 했다. 그 뒤에는 아무것도 없을 테니까. 목록도, 생각도, 갈망도. 아무것도.

벨러가 기대감 어린 눈으로 나를 보았다.

"너는 딱 안네 프랑크 같아. 너도 숨어 있는 거지."

나는 가방에서 연필깎이를 꺼내 연필을 집어넣고 아주 날카로워질 때까지 돌렸다. 그러다 두 번 부러뜨렸다.

나는 한때 맛히스 오빠 것이었던 매트리스 위에서 몸을 굴려 엎드린다. 2주 전부터 나는 다락방의 오빠 방에서 잠을 잤다. 하나는 내 예전 방을 차지했다. 가끔 나는 요니가 이 다락방을 너무 무서워해서 내 예전 방에 쭉 머물고 있는 게 아닌가 하는 생각이 든다. 그때부터 아빠가 요니에 대해 아무 말도 하지 않았기 때문이다. 요니는 사라짐으로써 비로소 내게 깊은 인상을 남긴 셈이다. 매트리스 한가운데는 오빠의 몸 모양대로 푹 꺼져 있다. 죽음이 남긴 흔적이다. 내가 그 위에서 아무리 몸을 뒤치고 굴려도 푹 꺼진 모양은 그대로 남아 있고 나는 거기에 들어가려 하지 않는다.

내 곰인형이 어디 있는지 찾아보지만 어디에도 보이질 않는다. 침대 발치에도 없고, 이불 속에도 없고, 침대 밑에도 없다. 그 순간 엄마의 목소리가 머릿속에 떠오른다. "역겨워." 예전에 갑자기 내 방에 들어온 엄마가 한 말이었다. 엄마의 얼굴에도 역겹다는 표정이 떠올라 있었다. 엄마는 "역겨워"에서 '역'을 강조해서 말했다. 그 말은 입에 담으면 흉하게 들린다. 약간 토하려는 것처럼 들린다고 할까. 엄마는 그 단어를 말한 다음 "이응, 여, 기역, 기역, 여, 이응, 워"라고 철자를 읊으며 코를 허공에 쳐들었다. 불현듯 내 곰인형이 어디 있는지 알겠다. 나는 이불 밖으로 빠져나가 창밖 정원을 내다본다. 빨랫줄에 내 곰인형이 걸려 있다. 양쪽 귀가 빨간 나무 집게로 고정된 채, 곰인형은 바람을 맞아 앞뒤로 흔들거리고 있다. 나는 개 위에 엎드려서 딱 저런 식으로 움직이곤 했다. 엄마는 그걸 보고 벗나무에 올라앉은 까마귀를 쫓듯이 손뼉을 세 번 쳤다. 내가 곰인형의 푹신푹신한 아랫부분에 내 가랑이를 문지르는 것을 엄마는 보았던 것이다. 여기 다락방에서 자기 시작한 이후로 나는 이런 행동을 해왔다. 우선 눈을 감고 움직이면서 그날 하루 있었던 일들을 훑는다. 사람들이 나한테 한 말, 그 말을 한 방식까지 모두 되풀이해 떠올리고, 그런 다음에는 내가 정말로 갖고 싶은 필립스 워크맨과, 짝짓기하는 달팽이 두 마리, 오버 오빠가 드라이버로 두 마리 달팽이를 분리했던 일, 텔레비전에 나오는 디우에르티어 블록, 얼음을 지치는 맛히스 오빠, 코트 없이 나 혼자 살아야 하는 삶에 대해 생각한다. 그러다 보면 오줌을 누고 싶어진다.

"우상은 네가 하나님에게 가기 전에 도망치는 곳이야."

나중에 내가 아니스 씨를 넣은 따뜻한 우유를 마시러 내려갔을 때 엄마는 그렇게 말했다. 그 벌로 내 곰인형을 빨아서 널어둔 것이다. 나는 양말 바람으로 살금살금 계단을 내려가 현관을 건너 뒤뜰의 미적지근한 저녁 공기 속으로 빠져나간다. 내 뒤에는 마당이 펼쳐져 있고 조명등이 여전히 켜져 있다. 부모님은 잠들기 전에 송아지들에게 우유를 만들어준다. 내게도 그 배합을 단단히 외워두게 했다. 단백질 파우더 한 숟가락, 물 2리터. 그렇게 해서 송아지들이 여분의 단백질을 보충하는 것이다. 그걸 마시고 난 송아지들의 코에서는 바닐라 냄새가 난다. 우유 탱크가 웅웅거리고 소들이 쓰는 물그릇이 덜그럭거리는 소리가 난다. 나는 문 옆에 있던 엄마의 나막신을 부리나케 꿰어 신고 풀밭을 가로질러 빨랫줄로 달려간다. 그리고 곰인형의 귀에서 빨래집게를 빼낸 다음 곰인형을 가슴에 단단히 끌어안고서, 마치 맛히스 오빠를 다루듯 앞뒤로 몇 차례 부드럽게 흔든다. 한밤중에 어두컴컴한 호수에서 오빠를 꺼낸 것처럼. 곰인형은 묵직하고 축축하다. 다 마르려면 하룻밤은 더 걸릴 테고, 세제 냄새가 가시려면 일주일은 걸릴 것이다. 오른쪽 눈에 물이 고여 있다. 잔디밭을 가로질러 돌아가는 길에 엄마 아빠가 언성을 높여 대화하는 소리가 들린다. 싸우는 것 같다. 나는 싸움을 감당하질 못한다. 오버 오빠는 누가 자기한테 말대꾸하는 걸 못 견뎌서 손으로 귀를 틀어막고 콧노래를 부르곤 한다. 어둠 속에서 내 모습이 눈에 띌까 봐 나는 코트에 붙인 야광별을 한 손으로 가리고 다른 손으로는 곰인형을 들고 토끼장 뒤에 숨는다. 토끼들의 뜨뜻한 암모니아 냄새가 나무 틈새로 새어 나온다. 오버 오빠가 두엄 더미에서 낚시에 쓸 통통한 구더기 두 마리를 잡은 적이 있다. 오빠가 그 조그마한 몸뚱이를 낚싯바늘에 꿰었을 때 나는 재빨리 다른 데를 보았다. 여기서는 말싸움이 무슨 내용인지 들린다. 엄마가 쇠스랑을 들고 두엄 구덩이 옆에 서 있는 게 보였다.

"당신이 애를 없애고 싶었던 게 아니라면……."

"오, 그래서 그게 내 잘못이라는 거야?"

아빠가 따진다.

"그래서 하나님께서 우리 첫째를 데려간 거야."

"우리가 결혼하지 않았다면……."

"열 번째 재앙*이야, 확실해."

나는 숨을 참는다. 젖은 곰인형을 안고 있으니 코트가 축축해진 느낌이 든다. 곰인형은 고개를 앞으로 수그리고 있다. 히틀러가 자기 계획에 대해서나, 그걸 엉망으로 망가뜨릴 거라는 사실에 대해 자기 엄마한테 말했을지 궁금해진다. 나는 디우에르티어가 살아남게 해달라고 기도했다는 사실을 아무

---

* 출애굽기에서 이집트에 내려진 열 가지 재앙 중 마지막 재앙을 뜻하는 것으로, 사람과 가축을 포함해 그해 낳은 모든 첫 생명이 죽는 재앙이다.

에게도 말하지 않았다. 열 번째 재앙이 내 탓인 건 아닐까?

"우리에게 주어진 것을 가지고 잘 살아야지."

아빠가 말한다. 조명등 불빛에 비친 아빠 몸의 윤곽이 보인다. 어깨를 평소보다 높게 곧추세우고 있다. 우리가 더 클걸 대비해서 높이 걸어둔 외투 걸이처럼, 아빠의 어깨가 2센티미터쯤 더 높이 올라가 있다. 엄마가 깔깔 웃는다. 평상시와 같은 웃음이 아니다. 엄마는 무언가가 웃기지 '않을 때' 저렇게 웃는다. 혼란스러운 일이지만, 원래 어른들은 곧잘 혼란스럽게 행동한다. 어른들의 머릿속은 테트리스 게임과 같아서 온갖 걱정거리를 제자리에 배치해야 하기 때문이다. 걱정거리가 너무 많이 쌓이면 모든 게 막히고 만다. 게임오버가 되는 것이다.

"차라리 저장고 탱크에서 뛰어내리고 말겠어."

배 속을 찌르는 통증이 더 심해진다. 내 배가 할머니의 바늘꽂이가 된 것만 같다.

"아기에 대해 아무한테도 말 안 했잖아. 그 가족이 뭐라고 생각할지 누가 알겠어? 하나님만이 아실 일이지. 그리고 그분은 천 번이고 용서하실 거야."

아빠가 말한다.

"당신이 수를 세는 한은 그렇겠지."

엄마가 등을 돌리며 말한다. 엄마는 헛간 벽에 기대어 있는 두엄 갈퀴만큼이나 말랐다. 엄마가 왜 음식을 안 먹는지 이제 알겠다. 두꺼비 이주 봉사 때 오버 오빠가 말하기를, 두꺼비들은 동면을 마친 이후엔 내내 아무것도 안 먹다가 짝짓기를 하자마자 먹기 시작한다고 한다. 이제 우리 부모님은 잠깐이라도 서로를 만지지 않는다. 그렇다는 건 짝짓기도 안 한 다는 뜻이리라.

방으로 돌아온 나는 내 책상 아래 양동이에 든 두꺼비들을 들여다본다. 녀석들은 아직 서로의 위에 올라타지 않았다. 양동이 밑바닥에 둔 상추 잎사귀도 아직 그대로다.

"내일이면 너희는 짝짓기를 할 거야."

나는 말한다. 때로는 뭔가를 명확하게 하고 규칙을 정해야 할 필요가 있다. 안 그러면 남들이 나를 함부로 대하기가 십 상이다.

그리고 나는 옷장 옆 거울 앞에 서서 머리를 옆으로 빗어 넘긴다. 히틀러가 이런 식으로 머리를 빗은 건 얼굴을 스친 총알 흉터를 숨기기 위해서였다고 한다. 나는 머리를 다 빗고 침대로 가서 눕는다. 스탠드 불빛 속에서 내 머리 위로 내려 뜨려진, 기둥에 묶인 밧줄이 보인다. 밧줄에 아직 그네는 달 리지 않았고, 토끼도 매달리지 않았다. 끄트머리의 올가미가 보인다. 딱 토끼 목을 매기에 좋은 크기다. 나는 우리 엄마의 목은 저것보다 세 배는 더 굵은 데다가 엄마는 높은 데를 무 서워한다는 사실을 되새기며 나 자신을 달래려 애쓴다.

4

"화났어요?"

"아니."

엄마가 말한다.

"슬퍼요?"

"아니."

"행복해요?"

"아무렇지도 않아. 그냥 보통이야."

그럴 리가 없다. 엄마의 상태는 절대로 보통이 아니다. 엄마가 지금 만들고 있는 오믈렛마저도 정상이 아니다. 오믈렛은 달걀 껍질 조각들이 섞여 있고, 프라이팬에 눌어붙은 데다 흰자도 노른자도 말라버렸다. 엄마는 버터를 쓰지 않게 되었고 소금과 후추를 뿌리는 것을 또 잊었다. 게다가 요즘 들어 엄마의 눈이 눈구멍 속으로 푹 꺼지고 있다. 축사 옆 두엄구덩이에 점점 더 깊이 잠겨가는, 낡고 쭈그러진 내 축구공처럼. 나는 조리대의 달걀 껍질들을 쓰레기통에 버리다가 쓰레기들 틈새에서 부서진 젖소 저금통 조각들을 본다. 머리 부분은 뿔이 부러지긴 했지만 아직 온전해 보인다. 나는 그걸 낚아채서 재빨리 코트 주머니에 집어넣는다. 그리고 노란색 행주를 집어 들고 깨진 달걀이 남긴 미끈미끈한 흔적을 문질러

78

닦는다. 문득 몸서리가 쳐진다. 나는 마른 행주를 좋아하지 않는다. 마른 행주에는 박테리아가 가득하지만 적시고 나면 덜 더럽게 느껴진다. 나는 수돗물로 행주를 헹구고 다시 엄마 옆에 바싹 다가선다. 엄마가 조리대에 내놓은 접시들로 프라이팬을 가져가면서 우연히라도 나를 만지기를 바라는 마음으로. 잠깐이라도 좋으니. 피부와 피부가 맞닿고, 굶주림과 굶주림이 맞닿기를. 아빠는 아침 식사 전에 엄마에게 체중계에 서보라고 했다. 그러지 않으면 교회에 같이 가지 않겠다고 하면서. 말뿐인 협박이었다. 아빠가 참석하지 않은 예배는 상상할 수도 없었다. 가끔 우리 아빠가 없으면 하나님은 어떻게 될까 하는 생각도 든다. 아빠는 자기 말을 강조하기 위해 아침 식사 직후에 주일용 구두를 가지런히 놓고 광을 내지 않고 그냥 신어버렸다. 주님 앞에 나아갈 때는 반드시 광을 낸 구두를 신어야 한다고 엄마는 말하곤 했다. 오늘은 특히 그래야 했다. 농작물을 위해 기도하는 날로서 마을의 모든 농부들에게 중요한 날이기 때문이다. 개신교인들은 한 해에 두 번씩, 추수 전과 후에 모여서 밭과 작물에 대해, 꽃피고 성장하는 모든 것에 대해 감사 기도를 올린다. 엄마가 나날이 말라가고 있을 때라도.

"송아지 한 마리 반보다 덜 나가네."

엄마가 마침내 체중계에 올랐을 때 아빠가 말했다. 아빠는 저울의 숫자들을 내려다보려 몸을 구부렸다. 오버 오빠와 나는 문간에 서서 서로 눈짓했다. 지나치게 저체중으로 태어난 송아지들이 어떻게 되는지 우린 모두 알고 있었다. 도축장에 보내기에는 너무 말랐고 먹여 키우기에는 돈이 너무 많이 들기 때문에 대부분은 주사를 맞힌다. 아빠가 엄마를 체중계에 세워두는 시간이 길어질수록 더 많은 숫자들이 달팽이처럼 기어 들어가려 하고, 엄마는 점점 더 조용해지고 움츠러드는 것 같았다. 한 해의 수확물 전체가 우리 눈앞에서 씨를 맺으려 하는데 우리가 할 수 있는 일은 아무것도 없는 것만 같았다. 나는 팬케이크 가루와 정제설탕 상자 무게라도 더해서 아빠를 멈추고 싶은 심정이었다. 예전에 아빠는 송아지 한 마리로 1500명을 먹일 수 있다고 말한 적이 있었다. 그러니까 우리가 엄마를 뼈만 남을 때까지 뜯어먹으려면 시간이 한참 걸릴 것이다. 우리 모두가 엄마를 항상 쳐다보고 있으니 엄마가 먹지 않는 것이었다. 내 토끼 디우에르티어만 해도 내가 근처에 없다고 생각할 때에야 자기 여물통에 비어져 나온 당근을 갉아 먹기 시작했다. 나중에 아빠가 체중계를 싱크대 밑으로 돌려놓았을 때 나는 재빨리 배터리를 빼버렸다.

엄마는 오믈렛을 덜면서 나를 한 번도 만지지 않는다. 우연히 몸이 닿지도 않는다. 나는 한 발짝, 또 한 발짝 물러선다. 슬픔은 사람의 척추에까지 올라온다. 엄마의 등은 점점 더 굽어간다. 이번에는 접시 두 개가 없다. 엄마 것과 맛히스 오빠 것. 엄마는 우리와 같이 식사하지 않게 되었다. 비록 엄마 몫의 샌드위치를 만들어 체면치레를 하고, 식탁에서 아빠 맞은편 자리인 상석에 앉아 우리가 포크를 입으로 가져가는 모습을 엄중하게 감시하고 있지만 말이다. 문득 나는 죽은 아기를 떠올리고, 우리가 할머니 댁에 묵으러 가면 할머니가 간질간질한 말 담요를 덮어주시면서 해주던 커다랗고 나쁜 늑대 이야기를 떠올린다. 어느 날 사람들이 커다랗고 나쁜 늑대의 배를 열어서 염소 일곱 마리를 구해내고, 그 자리에 돌멩이를 집어넣고 배를 꿰맸다고 한다. 사람들이 엄마의 배 속에도 돌멩이를 넣어두었나 보다. 그러니까 엄마가 가끔 이렇게 딱딱하고 차가운 것이다.

나는 빵을 한 입 베어 문다. 저녁 식사 동안 아빠는 개방식 칸막이 안에 들어가 눕지 않고 홈 파인 바닥 위에서 잠을 자는 젖소들에 대해 이야기한다. 그러면 녀석들의 젖에 안 좋다고. 아빠는 오믈렛 한 조각을 들어 올린다.

"여기 소금을 안 쳤네."

아빠가 얼굴을 찌푸리며 커피를 한 모금 마신다. 달걀에 소금이 안 들었더라도 커피는 같이 마시는 것이다.

"그리고 밑바닥이 탔어요."

오버 오빠가 말한다.

"껍질도 들었어요."

하나가 덧붙인다.

세 사람 모두 엄마를 돌아본다. 엄마는 식탁 앞에서 불쑥 일어나 쿠민 치즈 샌드위치를 쓰레기통에 버리고 자기 그릇을 싱크대에 넣는다. 엄마는 처음부터 샌드위치를 먹을 생각이 없었다고, 다름 아닌 우리 때문에 엄마가 이렇게 야위는 거라고 알려주고 싶은 것이다. 엄마는 아무도 보지 않는다. 엄마가 늘 세심하게 잘라낸 접시 옆에 놔두는 빵 껍질처럼, 나중에 우리 점수에서 지금 이 점수를 빼려고 하는 것 같다. 엄마는 우리를 등진 채 말한다.

"이것 봐, 너희는 항상 아빠 편을 들지."

"고작 달걀 얘기일 뿐이잖아."

아빠가 낮은 목소리로 말한다. 반박을 기다리고 있는 어조
다. 가끔 반박하는 사람이 없을 때조차 아빠는 다른 사람의
마음을 바꿔놓곤 한다. 아빠는 오믈렛 조각을 계속 들여다보
면서 코를 킁킁거린다. 나는 긴장감 때문에 손가락으로 코를
후벼서 콧물을 훔쳐낸다. 누리끼리한 콧물 덩어리를 흘끔 보
고선 입안에 넣는다. 찝찔한 맛을 보니 마음이 차분해진다.
손을 콧속 더 깊이 넣자 아빠가 내 손목을 잡아당긴다.

"오늘이 기도의 날이라고 해서 네가 추수를 시작해야 하는
건 아니야."

나는 팔을 도로 내려놓고, 혀를 최대한 목구멍 안쪽으로
밀어넣고서 코를 푼다. 아니나 다를까 콧물이 내 입안에 고인
다. 나는 그걸 다시 삼킨다. 엄마가 뒤를 돌아본다. 지친 표정
이다.

"나는 나쁜 엄마야."

엄마가 그렇게 말하고는 부엌 식탁 위의 전구를 쳐다본다.
이제는 저 전구에 등갓을 씌워야 할 때다. 꽃무늬가 있든 없
든 말이다. 하지만 우리가 그 말을 꺼내기만 하면 엄마는 신
경 쓸 가치가 없다고 대답한다. 엄마는 이제 늙었고, 등갓을
사봤자 부모님이 돌아가신 후에 우리가 가구들을 나눠 가질
때 일만 많아진다고. 그 외에도 엄마는 심판의 날이 다가올
걸 생각하면 온갖 물건들에 돈을 쓸 필요가 없다고 생각한
다. 나는 내 접시를 들고 재빨리 엄마 옆에 다가선다. 학교에
서 축구를 할 때는 포지션을 어떻게 잡느냐가 중요하다. 누군
가는 주장이 되어야 하고, 누구는 공격수가, 누구는 수비수가

82

되어야 한다. 나는 너무 큰 달걀 덩어리를 입에 집어넣는다.

"완벽한 오믈렛이에요. 너무 짜지도 않고, 물기가 너무 많지도 않고."

하나가 덧붙인다.

"맞아요. 그리고 달걀 껍질에는 칼슘도 있잖아요."

"들었지, 여보? 당신 그렇게 나쁜 엄마는 아니야."

아빠가 그렇게 말하며 잠깐 미소 짓고는 나이프를 혀로 훑는다. 혀는 진홍색이고 밑면에 푸른 줄무늬가 있다. 마치 번식기의 황야 개구리 같다. 아빠는 빵 바구니에서 뮤즐리 빵 한 덩이를 꺼내 이모저모 살펴본다. 수요일마다 학교 가기 전에 우리는 마을의 빵집에서 빵을 구해 온다. 모두 유통기한이 지난 빵으로, 원래는 닭 모이로 주라는 용도이지만 우리 가족은 주로 우리가 그냥 먹는다. 아빠는 "닭이 먹어도 안 아픈 음식이면 우리가 먹어도 괜찮은 거야"라고 한다. 나는 내 안에서 곰팡이가 자라날까 봐 여전히 걱정이 된다. 아빠는 향신료를 가미한 롤빵을 커다란 칼로 썰어서 곰팡이 핀 부분을 잘라내는데, 나는 그 빵 조각처럼 언젠가 내 피부도 푸른색과 흰색으로 변할까 봐, 그래서 내가 닭 모이로밖에 쓸 수 없는 존재가 될까 봐 걱정스럽다.

하지만 보통 빵 맛 자체는 좋다. 그리고 빵집에 다녀오는 일은 한 주 중 가장 기대되는 여정이기도 하다. 아빠는 자랑스럽게 수확물을 보여준다. 광택이 나는 건포도 롤빵, 달걀 케이크, 사워도우 빵, 향신료를 가미한 비스킷, 도넛 등등. 엄마는 기름기가 너무 많다고 하면서도 항상 크루아상을 가져온다. 엄마는 가장 좋은 것을 챙기려고 하고, 우리가 그걸 먹고

싫어하면 안심이 되는 모양이다. 나머지는 닭들에게 돌아간
다. 나는 그때 우리가 잠깐이나마 행복한 것 같다. 하지만 아
빠는 행복은 우리 몫이 아니라고, 우리는 행복하도록 만들어
지지 않았다고 한다. 우리의 창백한 피부로는 햇볕에 10분만
나가 있어도 못 견디고 그늘을, 어둠을 찾는 것처럼 말이다.
이번에는 사료 자루에 더 많은 빵이 담겨 왔다. 지하실의 유
대인들을 위한 것인가 보다. 엄마는 그들을 위해서는 맛있는
오믈렛을 만들어줄지도 모른다. 그리고 우리를 안아주는 것
을 잊을 만큼 그들을 껴안아줄지도 모른다. 내가 옆집 린 아
주머니의 고양이를 안아주듯이 힘껏—녀석의 털 너머 갈비
뼈가 내 배에 닿고, 조그마한 심장이 내 심장에 맞부딪혀 울
릴 만큼.

우리는 제방 위의 교회에서 아침과 저녁 예배를 드리고 가
끔은 오후의 어린이 예배에도 참석한다. 그때마다 반드시 앞
좌석에 앉는다. 우리가 교회에 들어가는 모습을 모두에게 보
여주고, 그래서 우리가 잃어버린 것이 있음에도 여전히 주님
의 집에 방문한다는 것을, 그 모든 일에도 불구하고 여전히
그분을 믿는다는 것을 알려주는 것이다. 하지만 나는 하나님
이 과연 찾아가서 대화를 나누고 싶을 만큼 좋은 분인지 점
점 의심이 든다. 내가 보기에 신앙을 잃는 데에는 두 가지 방
법이 있는 것 같다. 자기 자신을 찾음으로써 하나님을 잃는
사람들이 있는 반면, 자기 자신을 잃음으로써 하나님까지 잃
는 사람들도 있다. 나는 후자에 속하는 것 같다. 내가 주일마
다 입는 옷은 예전의 나에게 맞춰서 만들어진 것처럼 팔다리

를 꽉 조인다. 할머니는 교회에 세 번 가는 것을 신발끈 묶는 일에 비유한다. 먼저 매듭을 짓고, 그다음으로 고를 내어 묶고, 마지막으로 이중 매듭을 지어서 확실히 고정하는 것처럼, 예배도 세 번 드려야 메시지를 확실하게 기억할 수 있다는 것이다. 그리고 화요일 저녁이면 나는 오버 오빠와 초등학교 시절 친구 몇 명과 함께 렝케마 목사님 댁에 교리문답을 하러 가야 한다. 견진성사 준비를 위해서이다. 목사님의 아내는 우리에게 오렌지에이드와 프리지아식 생강빵 한 조각을 준다. 나는 거기 가는 걸 좋아하지만 하나님의 말씀 때문이라기보다는 생강빵 때문이다.

예배 동안 나는 집에 먼저 가려고 마지막 줄에 앉은 어르신들이 기절하거나 몸이 아파지기를 남몰래 바란다. 이런 일은 자주 일어난다. 기도서가 덮이듯이 어르신이 몸을 앞으로 고꾸라뜨리면서 우당탕 소리가 요란하게 울려퍼지는 것이다. 누군가가 실려 나가는 상황이 되면 사람들 사이에 동요가 퍼진다. 동요는 성경 말씀보다 더 강하게 우리를 하나로 묶는다. 종종 내게도 같은 파문이 일어난다. 하지만 나뿐만이 아니다. 우리는 쓰러진 어르신이 모퉁이 너머로 사라질 때까지 고개를 반쯤 돌리고 지켜보다가 비로소 다음 찬송가를 부르기 시작한다. 우리 할머니도 늙었지만 아직 교회에서 실려 나간 적은 없다. 설교 시간 동안 나는 할머니가 쓰러져서 내가 영웅처럼 할머니를 싣고 나가고 모든 사람들이 나를 쳐다보는 상상을 한다. 하지만 할머니는 어린 암소처럼 튼튼하다. 할머니는 하나님이 태양과도 같아서 아무리 힘껏 달아나려 해도 언제나 곁에 머물러 있다고 한다. 우리와 늘 함께 움직인다는 것이다. 나는 할머니 말이 옳다는 것을 안다. 가끔 나는 태양보다 더 빨리 움직여서 태양에게서 숨어보려 하지만 해는 늘 내 등 뒤나 눈언저리를 맴돌고 있다.

나는 내 옆자리에 앉아 있는 오버 오빠를 돌아본다. 오빠는 찬송집을 덮었다. 그 얄따란 책장을 보면 엄마의 피부가 너무 많이 떠오른다. 찬송을 한 곡 부르고 나면 엄마를 넘기고 잊어버리는 것처럼 느껴진다. 오빠가 손바닥에 생긴 물집을 뜯고 있다. 이제 여름이 오고 있으니 겨울을 위해 축사를 말끔하게 청소해야 한다. 우리는 계절과 동시에 살지 않는다. 언제나 다음 계절을 준비하느라 바쁘다.

이윽고 물집의 부드러운 막은 돌처럼 단단해질 테고 엄지와 검지로 떼어내게 될 것이다. 우리는 끊임없이 스스로를 갱신한다. 엄마 아빠를 제외하고. 부모님은 구약성경처럼 말, 행동, 양식, 의례를 반복하지만, 정작 추종자인 우리는 부모님에게서 점점 더 멀리 벗어난다. 목사님이 우리에게 눈을 감고 밭과 작물을 위해 기도하라고 한다. 나는 우리 부모님을 위해 기도한다. 엄마가 그 고집스러운 머릿속에서 저장고 탱크 생각을 떨쳐내기를, 그리고 내 방을 청소할 때 기둥에 달린 밧줄을 눈여겨보지 않기를. 연습장에 동그라미를 치거나 빵 봉투를 묶을 때면 꼭 엄마 생각이 난다. 그나저나 이제 봉투 클립은 빵 저장통 위에 놓여 있는 일이 없다. 아빠가 작업복 주머니에 집어넣고 다니는 것 같다. 그리고 가끔 매트리스 위에서 곰인형에 배를 대고 엎드려 움직일 때면 나는 스투프여 시장에 있는, 빵 봉투를 빨간 플라스틱 리본으로 봉해주는 조그마한 기계가 우리 집 부엌에 있는 상상을 한다. 그러면 클립을 잃어버려도 상관없을 테고 엄마도 더 이상 슬프지 않을 것이다.

나는 실눈을 뜨고 아빠를 훔쳐본다. 아빠의 뺨이 젖어 있다. 어쩌면 우리는 작물을 위해 기도하는 게 아니라 마을의 모든 아이들이 크고 튼튼하게 자라기를 기도하고 있는 것인지도 모른다. 아빠는 자기 밭에 주의를 기울이지 않은 나머지 심지어 침수되게 놔두었다는 것을 깨달은 셈이다. 우리에게는 음식과 옷뿐만 아니라 관심도 필요하다. 어른들은 그 사실을 자꾸 잊는 것 같다. 나는 다시 눈을 감고 내 책상 아래 두꺼비들을 위해 기도한다. 그리고 짝짓기철이 되면 엄마와 아빠도 자극을 받기를, 지하실의 유대인들도 그러기를 기도한다. 비록 그들에게만 콘플레이크와 핫도그가 허락되는 것이 부당하다고 생각하지만. 그렇게 기도하던 나는 누군가가 내 옆구리에 박하사탕을 눌렀을 때에야 눈을 뜬다.

"죄 많은 사람들이나 오랫동안 기도하는 거야."

오버 오빠가 속닥거린다.

5

 오버 오빠의 이마 옆부분이 빵에 핀 곰팡이처럼 퍼렇게 물들었다. 몇 분에 한 번씩 오빠는 자기 정수리를 만지고 세 손가락으로 머리카락을 반듯하게 쓸어내린다. 엄마는 우리 모두의 두개골이 특이하게 생겼다고 한다. 나는 그게 우리 이마에 압력이 가해지지 않았기 때문이라고 생각한다. 아빠가 우리 머리에 손을 얹어주지 않고 작업복 주머니에 뻣뻣하게 넣고만 다녔기 때문이다. 정수리는 우리가 자라기 시작한 지점이고 두개골의 모든 조각들이 모여 맞춰지는 부분이다. 그래서 오빠가 자기 정수리를 자꾸 만지나 보다. 스스로의 존재를 확실하게 하려고.

 엄마와 아빠는 우리의 버릇을 모른다. 규칙이 적으면 적을수록 우리 스스로 규칙을 만들게 된다는 걸 부모님은 이해하지 못한다. 오버 오빠는 우리가 모여서 그 주제에 대해 이야기를 해야 한다고 생각했다. 그래서 예배가 끝나고 우리는 모두 오빠의 방에 모였다. 나는 침대 위에 앉아 있고 하나가 내게 힘없이 기대어 있다. 나는 그 애의 목을 살짝 간지럽힌다. 하나에게서는 아빠의 불안의 냄새가 풍긴다. 아빠의 담배 연기 냄새가 그 애의 카디건에 배어 있다. 오버 오빠의 침대 머리판에는 작은 금이 가 있는데, 오빠가 밤마다 그 부분을 머리로 들이받거나, 베개 한편에서 다른편으로 허우적거리며 몸을 뒤치기 때문이다. 그때마다 단조로운 소리가 들린다. 가끔 나는 벽 너머에서 들려오는 곡조를 알아맞혀본다. 오빠는 노래를 부를 때도 있지만 그냥 허밍만 할 때가 더 많다. 찬송가는 부르지 않는다. 다행이다. 나는 찬송가를 들으면 울적해진다. 오빠가 머리판을 들이받는 소리가 들리면 나는 오빠방에 가서 조용히 하라고, 안 그러면 엄마가 잠에서 깨서 만약 우리가 휴가를 가게 되면 캠핑장 텐트 안에서 잠을 어떻게 자려나 걱정할 거라고 말한다. 그 말은 잠시 먹히지만 몇분만 지나면 쾅쾅 치는 소리는 다시 시작된다. 가끔은 저러다 나무가 쪼개지는 게 아니라 오빠의 머리가 쪼개지지 않을까 걱정이 된다. 그러면 우리가 오빠를 다시 사포질하고 니스칠 해줘야 하는 게 아닐까? 하나도 머리를 박는 습관이 있다. 그래서 개는 요즘 들어 내 침대에서 자주 잠을 잔다. 그러면 나는 그 애가 잠들 때까지 머리를 안아준다.

아래층에서 엄마가 응접실에 청소기 돌리는 소리가 들린다. 저 소리는 딱 질색이다. 엄마는 카펫에 빵 부스러기가 없는데도 하루에 세 번씩 청소기를 돌린다. 우리가 부스러기들을 모두 손으로 주워서 문 밖으로 가지고 나가 자갈밭에 버렸는데도 말이다.

"두 분이 아직 키스한다고 생각해?"

하나가 묻는다.

"프렌치키스를 할지도 모르지."

오버 오빠의 말에 하나와 나는 킥킥 웃는다. 혀를 내밀어 키스하는 상상을 하면 늘 엄마가 만드는 끈적끈적하고 불그스름한 배 요리가 생각난다. 엄마는 계피, 블랙커런트 즙, 정향, 설탕을 넣고 배를 전부 동여맨다.

"아니면 벌거벗고 서로의 위에 올라탈 수도 있지."

오빠가 침대 옆 우리에서 햄스터를 꺼낸다. 최근에 녀석의 이름을 티세이로 바꿨다. 조그마한 사막 햄스터다. 티세이의 쳇바퀴는 오줌이 말라붙어서 누래졌고 사방에 해바라기 씨 껍질이 흩어져 있다. 녀석을 둥지에서 꺼내려면 우선 톱밥을 손가락으로 만지작거려야 한다. 안 그러면 녀석이 깜짝 놀라서 물 것이다. 내게도 그렇게 조심스럽게 접근해줬으면 좋겠다. 아침마다 아빠가 내 이불을 들춰내고는 "소 밥 줄 시간이다. 배고파서 울고 있잖아"라며 맛히스 오빠의 빈자리에서 나를 끌어내기 때문이다. 오빠의 빈자리에서 빠져나오는 건 거기 들어가는 것보다 어렵다.

햄스터가 오빠의 팔을 타고 올라간다. 녀석의 볼주머니는 음식으로 꽉 차서 빵빵해졌다. 엄마가 생각난다. 아니, 하지만 엄마의 볼은 정반대로 푹 꺼져 있다. 엄마가 저녁에 따로 먹을 음식을 그 안에 저장해둘 리가 없다. 어제 저녁 식사 후에 요거트를 핥아먹는 것을 보긴 했지만. 엄마는 포장지가 접힌 부분을 따라 뜯어서 연 다음, 요거트 양옆에 블랙베리 잼을 약간 뿌렸다. 엄마의 손가락이 입안에 연신 들어가는 소리가 들렸다. 툭 하고 침이 떨어지는 소리도. 햄스터도 일주일에 한 번씩 우리가 건초를 뒤져 잡아온 딱정벌레나 집게벌레를 먹는다. 하지만 그것만으로는 살아갈 수 없다. 엄마는 다시 식사를 해야 한다.

"티세이? 맛히스를 줄인 말이잖아."

오버 오빠가 내 옆구리를 쿡 찌른다. 나는 침대에서 굴러 떨어져 팔꿈치 위쪽을 찧는다. 찌릿한 통증이 온몸을 훑지만 나는 울지 않으려 애쓴다. 맛히스를 위해서는 울지 않으면서 나 자신의 아픔 때문에 운다면 부당한 일이 될 것이다. 그래도 눈물을 참기가 힘에 부친다. 나는 엄마의 식기 세트처럼 깨지기 쉬운 존재가 되어가는 것 같다. 이러다가는 학교에 갈 때도 신문지로 감싸야 할지도 모른다.

"용감해지자. 용감해져야지."

나는 중얼거린다.

별안간 오버 오빠가 부드러운 목소리를 내며 친절하게 행동한다. 오빠는 자기 정수리를 잠깐 만지더니, 짐짓 명랑한 태도로 자기는 그럴 의도가 아니었다고 말한다. 그러면 어쩔 의도였다는 건지 모르겠지만, 그 주제를 파고드는 건 어리석은 짓인 것 같다. 하나는 초조하게 방문을 돌아본다. 아빠는 가끔 우리가 싸우는 걸 들으면 너무 화가 나서 목장 저편에서 우리를 잡으러 쫓아온다. 다친 다리로는 달릴 수 없어서 깡충깡충 뛰는 것에 가까워 보이지만. 그렇게 해서 우리를 붙잡으면 아빠는 엉덩이를 걷어차거나 뒤통수를 후려친다. 제일 좋은 방법은 부엌 식탁으로 도망치는 것이다. 식탁 주위를 몇 바퀴 돌고 나면 아빠는 포기하고 뇌에 산소를 더 공급하려 애쓴다. 오버 오빠가 책상 서랍 속에 잡아놓은, 코티지 치즈 상자 속 나비들이 상자 구멍을 통해 숨을 쉬는 것처럼. 주위가 조용해지면 나비 날개가 플라스틱 뚜껑에 타닥타닥 부딪히는 소리를 들을 수 있다. 오빠는 학교에서 특정한 종류의 나비 수명을 연구하는 중요한 실험을 하고 있다며, 나비는 거기에 필요한 거라고 말해주었다. 아빠는 자기 다리를 숨기고 다닌다. 푹푹 찌듯이 더운 날에도 절대 반바지를 입지 않는다. 가끔 나는 아빠의 다리를 쌍쌍바라고 상상하곤 한다. 어느 날 다리가 한 짝씩 부러져 따로 떨어지면, 상태가 나쁜 다리는 내다버리거나, 아니면 번식장 뒤편에서 햇볕에 녹아내리게 놔두게 되지 않을까.

"안 울면 내가 진짜 멋진 거 보여줄게."

오버 오빠가 말한다. 나는 숨을 깊이 들이쉬고 내쉰 다음 양쪽 코트 소매를 손마디까지 당겨 내린다. 소매의 솔기가 해지기 시작했다. 이대로 소매가 점점 짧아져서 나 자신이 완전히 노출되지는 않기를 바란다. 뒤뜰의 나비 고치들을 부화하기 전에 헤집어 뜯으면 좋지 않다. 그러면 불구가 된 나비들이 태어날 테고, 그런 나비들은 오버 오빠의 실험에 참여하지 못할 것이다.

나는 울지 않겠다는 뜻으로 고개를 끄덕인다. 용감해지려면 우선 눈물을 참아야 한다.

오빠는 티셔이를 파자마 옷깃 안쪽으로 들여보내더니, 녀석이 배까지 내려오자 사각 팬티 허리춤을 끌어올린다. 아빠의 담뱃잎 같은 검은 털 위에 드리워진 고추가 드러난다. 하나가 또 킬킬 웃는다.

"오빠 고추 이상해졌는데. 일어서고 있잖아."

오빠가 자랑스럽게 웃는다. 햄스터가 오빠 고추를 타고 내려온다. 녀석이 고추를 깨물거나 파고들면 어쩌려고 저런담?

"이제 이걸 잡아당기면 하얀 게 나온다."

아플 것 같다. 내 팔꿈치 위쪽의 통증에 대해서는 벌써 잊었다. 나는 티세이의 털을 어루만지듯 오빠의 고추를 만져보고 싶은 충동이 든다. 그냥 어떤 느낌인지 보고, 어떤 재질로 되어 있는지, 움직일 수 있는지 확인하고, 살짝 잡아당겨보고 싶다. 소 꼬리를 가지고 그렇게 하면 소는 나를 잠깐 돌아본다. 자꾸 만지작거리면 발길질도 하지만.

오버 오빠는 파란색과 흰색 줄무늬가 들어간 사각 팬티의 허리춤을 놓는다. 툭 튀어나온 고추 부분이 파도처럼 빙글 돌아가는 게 보인다.

"티세이 질식하겠다."

하나가 말한다.

"내 고추는 질식하지 않잖아, 안 그래?"

"그건 그렇지."

"티세이한테서 오줌 냄새 나지 않을까?"

오빠가 고개를 젓는다. 오빠의 고추를 더 볼 수 없어서 유감이다. 배 속에서 벌레들이 간질거리는 느낌이 든다. 하지만 그럴 리가 없다. 지난번 곰인형 사건 이후로 엄마는 저녁마다 내게 감초 맛이 나는 시럽을 한 숟가락씩 먹이는데, 약병의 라벨을 보면 '벌레 제거'라고 적혀 있다. 나는 엄마에게 요니와 디우에르티어 블록에 대해(주로 디우에르티어에 대해) 생각했다는 이야기는 하지 않았다. 그러면 엄마는 아마 아빠와 말다툼을 벌일 것이다. 엄마는 지어낸 이야기들을 좋아하지 않는다. 상상 속 이야기는 고통을 빼고 만들어지는 경우가 많은데, 엄마는 이야기에 고통이 포함되어야 한다고 생각하기 때문이다. 엄마는 스스로 죄책감을 갖고 있기 때문에 고통에 대한 생각을 단 하루도 빠짐없이 한다. 엄마는 모든 사람이 연습장 가득 글씨를 채운 깜지처럼 자기 죄를 지니고 다녀야 한다고 믿는다.

오빠가 한쪽 다리를 흔들자 티세이가 이불 위로 굴러나온다. 녀석의 검은 눈은 성냥 끝부분과 닮았고, 등에는 검은 줄무늬가 있으며, 오른쪽 귀는 두 겹으로 접혀 있다. 티세이의 귀를 아무리 평평하게 쓰다듬어도 귀는 다시 원래 모양으로 돌아온다. 하나가 내게 기대어 앉는데 오빠가 침대 옆 탁자에서 탁한 물이 든 유리잔을 집어든다. 잔 옆에는 우유 뚜껑 딱지들이 쌓여 있다. 딱지들은 모래에 뒤덮여 있다. 초등학교 때 오빠의 별명은 딱지왕이었다. 오빠는 아무도 못 당해낸다. 속임수를 써도 오빠한텐 안 된다.

"내가 뭘 보여주기로 했었지?"

"이미 보여준 거 아니었어?"

갑자기 입안이 말라붙는 느낌이 든다. 침을 삼키기가 힘들다. 나는 오버 오빠가 말한 하얀 것을 자꾸만 상상하고 있다. 생일에 속을 채운 달걀 요리를 할 때 쓰는 짤주머니 속 필링* 같은 것일까? 엄마는 그걸 집 안에 놔두면 온통 냄새가 풍긴다며 지하실에다 둔다. 유대인들은 그걸 몰래 먹고 싶어서 좀이 쑤실 것이다. 나만 해도 이따금씩 바질 조각이 박힌 노르스름하고 찐득찐득한 필링을 손가락으로 훔쳐 먹었다. 달걀흰자는 건드리지 않았다. 필링을 채우지 않은 흰자는 먹을 이유가 없으니까. 맛히스 오빠가 살아 있었을 적에 부모님은

---

* 삶은 달걀노른자와 마요네즈, 머스터드 등의 양념을 섞은 것.

"또 그 철이 돌아왔구나. 달걀 먹는 애들이 바빠지는 철 말이야"라고 말했고, 그러면 나는 빙그레 웃으며 부모님이 만일을 대비해 냉장고에 넣어둔 두 번째 쌈주머니를 꺼내곤 했다. 이제 부모님은 당신들의 생일을 챙기지 않고, 엄마는 더이상 속을 채운 달걀 요리를 하지 않는다.

"아니. 이제부터 시작이야."

오버 오빠가 말하더니 티세이를 물잔에 떨어뜨리고는 손으로 입구를 막고서 천천히 앞뒤로 움직인다. 나는 웃음을 주체하지 못한다. 우스꽝스러운 꼴이다. 무엇이든 숫자로 셈할 수 있는 것에는 안심되는 해결책이 있다. 티세이는 1분 뒤에는 다시 숨을 쉬어야 할 것이다. 햄스터는 유리잔 한쪽에서 반대쪽으로 점점 더 빨리 움직인다. 눈알이 튀어 나오기 시작하고 다리는 마구 허우적거린다. 그렇게 몇 초도 채 되지 않아 녀석은 기포 수준기(水準器) 속 회색 공기 방울처럼 물 위에 둥둥 뜬다. 아무도 말하지 않는다. 들리는 소리라고는 파닥거리는 나비 날갯짓 소리뿐이다. 그러다 하나가 큰 소리로 울음을 터뜨린다. 즉시 계단을 올라오는 발소리가 들려온다. 깜짝 놀란 오버 오빠는 유리잔을 냉큼 레고 성 뒤로 숨긴다. 레고 성에서는 적들이 사격을 중지하고 있다.

"무슨 일이냐?"

아빠가 문을 열고 짜증스러운 눈으로 안을 둘러본다. 내 뺨이 붉게 달아올랐다. 하나는 회색 침대 커버 위에 몸을 웅크리고 있다.

"야스가 하나를 침대에서 밀었어요."

오빠가 말하고는 내 얼굴을 쳐다본다. 오빠의 눈에서는 아무엇도 읽히지 않는다. 수평을 유지하는 공기 방울도 없다. 오빠의 눈은 뼈다귀처럼 메말랐다. 아빠의 눈길이 다른 데를 향하자 오빠는 잠깐 입을 벌리고 토하기라도 할 것처럼 손가락을 넣었다 뺀다. 나는 재빨리 침대에서 미끄러져 내려온다.

"그래. 너, 네 방으로 가. 가서 기도해."

아빠가 발로 내 엉덩이를 찬다. 안에서 꽉 막혀 있던 똥이 장 속으로 도로 올라갔을 것 같다. 엄마가 티세이에 대해 알게 되면 다시 우울해져서 며칠 동안 말도 안 할 것이다. 나는 하나와 오버 오빠, 그리고 레고 성을 마지막으로 한 번 돌아본다. 오빠는 갑자기 나비 상자를 만지작거리느라 바쁘다. 맨손으로 나비들의 공기를 빼앗고 있는 것인지도 모른다.

6

내 여동생은 내가 코트를 벗지 않는 이유를 이해하는 유일한 사람이다. 해결책을 생각해내려고 애쓰는 유일한 사람이기도 하다. 우리는 이 활동으로 저녁을 보낸다. 가끔은 그 애의 해결책이 정말로 효과가 있을까 봐 두렵다. 내가 동생에게서 무언가를 가져와버릴까 봐. 왜냐하면 우리에게 아직 욕망이 있는 한 우리는 죽음으로부터 안전하기 때문이다. 밭에 두엄을 뿌린 날 풍기는 숨 막히는 냄새처럼 우리는 목장의 어깨에 늘어뜨려져 있는 것이다. 내 붉은 코트의 빛이 바래는 것과 동시에 기억 속 맛히스 오빠의 모습도 흐려져간다. 집 안에 오빠의 사진이라고는 어디에도 없다. 창틀의 작은 나무 단지 안에 오빠의 유치(乳齒)들이 들어 있을 뿐이다. 그중 몇 개에는 피가 말라붙어 있다. 나는 매일 저녁 중요한 역사 시험을 치르듯 오빠의 이목구비를 떠올려본다. 내가 '자유, 평등, 박애'라는 슬로건을 배우고 특히 어른들의 파티에서 내가 배운 것을 자랑하려고 꾸준히 되풀이하듯이. 내 머리에 다른 남자애들이 들어와서 우리 오빠가 그 사이로 빠져나갈까 봐 두렵다. 내 코트 주머니는 내가 모으는 온갖 물건들로 묵직하다. 하나가 몸을 구부려 내게 짭짤한 팝콘 한 줌을 건넨다. 이번에 나를 변호해주지 않은 것에 사과하는 뜻으로 건네는 공물인 셈이다. 내가 정말로 개를 침대에서 밀었더라면 티세이는 아직 살아 있을 것이다. 나는 개하고 대화할 기분이 아니다. 지금 보고 싶은 사람은 엄마나 아빠뿐이다. 내가 아무 잘못도 하지 않았다고 부모님에게 말하고 싶다. 하지만 아빠는 오지 않는다. 아빠는 절대로 미안하다는 말을 하지 않는다. 아빠의 튼 입술 사이에서 그 말은 나오질 않는다. 오로지 하나님의 말씀만 매끄럽게 굴러나온다. 아빠가 식탁에서 샌드위치 필링을 건네달라고 부탁하면 그제야 아빠 기분이 나아졌다는 것을 알 수 있다. 그러면 기꺼이 아빠에게 사과 시럽을 건넬 수 있지만, 가끔은 나이프를 들어 아빠 얼굴에 시럽을 문질러버리고 싶다. 그래서 우리 눈길이 아빠에게 붙박히면 아빠는 세 왕이 동방을 찾지 못한다는 것을 알 것이다.

불현듯 아빠가 내 방 천장에서만이 아니라 하늘에서도 별을 떼어내고 있는 게 아닌가 하는 생각이 든다. 그렇다면 모든 게 더 컴컴해 보이고 오버 오빠가 더 심술궂어지는 까닭도 이해가 된다. 우리는 길을 잃었고 방향을 물어볼 사람조차 없는 것이다. 내가 좋아하는 그림책에 나오는 큰 곰은 매일 밤 어둠을 무서워하는 작은 곰을 위해 달을 끌어내리지만, 그 큰 곰마저 지금은 겨울잠을 자는 중이다. 밤에 켜놓는 전등불만이 내게 약간의 위안을 준다. 밤에 불을 켜고 자기에 나는 너무 나이가 들긴 했지만 밤에는 모든 사람의 나이가 사라지는 법이다. 공포는 우리 엄마의 꽃무늬 원피스보다 더 많은 종류의 변장을 할 줄 안다. 그건 대단한 일이다. 엄마는 꽃무늬 원피스를 옷장 한가득 갖고 있기 때문이다. 하지만 이제 엄마는 다른 사람들을 자기 곁에서 쫓아버리려는 듯 선인장

무늬 원피스만 입는다. 그 위에 나이트가운을 걸치긴 하지만.

나는 바우더베인 드 그루트의 흑백 포스터가 붙어 있는 벽에 얼굴을 대고 눕는다. 좁은 산길에서 한 사람이 아이를 자전거 앞에 태우고 달리고 있는 모습이 담긴 포스터다. 가끔 잠들기 전에 나는 내가 저 아이이고 엄마가 자전거를 몰고 있다고 상상한다. 하지만 엄마는 바퀴살에 원피스 자락이 끼일까 봐 무서워서 자전거 타기를 좋아하지 않는다. 그리고 우리가 같은 길을 달리게 될 만큼 외로워질 날은 오지 않을 것이다. 내가 몸을 뒤집자 하나가 우리 사이에 팝콘을 내려놓는다. 팝콘이 침대 시트에 들러붙는다. 우리는 팝콘을 번갈아가며 하나씩 집어 먹는다. 잠언 구절이 머릿속에 떠오른다. "공의와 정의를 행하는 것은 제사 드리는 것보다 여호와께서 기쁘게 여기시느니라." 하지만 나는 하나가 바친 이 '제사'를 거부할 수 없다. 우리는 팝콘을 먹는 일이 거의 없는 데다, 하나가 좋은 뜻으로 이런다는 걸 알 수 있기 때문이다. 하나는 죄책감 어린 표정을 띠고 있고, 공동체의 죄를 열거하며 회반죽을 막 바른 천장을 올려다보는 목사님처럼 시선을 들어 올린다.

이따금씩 손을 너무 늦게 뻗어서 하나의 손가락이 내 손에 닿는다. 깨물어서 부러진 손톱이 만져진다. 가장자리가 불그스름해진 살갗에 손톱이 박혀 있는 걸 보니 소시지에 박힌 하얀 지방 덩어리 같다. 내 손톱은 검은 때가 끼여 있다는 점 말고는 문제가 없다. 하나는 내가 죽음에 대해 너무 많이 생각하기 때문에 손톱이 까매질 거라고 한다. 그 말을 듣자마자 나는 티세이의 툭 튀어나온 눈을 떠올린다. 녀석이 발장구를 멈췄을 때 내 머릿속에 자리잡았던 공허도, 그리고 마지막이, 빈 챗바퀴가 일으킨 파괴적인 정적도.

하나가 마지막 팝콘을 먹으면서 갖고 싶은 새 바비 인형 이야기를 하는 동안 나는 내가 이불 밑에서 두 손을 포개고 있었다는 것을 깨닫는다. 하나님이 30분 전부터 내가 할 말을 기다리고 있었을지도 모르겠다. 나는 겹쳤던 손을 푼다. 우리 마을에서는 침묵하는 것도 뭔가를 말하는 방식이다. 자동응답기는 없지만 그 대신 긴 침묵으로 답한다. 가끔 그 침묵의 배경에서 소가 음매 울거나 주전자가 삑삑 끓는 소리가 들려오기도 한다.

"자동차 사고로 죽을까, 불타 죽을까?"

나는 묻는다. 그러자 하나의 얼굴이 누그러진다. 내가 그 애에게 화가 나지 않았다는 걸, 우리가 매일 하는 의례를 되풀이하고 있을 뿐이라는 걸 아는 것이다. 그 애의 입술은 팝콘의 소금기 때문에 붉어지고 부풀었다. 제물을 바치면 그것보다 더 큰 것을 얻게 된다. 그래서 오버 오빠가 티세이를 죽인 걸까? 맛히스 오빠를 돌려받으려고? 나는 네 개의 다리와 수 억 개의 후각 세포를 가진 제물을 바치는 건 생각하고 싶지 않다.

"부모님이 어쩌다 불에 탈 수 있지?"

"글쎄. 가끔 촛불을 끄는 걸 깜빡하시잖아. 마당 쪽으로 난 창문 옆에 두는 촛불들."

하나는 고개를 천천히 끄덕인다. 내 설명이 말이 되는지 긴가민가한 것이다. 내가 도를 넘는 짓을 하고 있다는 것은 안다. 하지만 엄마 아빠가 어떤 방식으로 생을 마감할지 갖가지 가능성을 미리 생각해두면 놀랄 확률도 낮아질 것이다.

"살해당할까, 암으로 죽을까?"

"암으로."

나는 대답한다.

"저장고에서 뛰어내릴까, 물에서 익사할까?"

"왜 저장고에서 뛰어내려? 말도 안 되잖아."

하나가 묻는다.

"사람들은 굉장히 슬퍼지면 어딘가에서 뛰어내리잖아."

"바보 같은 생각이라고 봐."

엄마 아빠가 죽음에 덜미를 잡힐 수도 있지만 거꾸로 죽음을 따라잡을 수도 있다는 생각은 이번에야 처음 했다. 심판의 날을 생일 파티처럼 계획할 수도 있다는 생각. 지난번에 엄마가 한 말을 들은 것과, 내 방 기둥에 묶인 밧줄의 영향 때문인 것 같다. 나는 엄마가 교회 가기 전에 매는 다양한 색깔의 스카프들에 대해 생각하지만 그건 단지 엄마를 더 미쳐가게 만들 뿐일 것 같다. 엄마는 스카프를 너무 꽉 매서 예배가 끝난 뒤면 살에 자국이 나 있을 정도다. 찬송가를 부를 때 높은 음을 더 잘 소화하려고 스카프를 매는 건지도 모르겠다. 가끔 찬송가에 너무 높은 음이 나와서 엉덩이를 꽉 조여야 할 정도다. 하지만 나는 동생에겐 다만 이렇게 말한다.

"정말 멍청한 생각이지. 나는 심장마비나 자동차 사고일 거라고 봐. 엄마는 운전을 무지 험하게 하잖아."

나는 내 배 밑에 굴러들어가 있던 마지막 팝콘 조각 하나를 재빨리 입안에 넣는다. 그리고 팝콘이 혀 위에서 밍밍하고 걸쭉해질 때까지 소금을 빨아먹는다. 오버 오빠가 시켜서 호박벌 시체를 입에 넣었을 때가 생각난다. 창틀에 엄마가 놔둔 껌 옆에 굴러다니던 시체였다. 엄마는 잠들기 전에 씹던 껌을 입에서 빼내 둥글게 뭉쳐서 밤사이 딱딱해지도록 묵힌 뒤 다음 날 다시 씹는 버릇이 있다. 나는 우유 딱지 한 움큼을 얻으려고 그 짓을 했다. 오버 오빠는 내가 절대로 못 할 거라고 단언했지만. 나는 호박벌의 조그마한 털들이 입천장에 닿고, 얇게 저민 아몬드 같은 날개가 혀에 닿는 것을 느낄 수 있었다. 오빠는 60초를 헤아렸다. 나는 그게 달콤한 꿀인 양 행세했지만, 사실 1분 내내 죽음을 입에 물고 있었던 것이었다.

"아빠한테 심장이 있다고 생각해?"

호박벌을 생각하니 아빠의 가슴이 연상된다. 오늘 아빠의 가슴을 봤다. 날이 너무 더워서 흰 조끼를 입지 않은 채로 소들과 함께 들판을 걸어다니고 있었다. 아빠의 가슴에는 털이 세 가닥밖에 없다. 금색이다. 아빠의 갈비뼈 안에 심장이 있으리라고는 상상이 되지 않는다. 퇴비 제조 탱크 따위만 있을 것 같다.

"아마 그렇겠지. 아빠는 헌금을 늘 아낌없이 내잖아."

하나가 고개를 끄덕이고 볼을 빨아들인다. 아까 울었던 탓에 눈이 여전히 빨갛다. 우리는 티세이에 대해 이야기하지 않는다. 영원히 잊지 못할 것들에 대해서는 이야기하지 않는 법이다. 퇴비 제조 탱크는 1년에 한 번만 비운다. 지금은 우리 심장을 비워낼 때가 아니다. 그때가 언제인지는 몰라도. 가끔 할머니는 기도를 하면 우리 심장이 가벼워진다고 말하지만, 내 심장은 여전히 300그램이다. 다진 고기 한 팩과 같은 무게다.

"라푼젤 이야기 알아?"

하나가 묻는다.

"당연히 알지."

"라푼젤이 우리 해결책이야."

하나가 모로 누워서 내 얼굴을 바라본다. 스탠드 불빛에 비친 하나의 코가 뒤집힌 돛단배처럼 보인다. 하나에게는 흔히 볼 수 없는 종류의 아름다움이 있다. 그 애가 크레용으로 그리는 그림과 마찬가지다. 기울어지고 비뚤어져 있지만 그 자연스러움 때문에 아름다운 것이다.

"라푼젤은 어느 날 탑에서 구출됐어. 우리에게도 구출해줄 사람이 필요해. 누군가가 우리를 데려가줘야 해. 그렇게 해서 이 바보 같은 마을도, 엄마 아빠도, 오버 오빠도, 우리 자신도 떠나야 해."

나는 고개를 끄덕인다. 좋은 계획이다. 하지만 내 머리카락은 귀밑까지밖에 안 와서 누군가가 타고 올라올 만큼 자라려면 오랜 세월이 걸릴 것이다. 그 점을 제외한다면 이 목장에서 가장 높은 곳은 건초 다락이고, 거기까지는 그냥 사다리로 올라갈 수 있다.

"그래야 언니가 코트에서 벗어날 수도 있고."

하나가 말을 맺는다. 그리고 끈적끈적한 손가락으로 내 머리카락을 어루만진다. 팝콘의 짭짤한 냄새가 풍긴다. 하나는 손으로 내 머리를 훑으며 토닥인다. 종종 곤충들이 내 피부를 밀어대며 간지럽히듯이. 나는 하나가 만져달라고 하지 않는 한 먼저 걔를 만지는 일이 없다. 그냥 그럴 생각이 들지 않는다. 세상엔 두 종류의 사람이 있는 것이다. 잡는 사람과 놓는 사람. 나는 후자에 속한다. 내가 사람이나 기억에 의지하는 방법은 관련된 물건을 수집하는 것뿐이다. 내 코트 주머니에 안전하게 넣어두면 된다.

하나의 앞니에 옥수수 껍질이 붙어 있다. 나는 굳이 언급하지 않는다.

"그런데 우리가 같이 갈 순 없는 거야?"

"다리 건너편으로 떠난다는 건 마을 주류 판매점에 가는 것과 같아. 열여섯 살이 되기 전에는 거기 들어갈 수 없어."

하나가 결연한 눈길을 던진다. 지금 그 애와 말싸움 벌여봤자 소용없다는 뜻이다.

"그리고 남자여야 해. 구출하는 사람은 늘 남자이니까."

"그럼 하나님은 어때? 하나님은 구세주잖아, 안 그래?"

"하나님은 물에 빠진 사람만 구하셔. 언니가 수영을 할 순 없잖아. 게다가 하나님은 아빠랑 너무 친하셔. 아빠한테 말해버릴 테고 그럼 우리는 영원히 못 빠져나갈 거야."

하나의 말이 옳다. 하지만 내가 나를 구출해줄 사람을 원하는지 잘 모르겠다. 우선은 스스로를 지탱하는 법을 익혀야 한다. 하지만 나는 동생을 실망시키고 싶지 않다. 아빠가 우리에게 고함치는 소리가 들린다. "자기 형제가 자신의 본질에서 벗어나 방랑자가 되도록 놔두는 자여." 이것이 우리의 본질인가, 아니면 지구 어디엔가에 내 코트처럼 우리에게 딱 맞는 또 다른 삶이 우리를 기다리고 있을 것인가?

"결정하는 데 24시간 남았어."

하나가 말한다.

"왜 24시간이야?"

"시간이 별로 없어. 우리 생명이 걸려 있어."

하나는 헛간에서 탁구를 칠 때, 공이 자꾸만 엉뚱한 데로 날아갈 때 쓰는 말투로 말한다. 그러더니 한마디 덧붙인다.

"진짜야."

방금 전까지는 우리가 똥파리를 쫓으려고 배트를 휘젓고 있었다는 듯이.

"그런 다음에는?"

"그런 다음에는, 시작되지."

하나가 속삭인다.

나는 숨을 죽인다.

"키스 말이야. 라푼젤은 긴 머리를 갖고 있었지. 우리에겐 우리의 몸이 있고. 구출되려면 매력을 활용해야 하는 거야."

하나가 미소 짓는다. 만약 내게 끌이 있었다면 그 애의 코를 툭 쳐서 똑바로 가다듬어줬을 것 같다.

우리 아빠는 원하지 않는 관심을 끄는 것은 모두 없애야 한다고 말한 적이 있다. 내가 가방에서 포켓몬 카드들을 꺼내고 싶은 충동을 참지 못했을 때였다. 아빠는 그것들을 불에 던져 넣으며 말했다.

"사람은 두 주인을 섬길 수 없어. 한 명은 미워하고 한 명은 사랑하게 되거나, 한 명을 붙들고 한 명은 경멸하게 되거나 둘 중 하나야."

아빠는 잊은 모양이지만 우리는 이미 두 주인을 섬기고 있었다. 아빠와 하나님. 세 번째 주인이 나타나면 사태가 복잡해지겠지만, 그건 그때 가서 걱정할 일이다.

"으윽."

나는 역겹다는 표정을 지어 보인다.

"구출되어서 다리 건너편으로 가고 싶지 않아?"

"우리 이 작전을 뭐라고 부를까?"

나는 재빨리 말한다. 하나는 잠시 생각에 잠긴다.

"'그냥 작전'?"

나는 코트 끈을 더 꽉 잡아당긴다. 옷깃이 내 목을 죄는 게 느껴진다. 기둥의 올가미에 목을 매면 이런 느낌이려나? 책상 밑에서 나지막이 퐁당 하는 소리가 들린다. 하나는 내가 두꺼비 두 마리를 잡아두고 있다는 것을, 내가 내 방 안에서 이미 건너편에 약간 다다랐다는 것을 모른다. 지금 그 애에게 이 사실을 말하는 건 현명하지 못한 짓일 듯하다. 하나가 두꺼비들을 호수에 풀어놓고 헤엄치게 하다가 맛히스 오빠가 사라진 자리에서 잠수하는 꼴을 보기라도 하면 큰일이다. 녀석들을 만지면 감촉이 이상하긴 하지만 그래도 드디어 내가 잡을 만한 것이 생겼다는 느낌이다. 다행히도 하나는 퐁당 소리를 듣지 못했다. 걔 머릿속은 '작전'에 대한 생각으로 가득하다.

밑에서 발소리가 들린다. 아빠가 발판사다리 위로 고개를 내밀고 있다.

"너희 죄에 대해 생각하고 있니?"

하나는 킥킥 웃고 나는 얼굴이 벌개진다. 이것이 우리 사이의 가장 큰 차이다. 걔는 밝고 나는 어둡다. 너무나 어둡다.

"네 침대로 가, 하나. 내일 학교 가야지."

아빠가 사다리를 도로 내려간다. 나는 아빠의 가르마를 내려다본다. 아빠의 머리가 일자나사못처럼 보인다. 가끔 나는 아빠를 바닥에 박아넣고 싶다. 지켜보는 것과 듣는 것―아주 많이 듣는 것―두 가지밖에 못하도록.

7

나는 한밤중에 퍼뜩 깨어난다. 이불이 땀으로 끈적끈적하고, 이불 위의 행성과 달 들은 빛을 덜 내는 것 같다. 아니면 예전과 똑같이 빛을 내는데 내게는 부족하게 느껴지는 것인지도 모른다. 야광 효과가 점차 사라지고 있는 것이다. 나는 축축한 이불을 떨쳐내고 침대 가장자리에 걸터앉는다. 곧바로 얇은 파자마 천 아래 몸이 오스스 떨리고, 문 밑으로 드는 외풍이 내 발목을 움켜쥔다. 나는 이불을 어깨 위로 끌어 덮고 내가 꾼 악몽에 대해 생각한다. 얼음 밑에서 얼어붙은 장어 두 마리처럼 누워 있는 부모님. 에베르천 아저씨가 가끔 냉동 장어를 〈일간 개신교인〉으로 감싸서 가져다주곤 한다. 아빠는 언제나 "하나님의 말씀에 감싸여 있으니 맛이 더욱 좋구먼"이라고 말했다.

에베르천 아저씨도 꿈에 나왔다. 아저씨는 주일마다 입는, 좁은 옷깃이 달린 정장에 반들반들한 검은색 넥타이를 매고 있었다. 아저씨가 나를 보더니 얼음에 소금을 뿌리며 말했다.

"이렇게 하면 더 오래 보존될 거야."

나는 하늘에서 떨어진 천사처럼 얼음 위에 드러누워서 부모님을 들여다보았다. 부모님은 내가 예전에 생일 선물로 받았던 공룡 모형들처럼 보였다. 그 모형들은 젤리 같은 것에 박혀 있어서, 오버 오빠와 내가 함께 사과 씨 제거기를 이용해 모형들을 젤리 속에서 파내야 했다. 그렇게 해서 일단 꺼내고 나면 공룡 모형 자체에는 별 흥미가 없었다. 쉽게 손에 넣을 수 없다는 점이 그 모형들을 흥미롭게 만들었던 것이다. 얼어붙은 부모님도 마찬가지였다. 나는 얼음을 두드리고 귀를 대보았다. 스케이트의 노랫소리가 들렸다. 부모님을 소리쳐 부르고 싶었지만 목구멍에서 아무 소리도 나질 않았다.

다시 일어나 보니 난데없이 렝케마 목사님이 물가에 서 있었다. 목사님은 부활절에만 입는 특별한 로브를 입고 있었다. 부활절이면 아이들은 모두 나무 십자가를 들고 통로를 걷는다. 각 십자가에는 건포도 두 알이 눈 대신 박힌, 갓 구운 부활절 토끼 빵이 매달려 있다. 오버 오빠는 교회를 나가기도 전에 빵의 절반은 먹어버리곤 했다. 나는 감히 내 빵을 먹을 엄두를 못 낸다. 그랬다가 집에 돌아왔을 때 토끼장이 텅 비어 있을까 봐 두렵기 때문이다. 내가 토끼 빵의 귀를 뜯어먹으면 디우에르티어에게 같은 일이 생길 것만 같다. 그래서 책상 서랍 속에서 토끼 빵이 곰팡이가 피도록 내버려둔다. 그편이 덜 끔찍하다. 곰팡이가 피는 건 적어도 오랜 분해의 과정이니까. 그런데 악몽 속에서 렝케마 목사님은 갈대 수풀 틈에 서서 무언가를 쪼아 먹으려는 가마우지처럼 기다리고만 있었다. 내가 잠에서 깨기 전에 목사님은 엄숙한 목소리로 말했다. "천국은 지상보다 더 높으니, 내 길은 너희 길보다 더 높고 내 생각은 너희 생각보다 더 높다. 하나님의 계획이 너희 계획이다." 그러고는 모든 것이 암흑에 잠겼다. 내 밑에 있던 소금 알갱이들이 녹기 시작했고, 나는 얼음 아래를 천천히 미끄러져 지나가는 것 같았다. 그러다 얼음에 생긴 구멍을 보았다. 내 방 책꽂이 옆에 켜둔 전등이었다.

"하나님의 계획이 너희 계획이다." 목사님이 오버 오빠와 하나의 사명을 뜻한 것일까? 나는 침대 옆 탁자의 스탠드를 켜고 발로 바닥을 더듬어 슬리퍼를 찾는다. 그리고 내 코트의 주름을 매만져 편다. 내 계획이 뭔지는 모르겠다. 다만 나는 엄마 아빠가 짝짓기를 하고 다시 행복해졌으면 좋겠고, 그래서 엄마가 다시 음식을 먹었으면, 두 사람이 죽지 않았으면 좋겠다. 그 사명을 완수한다면 다리 건너편으로 마음 편히 갈 수 있을 것이다. 나는 책상 밑에서 우유통을 꺼내 두꺼비들을 들여다본다. 두꺼비들은 졸린 눈으로 나를 올려다본다. 녀석들은 더 여윈 것 같고, 무사마귀들은 더 하얘진 것 같다. 오버 오빠가 12월 31일에 터뜨릴 폭죽 팸플릿에서 동그라미 쳐놓은 콩알탄과 비슷해 보인다. 오빠는 몇 주 동안 각종 로켓형 폭죽, 분수형 폭죽을 살펴보며 최고의 조합을 찾는다. 하나와 나는 그냥 '그라운드 스피너'를 선택한다. 그게 제일 예쁘고 덜 무섭기 때문이다.

나는 양동이를 살짝 기울이고 녀석들이 먹이를 먹었는지 살펴본다. 하지만 밑바닥의 상춧잎은 갈색으로 변해 축 늘어져 있다. 두꺼비들은 움직이지 않는 것은 보지 못한다. 그래서 굶주릴 수도 있는 것이다. 나는 상추를 녀석들의 얼굴 앞에 들이대고 위 아래로 흔들어본다.

"맛있을 거야. 먹어봐. 먹어."

나는 조용히 노래 부르듯 말한다. 하지만 아무 소용도 없다. 저 멍청한 동물들은 먹기를 거부하고 있다.

"그럼 이제 짝짓기할 시간이야."

나는 단호하게 말하고 둘 중에서 더 작은 녀석을 집어든다. 나는 녀석의 배로 다른 두꺼비의 등을 부드럽게 문질러본다. 학교에서 틀어준 자연 프로그램에서 두꺼비가 짝짓기하는 걸 본 적이 있다. 하나가 다른 하나의 위에 올라타고 며칠을 보내던데, 지금은 그럴 시간이 없다. 우리 부모님에겐 남은 날이 별로 없다. 그들은 우리 손 안에 점화용 종이처럼 놓여서 누가 불을 붙여주기를, 그래서 우리에게 온기를 줄 수 있기를 기다리고 있다. 나는 두꺼비들을 문지르면서 속삭인다.

"안 하면 죽을 거야. 죽고 싶은 거야, 뭐야? 응?"

내 손바닥에 물갈퀴 달린 발이 닿는 게 느껴진다. 나는 두꺼비들을 더 세게 쥐고 점점 더 집요하게 문질러댄다. 그렇게 몇 분 하다 보니 따분해져서 나는 녀석들을 양동이에 돌려놓는다. 그리고 저녁 식사 때 종이 냅킨에 넣어 가져온 시금치 두 장과, 토스트했지만 이제는 물렁물렁해진 빵 한 덩이를 꺼낸다. 두꺼비들은 여전히 죽은 것처럼 보인다. 나는 녀석들이 음식을 먹기를 기다리지만 아무 일도 일어나지 않는다. 나는 한숨을 쉬고 일어선다. 두꺼비들에겐 시간이 필요한 건지도 모른다. 변화에는 늘 시간이 걸리는 법이니까. 젖소들도 새로운 사료를 처음부터 무턱대고 먹지 않는다. 예전 사료에 한 줌씩 섞어서 녀석들이 사료가 바뀌었는지도 모를 만큼 차차 바꿔줘야 한다.

나는 음식을 집어넣은 양동이를 책상 밑에 밀어넣다가, 펜꽂이 옆에 놓여 있는 압정에 시선이 닿는다. 메모판에 옆집 린 아주머니가 보낸 엽서를 꽂아두었다가 떨어진 것이다. 아주머니는 이따금씩 내게 엽서를 보내준다. 아빠는 예쁜 파란색 편지를 받곤 하는데 나한테 오는 우편물은 한 통도 없다고 불평했기 때문이다. 나는 아빠가 받는 편지들 중 일부는 유대인에 관한 것이리라고 생각한다. 우리 집에 이렇게 오래 숨어 있으니 그들을 그리워하는 사람들이 있지 않을까? 선생님에게 그들에 대해 말하고 싶었지만 누가 엿들을까 봐 걱정돼서 그럴 수 없었다. 우리 반 남자애들 두어 명은 약간 나치 같은 성격이다. 다비트는 특히 그렇다. 한번은 다비트가 필통에 쥐를 넣어서 가져온 적이 있었다. 잉크가 줄줄 새는 펜들 사이에 쥐를 하루 종일 감춰두고 있다가 생물학 시간이 되어서야 쥐를 꺼내놓고는 "쥐다! 쥐다!" 하고 외쳤다. 선생님이 빵 조각을 꿴 덫을 이용해서 잡았는데, 결국 쥐는 온 반 아이들의 환호성 속에서 충격을 받아 죽어버렸다.

린 아주머니가 보내는 엽서에 별 말이 많이 적혀 있지는 않다. 보통 날씨나 젖소에 대한 이야기다. 하지만 엽서 앞면에 박힌 사진들은 예쁘다. 백사장이 있는 해변, 크고 작은 캥거루들, 말괄량이 삐삐가 산다는 빌라 빌레쿨라, 헤엄을 치려고 나서는 용감한 날쥐. 문득 아이디어 하나가 떠오른다. 선생님이 교실 뒤 벽에 걸린 세계지도에 압정을 꽂았던 적이 있다. 벨러가 삼촌이 사는 캐나다에 가고 싶어했기 때문이었다. 선생님은 언젠가 가보고 싶은 장소에 대해 꿈을 꾸는 건 좋은 일이라고 했다. 나는 코트와 셔츠를 끌어올려 내 배꼽을 드러낸다. 우리 식구 중에서 툭 튀어나온 배꼽을 가진 사람은 하나뿐이다. 가끔 사일리지 풀 더미 속 방수포 아래에서 갓 태어나 아직 눈도 못 뜨고 웅크리고 있는 새끼 쥐가 발견

될 때가 있는데, 하나의 희끗한 배꼽 덩어리는 꼭 그 쥐처럼 생겼다.

"나는 언젠가 나 자신에게로 갈 거야."

나는 조용히 말하며 압정을 내 배꼽의 연약한 살에 꽂아넣는다. 아무 소리도 내지 않으려고 입술을 깨문다. 피가 팬티 고무줄을 타고 흘러내려 천을 적신다. 차마 압정을 도로 빼지 못하겠다. 그랬다가 피가 사방으로 쏟아져 나올까 봐, 그래서 우리 집 사람들 모두가 내가 하나님이 아니라 나 자신에게 가고 싶어한다는 것을 알게 될까 봐 두렵다.

8

"엉덩이를 최대한 넓게 벌리고 있어."

나는 거꾸로 분만되는 송아지처럼 갈색 가죽 소파에 모로 누워서 아빠를 돌아보고 있다. 아빠는 목에 지퍼가 달린 파란색 스웨터를 입고 있다. 아빠가 마음이 편안하고 오늘 젖소들이 말썽을 부리지 않았다는 뜻이다. 나는 전혀 마음이 편안하지 않다. 며칠째 똥을 못 눠서 코트 속 배가 불룩하고 딱딱해졌다. 엄마가 가끔 줄무늬 행주로 덮어놓고 부풀어오르게 하는 번트 케이크*처럼. 세 왕은 베들레헴에서 돌아가는 길에 번트 케이크를 먹었다. 그때 그들의 터번을 케이크 틀로 썼기 때문에 번트 케이크가 고리 모양이 된 것이다. 우리가 별을 찾기 전까지 나는 똥을 눠서는 안 된다. 아무리 앉아 있을 때 배가 아프더라도. 몇 시간씩 여행하는 게 상상이 되지 않는다.

"뭘 하려고요, 아빠?"

나는 묻는다. 아빠는 아무 말도 않고 스웨터 옷깃의 지퍼를 조금 더 내린다. 아빠의 맨 가슴이 약간 드러난다. 아빠는 들고 있던 녹색 비누를 엄지손톱으로 부숴서 조금 떼어낸다.

---

* 도넛 모양 케이크.

공포에 질린 나는 지난 며칠간의 일들을 머릿속으로 되짚는다. 내가 '링고'가 틀어져 있지 않을 때 낯부끄러운 말을 했던가? 하나한테 못되게 굴었던가? 내가 더 생각하기도 전에 아빠가 비누 덩어리를 검지손가락으로 내 똥구멍 깊이 밀어 넣는다. 나는 쿠션에 얼굴을 파묻고 비명을 가까스로 참아낸다. 천에 이를 박는다. 눈에 맺힌 눈물 너머로 쿠션 덮개의 무늬가 보인다. 삼각형 무늬다. 맛히스 오빠가 죽은 이래 처음으로 나는 눈물을 흘린다. 머릿속 호수가 텅 빈다. 아빠가 손가락을 넣었던 것만큼 빠르게 꺼내더니 또 비누를 한 덩어리 부순다. 나는 우리가 '땅 잡기' 놀이를 하고 있다고 상상하며 울음을 그치려 애쓴다. 가끔 마을에서 반 친구들 두어 명과 같이 하는 놀이인데, 적의 땅에 막대기를 집어던지는 것이다. 아빠의 손가락이 바로 그 막대기라고 생각하면 된다. 그뿐이다. 나는 여전히 엉덩이를 조이면서 어깨 너머로 식탁 앞에 앉아 있는 엄마를 초조하게 넘겨다보고 있다. 엄마는 죽은 젖소들의 귀표들을 정리하고 있다. 파란색은 파란색끼리, 노란색은 노란색끼리. 엄마가 이런 상태의 나를 보지 않았으면 좋겠지만 나를 숨길 수 있는 것이 아무것도 없다. 수치심에서 비롯된 홍조가 말 담요처럼 무겁게 나를 뒤덮고 있긴 하지만. 엄마는 자신이 하는 일거리만 내려다보고 있다. 우리 가족은 비누를 아껴 쓰는 걸 원칙으로 하는 만큼, 지금 비누가 한 덩어리, 한 덩어리씩 내 안으로 사라지고 있다는 게 엄마에게 틀림없이 영향을 줄 텐데도. 귀표 하나가 바닥에 떨어진다. 엄마가 그걸 주우려고 몸을 구부리자 머리카락이 얼굴 앞으로 흘러내린다.

"더 벌려."

아빠가 큰 소리로 말한다. 나는 여전히 흐느껴 울면서 엉덩이를 양손으로 벌린다. 막 태어나 젖병을 거부하는 송아지의 입을 억지로 벌리듯이. 세 번째로 아빠의 손가락이 안에 들어왔을 때 나는 더 이상 반응하지 않는다. 나는 다만 오래된 신문지로 뒤덮인 거실 창문을 쳐다보고만 있다. 신문은 날씨 얘기를 하길 좋아하는데 정작 날씨를 내다볼 수 없게 막아놓다니 희한한 일이다. 아빠에게 이유를 묻자 아빠는 "남의 집 엿보기 좋아하는 사람들 막으려고"라고 대답했다. 내 볼기가 커튼 두 장이라고 치면 아빠가 바로 내 집을 엿보고 있는 셈이다. 하지만 아빠의 말에 따르면 비누를 똥구멍에 넣는 것은 몇백 년 동안 아이들에게 사용되어 검증된 방법이라고 한다. 앞으로 두 시간 이내에 똥이 나올 거라고. 아빠가 마지막으로 녹색 비누를 집어 들었을 때 엄마가 잠깐 고개를 들더니 말했다.

"150번이 없어졌네."

엄마는 돋보기 안경을 쓰고 있다. 엄마에게 멀리 있는 모든 것이 갑자기 가까워진다. 나는 하나의 플레이모빌 인형처럼 나 자신을 작게 만들려 애쓴다. 예전에 오버 오빠가 소파 가장자리에 플레이모빌 인형을 앉히고 다른 인형을 그 엉덩이 뒤로 밀어붙인 적이 있었다. 왜인지 몰라도 오빠는 그걸 무척 재미있어했고, 교회 원로들이 집에 온다고 하자 소파에서 인형들을 치워버렸다. 나 자신을 작게 만들어봤자 소용이 없다. 나는 오히려 더 크고 눈에 잘 띄는 존재가 된 느낌이다.

아빠가 내 팬티 허리춤을 끌어당기는 것을 보니 이제 모든 과정이 끝났고 나는 다시 일어나도 되는 모양이다. 아빠는 스웨터에 손가락을 문질러 닦고, 그 손으로 찬장에서 생강빵 한 조각을 꺼내 한 입 크게 베어문다. 아빠가 내 종아리를 토닥인다.

"비누일 뿐이야."

나는 재빨리 바지를 끌어올리고 무릎을 꿇고 앉아 단추를 잠근다. 그리고 홈 파인 바닥 위에서 주저앉는 소처럼 모로 털썩 누워서 손바닥으로 뺨 위의 눈물을 닦아낸다.

"150번."

엄마가 안경을 벗으며 재차 말한다.

"수송열* 때문에."

아빠가 말한다.

"가엾은 것."

150번은 다른 모든 죽은 소들과 함께 쟁반에 떨어진다. 나는 그 숫자를 보고 싶다는 생각이 든다. 변색된 채 외롭게 굴러떨어진 150번은 곧 서류 캐비닛으로 사라져 두 번 다시 나오지 못하겠지. 부모님은 캐비닛을 잠가두고, 열쇠는 찬장 옆 갈고리에 걸어둔다. 이건 일종의 의식이다. 무언가를 넣고 잠금으로써 머릿속의 축사 한 칸을 비우는 일. 내 속에 들어온 아빠의 손가락이 여전히 느껴진다. 얼마 지나지 않아 녹색 비누는 화장실 세면대의 금속 받침대 위로 돌아간다. 지금 내 몸속 어딘가를 돌아다니고 있을 비누 조각들에 대해서는 아무도 걱정하지 않을 것이다.

* 소나 양에 발생하는 바이러스성 질환.

오줌을 누면서 비누를 바라보는데, 오버 오빠가 소장 벽을 펴면 테니스장 하나를 덮을 수 있다고 말하는 소리가 들린다. 오빠는 나를 놀리기로 작정한 듯, 토하는 소리만 내는 것이 아니라 테니스공을 던지는 시늉까지 한다. 내 안에서 테니스 대회가 열릴 수 있다니, 내가 실제로 차지하는 공간보다 더 넓은 공간이 내 안에 있다니 생각만 해도 넌더리가 난다. 간간이 나는 내 안에서 조그마한 사람이 쓰레그물로 테니스 코트에 흩어진 자갈들을 치우고 있다고, 그러고 나면 내 안에서 새로운 경기가 열릴 수 있고 똥이 나올 거라고 상상한다. 그 조그마한 사람의 눈에 녹색 비누가 들어가지 않기를 바랄 뿐이다.

식탁에 놓인 새 귀표들 옆에는 내 배낭과 그 위에 맥없이 늘어진 내 하늘색 수영복이 있고, 그 옆에는 소금맛 감자칩 한 봉지와 딸기 요거트 한 팩이 놓여 있다. 가끔 수영장 바닥에 굴러다니는 축축한 감자칩 조각들이 젖은 물집처럼 발에 들러붙는 바람에 수건 귀퉁이로 떼어내야 할 때가 있다. 그러고 나면 그게 다른 사람 발에 붙어 있는 모습을 보곤 한다.

"수영 못하는 동물은 기린뿐이래요."

나는 말한다. 내 몸속에서 돌아다니는 녹색 비누 조각에 대해서는 잊으려고 애쓴다. 아빠의 손가락을 잊으려고 애썼듯이.

"너 기린이니?"

엄마가 묻는다.

"지금은요."

"이제 자격증은 그거 하나만 따면 되잖아."

"하지만 가장 어려운 자격증이란 말예요."

내 또래 중 수영 숙련 시험을 통과하지 못한 아이는 나뿐이다. '구멍 너머로 헤엄치기' 과제 앞에서 얼어붙는 사람도 나밖에 없다. 이 과제를 해내는 건 중요하다. 이 마을의 겨울은 혹독하기 때문이다. 12월의 그날 이후로 아빠는 내 나무 스케이트 날을 불태워버렸고 지금은 그때로부터 1년도 더 지난 5월 중순이지만, 내가 용감하게 얼음을 대면해야 할 날은 다시 올 것이다. 얼음 속의 구멍은 이제 거의 우리 머릿속에만 있다.

"하나님께서 사람들이 수영을 할 수 있기를 원하지 않으셨다면 우리를 이렇게 만들어놓지 않으셨을 거야."

엄마가 내 수영복과 감자칩 봉지를 배낭에 넣으며 말한다. 배낭 밑바닥에는 반창고 한 팩이 들어 있다. 배꼽 위에 반창고 붙이는 걸 잊지 말아야 한다. 안 그러면 수영복 너머로 녹색 압정이 드러날 것이다. 그러면 내가 휴가를 가지 않는다는 것을 모두가 알게 될 것이다. 만약 휴가를 간 적이 있었다면 나는 외국을, 선크림에 뒤덮인 것처럼 새하얀 백사장을 열망했을 것이다.

"저 익사할지도 몰라요."

나는 조심스럽게 말하며 엄마의 얼굴을 살핀다. 엄마가 깜짝 놀라기를, 엄마가 자기 자신을 위해 울 때보다 얼굴에 더 많은 주름이 잡히기를, 엄마가 일어나서 나를 붙잡고 소금물에 담근 쿠민 치즈를 흔들듯 앞뒤로 흔들어대기를 바라는 마음으로. 하지만 엄마는 고개를 들지 않는다.

"바보같이 굴지 마. 넌 안 죽어."

엄마는 죽음을 내게 주길 아까워하는 것처럼, 내가 어린 나이에 죽기에는 충분히 똑똑하지 못하다는 듯이 말한다. 엄마는 당연히 우리 세 왕들이 죽음을 만나려 하고 있다는 것을 모른다. 우리는 티세이를 통해 죽음을 언뜻 보았지만 그건 너무 찰나였다. 게다가 미리 준비하지 않으면 무엇을 경계해야 할지도 모른다. 충분한 준비가 사람을 만든다. 하나님은 천지를 창조하실 때 우리가 주중에 창조한 모든 것으로부터 하루 쉬어야 한다는 것을 알고 계셨다.

"네가 자격증을 얻기 전까지 우리는 휴가 못 가."

나는 한숨을 쉬고 배꼽에 꽂힌 압정을 만져본다. 그 주변의 피부가 연보라색으로 변했다. 지난주에 수영 학원측에서 풀장 위에 구멍들이 뚫린 하얀 방수포를 걸쳐놓았다. 잠수하는 아이들은 풀장 가장자리를 붙잡고 매달렸다. 선생님은 공포와 저체온증이 가장 큰 적이라고 이야기했다. 잠수하는 아이들은 이 상황을 더욱 현실적으로 체험하기 위해 목에 얼음 송곳도 걸었다. 크리스마스 전의 그날 맛히스 오빠는 얼음을 깨는 데 쓰는 강철 송곳을 집에 빠뜨리고 갔다. 그건 현관 거울 아래 작은 탁자 위에 놓여 있었다. 아무도 모르는 사실이지만 나는 그걸 보고 오빠를 뒤따라가 건네줄까 생각했는데, 같이 가지 못한다는 것에 대한 분노 때문에 그만두었다.

풀장 안에서 벨러가 내 옆구리를 쿡쿡 찌른다. 그 애는 분홍색 수영복을 입고 있다. 오른팔에는 가짜 포켓몬 문신이 박혀 있다. 껌을 두 통 뜯으면 얻을 수 있는 타투 스티커로, 피부에 붙여놓으면 조금씩조금씩 흐려진다. 벨러는 몇 년 전에 자격증을 땄기 때문에 이제는 풀장에서 혼자 수영해도 되고 높은 다이빙대에서 점프하거나 큰 미끄럼틀을 타도 된다.

"에바가 가슴이 생겼어."

나는 큰 미끄럼틀 앞에 줄을 선 에바를 훔쳐본다. 학기 초에 에바는 내게 '용감'하면서 '파격적'인 측면이 섞여 있다고 속삭였다. 물론 내 코트를 두고 한 말이었다. 에바는 우리보다 두 살 더 많은데, 다른 애들 말에 따르면 여자애들에 대해서만큼이나 남자애들에 대해 많이 알고 어떻게 처신해야 하는지도 잘 안다고 한다. 수영 강습이 끝나면 에바는 늘 가장 많은 개구리 젤리를 가방에 챙긴다. 처음에는 우리 모두 같은 개수의 젤리를 받고 시작하는데도. 남자애들에 대한 팁 하나당 개구리 젤리 두 개씩을 받는다고 한다. 우리 중에서 샤워를 따로 하는 애는 에바 하나뿐이다. 내 생각에는 발바닥의 무사마귀 때문인 것 같은데, 에바는 그런 게 없다고 잡아뗀다. 하지만 내 두꺼비들의 점액샘과 비슷하게 생긴 무사마귀가 에바 발 옆에 나 있는 것이 보인다. 두 가지 모두 독으로 가득 차 있다.

"우리도 가슴이 자랄까?"

벨러가 묻는다. 나는 고개를 젓는다.

"우리는 영원히 가슴이 없을 거야. 남자애가 10분 이상 쳐다봐야 가슴이 자란댔어."

벨러는 구멍에 뛰어들 준비를 하는 남자애들을 둘러본다. 우리를 보는 애들은 없다. 단지 관찰하는 애들만 있다. 이 두 가지는 사뭇 다른 것이다.

"그러면 걔네가 우리를 보게 만들어야겠네."

나는 고개를 끄덕이고 수영 선생님을 가리킨다. 선생님은 목에 건 호루라기를 만지작거리고 있다. 나는 말이 목에 걸려서 나오지 않는다. 미끄럼틀을 타려는 아이들이 몰려들어서 앞길이 막힐 때처럼. 그럴 때는 한 명씩 띄엄띄엄 앞길을 헤치고 내려오다가 이내 열차처럼 줄줄이 타고 내려오게 된다. 내 몸이 덜덜 떨리기 시작한다. 배꼽에 꽂힌 압정이 수영복 천에 쓸린다.

"공포는 적이 아니라 경고라고 선생님이 그랬어. 그러면 남는 적은 하나밖에 없지."

나는 그렇게 말하고 출발대로 가서 서려 한다. 그런데 그 갑자기 맛히스 오빠가 눈앞에 보인다. 오빠의 스케이트가 덜거럭거리는 소리, 얼음 밑에서 공기 방울이 부글거리는 소리가 들린다. 잠수하는 아이들의 말에 따르면 물속에서는 심박수가 증가한다고 한다. 하지만 나는 아직 물속에 들어가지도 않았는데, 내 악몽 속에서 얼음을 두들기던 주먹처럼 심장이 가슴을 때려댄다. 벨러가 나를 감싸안는다. 우리는 얼음 밑에서 사람을 구하는 법은 배웠지만, 물 밖에서 누군가를 육지에 붙들어두는 법은 모른다. 벨러의 팔이 묵직하고 어색한 것도 놀라운 일이 아니다. 벨러의 수영복이 몸에 달라붙어서 그 깡마른 다리 사이의 좁은 선이 드러나 보인다. 나는 에바의 발에 난 무사마귀를 생각한다. 그게 터져서 풀장 물이 녹색 독으로 물들고 잠수부들이 한 명씩 한 명씩 깩깩거리는 개구리 젤리로 변하는 것이 상상된다.

"쟤 오빠 때문이에요."

벨러가 수영 선생님에게 말한다. 선생님은 한숨을 쉰다. 이 마을의 모든 사람이 우리 가족의 상실을 알고 있다. 하지만 맛히스 오빠가 집을 떠난 시간이 길어질수록 사람들은 우리 가족이 다섯 명인 데에 익숙해진다. 마을에 새로 이사 온 사람들은 심지어 우리가 여섯 명이었던 과거조차 모른다. 우리 오빠는 서서히 사람들의 마음에서 흐려져가는 반면 우리의 마음속으로는 점점 더 깊이 들어오고 있다.

나는 벨러에게서 벗어나 탈의실로 도망친다. 그리고 수영복 위에 코트를 걸쳐 입고 벤치 위에 눕는다. 염소 소독약 냄새가 난다. 내가 물에 들어가면 내 안의 녹색 비누 덩어리들 때문에 비누 거품이 일 게 틀림없다. 모두가 나를 손가락질할 테고 그러면 나는 내 속이 어떻게 잘못됐는지 털어놓아야 할 것이다. 나는 벤치 위에 엎드린 채 조심스럽게 수영 동작을 해본다. 눈을 감은 채 접영을 해보고, 얼음 구멍 속으로 들어가본다. 이윽고 나는 내 양팔이 움직임을 멈추고 엉덩이만 위아래로 실룩이고 있음을 깨닫는다. 잠수부들의 말이 옳았다. 심박수가 증가하고 호흡이 가빠진다는 것. 진짜 적은 저체온증이 아니라 상상이었다.

배 아래에서 벤치가 시커먼 얼음처럼 삐걱거린다. 나는 지금 구출되고 싶지 않다. 가라앉고 싶다. 숨 쉬기가 힘들어질 만큼 깊이, 더 깊이. 그사이에 나는 개구리 젤리를 잘게 씹어 먹는다. 젤라틴의 식감을, 달콤한 위안을 맛본다. 하나의 말이 옳았다. 우리는 이 마을에서, 젖소들에게서, 죽음으로부터, 본래의 삶으로부터 벗어나야 한다.

9

엄마가 쿠민 치즈를 소금물에 담근다. 이틀에서 닷새 정도 묵혀야 한다. 엄마의 옆 바닥에는 커다란 소금 자루 두 개가 놓여 있다. 이따금씩 엄마는 치즈 맛을 유지하기 위해 한 숟 가락 가득 소금을 퍼 넣는다. 가끔 나는 엄마 아빠를 소금물 에 던져 넣고 '성부, 성자, 성령의 이름으로' 다시 세례를 주면 두 사람이 더 굳건해지고 오래 버틸 수 있게 되지 않을까 생각한다. 엄마의 눈언저리 피부가 누리끼리하고 칙칙한 것을 이제 막 알아차렸다. 등갓 대신 엄마의 꽃무늬 앞치마를 씌워놓은 식탁 위 전구처럼 가물거리며 꺼지려 하는 것만 같았다. 엄마에게는 화난 어조로 말하면 안 되고, 불퉁거려도 안 되며, 우는 건 절대로 안 된다. 어쩔 땐 두 사람을 영원히 소금물에 담그는 편이 더 평화로울 것 같다는 생각도 들지만, 나는 오버 오빠가 우리를 보살피는 상황은 원하지 않는다. 그렇게 되면 가뜩이나 적은 우리 가족은 더 줄어들 것이다.

염장용 헛간 창밖으로 오빠와 동생이 가장 멀리 떨어진 축사로 향하는 것이 보인다. 둘이서 티세이와 함께 죽은 닭들과 길고양이 두 마리를 묻어주러 가는 길이다. 엄마의 주의를 분산시키는 것이 나의 할 일이다. 아빠는 눈치채지 못할 것이다. 자전거를 타고 가버렸으니까. 아빠는 다시 안 돌아올 거라고 했다. 나 때문이다. 어제 내가 토스터기 플러그를 꽂으려고 냉동고 플러그를 뽑았다가 다시 꽂는 걸 깜빡했다. 엄마 아빠가 막 냉동해두었던 콩들을 꺼냈을 때는 온통 축축하고 흐늘흐늘해져 있었다. 식탁 위에 늘어놓은 조그마한 녹색 콩들은 마치 박멸된 여치 떼 시체처럼 음침해 보였다. 우리가 들인 공이 모조리 수포로 돌아간 셈이었다. 나흘 내리 저녁마다 우리는 옆에 양동이 두 개를 놓고 무릎 위에는 쓰레기를 둘 쟁반을 올려놓고서 콩 껍질을 깠고, 엄마는 우리가 깐 콩을 씻고 데쳐서 냉동용 팩에 넣는 작업을 했다. 녹아버린 수확물이 식탁 위에 늘어놓인 걸 본 아빠는 비닐 팩들을 빵칼로 뜯어 열어서 축 늘어진 콩들을 손수레에 쏟아넣은 다음 두엄 더미에다 내버렸다. 우리가 엄마 아빠도 손수레에 실어서 두엄 더미에 내버려야 하는 건 아닐지, 그것도 다 내 잘못이 될지 걱정스럽다. 그러고 나서 아빠는 앞으로 뭐든 우리 스스로 해결하라고 했다. 하지만 우리는 아빠가 노동조합에 가는 길이라는 걸, 자신이 영영 떠나겠다고 협박했던 사실을 잊고 돌아오리라는 것을 알고 있었다. 도망치고 싶어하는 사람들은 많지만, 정말로 떠나는 사람들은 예고하지 않는다. 그들은 그냥 떠난다.

아빠가 나간 뒤 우리는 티세이를 러시아풍 샐러드 통에 넣었다. 하나는 뚜껑에 사인펜으로 "잊지 않을게"라고 적었다. 오버 오빠는 냉철한 표정으로 지켜보았다. 오빠는 아무 표정도 드러내지 않고 자기 정수리만 자꾸 매만졌다. 나는 오빠가 밤새도록 침대에서 뒤척거리고 몸부림치고 머리를 박아댔다는 것을 알고 있었다. 너무 세게 머리를 박아서 아빠가 나무

판에 뽁뾱이 포장재를 붙여놓았다. 나는 뽁뾱이들이 터지는 소리를 들을 수 있었다. 가끔은 오버 오빠가 정서적으로 혼란스러운 게 저 습관 때문인가 싶기도 하다. 머릿속이 뒤죽박죽이 되어버린 것이다.

"커드* 누르는 것 좀 도와줄래?" 엄마가 묻는다.

나는 창가에서 물러난다. 수영장에 다녀온 지 얼마 안 돼서 머리카락이 아직 젖어 있다. 아무도 뭐가 어떻게 됐느냐고 묻지 않는다. 부모님은 우리가 해야 할 일이 생각나면 그냥 하라고 선언하고, 정작 어떻게 됐는지 확인하는 건 잊는다. 내가 구멍에서 빠져나왔는지, 빠져나왔다면 어떻게 그랬는지 알고 싶어하지 않는다. 내가 아직 살아 있다는 것, 그것만이 부모님의 관심사다. 아무리 느릴지라도 우리가 매일 일어난다는 것, 그들에게는 그것이 우리가 괜찮다는 증거다. 세왕은 계속해서 낙타에 올라타고 있는 것이다. 안장이 옛날에 없어지는 바람에 맨가죽에 타느라고 낙타가 들썩거릴 때마다 살갗이 쓸리지만.

나는 손가락으로 축축하고 희멀건 덩어리들을 치즈 틀에다 대고 누른 다음, 틀을 치즈 착제기에 밀어넣고 눌러서 유장(乳漿)을 빼낸다. 엄마는 레닛 뚜껑을 닫는다. 나는 다시 착제기를 누른다. 흰 덩어리들이 손가락에 달라붙는다. 나는 그걸 코트 자락에 문질러 닦는다.

"지하실은 어떻게 돼가요?"

나는 엄마를 보지 않고 엄마 앞치마에 펼쳐진 꽃밭에만 시

---

* 우유에 산이나 응유효소 등을 넣어서 응고시킨 것으로, 치즈를 만드는 데 쓰인다.

선을 고정한다. 엄마가 언젠가 거처를 지하실로 옮길 수도 있을까? 우리보다 더 좋은 유대인들과 가족을 꾸려서? 그건 불가능한 일이다. 만약 그렇게 된다면 세 왕이 어떻게 될지 모른다. 아빠는 여전히 커피에 넣을 우유 데우는 것도 못하는 사람이다. 우유도 끓어 넘치게 하는 사람이 자기 아이들의 체온을 적절하게 유지하는 일은 어떻게 하겠는가?

"그게 무슨 뜻이니?"

엄마가 묻고는 몸을 돌려서 벽 선반에 놓인 치즈들을 돌려 놓으러 간다. 하기야 엄마가 자신의 작전 기지에 대한 정보를 이렇게 쉽게 누설할 리 없다. 종이 다른 젖소들을 합사할 때는 조심해야 하는 법이다. 엄마는 우리를 떠날 준비를 하고 있는지도 모른다. 그래서 안경도 쓰지 않는 것 같다. 우리를 멀찍이 떨어뜨리려고.

"아무것도 아니에요. 엄마 잘못은 아무것도 없어요. 엄마 배 속에 든 돌멩이도요."

"괴상한 소리 하지 마. 그리고 코 좀 그만 파. 또 벌레 들고 싶어서 그래?"

엄마가 내 팔을 세게 거머쥔다. 또 한 번 엄마의 손톱이 내 코트 천을 파고든다. 그러고 보니 엄마가 손톱을 안 깎은 지 오래되었다. 엄마의 손톱 끝이 하얗고, 일부분은 유장 때문에 누래졌다.

"여기에 대해 우리가 감사할 게 뭐가 있담?"

나는 대답하지 않는다. 엄마가 하는 어떤 질문들은 대답을 바라지 않는 것들이다. 엄마가 직접 그렇게 말하지는 않으므로 직감으로 알아차려야 한다. 그럴 때 대답을 하면 엄마는 더 슬퍼질 뿐이다. 엄마는 나를 붙잡았을 때보다 더 조심스럽게 나를 놓아준다. 나는 지난번에 빨랫줄에서 곰인형을 빼내던 밤, 엄마가 아빠한테 말한 재앙에 대해 생각하고 있다. 이집트에서 재앙이 일어났던 건 사람들이 건너편에 가고 싶어 했기 때문이었다. 여기서는 우리가 건너편에 가는 것이 허락되지 않았는데도 갈망하기 때문에 재앙이 일어난다. 만약 하나와 내가 떠나면 엄마 배 속의 돌이 더 가벼워질 수도 있다. 수의사 아저씨에게 엄마한테 수술을 해달라고 부탁할까 보다. 수의사 아저씨는 이웃이 한 젖소의 젖통을 밟은 뒤 생긴 종기 두 개를 제거해준 적도 있다. 수술 후 떼어낸 종기를 두엄 더미에 던져놓았는데, 한 시간도 안 돼서 까마귀들이 그 핏덩어리를 먹어치웠다.

등 뒤에서 헛간 문이 열린다. 엄마는 새 치즈를 맛보려던 참이다. 엄마는 뒤를 돌아보고 치즈 주걱을 옆의 조리대에 내려놓는다.

"왜 커피가 없지?"

아빠가 묻는다.

"당신이 집에 없었으니까."

엄마가 대답한다.

"하지만 집에 왔잖아. 그리고 4시가 한참 지났다고."

"정 마시고 싶으면 직접 끓여먹어."

"사람이 존중을 좀 받고 살아야지!"

아빠가 성큼성큼 걸어 나가더니 문을 탕 닫는다. 분노라는 경첩에는 기름칠이 필요한 법이다. 잠시 동안 엄마는 일을 계속하는 척하지만, 결국은 한숨을 쉬더니 커피를 끓이러 간다.

이 모든 것이 수학 계산이다. 존중이란 곧 각설탕 네 덩이와 연유 한 잔의 합계인 것이다. 나는 내 모든 기억이 들어 있는 호주머니에 재빨리 치즈 주걱을 쑤셔 넣는다.

"바우더베인 드 그루트."

두 시간 뒤 나는 어둠 속에, 아니 정확히는 하나의 귀가 있으리라 생각되는 곳에 속삭인다. 오래 생각할 필요는 없었다. 며칠 동안 내 뇌리에서 떠나지 않은 목소리가 있다면 그건 바로 바우더베인의 목소리였으니까. 나는 심지어 바우더베인의 사진도 지갑에 넣어 가지고 다닌다. 지갑 속에는 내 첫사랑의 사진도 있는데, 이름은 슈르트다. 그 애의 사진에는 금이 가 있다. 걔가 자전거 보관소 뒤에서 포켓몬 카드 두 장과 밀크 비스킷 하나를 나에 대한 사랑과 맞바꾸는 것을 보았을 때 내 기분이 어땠는지 기억난다. 그때부터 나는 공룡컵에 담아 가져오는 시럽 섞인 버터밀크를 그곳의 수풀에 기념 삼아 버리곤 했다. 특히 반 친구들이 내 버터밀크에서 구린내가 난다고 말한 이후로는 더욱 그랬다. 그 애들은 팩에 든, 마시는 요거트를 가지고 다녔기 때문이다. 덕분에 자전거 보관소 뒤의 땅과 식물들은 흰색으로 변해갔다. 아무튼 내가 보기에 바우더베인 드 그루트는 올바른 선택인 것 같았다. 사랑에 대해 그토록 아름답게 노래할 수 있는 사람이라면 사랑을 구할 수도 있을 테니까. 그리고 엄마 아빠도 그를 좋아한다. 바우더베인이 우리를 데려간다면 부모님도 개의치 않을 것이다. 한때 엄마는 〈마스와 발의 땅〉을 너무 큰 소리로 따라 불러서 나는 엄마가 어딘가 다른 곳을 그리워하는 줄 알

왔다. 요즘 엄마는 '음악 과일 바구니'만 듣는다. 찬송가와 성가만 틀어주는 신청곡 프로그램이다.

하나와 나는 내 침대에 드러누워 프레첼처럼 팔짱을 끼고 있다. 이불은 허리까지만 덮었다. 완전히 올려 덮기에는 너무 덥다. 나는 코를 파서 새끼손가락을 입에 넣는다.

"역겨워."

하나가 말하더니 팔짱을 풀고 내게서 떨어진다. 어두워서 보이지 않을 텐데도 그 애는 내가 곧잘 코를 파면서 정적을 메운다는 것을 알고 있다. 코를 파면 생각하는 데 도움이 된다. 생각을 헤쳐나가는 행위를 물리적으로도 표현해야 하는 것 같다고 할까. 하나는 자꾸 그러면 콧구멍이 내 속옷 고무줄처럼 늘어나서 넓어질 거라고 한다. 속옷은 새로 사면 되지만 코는 새로 살 수 없다. 나는 손을 코트 속 배 위에 올려놓는다. 압정 주위에 딱지가 앉았다. 다른 쪽 손으로는 하나의 얼굴을 어루만지고, 엄지와 검지로 그 애의 귓불을 잠시 잡아본다. 인간의 몸에서 가장 부드러운 부분이다. 하나가 내게 파고든다. 하나가 그렇게 하면 가끔은 좋을 때도 있지만 보통은 기분이 별로다. 누가 내게 너무 가까이 서거나 누우면 나는 무언가 인정해야 할 것 같은, 내 존재를 정당화해야 할 것 같은 기분이 든다. 나는 엄마와 아빠가 내 존재를 믿었기 때문에 여기에 있고, 바로 그 생각으로부터 나는 태어날 수 있었다. 비록 요즘 두 사람이 의심이 많아졌고 우리에게 신경을 덜 쓰고 있다고는 해도. 내 옷에는 주름이 있다. 나는 잘못 써서 쓰레기통에 버려진 쇼핑 목록처럼 구겨진 채, 누군가가 나를 펼쳐서 다시 읽어주기를 바라고 있다.

"나는 헤르버르트 씨를 고를래."

하나가 말한다. 우리는 한 베개를 같이 베고 있다. 나는 하나에게서 더 멀찍이 떨어져서 내 머리가 침대 가장자리 너머로 떨어지는 상상을 한다. 그러자 생각들이 걷잡을 수 없이 쏟아진다. 나는 하나에게 구원자가 필요없다고, 하지만 여기서 멀리, 저 건너편으로 가고 싶기는 하다고, 우리에겐 남자가 아닌 다른 것이 필요할지도 모른다고, 우리가 가진 포켓몬 카드 중 가장 강한 건 하나님이고 하나님을 바꿀 수는 없는 거라고 설명하고 싶다. 그렇다고 해서 내가 여기서 벗어날 수 있는 다른 방법을 알고 있는 것은 아니지만.

"왜 바우더베인이야?"

하나가 묻는다.

"너는 왜 헤르버르트 씨야?"

"사랑하니까."

"나도 바우더베인 드 그루트를 사랑해."

바우더베인이 아빠를 약간 닮아서인지도 모르겠다. 아빠는 금발이고 바우더베인에 비해 코도 더 작고 노래도 잘 못 부르지만. 아빠는 알록달록한 셔츠도 입지 않는다. 작업복, 지퍼 달린 파란색 스웨터, 그리고 주일에 입는, 반들반들한 옷깃이 달린 검은 정장만 입는다. 연주할 줄 아는 악기는 리코더뿐이다. 토요일과 일요일 아침이면 아빠는 이 주의 찬송반에 우리와 같이 간다. 월요일에 우리가 학교에서 좋은 인상을 주기를 바라서 그러는 것이다. 노래 도중 이따금씩 아빠는 검지손가락으로 구멍을 누르고 리코더를 분다. 내가 정해진 가사에서 자꾸만 벗어난다는 것을 아는 것처럼. 가끔 나는 아빠를 위해서가 아니라 온 마을을 위해 노래하는 기분이 든다. 버터처럼 부드럽고 지빠귀처럼 맑은 목소리로. 버터 제조기에 떨어진 지빠귀…… 사람들은 나를 그런 식으로 숭배할 것이다. 뮐더르 가의 딸. 리코더의 높고 째지는 소리를 들으면 고막이 아프다.

"그 남자가 어디에 사는지는 알아야지. 그게 조건이야."

하나가 말한다. 하나가 내게 몸을 기울이고 스탠드 불을 켠다. 내 눈은 빛에 익숙해져야 한다. 방 안의 사물들이 재빨리 정색을 하고 옷을 매만져 펴고 조용히 함으로써 내가 자기들을 가졌다는 생각에 부응하듯이. 엄마가 방에서 옷을 반만 입고 있을 때 우리가 들어가면 엄마가 화들짝 놀라는 것과 조금 비슷하다. 우리가 가지고 있는 엄마의 이미지를 더이상 충족하지 못할까 봐 두려운 듯, 엄마는 아침마다 크리스마스트리처럼 스스로를 치장하는 것이다.

"다리 건너편에서 살겠지."

하나가 눈을 가늘게 뜬다. 나는 바우더베인 드 그루트가 정말 건너편에 살기는 하는지도 모르지만, 말하고 보니 엄청나게 짜릿하게 들린다. 헤르버르트 씨는 과자점 옆집에 산다. 딱 우리 사고방식대로다. 우선 과자를 원하고 그다음에는 사랑을 원하는 것이다. 우리는 사건의 순서가 그런 식이라는 것을 이해한다.

"바로 그거야. 우린 거기 가야 해. 거긴 구원자가 수두룩이 있어. 엄마 아빠는 거기 갈 엄두도 못 낼 거야."

나는 코트 자락 아래 압정을 매만진다. 북해 한가운데에 떠 있는 구명정 같은 압정.

"바우더베인이랑 키스하고 싶어?"

동생이 갑자기 묻는다. 나는 고개를 마구 흔든다. 키스는 나이 든 사람들이나 하는 행동이고, 할 말이 다 떨어지면 하는 일이다. 이제 하나가 내 옆에 너무 바싹 붙어 있어서 걔 숨 냄새가 느껴진다. 치약 냄새. 걔가 혀로 입술을 적신다. 빠질 때가 지난 유치 하나가 아직까지도 자라나려 애쓰고 있다.

"나 아이디어가 있어. 금방 돌아올게."

하나가 침대 밖으로 나가더니 아빠의 주일용 정장을 가져온다.

"그걸로 뭘 하려고?"

하나는 대답하지 않는다. 옷걸이에는 향주머니가 걸려 있다. 라벤더 향이다. 하나가 잠옷 위에 정장을 덧입는 모습을 나는 지켜본다. 나는 히죽 웃지만 하나는 웃지 않는다. 걔는 내 펜꽂이에서 검은색 마커를 꺼내더니 자기 윗입술 위에 수염을 그려넣는다. 약간 히틀러처럼 보인다. 나는 그 애를 펜으로 온통 칠해버리고 싶어진다. 그러면 하나를 영원히 기억할 수 있고 내 것이라고 표시할 수 있을 테니까. 하나는 코트 주머니에 넣기에는 너무 크다.

"자, 등을 대고 반듯하게 누워야지. 안 그러면 진행이 안 돼."

나는 하나가 하라는 대로 한다. 나는 걔가 앞장서고 나는 걔 말을 따르는 데에 익숙하다. 하나는 깡마른 다리에 아빠의 지나치게 헐렁한 바지를 꿰어입고 내 엉덩이 양옆에 발을 딛고 선다. 머리카락은 얼굴 위로 쓸어넘겨졌다. 스탠드 불빛 속에서 그 애의 검은 콧수염이 약간 오싹해 보이고 수염이라기보다는 나비 넥타이처럼 보인다.

"나는 도시 출신이오. 나는 남자요."

하나가 낮은 목소리로 말한다. 그 즉시 나는 내가 무엇을 해야 하는지 안다. 개가 한밤중에 아빠 정장을 입고 내 위에 올라앉아 있는 게 지극히 자연스러운 일인 것처럼. 반들반들한 옷깃이 달린 재킷을 걸친 하나의 어깨는 전보다 넓어졌고 머리는 도자기 인형처럼 조그마해 보인다.

"나는 마을 출신이에요. 여자이고요."

나는 평소보다 더 높은 목소리로 말한다.

"당신은 남자를 찾고 있소?"

하나가 으르렁거리며 말한다.

"맞아요. 나는 이 끔찍한 마을에서 나를 구해줄 남자를 찾고 있어요. 아주 강한 사람요. 그리고 잘생기고, 친절한 사람요."

"마담, 그렇다면 적임자를 찾은 거요. 키스하겠소?"

내가 대답하기도 전에 하나가 입술을 내 입술에 포개고는 곧바로 혀를 밀어넣는다. 미지근하다. 엄마가 전자레인지에 데워서 내놓은, 예전 식사에서 먹고 남은 스테이크처럼. 하나가 혀를 빠르게 몇 차례 움직이자 우리 침이 뒤섞이면서 내 뺨을 타고 흘러내린다. 하나는 혀를 넣었을 때처럼 빠른 속도로 빼낸다.

"당신도 느꼈소?"

하나가 가쁜 숨을 내쉬며 묻는다.

"무엇을 말인가요?"

"배와 다리 사이에서 느껴지는 것?"

"아뇨. 당신 콧수염만 느껴졌는데요. 약간 간지러워요."

우리는 웃음을 터뜨린다. 도저히 멈출 수 없는 것처럼 웃다 보니 잠시 동안이지만 정말로 그런 것처럼 느껴진다. 하나가 내 옆에 풀썩 널브러진다.

"언니한테서 금속 맛이 나."

하나가 말한다.

"너한테서는 젖은 밀크 비스킷 맛 나."

그게 얼마나 구린 맛인지 우리 둘 다 알고 있다.

10

잠에서 깨었을 때 우리 얼굴에는 검은 줄무늬가 찍혀 있고 아빠의 주일용 정장은 온통 구겨져 있었다. 나는 벌떡 일어나 앉는다. 아빠가 알면 식탁 서랍에서 킹 제임스 성서를 꺼내 와서 로마서를 읽어줄 것이다. "네가 만일 네 입으로 예수를 주로 시인하며 또 하나님께서 그를 죽은 자 가운데서 살리신 것을 네 마음에 믿으면 구원을 받으리라." 바로 그 입으로 어젯밤 우리는 키스했다. 하나는 혀를 내 안에 밀어넣으며 자신이 갖고 있지 않은 말들을 찾으려 했다. 죄책감이 가슴속에 들어오는 것을 거부할 수는 있지만 집에 들어오는 것은 막을 수 없다. 그러니 아빠가 우리를 깨우러 오면 우리가 언젠가 길고양이를 집 안에 들였듯 죄를 들여놓았다는 것을 금세 알아차릴 것이다. 우리는 녀석을 호두나무 바구니에 넣어 장작 난로 뒤에 숨겨놓고 우유와 빵 조각을 먹여서 튼튼하게 길렀다. 이제 하나도 나도 구원받지 못할 것이다.

하나가 아빠 정장의 주름을 매만져 펴고는 앞주머니에서 페퍼민트 사탕 반 줄을 꺼내더니 한 알을 까서 입에 넣는다. 나는 그 애가 왜 그걸 먹는지 의문이다. 페퍼민트 사탕은 설교 시간을 조용히 버티기 위해 먹는 것이다. 그걸 안 먹으면 우리는 다리를 흔들어대기 시작할 테고, 그러면 장의자가 삐

거거려서 그 줄에 앉은 모두가 뮐더르 집안 아이들이 렝케마 목사님의 말씀을 듣고 있지 않다는 것을 알게 되기 때문이다. 지금 우리는 가만히 앉아 있을 이유가 없다. 오히려 움직여야 한다. 예배가 끝난 뒤 우리가 너무 길었다고 불평하면 아빠는 이렇게 말하곤 한다. "설교가 빨리 안 끝난다고 안달하는 사람은 벌로 두 배 더 긴 말을 들어도 싸." 그러고는 이런 말도 덧붙인다. "저기 옆집 린이 한창 떠들고 있네. 저걸다 듣다가는 귀가 떨어지겠어." 잠시 나는 아빠와 린 아주머니가 목장 길 위에 마주 서 있고 아빠의 양쪽 귀가 낙엽처럼 팔랑팔랑 떨어지는 장면을 상상한다. 그러면 딱풀로 귀를 다시 붙여야 할 것이다. 하지만 나는 차라리 그 귀들을 작은 벨벳 상자에 넣어서 매일 밤 가장 달콤한 말들과 가장 끔찍한 말들을 속삭여주고 싶다. 그리고 뚜껑을 도로 닫기 전에 내 말들이 귓구멍 속으로 확실히 들어가도록 상자를 흔들어줄 것이다. 나는 할 말이 너무나 많은데 정작 입 밖으로 나오는 말은 점점 적어지는 것만 같다. 반면 성경 용어들은 머릿속에 터져 나올 듯 가득 차 있다. 나는 아빠의 귀를 딱풀로 붙인다는 생각에 자꾸만 웃음이 난다. 그리고 아빠가 린 아주머니에 대한 농담을 이 주의 일기예보처럼 되풀이하는 한 우리는 두려워할 게 아무것도 없다.

하지만 아빠는 페퍼민트 사탕을 주로 묵상 시간에 먹는다. 그리고 최근엔 예배가 끝나고 집에 도착하자마자 우리가 잘 듣고 있었는지 확인하려고 설교가 무슨 내용이었느냐고 묻기 시작했다. 나는 내심 아빠가 설교 시간에 주의가 분산돼서 우리를 이용해 요약본을 얻으려고 하는 게 아닐까 생각하고 있다. 지난 주일에 나는 설교가 돌아온 탕자에 대한 이야기였다고 거짓말했는데 아빠는 아무 지적도 하지 않았다. 돌아온 탕자 이야기는 내가 제일 좋아하는 이야기다. 가끔 나는 맛히스 오빠가 피부가 눈처럼 하얘진 채 걸어서 집에 돌아오고 아빠가 축사에서 가장 질 좋은 송아지를 잡는 상상을 한다. 엄마는 "촐랑거리고 빰빰거리는" 춤과 음악이 싫다며 파티를 좋아하지 않지만, 그래도 그날에는 목장에 등불들과 색색의 띠를 달아놓고 콜라와 물결 모양 감자칩을 준비해서 성대한 파티를 열 것이다. "아들을 잃었다가 다시 찾았으니까".

"우리가 뭔가 잘못했다고 생각해?"

나는 하나에게 묻는다. 하나는 손으로 입을 가리고 하품을 참는다. 우리 둘 다 세 시간밖에 못 잤다.

"무슨 뜻이야?"

"음, 있잖아. 엄마랑 아빠 사이가 이런 게 우리 때문일 수도 있지 않을까. 맛히스 오빠랑 티세이가 죽은 것도 우리 잘못일 수 있고."

하나는 잠시 생각에 잠긴다. 하나는 생각에 잠기면 코를 위 아래로 움직이는 버릇이 있다. 이제는 그 애의 뺨에도 펜 자국이 묻었다.

"이유가 있는 것들은 끝에 가면 다 잘 풀려."

동생은 종종 현명한 말을 하지만, 자기가 하는 말의 대부분을 스스로 이해하지 못하는 것 같다.

"다 괜찮아질 거라고 생각해?"

눈시울이 젖어드는 게 느껴진다. 나는 재빨리 아빠의 정장으로 눈길을 돌린다. 정장 어깨에는 패드가 대어져 있어서 주일에 아빠에게 평소보다 더 큰 권위를 실어준다. 칼로 찌르기만 하면 쉽게 구멍이 뚫리겠지만. 나는 새끼손가락으로 눈에서 누리끼리한 잠의 흔적을 떼어내 이불에 문지른다.

"당연하지. 그리고 오버 오빠는 일부러 그런 게 아니었어. 실수였지."

나는 고개를 끄덕인다. 그래, 그건 실수였다. 이 마을에서는 늘 그런 식이다. 사람들은 실수로 사랑에 빠지고, 실수로 엉뚱한 고기를 사고, 실수로 기도서를 안 가져오고, 실수로 말을 하지 않는다. 하나는 일어서서 아빠의 재킷을 옷걸이에 도로 걸어놓는다. 라벤더 향주머니가 터져서 조그마한 보라색 꽃들이 내 이불 위에 온통 흩어져 있다. 나는 라벤더 위에 드러눕는다. 이대로 하루가 멈추었으면 좋겠다. 그러면 학교에 가지 않아도 될 것이고, 들판의 풀은 건초를 만들 수 있을 만큼 마를 것이고, 내 안의 축축함도 서서히 잦아들 것이다.

11

뉴스에서 물을 큰 잔으로 한 시간에 한 잔씩 마시는 게 좋다고 한다. 큰 잔이 어느 정도인지 사진으로 보여주기까지 한다. 하지만 우리 집에 있는 잔들하고는 다르게 생겼다. 이 마을에서는 집집마다 다른 잔을 쓴다. 잔을 이용해 스스로를 남들과 차별화할 수 있을 정도다. 우리는 한때 머스터드가 들어 있었던 용기를 잔으로 쓴다. 아빠는 콜라 병에 물을 담아서 우리 잔에 따라준다. 병을 제대로 행구지 않아서 물에서는 콜라 맛이 나고 햇볕을 받아 미지근하다. 건초 작업에서 일어나는 먼지 때문에 코가 근질거린다. 코를 파면 검은색을 띤 콧물이 나온다. 나는 그걸 먹으면 아플까 봐, 더 나아가 나 스스로 먼지가 될까 봐 두려워서 그냥 바지에 문질러 닦는다. 내 주위로 건초 뭉치들이 녹색 비누들처럼 들판에 흩어져 있다. 내 안에 들어왔던 아빠의 손가락을 생각하고 싶지 않다. 나는 아빠가 준 도넛을 한 입 베어문다. 이 질척거리는 도넛은 더 이상 먹기가 힘들다. 요즘 빵집에 물건이 이것 말고는 없기 때문에 질리도록 도넛만 먹었다. 그런데도 한 입 베어먹는 까닭은 오버 오빠와 아빠와 연결되는 느낌을 받고 싶어서일 뿐이다. 세 명이서 건초 뭉치 위에 앉아 도넛을 먹으면 서로에게 모종의 연결고리가 생기지 않을 수 없다. 질척한 도넛 껍질이 이와 입천장에 들러붙는다. 나는 맛을 보지 않고 꾸역꾸역 삼킨다.

"하나님이 잉크 병을 엎질렀나 봐요."

오버 오빠가 우리의 땀투성이 머리 위로 어둑해져가는 하늘을 올려다보며 말한다. 나는 빙그레 웃고, 심지어 아빠마저도 너무나 오랜만에 미소를 짓는다. 아빠가 일어나서 손을 바지에 문질러 닦는다. 이제 일을 다시 시작해야 한다는 뜻이다. 곧 비가 와서 건초에 곰팡이가 필까 봐 아빠는 조바심을 낼 것이다. 나도 일어나서, 건초 뭉치를 묶은 끈으로부터 내 손바닥을 보호하기 위해 마른 풀 한 줌을 뽑는다. 그리고 아빠의 얼굴에 떠오른 미소를 다시금 흘끔 돌아보며 생각한다. 이것 봐, 우린 그저 밧줄에 연연하지 않으면 돼. 그러면 모든 게 잘 풀릴 거야. 먹잇감을 노리는 갈까마귀처럼 우리 부모님에게 내리닥칠 심판의 날도, 우리가 기도하는 것보다 죄를 더 많이 짓는다는 것도 두려워할 필요가 없어. 새로운 건초 뭉치를 들어 올리는데 땀에 젖은 피부에 코트가 들러붙는다. 푹푹 찌게 더운 지금도 나는 코트를 벗지 않는다. 나는 건초 뭉치들을 수레에 던져넣고, 아빠는 그것들을 여섯 개씩 가지런히 줄지어 놓는다.

"비 오기 전에 서둘러야 해."

아빠가 점점 어두워져가는 하늘을 쳐다보며 말한다. 나는 아빠를 올려다본다.

"맛히스 오빠는 건초 두 뭉치를 한 번에 들 수 있었어요. 치즈 덩어리를 다루듯 쇠스랑을 꽂아넣었죠."

아빠의 미소가 즉시 피부 속으로 가라앉더니 얼굴이 텅 빈다. 어떤 사람들은 슬플 때에도 늘 미소를 띤다. 웃음 주름이 얼굴에서 지워지지 않게 된 것이다. 우리 엄마와 아빠는 그 반대다. 두 사람은 미소 지을 때조차 슬퍼 보인다. 누군가가 그분들의 입꼬리에 삼각자를 갖다 대고 아래로 향하는 빗금을 그려놓은 것만 같다.

"죽은 사람에 대해서는 생각하는 게 아니야. 기억할 뿐이지."

"기억하는 걸 말할 수도 있는 거잖아요, 안 그래요?"

아빠가 나를 꿰뚫어보는 듯한 시선으로 보더니 수레에서 뛰어내려 쇠스랑을 바닥에 찍는다.

"뭐라고 했니?"

아빠의 위팔 근육이 팽팽해지는 게 보인다.

"아무것도 아녜요."

"아무것도 아닌 게 뭔데?"

"아무것도 아니에요, 아빠."

"내 말이 그 말이다. 냉동고 선을 뽑아서 콩을 싸그리 망가 뜨려놓고 어떻게 지금 나한테 말대꾸를 할 수가 있느냔 말이야."

나는 하릴없이 하늘을 올려다본다. 처음으로 나는 내 근육도 팽팽해졌다는 걸 알아차린다. 아빠의 머리를 만년필처럼 잉크에 담가서 그걸로 흉악한 문장을 휘갈기거나 아니면 맷히스 오빠에 대해, 내가 얼마나 오빠를 그리워하는지에 대해 쓰고 싶다. 이런 나 자신의 생각에 나는 깜짝 놀란다. "네 부모를 공경하라 그리하면 네 하나님 여호와가 네게 준 땅에서 네 생명이 길리라*." 그리고 곧바로 나는 생각한다. 기왕이면 이 한심하고 따분한 마을이 아니라 저 건너편 땅에서 길게 살았으면 좋겠다고. 오버 오빠가 바닥에서 콜라병을 집어 들더니 나한테 마실 거냐고 묻지도 않고 마지막 한 모금까지 게걸스럽게 마셔버린다. 그러고는 일어나서 건초를 마저 옮긴다.

마지막 작업은 더디게 흘러간다. 나는 트랙터를 조종하고, 오버 오빠는 건초 뭉치를 수레에 던져 넣고, 아빠는 그걸 쌓는다. 아빠가 나더러 속도를 올리라거나 더 늦추라고 연신 고함을 지른다. 이따금씩 내가 도랑으로 트랙터를 몰 뻔할 때마다 아빠가 트랙터 문을 벌컥 열고는 나를 좌석에서 밀치더니 이마에서 땀을 흘리며 운전대를 홱 잡아당긴다. 아빠가 건초 더미 위로 돌아가 오버 오빠에게서 뭉치를 받아들기 시작하자마자 나는 마음속으로 생각한다. 내가 액셀을 한 번만 힘껏 밟으면 아빠는 수레에서 떨어질 거야. 딱 한 번만.

건초 작업이 끝나고 오버 오빠와 나는 축사 뒷벽에 기대어 앉는다. 오빠는 앞니 사이에 밀짚 한 잎을 끼우고 있다. 우리 뒤에서는 자동식 소 브러쉬가 웅웅 돌아가는 소리가 들린다. 등이 가려운 녀석들이 거기에 등을 대고 있을 것이다. 사료 줄 시간까지 아직 한참 남아 있으니 한동안은 자유 시간이다. 오버 오빠가 밀짚을 씹으면서 자기 일을 도와주면 '심즈' 게임 비밀번호를 알려주겠다고 한다. 그 비밀번호를 입력하면 떼부자가 될 수도 있고 아바타끼리 프렌치 키스를 시킬

* 출애굽기 20장 12절.

수도 있다나. 문득 몸에 한기가 끼친다. 가끔 아빠가 잘 자라고 인사하러 올 때 내 귀에 혀를 넣을 때가 있다. 녹색 비누를 손가락으로 넣는 것만큼 나쁘지는 않지만, 그래도 도대체 왜 그러는지 모르겠다. 저녁마다 아빠가 바닐라 커스터드 뚜껑을 핥는 것과 비슷한 일인지도 모르겠다. 안 그러면 거기 묻은 건 버리게 되니 아깝다고 하더라. 내가 면봉으로 귀를 닦는 것을 종종 잊으니 아빠가 내 귀도 그렇게 핥아내는 것이 아닐까.

"죽음이랑 관련된 일은 아니지?"

나는 오버 오빠에게 묻는다. 내가 지금 죽음과 맞닥뜨릴 만큼 강한지 잘 모르겠다. 하나님 앞에 나아갈 때는 주일용 옷을 단정하게 차려입어야 한다는 것은 알지만 죽음을 마주할 때는 어떻게 해야 하는지 모른다. 내 어깨를 누르던 아빠의 분노가 여전히 느껴진다. 학교에서 싸움이 벌어지면 나는 편을 들지 않는다. 멀찍이서 지켜보면서 가장 약한 사람을 도와주는 상상만 한다. 죽음을 상대로는 나 자신을 방어하기 어렵다. 그 방법을 배운 적이 없으니까. 가끔 나 자신을 멀리서 바라보려 해봐도 나는 내 안에 갇혀 있기에 아무 소용도 없다. 그리고 햄스터 사건이 아직 내 기억 속에 생생하다. 죽음을 마주하고 나면 어떤 기분이 들지는 알지만, 죽음을 목격하고 이해하고 싶은 호기심이 더 크다.

"죽음을 맞닥뜨릴 위험은 언제나 있어."

오버 오빠가 밀짚을 잇새로 뱉어낸다. 하얀 침이 자갈 위에 흩어진다.

"우리가 왜 맛히스 오빠에 대해 이야기하면 안 되는지 알아?"

"비밀번호 알려줘, 말아?"

"벨러도 같이 해도 돼? 좀 이따가 오기로 했어."

나는 벨러가 이웃집 남자애들의 고추 때문에 오는 거라는
말은 하지 않는다. 내가 걔네들 고추를 봤다고 뻐기면서, 가
끔 벨러네 집에서 점심 때 먹는 밝은 빛깔의 크루아상과 약
간 비슷하게 생겼다고 말했기 때문이다. 걔네 엄마는 틀에서
꺼낸 크루아상 반죽을 직접 말아서 오븐에 넣고 노릇노릇하
게 굽는다.

오빠가 말한다.

"당연히 되지. 걔가 징징거리지만 않는다면."

잠시 뒤 오버 오빠가 지하실에서 콜라 세 캔을 스웨터 밑
에 숨겨 나오더니 나와 벨러에게 손짓한다. 나는 이제부터 무
슨 일이 벌어질지 알고 차분해진다. 너무나 차분해져서 코트
지퍼를 이로 무는 것조차 깜빡한다. 어쩌면 옆집 린 아주머니
와 그 남편 케이스가 나무랐던 게 영향을 미쳤는지도 모르겠
다. 그분들은 내가 코트 소매를 손가락을 덮도록 내리고 지퍼
를 이로 문 채로 자전거를 타고 제방 위로 달리는 게 위험하
다고 생각한다. 하지만 엄마 아빠는 송아지 경매장에서 지나
치게 낮은 값을 부른 사람을 물리듯 그들의 조언을 물리쳤다.

"일시적인 거예요."

엄마가 말했다.

"맞아요, 저러다 말겠죠."

아빠가 맞장구를 쳤다.

하지만 나는 그러다 말지 않을 것이다. 오히려 점점 더 이 버릇에 적응해서 완전히 고착될 것이다. 하지만 아무도 눈치 채지 못할 것이다.

토끼장 문을 여는 동안 벨러는 생물학 시험에 대해, 그리고 우리 자리에서 두 줄 뒤에 앉는 톰에 대해 이야기하고 있다. 톰은 검은 머리카락을 어깨까지 기르고 늘 똑같은 체크무늬 셔츠를 입고 다닌다. 우리는 개한테 엄마가 없나 보다고 생각한다. 그러지 않고서야 왜 아무도 개 옷을 빨아주지 않고 다른 옷을 입혀주지도 않느냐는 거다. 벨러의 말에 따르면 톰이 자신을 최소한 10분 이상 쳐다봤다고 한다. 당장이라도 벨러의 티셔츠 밑에서 젖가슴이 자라날 수도 있다는 뜻이다. 나는 기쁘지 않지만 그래도 미소 지어준다. 사람들은 스스로를 더 큰 존재로 느끼기 위해 작은 말썽을 필요로 하는 법이다. 나는 어서 가슴이 자랐으면 좋겠다는 생각을 딱히 하지 않는다. 이게 이상한 일인지 아닌지는 모르겠다. 나는 남자애들보다는 나 자신을 갈망한다. 하지만 이 사실을 남들에게 드러내서는 안 된다. 휴대폰을 누가 멋대로 들여다보지 않도록 비밀번호를 비밀로 간직해야 하듯이.

토끼장은 따뜻하고 어둑하다. 석고보드로 된 천장에 햇빛이 하루 종일 내리쬐었을 것이다. 디우에르티어는 자기 우리 안에서 몸을 뻗고 있다. 어제 엄마가 녀석의 우리에 있던 질척한 잎사귀들을 버리고 신선한 잎들로 갈아주었다. 엄마는 과자통에 과자 채우는 건 잊어도 토끼가 먹을 잎사귀는 잊지 않는다. 오버 오빠가 여물통을 나무 틀에서 빼내더니 바닥에 내려놓는다. 그리고 주머니에서 가위 한 자루를 꺼낸다. 엄마가 하인즈 토마토소스 팩을 가위로 잘랐던 탓에 소스가 가윗날에 약간 말라붙어 있다. 오빠가 가윗날을 한 번 열었다 닫는다. 그러자 벽널 틈새로 햇빛이 잠깐 새어 들어와 가윗날에 반사된다. 죽음이 경고 신호를 보내는 것이다.

"우선 수염을 자를 거야. 수염이 감각 기관이니까, 그게 없으면 디우에르티어는 자기가 뭘 하는지 모를 거야."

오빠는 수염을 하나씩 하나씩 잘라서 내 손바닥 위에 놓아준다.

"이러면 디우에르티어한테 해롭지 않아?"

벨러가 묻는다.

"우리가 혀를 데면 맛이 덜 느껴지는 것과 같아. 별로 해롭지 않아."

디우에르티어가 우리 안을 구석구석 뛰어다니지만 오버 오빠의 손을 피하지는 못한다. 수염을 다 자르고 나서 오빠가 말한다.

"짝짓기하는 거 보고 싶어?"

벨러와 나는 서로를 마주본다. 토끼 수염을 잘라놓고 다시 자라나는지 확인하는 것은 우리 계획에 없었다. 하지만 내 배 속 벌레들이 다시 근질거리기 시작했다. 오버 오빠가 하나와 나에게 자기 고추를 보여준 이후로, 엄마가 주는 벌레 약의 약효는 더욱 빨리 사라지고 있다. 나는 아랫도리가 가렵다고 일부러 불평도 한다. 가끔은 방울뱀만큼 커다랗고 사자처럼 생긴 아가리를 가진 벌레들이 내 항문에서 기어 나오는 꿈을 꾼다. 나는 사자 우리에 내던져진 다니엘*처럼 내 매트리스의 폭 꺼진 부분에 떨어진 채로 하나님을 믿는다고 기도하지만, 뱀 같은 몸과 추악하고 굶주린 얼굴을 가진 그 벌레들은 계속 눈앞에 보인다. 그렇게 살려달라고 울부짖다가 겨우 악몽에서 깨어난다.

오빠는 디우에르티어 맞은편 우리에 있는 작은 토끼를 고갯짓한다. 나는 아빠의 말을 떠올린다. "큰 토끼와 작은 토끼를 교배하지 마라. 잘못된 일이다." 아빠는 엄마보다 머리 두 개는 더 크지만 엄마는 우리를 낳고도 살아남았다. 그렇다면 이것도 가능할 것이다. 그래서 나는 작은 토끼를 벨러의 품 안에 떠안긴다. 벨러는 녀석을 잠시 끌어안더니 디우에르티어의 우리 안에 내려놓는다. 우리가 조용히 지켜보는 앞에서 디우에르티어는 조심스럽게 작은 토끼의 냄새를 맡더니 그 주위를 깡충깡충 뛰어다니다 뒷발을 구르기 시작한다. 그러더니 먼저 토끼의 상체로 뛰어올랐다가 다시 하체에 올라탄다. 디우에르티어의 고추는 보이지 않는다. 다만 녀석의 열띤 몸놀림과 작은 토끼의 눈에 서린 공포만이 보인다. 햄스터에게서 보았던 눈빛 그대로다.

"앎 없는 욕망은 좋지 않아. 성급하게 발을 놀리다가 얼마나 더 길을 잃으려고!" 아빠는 우리가 무언가를 너무 탐낼 때 이렇게 말하곤 한다. 그런데 한 순간 디우에르티어가 작은 토끼의 옆으로 굴러떨어진다. 문득 나는 아빠도 다 하고 나면

---

* 다니엘서에 나오는 내용. 다니엘은 사자 우리에 던져졌지만 하나님의 기적을 입어 무사히 살아났다.

매번 저렇게 나가떨어지는지 궁금해진다. 아빠의 다리가 기형이고 늘 아픈 것도 그 때문인지도 모른다. 콤바인 기계 때문에 그렇게 됐다는 이야기는 지어낸 것일 수도 있다. 그편이 더 그럴싸하고 창피하지도 않으니까. 그런데 우리가 안도의 한숨을 내쉬려던 그때, 작은 토끼가 죽었다는 것이 눈에 들어온다. 특별히 지켜보고 말고 할 것도 없다. 녀석은 그냥 눈을 감고 세상을 떠났다. 경련도, 비명도 없이, 죽음의 그림자도 보여주지 않고.

"이게 무슨 한심한 놀이야."

벨러가 말한다. 울음을 터뜨리기 일보직전이다. 걔는 이런 걸 보기에는 너무 여리다. 벨러가 아직 유장도 분리하지 않은 치즈와 같다면, 우리는 이미 플라스틱 막까지 씌운 단계의 치즈와도 같다.

오버 오빠가 나를 본다. 오빠의 턱에 연한 빛깔의 보송보송한 털이 자라고 있다. 어떻게 해서인지는 몰라도, 우리는 맛히스 오빠의 죽음을 이해하기 전까지는 이 짓을 반복하리라는 것을 아무 말도 없이 깨닫는다. 배 속을 찌르는 통증이 더욱 심해진다. 누가 가위로 배를 찌르는 것만 같다. 비누는 아직 효과가 없었다. 나는 젖소 저금통 조각과 치즈 주걱이 들어 있는 코트 주머니에 디우에르티어의 수염을 집어넣고, 콜라 한 캔을 따서 그 차가운 금속을 입에 댄다. 캔 가장자리 너머로 나를 기대감 어린 눈빛으로 쳐다보는 벨러가 보인다. 이제 약속을 지켜야 한다. 예수님이 추종자들을 거느릴 수 있었던 것도 그분이 늘 자신을 믿을 만한 존재로 보이게끔 하는 무언가를 그들에게 내주었기 때문이었다. 벨러를 친구가 아닌 적으로 만들지 않으려면 무언가를 줘야 한다. 나는 그 애를 주목나무 울타리에 난 구멍으로 데려가기 전에 오빠의 소매를 붙잡고 속삭인다.

"그래서 비밀번호는 뭐야?"

"클라파우시우스."

오빠는 디우에르티어의 우리에서 작은 토끼를 끄집어내, 콜라 캔 때문에 아직 차가울 스웨터 안섶에 집어넣는다. 나는 그걸 어쩔 셈이냐고 묻지 않는다. 비밀이 되어야 할 모든 것이 이곳에서는 조용히 받아들여진다.

벨러는 주목나무 울타리 맞은편에 낚시용 의자를 놓고 앉아 있다. 나는 구멍 앞에다 대고 내 새끼손가락을 구부려 보인다.

"그건 고추가 아니잖아, 네 새끼손가락이지!"

벨러가 외친다.

"오늘은 고추를 보기에 적절한 날씨가 아니야. 네가 운이 나빴어."

나는 말한다.

"그러면 좋은 날은 언젠데?"

"몰라. 어떻게 알겠어. 이런 시골에는 그런 날이 잘 없으니까."

"그냥 순 거짓말이구나, 그렇지?"

콜라 캔 속에 빠져서 젖어버린 벨러의 머리카락 한 타래가 볼에 들러붙는다. 걔는 손으로 입을 가리고 트림을 한다. 그 순간 울타리 너머에서 웃음소리가 들리더니 옆집 남자애들이 튜브 풀장에 뛰어드는 게 보인다. 갈색으로 그을린 등을 수면에 대고 둥둥 뜬 그 애들의 모습이 브랜디에 적신 건포도 같다.

나는 벨러의 팔을 잡아당긴다.

"가자. 쟤네 집에서 놀아도 되냐고 물어보자."

"하지만 어떻게 고추를 볼 수 있는데?"

"쟤들도 오줌 눌 때가 있을 거 아니야."

나는 확신에 차서 가슴을 부풀린다. 다른 사람이 갈망하는 무언가를 갖고 있다고 생각하니 내가 더 큰 존재가 된 기분이다. 우리는 나란히 걸어서 옆집으로 간다. 배 속이 공기 방울로 가득하다. 내 안의 벌레들이 콜라에 빠지고도 살아남을 수 있을까?

12

내가 남자애들 고추에 매혹된 건 열 살 무렵, 벌거벗은 아기 천사들을 가지고 놀면서 시작된 것 같다. 크리스마스트리에서 천사들을 빼냈을 때, 나는 그 튼튼한 다리 사이에 있는, 닭에게 주는 모래에 섞인 조개껍데기 같은 부분을 어루만지며 서늘한 도자기의 촉감을 느꼈다. 그리고 겨우살이 가지로 그 부분을 덮듯 내 손을 얹었다. 그때는 지켜주고 싶어서 그랬던 거지만, 이제는 내 속에 자리 잡고 점점 커져가는 한없는 갈망 때문에 그러는 것이다.

"나는 소아성애자야."

나는 하나에게 속삭인다. 내 숨이 내 팔에 자란 털들을 훑고 지나가는 게 느껴진다. 나는 내 숨결을 느끼지 않으려고 욕조 가장자리에 등을 기대본다. 내 피부에 닿는 숨결을 느끼는 것과, 내가 언젠가는 숨이 멎을 것이고 그날이 언제가 될지 모른다는 생각 중에서 어느 쪽이 나를 더 불안하게 만드는지 모르겠다. 아무리 자세를 고쳐봐도 여전히 내 숨결이 느껴진다. 내 팔의 털들이 쭈뼛 선다. 나는 팔을 물에 집어넣는다. **넌 소아성애자야, 넌 죄인이라고.** 오버 오빠는 친구 집에서 본 텔레비전에서 그 말을 듣고 내게 가르쳐줬다. 그 사람들은 네덜란드 1번, 2번, 3번 방송에는 안 나온다. 아무도 텔레비전에서 그들의 얼굴을 보고 싶어하지 않기 때문이었다. 오버 오빠의 말에 따르면 그들은 우리보다 나이가 많고 겉으로 보기에는 평범한 인생을 사는 평범한 사람들 같지만 실제로는 어린 소년들의 고추를 만졌다고 한다. 나는 옆집 남자애들보다 다섯 살 많다. 손 하나를 다 접어야 셀 수 있는 숫자다. 나도 그 소아성애자들 중 한 명으로서 언젠가 경찰들에 쫓겨 길모퉁이로 내몰릴지도 모른다. 젖소들을 새로운 땅으로 옮길 때 짐차에 몰아넣는 것처럼.

식사 후에 엄마는 우리가 케첩 묻은 입과 끈적거리는 손을 닦을 젖은 수건 한 장을 주고 돌아가면서 쓰게 했다. 나는 그걸 받고 싶지 않았다. 엄마의 입술을 문지른 수건으로 내 죄스러운 손가락을 닦으면 엄마는 용서하지 않을 터였다. (엄마는 케첩을 버무린 마카로니를 먹지 않았지만 그래도 입을 깨끗하게 문질러 닦았다.) 그건 어쩌면 우리에게 잘 자라는 인사로 해주는 뽀뽀를 좀 더 앞당겨서 은근한 방식으로 해주는 것이었을지도 모르겠다. 엄마가 밤 인사로 뽀뽀를 해주는 일은 점점 드물어지고 있었다. 나는 위층으로 올라가서 벨러네 집에서 봤던 영화 속 장면대로 이불을 목까지 덮었다. 영화 속에서는 그러면 누군가가 꼭 방에 들어와서 이불을 주인공의 턱까지 끌어올려주곤 하던데, 내게는 그런 일은 일어나지 않았다. 가끔 나는 추워서 덜덜 떨며 잠에서 깨어나 이불을 끌어올리며 중얼거리곤 했다.

"잘 자, 우리 주인공아."

내가 수건을 받을 차례가 되기 전에 나는 의자를 뒤로 물리고 화장실에 가고 싶다고 말했다. '화장실'이라는 단어에 식탁에 둘러앉은 모두가 기대에 찬 눈으로 나를 올려다보았다. 내가 드디어 똥을 눌 수도 있겠다고 생각하는 것이다. 하지만 변기에 앉은 나는 밖에서 식구들이 모두 의자를 뒤로 끄는 소리가 들리고 내 엉덩이가 차가워질 때까지 기다리면서, 세면대 위에 걸린 달력에 표시된 생일들을 세 번씩 읽었다. 코트 주머니에 든 연필로 각 생일에 적힌 이름 옆에 희미한 십자 표시를 그려넣기도 했다. 가까이에서 봐야 겨우 보일 만큼 아주 희미하게. 그리고 4월에 있는 내 생일 옆에는 가장 큰 십자가를 그리고, 아돌프 히틀러의 약자로 A.H.라고 적어넣었다.

옆집 남자애의 고추는 말랑말랑했다. 가끔 일요일에 할머니가 허브를 뿌려 만드는, 내가 조리대에서 말아드리는 미트로프와 비슷했다. 하지만 미트로프는 기름기가 있고 표면이 거칠거칠하다는 차이가 있다. 나는 고추를 계속 잡고 있고 싶었지만 오줌줄기가 점점 가늘어지더니 이내 멎었다. 남자애가 엉덩이를 앞뒤로 흔들어 오줌 방울을 흩뿌리자 회색 타일에 오줌이 튀었다. 그런 다음 걔는 팬티와 청바지를 끌어올렸다. 벨러는 멀찍이서 지켜보고 있었다. 남자애는 걔가 청바지를 올려줘도 된다고 허락해줬다. 중요한 일은 늘 아래에서부터 해야 한다. 그래야 위에까지 올라갈 수 있다. 벨러는 죽은 토끼를 금방 잊지 못하겠지만 이 일로 진정되기는 했다. 나는 약속을 지킨 것이다. 나는 벨러의 손가락을 잡고 남자애의 고추를 누르면서 쓸데없는 말을 덧붙였다.

"이건 진짜야."

"나는 소아성애자야."

나는 되풀이한다. 하나가 샴푸를 약간 짜내서 그걸로 머리를 문지른다. 코코넛 향이다. 걔는 아무 말도 하지 않지만, 속으로 생각하고 있는 게 분명하다. 걘 그게 된다. 말하기 전에 생각을 할 수 있는 애다. 나는 정반대다. 내가 그렇게 하려고 하면 갑자기 머리가 텅 비고, 머릿속 말들은 축사에서 엉뚱한 데에 자리 잡고 잠든 소처럼 내가 닿지 못할 곳에 틀어박힌다.

이윽고 하나가 킥킥 웃는다. 나는 말한다.

"난 심각해!"

"그럴 리가."

"왜 아니란 거야?"

"소아성애자들은 별종이야. 언니는 별종이 아니고. 언니는 나랑 비슷하잖아."

나는 욕조물에 몸을 도로 푹 담그며 코를 손으로 쥐고 머리가 밑바닥에 닿도록 숙인다. 물속에서 하나의 알몸이 아른거리는 윤곽으로 보인다. 내 동생은 언제까지 내가 자기와 다르지 않다고, 우리가 한 팀이라고 믿을까. 우리가 서로 떨어져 잔 밤도 충분히 많고 가끔 걔는 내 생각의 흐름을 따라가지 못할 때도 있는데.

"그리고 언니는 여자애잖아."

내가 수면 밖으로 다시 나오자마자 하나가 말한다. 하나의 머리에 비누 거품이 왕관처럼 얹혀 있다.

"그럼 소아성애자들은 다 남자야?"

"그래. 그리고 훨씬 나이가 많아. 적어도 열다섯 살 이상.

그리고 머리가 셌어."

"어휴, 다행이다."

나는 별종일진 몰라도 소아성애자는 아닌 것이다. 나는 우리 반의 남자애들을 떠올려본다. 그중에 머리가 센 아이는 아무도 없다. 선생님 말에 따르면 다버만 애늙은이 같은 영혼을 지녔다고 했다. 하지만 우리 영혼은 모두 늙었다. 내 영혼은 벌써 열두 살이나 먹었다. 열두 살이면 우리 동네에서 가장 늙은 젖소보다 더 많은 나이다. 그 소 주인은 녀석이 이제 젖을 거의 못 낸다며, 곧 폐물이 될 거라고 했다.

"그러게, 천만다행이지."

하나가 크게 말한다. 우리는 키득키득 웃고 욕조에서 나와서 서로의 몸을 닦아준다. 그리고 보호물을 찾는 달팽이들처럼 각자 파자마 상의에 머리를 집어넣는다.

13

두꺼비의 살가죽이 뼈대 위에 축 늘어졌다. 몇 초에 한 번 꼴로 녀석들은 뺨을 부풀린다. 뭔가 말을 하려고 숨을 들이쉬었다가 마음을 바꿔서 그만두기를 반복하는 것처럼 보인다. 문득 나는 두꺼비 피부의 무사마귀들을 째서 그 안에 뭐가 있는지 보고 싶어진다. 하지만 나는 그저 책상 위에 팔을 얹고 손으로 턱을 괸다. 녀석들은 두꺼비 이주 봉사 이후로 거의 아무것도 안 먹었다. 엄마처럼 단식 투쟁에 들어간 건지도 모른다. 정확히 무엇과 투쟁하는지는 모르겠지만. 제2차 세계대전 때 레지스탕스는 늘 타인에 저항하는 활동이었다. 그런데 지금은 우리 자신에 저항한다. 내 코트만 해도 그렇다. 그건 '음악 과일 바구니' 라디오 프로그램에 나오는 사연들에 열거되는 모든 질병에 대한 반란인 셈이다. 나는 사람이 걸릴 수 있는 온갖 질병들을 점점 더 무서워한다. 가끔 체육 시간에 안마(鞍馬)를 뛰어넘는 연습을 하느라 줄을 서서 기다리는 아이들을 보고 있노라면 그 애들이 한 명씩 한 명씩 토하는 장면이 상상된다. 토사물이 죽처럼 아이들의 발목까지 차오르는 광경 앞에서 나는 공포에 사로잡혀 리놀륨 바닥에 꼼짝없이 못박히고, 내 뺨은 천장의 난방 파이프만큼 뜨겁게 달아오른다. 눈을 깜빡이면 환상은 금세 사라지긴 한다. 공포

157

를 억누르기 위해 나는 아침마다 페퍼민트 사탕 몇 알을 식탁 가장자리에 대고 네 조각으로 부숴서 바지 주머니에 넣어 가지고 다닌다. 그러다 속이 메스껍거나 토할 것 같은 기분이 들면 한 조각 먹는다. 민트 맛을 보면 마음이 안정된다.

교장선생님은 내가 조퇴하게 놔두질 않는다. "오랫동안 아프다는 이유로 학교를 쉬는 아이들에게는 그보다 더 깊고 근본적인 문제가 있는 경우가 많지"라면서 선생님은 내 너머의 허공을 바라보았다. 마치 내 뒤로 엄마와 아빠의 얼굴이 보인다든지, 아니면 당장이라도 일어날 수 있는 일—소위 죽음이라고 하는, 늘 엉뚱한 사람을 데려가거나 엉뚱한 사람을 살려두고 가는 얼빠진 것이 선생님 눈에는 보인다는 듯했다.

"뱉어내면 안 돼."

나는 오늘 오후 벨러가 오기 전에 채소 텃밭에서 구해온 지렁이 두 마리를 휴지에서 꺼내며 말한다. 지렁이는 세상에서 가장 강한 동물 중 하나다. 몸이 두 동강이 나도 살아갈 수 있기 때문이다. 지렁이는 심장이 아홉 개나 있다. 나는 조금씩 꿈틀거리는 지렁이들을 엄지와 검지로 집어 살집이 좋은 두꺼비의 머리 위로 가져간다. 두꺼비의 눈이 앞뒤로 움직인다. 두꺼비들의 눈동자는 가느다란 선 모양이다. 일자나사못처럼 생겼다는 생각이 든다. 언젠가 녀석들의 어디가 잘못됐는지 알아내기 위해 저 나사들을 풀어야 하는 건지 알 수 있다면 좋겠다. 예전에 치즈가 눌어붙은 토스트 샌드위치 메이커를 해체할 때 그랬듯이. 두꺼비들은 입을 열기를 거부한다. 나는 다리를 슬쩍 맞비빈다. 학교에서부터 입고 있었던 팬티가 간질거린다. 요즘 오줌을 너무 자주 지려서 나는 젖은 팬티들을 침대 밑에 숨겨두고 있다. 하지만 엄마는 코가 항상 막혀 있어서 잘 자라고 인사하러 왔을 때도 팬티 냄새를 맡지 못한다. 슬픔의 유일한 장점이라고 할까.

오늘 학교에서도 작은 사고가 있었다. 다행히도 선생님 말고는 아무도 눈치채지 못했다. 선생님은 분실물 보관함, 즉 모두가 찾기를 포기한 물건들만 들어 있는 상자에서 팬티 한 장을 꺼내주었다. 빨간색 글씨로 '쿨'이라고 적혀 있는 팬티였다. 나는 전혀 쿨한 기분이 아니었다.

"화나셨어요?"

나는 선생님이 팬티를 건네줄 때 물었다.

"당연히 화 안 났지. 이런 일도 있을 수 있는 거야."

그렇다면 무슨 일이든 일어날 수 있고 아무것도 막을 수는 없는 것이다. 죽음과 구출에 대한 작전도, 엄마 아빠가 더 이상 서로의 위에 올라타지 않는 것도, 엄마가 오버 오빠의 옷에 달린 세탁 라벨을 외우기도 전에 오빠가 옷이 안 맞을 만큼 키가 커버리는 것도, 그리고 오빠의 잔혹성도 함께 자라는 것도, 내 배 속의 근질거리는 벌레들 때문에 내가 곰인형 위에 올라타 몸을 흔들게 되고, 기진맥진한 채로 침대에서 일어나는 것도. 또 왜 우리 집에선 더 이상 오독오독한 땅콩버터를 먹지 않는지, 왜 과자 통에는 엄마의 목소리로 "이걸 정말로 먹고 싶니?"라고 말하는 입이 생긴 건지, 왜 아빠의 팔은 교통 통제 차단봉처럼 내 차례를 기다리든 말든 나를 향해 내려치는 건지. 그리고 지하실의 유대인들에 대해서는 아무도 얘기하지 않는다. 딱 맛히스 오빠처럼. 그 사람들, 아직 살아 있기는 한가?

두꺼비 한 마리가 갑자기 앞으로 움직인다. 나는 녀석이 책상에서 굴러떨어지지 않도록 뒤로 옮겨준다. 이 녀석들도 저장고를 염두에 두고 있는 것일까? 나는 다시 턱을 괴고 녀석들을 가까이 들여다보며 말한다.

"한 가지 알려줄까, 두꺼비들아? 너희는 장점을 활용할 줄 알아야 돼. 개구리만큼 수영을 잘하지도 못하고 그만큼 높이 점프하지도 못하면, 대신 다른 걸 잘해야지. 예를 들면 너희는 앉아 있는 걸 잘해. 그 분야에서는 개구리가 못 당해내지. 너흰 너무 가만히 앉아 있어서 진흙 덩어리처럼 보일 정도니까. 그리고 땅을 파는 것도 잘하지, 그건 인정해야 해. 겨우내 너희는 사라져버린 것처럼 보이지만 실은 우리 발밑의 땅속에 앉아 있는 거잖아. 우리 인간들은 항상 남의 눈에 보여. 눈에 띄고 싶지 않을 때도 말이야. 그걸 제외하면 네가 하는 건 우리도 다 할 수 있어. 수영, 점프, 땅 파기…… 하지만 우리는 그런 것들을 그만큼 중요하게 생각하지 않아. 왜냐하면 우리는 주로 우리가 할 수 없는 것들, 학교에서 몇 년씩 시간을 들여 배워야 하는 것들을 하고 싶어하거든. 나는 차라리 수영을 하거나, 진흙 속에 파고들어 두 계절을 보내고 싶은데 말이야. 하지만 너희와 나의 가장 중요한 차이점은 아마 너희에겐 부모님이 없거나 더 이상 안 만난다는 점인 것 같아. 어쩌다 그렇게 된 거야? 어느 날 부모님이 '안녕, 뺨이 오동통한 아가야, 이제부터 너는 우리 없이도 살 수 있어. 그러니까 우린 떠난다'라고 한 거야? 아니면 7월의 어느 화창한 여름날에 뱃놀이를 나갔는데 부모님이 너희를 수련 잎 위에 놔두고 저 멀리멀리, 보이지 않는 곳으로 사라져버린 거야? 마음이 아팠니? 지금도 마음이 아파? 미친 소리처럼 들릴진 모르겠지만 나는 우리 부모님을 매일 보는데도 그리워. 이래서 우리는 우리가 못 하는 것들을 배우고 싶어하는 건가 봐. 우리는 가지지 않은 모든 것을 그리워해. 우리 엄마 아빠는 여기에 있지만 없기도 하거든."

나는 심호흡을 하고 아래층에서 〈개신교인〉 잡지를 읽고 있을 엄마를 생각한다. 그 잡지는 목요일에만 비닐 포장을 뜯어볼 수 있다. 엄마는 두 무릎을 모으고, 손에는 아니스 씨를 넣은 우유 한 잔을 들고 있으리라. 아빠는 텔레텍스트*로 우윳값을 보고 있을 것이다. 시세가 괜찮으면 아빠는 부엌에서 샌드위치를 만들 테고, 엄마는 해충 방제원이라도 된 것처럼 부엌에 빵 부스러기가 떨어질까 봐 또 노심초사할 것이다. 만약 시세가 실망스러우면 아빠는 밖으로 나가서 제방을 따라 걸을 것이다. 그럴 때마다 나는 아빠를 다시는 못 볼 수도 있다는 생각을 한다. 그러면 나는 아빠의 작업복을 현관에 박힌 못에, 맛히스 오빠의 코트 옆에 걸어놓을 것이다. 죽음도 자기 몫의 코트 걸이를 갖고 있는 것이다. 하지만 가장 힘든 것은 끝없는 정적이다. 텔레비전이 꺼지고 들리는 것이라고는 벽에 걸린 뻐꾸기시계가 째깍거리는 소리뿐일 때. 문제는 부모님이 우리 곁에서 멀어지는 것이 아니라 우리가 부모님에게서 멀어진다는 것이다.

"내 두꺼비들아, 이 얘기는 우리끼리의 비밀로 해줘. 가끔 나는 다른 부모님을 갖고 싶다는 생각을 해. 이해가 되니?"

* 텔레비전을 통해 자막 뉴스와 정보를 제공하는 서비스.

나는 말을 잇는다.

"벨러네 부모님은 오븐에서 갓 나온 쇼트브레드만큼 부드럽고, 걔가 슬프거나 겁에 질렸거나 심지어 아주 행복할 때조차 많이 안아줘. 나도 그런 부모님이 있었으면 좋겠어. 침대 밑과 머릿속에서 사는 유령들을 모두 쫓아주는 부모님. 주말마다 텔레비전에 나오는 디우에르티어 블록처럼 한 주간 있었던 일들을 쭉 훑어줘서 내가 그 주에 이뤄낸 모든 것, 내가 걸려 넘어졌다가 다시 일어났던 모든 것을 잊지 않게 해주는 부모님. 내가 이야기를 할 때 나를 봐주는 부모님…… 하지만 나는 다른 사람의 눈을 마주보는 게 무섭긴 해. 상대방의 눈알이 내가 계속 따거나 잃을 수도 있는 예쁜 구슬처럼 보이거든. 아무튼 벨러네 부모님은 이국적인 나라로 휴가도 가고, 벨러가 학교 끝나고 집에 오면 차도 끓여줘. 걔네 집에는 온갖 종류의 차가 수백 가지 있거든. 내가 제일 좋아하는 아니스 씨앗과 회향도 포함해서. 그 집 식구들은 가끔 의자에 앉는 것보다 바닥에 앉는 게 편하다며 바닥에 앉아 차를 마시더라. 그리고 서로 막 수선을 피우면서도 싸움으로 번지지 않아. 그리고 서로에게 못되게 굴 때마다 미안하다고 사과해."

"얘들아, 나는 궁금해. 너희 두꺼비들도 울 수 있어? 아니면 슬플 때 헤엄치러 가거나 하니? 우리는 우리 안에 눈물을 품고 있지만, 너희는 너희 바깥에서 위안을 찾아 그 안에 잠겨들 수도 있을 것 같아서. 하지만 처음 이야기로 돌아가서, 너희 장점에 대해 더 이야기하고 싶어. 너희가 어떤 장점을 활용하고 싶은지, 어떻게 그러고 싶은지는 당연히 알아야 해. 너희가 파리 잡는 것과 짝짓기하는 걸 잘한다는 건 알아.

나는 짝짓기는 괴상한 일이라고 생각하긴 하지만 아무튼 너희는 맨날 하잖아. 그런데 너희가 좋아하는 걸 안 한다면 뭔가 문제가 있는 거야. 두꺼비독감에라도 걸렸니? 향수병 걸렸어? 아니면 그냥 까다롭게 굴고 있는 거야? 내가 너무 무리한 부탁을 하고 있다는 건 알지만, 너희 짝짓기 철이 시작되면 우리 엄마 아빠도 할 수도 있어서 그래. 어쩔 땐 누군가가 솔선수범해야 하잖아. 내가 하나를 위해 모범을 보여야 하는 것처럼. 사실 하나가 나한테 모범을 보여주는 편이 더 효과가 좋기는 하지만. 아무튼 너희 혹시 이제는 그냥 키스만 하는 거니? 벨러가 하는 말이 1루부터 4루까지 있다고 하던데. 키스하기, 더듬거리기, 더 더듬거리기, 그리고 짝짓기. 자세히는 얘기 못 해, 난 아직 배트도 못 휘둘러봤거든. 무슨 과정인지 이해는 하더라도 시작은 천천히 해야지. 문제는 우리에게 시간이 별로 없다는 거야. 엄마는 어제 호밀빵이랑 치즈도 안 먹었어. 아빠는 자꾸 떠나겠다고 하고. 그리고 두 분은 키스도 전혀 안 해. 한 번도. 음, 1월 1일 새벽 12시 정각에 하기는 하지. 그때가 되면 엄마는 아빠에게 조심스럽게 고개를 기울이고, 아빠의 머리를 기름기 많은 애플 프리터를 집듯이 잠깐 잡고서, 뽀뽀하는 소리는 안 내고 입술만 피부에 살짝 갖다 대. 있잖아, 나는 사랑이 뭔지 모르지만, 사랑을 하면 높이 점프하게 되고, 더 멀리까지 수영할 수 있고, 눈에 띄는 존재가 된다는 건 알아. 젖소들도 종종 사랑에 빠져. 그러면 서로의 등에 올라타지. 심지어 암컷들끼리도 그래. 그러니까 여기 목장에서 사랑에 대해 뭔가 조치를 취할 필요가 있어. 하지만 솔직히 말하자면, 나의 친애하는 두꺼비들아, 지금은 여름인데도 우리는 땅을 파고 들어가 있는 것 같아. 진흙 속에 깊이 묻혀 있어서 아무도 우리를 꺼내주지 않을 거야. 너희에게도 신이 있니? 용서해주고 기억해주는 신? 나는 우리 신이 뭘 하는 존재인지 잘 모르겠어. 아마 휴가중인가 봐. 아니면 땅을 파고 들어가 있거나. 어찌 됐든 간에 우리 신은 이 문제를 살피고 있지 않아. 그리고 두꺼비들아, 이 모든 질문이 너희의 그 작은 머리에 얼마나 많이 들어가니? 난 수학은 잘 못하지만 열 개 정도라고 칠게. 그럼 한번 생각해봐. 내 머리가 너희의 작은 머리의 백 배는 된다면, 내 안에 얼마나 많은 질문이 있고 또 얼마나 많은 답변이 아직 처리되지 않은 상태일지. 이제 너희를 양동이 안에 돌려놓을게. 미안하지만 아직 풀어줄 수는 없어. 너희가 그리울 거야. 내가 잠잘 때 누가 나를 지켜봐주겠니? 언젠가 너희를 호수로 데려가주겠다고 약속할게. 그러면 우리는 같이 수련 잎까지 흘러갈 테고, 어쩌면, 정말로 혹시 모를 일이지만, 내 코트까지 벗을 수 있을지도 몰라. 그러면 잠시 불편하겠지만, 목사님 말에 따르면 불편한 건 좋은 거래. 불편할 때에야 우리는 진짜가 된댔어."

14

아침 착유 시간과 저녁 착유 시간 사이에는 정확히 열두 시간의 틈이 있다. 오늘은 토요일이니 아빠는 아침 일을 마치고 다시 침대로 돌아갈 것이다. 위층 마룻바닥이 삐걱거리다가 다시 조용해지는 걸 들으면 알 수 있다. 11시쯤 아빠가 아침을 먹으러 나오기 전까지 우리는 식탁 앞에 앉아서는 안 된다. 아침 식탁은 8시부터 차려져 있는데도. 가끔 나는 배가 고파서 그 주위를 빙빙 돌며 서성거린다. 혹시라도 내 조바심이 천장을 타고 아빠에게 전해지지 않을까 싶어서. 어쩔 때는 생강빵 한 조각을 몰래 빼돌려 위층으로 가져가서 반으로 쪼갠다. 보통은 하나에게 절반을 나눠주지만 오늘은 두꺼비들을 위한 것이다. 아빠는 다음 날인 주일을 위해 단정하고 깔끔한 차림새를 갖추려고 면도부터 하기 때문에, 늘 목과 옷깃에 면도 거품을 약간 묻히고 식탁으로 나온다. 그런데 오늘은 이미 11시가 지났건만 아빠의 빵은 여전히 아빠의 접시 위에서 기다리고 있다. 나는 식탁 주위를 네 번이나 서성거렸고, 엄마는 통밀빵 한 장에 버터를 바르고 머릿고기를 얹고 케첩을 약간 뿌려놓았다. 아빠가 좋아하는 조합이다.

고기와 케첩을 얹은 빵을 보니 어제 학교 끝나고 집에 가는 길에 도로 옆에서 본, 차에 치인 고슴도치가 연상된다. 안

타까운 광경이었다. 몸은 납작하게 짜부라졌고 내장이 길가의 풀밭으로 약간 튀어나와 있었으며, 눈알은 까마귀에게 쪼였는지 없어진 뒤였다. 시커먼 눈구멍 두 개가 손가락을 집어넣을 수도 있을 정도로 뻥 뚫려 있었다. 그곳은 들판을 가르는 샛길로, 지나가는 차나 트랙터가 거의 없는 길이다. 어쩌면 고슴도치 스스로 선택한 것일지도 모른다. 길을 잘못 건널 순간을 위해 며칠을 기다린 것일지도. 나는 고슴도치 옆에 서글프게 쪼그려 앉아서 속삭였다.

"주님, 저희에게 자비를 베풀어 곁에 있어주십시오. 우리는 너무나 무참하게 우리 곁을 떠나간 고슴도치에게 작별 인사를 하기 위해 이 자리에 모였습니다. 이 부서진 생명을 주님의 손으로 돌려드립니다. 부디 받아주시고 고슴도치가 생전에 찾지 못했던 평안을 허락하여주십시오. 우리 모두에게 자비와 사랑을 주시어 우리가 죽음과 함께 살 수 있도록 이끌어주시기를 원합니다. 아멘."

그런 이후 나는 풀 몇 줌을 뜯어서 고슴도치를 덮어주었다. 그리고 뒤를 돌아보지 않고 자전거를 몰고 그 자리를 떠났다.

나는 빵 한 장을 접시 위에 놓고 초콜릿 토핑으로 빵 표면 전체를 주의 깊게 덮는다. 배가 꾸루룩거린다.

"아빠는 아직 주무세요?"

"너희 아빠는 침대로 돌아오지도 않았어. 침대 커버 만져보니 차갑더라."

엄마가 그렇게 말하고는 식탁 위로 몸을 구부리더니, 아빠의 식은 커피에 뜬 우유 막을 스푼으로 걷어낸다. 엄마는 커피에 생긴 우유 막을 좋아한다. 축 늘어진 갈색 우유 막이 엄마 입 속으로 사라지는 것을 지켜보고 있으려니 등줄기에 오한이 끼친다. 내 맞은편 오버 오빠의 의자도 비어 있다. 컴퓨터를 하거나 닭들을 돌보고 있나 보다. 오빠와 나는 각자 닭 스무 마리를 갖고 있다. 흰 레그혼종, 오핑턴종, 와이언닷트종, 그리고 산란용 닭 몇 마리가 섞여 있다. 종종 우리는 성공한 양계 회사 사장인 척하면서 논다. 오빠 회사는 '헷스하렐티어*'라 하고 내 회사는 '헷크릴티어**'라고 한다. 1년에 한 번씩 병아리들도 얻는다. 다리가 달린 조그마한 노란색 솜사탕 같은 녀석들이다. 대부분은 어미가 날개로 따뜻하게 품어주며 키우지만, 가끔 어미가 새끼를 거부하는 경우도 있다. 자기 날개를 어디에 쓸지조차 모르는 녀석들이다. 그 날개로 날 수도 없지 않은가. 닭은 몸이 너무 뚱뚱하고 무거워서 공중에 뜰 수가 없다. 그래서 우리는 그런 병아리들을 헛간의 톱밥 채운 수조에 넣어주고 송아지들이 쓰는 보온등을 그 위에 설치해둔다. 가끔 나는 한 마리를 위층 다락방으로 데려가 겨드랑이에 끼운 채 자기도 한다. 병아리 똥에 뒤덮이고 싶지는 않기 때문에 키친타월로 녀석의 엉덩이를 감싸둔다. 오빠와 나는 달걀을 팔기도 한다. 광장에서 감자튀김 장사하는 아저씨한테, 열두 개들이 상자를 1유로에 판다. 아저씨는 그걸로 세상에서 가장 맛있는 마요네즈를 만들거나 달걀을 삶아서 러시아풍 샐러드를 만든다. 예전에만 해도 오버 오빠는 닭

* 자연 방목.
** 작은 밴텀종 닭.

들과 함께 시간을 많이 보냈다. 우유통을 뒤집어놓고 앉아서 붉은 암탉이 모래 목욕을 하는 모습을 지켜보며 몇 시간이고 보내기도 했다. 하지만 이제는 점점 그런 시간이 줄고 있다. 어쩔 때는 모이를 주는 것조차 잊어서 배가 고파진 녀석들이 닭장 철망에 푸드덕거리며 몸을 부딪기도 한다. 내 생각엔 오빠가 일부러 그러는 것 같다. 오빠는 모든 걸 미워하기 시작했으니 아마 감자튀김 아저씨와 아저씨의 마요네즈도 미워할 것이다. 그래서 나는 가끔 녀석들에게 빵 조각을 주고 산란장에 있는 달걀들을 가져다 몰래 내 상자에 넣기도 한다. 오빠가 어서 닭장 청소를 했으면 좋겠다. 아빠가 빨리 청소하지 않으면 닭들을 팔아버리겠다고 으름장을 놓았다. 이렇게 더운 날씨에는 구더기와 이가 들끓는다. 이가 맨팔 위에서 기어다니는 것도 볼 수 있다. 조그마한 갈색 몸뚱이에 다리 여섯 개가 달린 놈들인데, 손가락으로 누르면 죽는다.

하나도 식탁으로 나온다. 걔는 몇 초 만에 딸기 한 그릇을 다 집어먹는다. 기다리는 일은 우리를 초조하게 한다. 이후에 무슨 일이 벌어질지 알 수 없기 때문이다. 아빠는 어디에 있나? 마침내 용기를 내서 자전거를 타고 영영 떠나버린 걸까? 자전거에 스커트 가드*는 없을 것이다. 지난번에 예배가 끝나고 나서 자전거가 바람에 넘어졌을 때 가드가 부러졌기 때문이다. 아니면 아빠가 축사에서 쓰러져서 소들에게 짓밟혔나? 나는 딸기로 주의를 돌린다. 텃밭에 가서 딸기를 좀 더 가져와야겠다. 아빠도 딸기를 무척 좋아한다. 특히 정제 설탕을

---

* 옷자락이 끼이지 않도록 뒷바퀴에 씌우는 덮개.

듬뿍 쳐서 먹는 걸 좋아한다.

"축사는 둘러보셨어요?"

"이 시간에 아침 먹는 거 너희 아빠도 알잖아."

엄마는 아빠의 머그컵을 전자레인지에 넣으며 말한다.

"얀선 아저씨네에 사일리지 얻으러 간 건 아닐까요?"

"토요일에는 안 그래. 그냥 우리끼리 먹자."

하지만 아무도 식사를 시작하려 하지 않는다. 아빠가 없으니 이상한 기분이다. 게다가 우리에게 필요한 것을 넉넉히 채워주시는 하나님께 감사 기도를 올리는 일은 누가 한단 말인가?

"제가 가서 보고 올게요."

나는 내 의자를 뒤로 빼다가 맛히스 오빠의 의자를 실수로 친다. 의자는 약간 비틀거리더니 바닥에 자빠진다. 쿵 하는 소리가 내 귓전에 진동한다. 나는 부랴부랴 의자를 세우려 하지만 엄마가 내 팔을 잡는다.

"만지지 마."

의자 등받이를 보는 엄마의 눈빛은 마치 우리 오빠가 또 물에 빠졌다는 듯하다. 우리 마음속에서 몇 번이고 다시, 또 다시 빠지고 있는 듯하다. 나는 의자에서 손을 떼고 죽은 사람 보듯이 내려다본다. 딸기를 다 먹은 하나는 손톱을 물어뜯기 시작한다. 가끔 개 이빨 사이에 피 묻은 큐티클 조각들이 끼어 있을 때가 있다. 쿵 소리 이후 이어지는 정적 속에서 모두가 숨을 죽인다. 그러다 몸의 기능이 서서히 되돌아온다. 촉감, 후각, 청각, 움직임.

"그냥 의자잖아요."

나는 말한다. 엄마는 내 팔을 놓아주고는 땅콩버터 병을 집어 들며 중얼거린다.

"넌 정말 다른 행성에서 온 애 같아."

나는 바닥을 내려다본다. 엄마는 오로지 지구만 아는 사람이다. 나는 여덟 개의 행성을 다 알고, 지금까지 생명체는 지구에서만 발견되었다는 사실도 안다. **우리 아빠는 니우레커란트에서 난 어린 방울양배추를 즐겨 먹는다.*** 정작 우리 아빠는 방울양배추를 싫어하지만, 이 문장은 모든 행성의 이름을 외우는 데 효과적이다. 무슨 일 때문에 불안해지거나 학교 근처에서 신호등을 너무 오래 기다려야 할 때면 나는 저 문장을 열 번씩 머릿속으로 외운다. 그러다 보면 나 자신이 하찮아지는 느낌이 들기도 한다. 우리는 모두 거대한 냄비 속에 든 방울양배추에 불과한 것이다.

"너희는 대체 어떻게 되려고 이러니?"

엄마가 투덜거린다. 엄마의 다른 손은 두오 페노티 병을 들고 있다. 맛히스 오빠가 죽은 이후로 아무도 그걸 먹지 않았다. 하얀 초콜릿 부분을 하얗게 남겨두지 못할까 봐, 그래서 색깔이 뒤섞여 하나의 블랙홀처럼 변해버릴까 봐 두려워서였다.

"우린 아주 친절한 사람들이 될 거예요, 엄마. 그리고 당연히 이 의자는 그냥 의자가 아니죠. 죄송해요."

엄마가 고개를 끄덕인다.

* Mijn Vader At Meestal Jonge Spruitjes Uit Nieuw-Lekkerland: 각 단어의 머릿글자가 태양계 행성들 이름의 머릿글자와 같아서 암기하기 위해 외우는 문장.

"이 양반은 대체 어딜 갔담?"

엄마는 다시 전자레인지 버튼을 누른다. 엄마는 나를 태양계로 돌려놓지 않고 둥둥 떠돌게 내버려둔다. 내가 정말 다른 사람들과 다른가?

나는 재빨리 뒷문을 열고 나가서 마당을 가로질러 축사로 간다. 최대한 깊이 숨을 들이쉬고 내쉰다. 몇 차례 심호흡을 하고 하늘을 보니 회색으로 흐려지고 있다. 건너편으로 도망치기에 딱 좋은 날씨다. 거기에서라면 나는 내가 무엇을 언제 할지 알아서 결정할 것이고 언제고 내가 원하는 때에 아침을 먹을 수 있을 것이다. 하지만 축사에 가까워질수록 내 발걸음은 점점 느려진다. 나는 마당에 깔린 반쪽짜리 타일들을 밟지 않으려 애쓴다. **안 그러면 정말로 아프게 될 거야. 그래서 똥을 싸거나 토하게 될 거야. 그리고 모두가 볼 거야. 마을 사람들도, 반 친구들도 전부.** 나는 그 생각을 떨치려 고개를 흔든다. 그런데 착유장 옆에 있는 사료 저장고의 문이 열려 있는 게 눈에 띈다. 그 아래에는 어마어마하게 많은 알갱이 사료가 쌓여 있다. 아빠는 우리에게 늘 쥐에 대해 경고한다. "뭐라도 엎지르기만 하면 녀석들은 사료부터 먹기 시작해 너희 발까지 올라올 거야. 너희 신발 밑창까지 뜯어먹을 거라고." 문 밖으로 새어 나오는 사료 알갱이들은 점점 줄어들고 있고 대부분은 이미 떨어져나왔다. 나는 사료 알갱이들을 두 손으로 훑어본다. 사료들이 내 손가락 사이로 흘러나가는 느낌이 서늘하고 기분 좋다. 나는 문을 닫고 빗줄을 옆으로 매어 잠근다.

불현듯 축사에 매달려 있는 빗줄이 떠오른다. 젖소들의 주의를 분산시키기 위해 축사 한가운데에 커다란 파란색 고무

171

공을 매달아놓았는데, 아직 뿔이 있었던 새로운 소 한 마리가 어느 날 들이받아 터뜨려버렸다. 그러고 나서도 밧줄은 그 자리에 매달려 있었다. 가끔 우리는 거기에 호두나무 잎사귀들을 달아놓거나, 아빠가 오버 오빠에게서 압수한 〈히트존〉 CD를 매달곤 했다. CD의 반짝이는 뒷면이 호두나무 잎사귀와 마찬가지로 똥파리를 쫓는 데에 도움이 되었기 때문이다. 그런데 이제 나는 그 밧줄에 고무 공 대신 아빠의 머리가 매달린 장면을 상상하게 된다. 엄마는 가끔 아빠의 심경을 대신 말할 때가 있다. 누가 알겠는가, 그날 밤 내가 토끼장 뒤에 숨어서 엿들었던 대화도 그런 경우였을지. 이런 시골에는 밧줄이 너무나 많지만 무엇 하나 확실히 정해진 기능이 없다. 어쨌든 아빠는 저장고 꼭대기에 서 있지는 않다.

축사 문으로 들어서자 오버 오빠가 사료 급여 구역에 서 있는 게 보인다. 오빠는 사일리지 풀을 쇠스랑으로 퍼서 젖소들에게 던져주고 있다. 쇠스랑을 움직이는 몸짓이 우아한 곡선을 그리고, 얼굴에 맺힌 땀은 축사 창문에 맺힌 이슬 같다. 젖소들은 안절부절못하며 꼬리를 좌우로 흔들어댄다. 어떤 녀석들의 꼬리에는 똥이 덕지덕지 말라붙어 있다. 가끔씩 우리는 발굽 손질용 칼로 털에 묻은 똥덩어리를 잘라낸다. 소들을 위해서라기보다는 모양새 때문이다. 오버 오빠가 우아한 몸짓으로 풀을 던질 때마다 이두박근이 튀어 나온다. 오빠는 더 강해지고 있다. 내 눈은 소 수십 마리의 등을 훑다가 축사의 귀퉁이를, 그리고 한가운데에 걸린 밧줄을 향한다. 바로 그때 뒷문이 열리더니 아빠가 나타난다. 아빠는 뭔가 달라 보인다. 아까 사료 저장고에서처럼 누가 아빠의 머릿속 문의 걸

쇠를 열어놓은 것만 같다. 아빠의 작업복 위쪽 단추들이 끌러져 있어서 햇볕에 그을린 가슴이 드러나 보인다. 엄마는 그런 차림새가 부적절하다고 생각한다. 우유 거래처 사람이 왔다가 그런 몰골을 보기라도 하면 어쩌냐는 거다. 나는 엄마가 거래처 사람이 우유가 아니라 아빠를 데려갈까 봐 걱정하는 거라고 생각한다. 우유는 1리터당 1유로다. 아빠는 50리터로 이루어져 있다. 엄마가 일요일을 가장 좋아하는 이유 중 하나도 바로 여기에 있다. 주일에는 아무도 돈을 쓰거나 받을 수 없기 때문이다. 그날에는 오로지 숨만 쉬면서, 필수적인 양식 즉 하나님의 말씀에 담긴 사랑과 엄마의 채소 수프만 먹어야 한다.

아빠는 마지막 소들을 안으로 몰아들이며 녀석들의 궁둥이를 손바닥으로 두드리고 있다. 그러더니 커다란 문의 자물쇠를 잠근다. 왜 그러는지 이해가 안 된다. 저 자물쇠는 겨울철이나, 목장에 아무도 없을 때에나 잠가놓는 것이다. 지금은 겨울도 아니고 가족들은 다 집에 있지 않은가. 아빠는 급여 구역에서 쇠스랑들을 모두 한데 쌓아올리더니 사일리지 포장에서 남은 비닐로 그것들을 감싼다. 그러다 잠시 아빠는 고개를 들어 하늘을 올려다본다. 그러고 보니 면도를 하지 않은 게 눈에 띈다. 아빠는 턱을 잔뜩 굳힌 채 얼굴 양옆에 두 손을 들고 있다. 나는 아빠에게 말해주고 싶다. 엄마가 안에서 기다리고 있다고, 엄마는 화나지 않았다고, 그리고 우리에게 엄마를 사랑하느냐고 묻지 않았으니 대답을 의심할 리도 없다고, 또 아빠가 가장 좋아하는, 테두리에 소 얼룩무늬가 그려진 접시에 샌드위치도 준비되어 있다고, 하나와 나는 오늘 아침 이 주의 찬송가 100장을 연습했으며 그 찬송은 우유만큼이나 순수했다고.

아빠는 아직 나를 알아차리지 못했다. 나는 딸기를 담았던 도자기 그릇을 들고 서서 지켜보고만 있다. 아빠는 오버 오빠와 함께 젊은 소들 중 수소를 끌어낸다. 들여온 지 이틀밖에 안 된 수소다. 이름은 벨로라고 한다. 아빠는 모든 수소를 벨로라고 부른다. 우리가 직접 이름을 지어도 된다고 허락받아서 기껏 다른 이름을 붙여줘도 결국에는 항상 벨로라고 불린다. 나는 이미 녀석의 고추를 봤다. 하지만 오래 보지는 못한다. 그 순간 착유장에서 나온 엄마가 고무장갑을 낀 손으로 내 눈을 가리며 이렇게 말하는 것이었다.

"너희 아빠와 오빠가 춤을 한 판 추고 있네."

"나는 왜 보면 안 돼요?"

나는 묻는다. 그제야 나를 알아본 아빠가 손사래를 친다.

"축사에서 나가. 당장."

"그래, 당장 나가."

오버 오빠가 되풀이한다. 오빠는 푸른 작업복 상의 부분을 끌어내려서 엉덩이께에 묶었다. 그걸 보니 오빠가 아빠의 수제자 역할을 진지하게 받아들이고 있다는 걸 알겠다. 나는 속에서 뜨끔 화가 치밀어오른다. 이 암소들 사이에서 두 사람은 갑자기 서로를 이해한 듯 보인다. 아버지와 아들인 것이다.

"왜요?"

아빠가 버럭 고함친다.

"그냥 나가라면 나가! 문 닫아!"

아빠의 목소리에 실린 분노에 나는 덜컥 놀란다. 아빠의 눈매가 토기 뚱처럼 딱딱해 보인다. 이마에서는 땀이 흘러내린다. 그 순간 내 가까운 데에 있던 한 젖소가 홈 파인 바닥에서 미끄러지더니 엎어진다. 녀석은 다시 일어나려 하지 않는다. 나는 아빠와 오빠에게 의문스러운 눈길을 던지지만, 두 사람은 몸을 돌려 어린 젖소 옆에 웅크려 앉는다. 나는 축사를 성큼성큼 걸어나가 문을 탕 닫아버린다. 내 뒤에서 나무가 삐걱대는 소리가 들린다. 빌어먹을 축사 따위, 무너지기나 하라지. 나는 그렇게 생각해놓고 즉시 나 자신의 생각을 부끄러워한다. 어째서 나는 저 안에서 벌어지는 일을 알면 안 되나? 왜 나는 모든 것으로부터 차단되어 있나?

나는 텃밭에 쳐진 새 방지용 그물 아래로 기어간다. 옆집 린 아주머니가 갈매기며 찌르레기가 딸기를 쪼아먹지 못하도록 그물을 쳐주었다. 나는 축축한 땅에 무릎을 꿇고 주저앉는다. 오늘은 토요일이니 바지를 입어도 된다. 할 일이 있기 때문이다. 나는 잎새들을 조심스럽게 헤집으며 가장 잘 익은, 새빨간 빛깔을 띤 딸기들을 찾아 그릇에 담는다. 이따금 한 알씩 입에 넣기도 한다. 즙이 많고 달콤하다. 나는 딸기의 질감을, 입안에 닿는 작은 씨앗들과 털을 무척 좋아한다. 물건의 질감을 느끼면 나는 마음이 안정된다. 질감은 통일성을 자아낸다. 무너질 수도 있는 무언가를 한데 엮는 짜임새에서 질감이 나오는 것이니까. 내가 안 좋아하는 질감은 볶은 채소, 익힌 치커리, 까끌까끌한 옷뿐이다. 사람의 살에도 질감이 있다. 엄마의 살결은 점점 새 방지용 그물을 닮아간다. 부드러운 피부에 작은 망이 그려져 있어서 그렇다. 조각들이 하나하나 없어져가는 지그소 퍼즐을 보는 것 같다. 아빠의 살결은 감자 껍질을 닮았다. 부드럽고, 군데군데 거친 부분이 있고, 이따금씩 못에 부딪혀서 움푹 파인 자국이 생긴다.

그릇을 다 채운 나는 그물 밑에서 나와 바지에 묻은 흙을 닦아낸다. 아빠와 오빠의 장화는 헛간 안, 문앞 깔개 옆에 놓여 있다. 그중 한 짝은 장화 벗는 기구에 걸린 채 팽개쳐져 있다. 두 사람은 아침 식탁 앞이 아니라 텔레비전 앞 소파에 앉아 있다. 지금 같은 낮시간에는 원래 화면이 꺼져 있어야 정상인데도. 보통 낮에 텔레비전을 틀면 화면에는 눈 내리는 영상 같은 것만 뜬다. 처음에는 그 안에서 맛히스 오빠가 나오려나 보다 생각했다. 하지만 나중에 알고 보니 아빠가 텔레비전 케이블을 뽑아놔서 그랬던 것뿐이었다. 지금은 뉴스가 틀어져 있다.

"목장들도 구제역의 피해를 입고 있습니다. 하나님의 징벌일까요, 가혹한 우연의 일치일까요?"

날씨와 마찬가지로 하나님도 도통 일처리를 딱 맞게 하는 법이 없다. 마을 어딘가에서 백조가 구출되면 다른 장소에서 교구민 한 사람이 죽는다. 나는 구제역이 뭔지 모르지만 엄마한테 그게 뭐냐고 물어볼 틈이 없다. 엄마가 나더러 오버 오빠와 하나와 같이 나가서 놀라고, 오늘은 여느 날과 다른 날이 될 거라고 한다. 나는 창문에 걸린 크림색 뜨개 커튼처럼 창백한 엄마의 얼굴을 보니 우리 일상이 여느 날과 달라진 지는 오래되었다고 생각하지만 그 말을 꺼내서 엄마를 방해하고 싶지 않다. 그러고 보면 엄마와 아빠가 웬일로 바싹 붙어 앉아 있는 게 눈에 띈다. 두 사람이 곧 옷을 벗을 테니 내가 조용히 밖으로 나가줘야 한다는 뜻일지도 모른다. 달팽이 두 마리가 몸을 포개고 있을 때 억지로 분리하면 껍질 속 진주층이 망가질 수도 있는 것처럼. 나는 엄마 아빠 앞 서랍장 위에, 펼쳐진 킹 제임스 성서 옆에 딸기 그릇을 놔둔다. 짝짓기를 하고 나면 엄마가 배가 고파져서 드디어 뭔가를 먹고 싶어질 수도 있으니까. 아빠는 이상한 소리를 내고 있다. 쉭쉭거리고, 으르렁거리고, 한숨을 내쉬고, 고개를 흔들며 "안돼, 안 돼, 안 돼"라고 한다. 동물마다 짝짓기할 때 내는 소리는 다양하다. 사람도 마찬가지인가 보다. 그때 텔레비전 화면에 나온 한 젖소의 혀에 생긴 물집이 눈에 들어온다.

"구제역이 뭐예요?"

나는 재빨리 묻는다. 대답은 돌아오지 않는다. 아빠는 몸을 앞으로 내밀더니 리모컨을 집어 들고 볼륨 버튼만 연신 누른다.

"얼른 가!"

엄마가 나를 보지도 않고 말한다. 화면 속 볼륨 표시가 계단인 것처럼 나는 점점 더 세게 발을 쿵쿵 울리며 내 방으로 올라간다. 하지만 아무도 나를 따라오지 않는다. 도대체 무슨 일이 일어나는 것인지 내게 말해주는 사람은 아무도 없다.

15

오버 오빠의 방문에는 검은색 종이에 흰 글씨로 "방해하지 마시오"라고 쓴 메모가 붙어 있다. 방해받고 싶지는 않다지만, 하나와 내가 오빠의 방에 한동안 가지 않으면 오빠가 우리 방에 온다. 하나와 내 방에는 그런 메모가 붙어 있지 않다. 우리는 방해받고 싶어한다.

하얀 글씨 옆에는 새로 발매된 〈히트존〉 23집에서 나온 로비 윌리엄스나 슈거베이비스 같은 팝스타들의 스티커가 붙어 있다. 아빠는 오버 오빠가 그런 노래들을 듣는 걸 알지만 차마 워크맨을 압수하지는 못한다. 오버 오빠를 조용히 시킬 수 있는 유일한 수단이기 때문이다. 반면 나는 워크맨을 사기 위해 돈을 모으는 것도 안 된다고 한다. "저금한 돈으로 책을 사렴. 그게 더 너와 어울려"라고 아빠는 말했지만 나는 나만 멋진 물건을 못 갖는다는 생각을 할 뿐이었다. 어쨌든 아빠는 CD나 라디오에 나오는 음악은 모두 사악하다고 생각한다. 차라리 '음악 과일 바구니'를 들으라고 하지만 그건 엄청나게 따분한, 노인들을 위한 방송이다. 가끔 오버 오빠는 '썩어가는 과일들'이나 듣는 방송이라고 표현한다. 웃긴 발상인 것 같다. 병상에 누워 썩어가는 과일 님께서 찬송가 11번을 신청하셨다니. 나는 차라리 '세서미 스트리트'의 버트와 어니의 대화를 듣는 편이 좋다. 그들은 보통 사람들이 어깨만 으쓱하고 무시하는 주제들에 대해 언쟁하기 때문이다. 버트와 어니가 옥신각신하는 걸 듣고 있으면 마음이 차분해진다. 그러면 나는 내 CD플레이어를 켜고 이불 속에 기어 들어가, 내가 버트의 수집 클립들 중 희귀한 클립이라고 상상한다.

"클라파우시우스."

나는 중얼거리며 오빠의 방문을 살짝 연다. 오빠의 등이 언뜻 보인다. 오빠는 작업복 차림으로 바닥에 앉아 있다. 문을 조금 더 열자 삐걱이는 소리가 난다. 오빠가 고개를 든다. 문에 붙여놓은 메모지처럼 오빠의 눈도 까맣다. 불현듯 나는 나비들이 날갯짓으로 자살할 수 있다는 걸 안다면 평균 수명이 더 줄어들지 궁금해진다.

"암호는?"

오빠가 묻는다.

"클라파우시우스."

"틀렸어."

"하지만 그게 암호 맞잖아, 아니야?"

내 코트 주머니에는 여전히 디우에르티어의 수염이 들어 있다. 손바닥을 간지럽히는 느낌이 난다.

엄마가 내 주머니를 비우지 않아서 다행이다. 만약 그랬다면 엄마는 내가 붙잡고 싶어하는 모든 것, 내가 무거워지기 위해 모으고 있는 모든 것을 알게 되었을 것이다.

"그것보다 더 나은 뭔가를 생각해내는 게 좋을 거야. 안 그러면 들여보내주지 않을 테니."

오버 오빠는 레고로 주의를 돌린다. 오빠는 거대한 우주선을 짓고 있다. 나는 잠시 생각하다가 말한다.

"하일 히틀러."

잠시 침묵이 흐른다. 오빠의 어깨가 위 아래로 조금씩 들썩이는 것이 보인다. 그러더니 오빠가 점점 더 큰 소리로 키득거린다. 오빠가 웃으면 좋다. 우리 사이에 동맹이 맺어졌다는 뜻이니까. 우리 마을의 정육점 주인은 내가 신선한 소시지를 사러 갈 때마다 내게 윙크한다. 그건 내가 좋은 선택을 했으며, 자신이 애정을 듬뿍 담아 만든, 육두구 향기가 나는 소시지를 내가 가져가줘서 기쁘다는 뜻이다.

"다시 말해봐. 하지만 이번에는 팔을 들어 올리고."

오빠는 이제 몸을 완전히 내 쪽으로 돌리고 있다. 아빠처럼 오빠도 작업복 위쪽의 단추들을 끄르고 있다. 햇볕에 그을린 반들반들한 가슴이 꼬챙이에 꿴 통닭처럼 보인다. 방 안에서는 심즈의 친숙한 배경음악이 흐르고 있다. 나는 일순간도 망설이지 않고 손을 허공에 쳐들고 인사말을 반복한다. 그러자 오빠가 들어와도 좋다고 고갯짓하고는 레고로 시선을 돌린다. 오빠 주위에는 다양한 블록들이 색깔별로 구분되어 늘어놓여 있다. 전에 지었던 레고 성은 부쉈다. 오빠는 그 성에 티세이의 사체를 넣어뒀다가 악취가 풍길 때가 되어서야 치웠다.

오빠의 방 안에는 퀴퀴한 냄새가 풍긴다. 부패의 냄새, 오랫동안 씻지 않은 청소년의 체취. 오빠의 침대 옆 탁자에는 화장지 한 두루마리가 놓여 있고 그 옆에 누르스름한 휴지 뭉치들이 굴러다닌다. 나는 휴지 뭉치들을 만지작거리다가 조심스럽게 냄새를 맡아본다. 만약 눈물에 냄새가 있다면 아무도 남몰래 울 수 없을 것이다. 이 뭉치들에서는 아무 냄새도 나지 않는다. 어떤 건 끈적끈적하고 어떤 건 돌덩이처럼 딱딱하다. 그러고 보니 베개 밑에 어떤 잡지 귀퉁이가 삐져나와 있다. 나는 잡지를 들춰본다. 표지에 박 같은 젖가슴을 드러낸 여자의 알몸 사진이 실려 있다. 여자는 자신이 왜 벌거벗었는지 모른다는 듯, 여러 상황이 겹쳐져서 자신에게 이런 순간이 닥쳐왔다는 듯 놀란 표정을 짓고 있다. 이런 순간에 깜짝 놀라는 사람들이 있다. 평생 기대해온 순간인데 막상 닥치면 왜인지 뜻밖으로 느껴진다고나 할까. 나의 순간이 언제 닥쳐올지는 모르겠지만, 다만 내 코트는 계속 입고 있을 것이다. 표지 속 여자는 추울 것 같다. 비록 팔에 소름이 돋지는 않았지만.

나는 재빨리 베개를 제자리에 떨어트린다. 저 잡지는 처음 본다. 우리 집에 배달되는 간행물이라고는 〈일간 개신교인〉, 잡지 〈개신교인〉, 〈일간 농부〉, 슈퍼마켓 팸플릿, 그리고 맷히스 오빠의 유도 잡지뿐이다. 부모님은 그 잡지의 구독을 취소하는 것을 자꾸만 "깜빡"한다. 그래서 금요일마다 오빠의 죽음이 우리 집 현관에 들이닥치고 만다. 어쩌면 그래서 오버오빠가 침대 틀에 머리를 찧는 건지도 모른다. 머릿속의 벌거벗은 여자들을 떨쳐내고 텔레비전 채널 바꾸듯 생각을 획획 바꾸려고. 우리 머릿속에 순수하지 않은 것이 있으면 아빠가 분명 꿰뚫어볼 테니까.

나는 카펫에 앉아 있는 오버 오빠의 옆에 앉는다. 오빠는 무너진 레고 성의 잔해에 공주를 포로로 잡아두고 있다. 공주는 립스틱과 마스카라를 칠했고 어깨 너머로 긴 금발을 내려뜨리고 있다.

"나는 너를 임신시킬 거야."

오빠가 공주에게 기사를 갖다대고 위 아래로 움직인다. 수소 벨로가 암소들에게 하듯이. 나는 손으로 눈을 가릴 필요를 느끼지 못한다. 내가 훔쳐보는지 아닌지 확인하는 사람이 아무도 없으니까. 마음 가는 대로 유혹되는 편이 낫겠다고 나는 결론 내린다. 내가 지켜보는 앞에서 오빠는 레고 상자 안에서 깨끗하게 씻은 참치 캔을 꺼낸다. 우리가 동전이며 금메달 등을 넣어두는 데 쓰는 것이다. 그 안에 넣어둔 것들에서 기름진 생선 냄새가 난다. 오빠가 손을 내뻗는다.

"여기 돈 있다, 창녀야."

오빠가 목소리를 낮게 깔며 말한다. 지난봄부터 오빠의 목소리는 고음에서 저음으로 변하며 갈라지기 시작했다.

"창녀가 뭐야?"

나는 묻는다.

"여자 농부."

오빠는 부모님에게 들리지 않는지 확인하려고 방문을 돌아본다. 내가 알기로 엄마는 농사가 남자들의 일이라고 생각하지만 여자가 농부가 되는 것에 반대하지는 않는다. 나는 무너진 망루에서 다른 기사 하나를 집어든다. 오빠는 자기 기사로 다시 공주를 밀어붙인다. 두 레고 인형 모두 마냥 행복해 보인다. 나는 목소리를 깔고 말한다.

"그대 치마 안에는 뭐가 있소, 공주?"

오빠가 웃음을 터뜨린다. 이럴 땐 오빠 목구멍 안에 어린 찌르레기가 들어간 것만 같다. 오빠는 찍찍거리며 웃는다.

"그 안에 뭐가 있는지 모른단 말이야?"

"몰라."

나는 공주를 똑바로 세우고 이모저모 관찰한다. 나는 고추에 대해서만 알 뿐이다.

"너도 갖고 있잖아. 보지."

"그게 어떻게 생겼는데?"

"커스터드 빵처럼."

나는 눈썹을 치켜올린다. 가끔 아빠가 빵집에서 커스터드 빵을 가져올 때가 있다. 어쩔 땐 빵 밑바닥에 푸른 얼룩이 있고 커스터드가 스며들어 눅눅해졌지만 그래도 맛이 꽤 좋다. 아래층에서 아빠가 고함치는 소리가 들린다. 요즘 아빠는 점점 더 자주 고함을 친다. 자기 말을 우리에게 힘껏 밀어넣고 싶은 것 같다. 이사야서에 이런 구절이 나온다. "크게 외치라 목소리를 아끼지 말라 네 목소리를 나팔 같이 높여 내 백성에게 그들의 허물을, 야곱의 집에 그들의 죄를 알리라." 아빠는 무슨 허물을 알리려는 걸까?

"구제역이 뭐야?"

나는 오빠에게 묻는다.

"젖소들이 걸리는 병이야."

"걸리면 어떻게 되는데?"

"모든 소를 살처분해야 해. 무리 전체를."

오빠는 무덤덤하게 말하지만, 오빠 정수리의 머리카락이 이마 부근보다 더 기름진 게 눈에 띈다. 축축한 사일리지 풀 같다. 오빠가 정수리를 얼마나 만졌는지 모르겠지만 걱정하고 있다는 것은 분명하다.

내 가슴이 홧홧하게 달아오른다. 핫초콜릿을 너무 급하게 마셨을 때처럼. 누군가가 숟가락으로 심장 속을 휘저어서 소용돌이를 만들고 있는 것만 같다. "그만 저어!"라고 엄마가 말하는 소리가 들린다. 그리고 소들이 한 마리 한 마리씩, 우유 속에 녹아드는 코코아 덩어리처럼 그 소용돌이에 휘말려 사라진다. 나는 내 정신력을 모조리 쏟아부어 레고 공주를 생각하는 데에 집중한다. 공주는 치마 속에 커스터드 빵을 숨기고 있고 오버 오빠는 코에 설탕을 묻힌 채 크림을 핥아먹어도 된다.

"하지만 왜?"

"아프니까. 그냥 놔둬도 어차피 죽어."

"전염되는 병이야?"

오빠가 내 얼굴을 훑어보며 눈을 가늘게 뜬다. 우리가 옆집 린 아주머니의 톱밥 제조기를 위해 가끔씩 사다주는 평평한 칼날과 비슷한 눈초리다. 그러고서 오빠는 말한다.

"내가 너라면 숨을 쉬어도 될 곳과 쉬면 안 될 곳을 신경 써서 구분할 거야."

나는 무릎 위에 두 손을 포개고 몸을 점점 더 빠르게 흔든다. 갑자기 엄마와 아빠가 레고 인형들처럼 노랗게 변하는 장면이 떠오른다. 소들이 모두 죽으면 두 사람은 한 자리에 붙박혀버릴 것이다. 누군가가 그분들의 목덜미를 집어 떼어내 제자리에 끼워넣지 않으면.

잠시 뒤 하나가 방에 와서 우리와 같이 앉는다. 걔가 방울토마토를 가져왔다. 하나는 이로 껍질을 벗겨서 말캉하고 붉고 탱탱한 과육을 드러낸다. 개가 토마토를 한 겹씩 벗겨가며 정성스럽게 먹는 장면을 보니 감동적이다. 하나는 샌드위치를 먹을 때 늘 속부터 먹고 그다음에는 빵 껍질을 먹고 빵의 부드러운 부분은 맨 마지막으로 남겨둔다. 밀크 비스킷을 먹을 때는 앞니로 크림 부분을 긁어 먹고 비스킷은 마지막에 먹는다. 하나는 음식을 한 겹씩 먹고 나는 생각을 한 겹씩 한다. 그렇게 하나가 새로운 토마토 한 알을 잇새에 물었을 때, 방문이 다시 열리더니 수의사 아저씨가 얼굴을 내민다. 수의사 아저씨가 우리 집에 온 건 오랜만인데, 예전에 봤을 때처럼 검은 단추가 달린 진녹색 먼지막이 외투를 입었고 호주머니에서는 고무장갑이 비어져 나와 있다. 장갑의 엄지손가락 부분은 접혀 있고 나머지 손가락 네 개만 축 늘어진 채 덜렁거린다. 아저씨는 두 번째로 우리에게 나쁜 소식을 전해준다.

"내일 샘플을 채취하러 사람들이 온대. 모든 소가 죽어야 할 거야. 미등록 소까지도 전부."

아빠에게는 미등록 소가 몇 마리 있다. 마을 사람들이나 친지들에게 여분의 우유를 약간 판매하기 위한 것이다. 이런 "암시장 우유"에서 나오는 돈은 벽난로 위 깡통에 보관해둔다. 모아뒀다가 명절에 쓰려는 것이다. 하지만 가끔씩 아빠가 주위에 아무도 없는 줄 알고 깡통을 열고 지폐 두어 장을 꺼내는 걸 본 적이 있다. 내 생각엔 아빠가 집을 나가서 쓸 돈을 모으려고 그러는 것 같다. 우리 학교의 에바도 열세 살밖에 안 됐으면서 벌써부터 혼수품을 모으고 있다고 했다. 아빠는 아마도 사과 시럽 병에 넣었던 나이프를 핥아도 괜찮은 가족, 그 정도 일로 고함을 치거나 문을 탕 닫지 않아도 되는 가족, 아빠가 식사 후에 바지 단추를 끌러놔서 팬티 허리춤 위로 비어져 나온 금색 털이 보여도 아무도 신경 안 쓰는 가족을 찾고 있는 것 같다. 그 새로운 가족 안에서는 심지어 아빠가 입을 옷을 직접 결정할 수 있을지도 모른다. 우리 엄마는 아침마다 아빠가 입을 옷을 침대 가장자리에 걸쳐둔다. 아빠가 옷이 마음에 안 든다고 하면 엄마는 하루 종일 아빠한테 말도 안 붙이거나, 자기 식단에서 또 음식 한 가지를 빼버리면서 선언하듯 한숨을 내쉰다. 마치 그 음식이 자신을 더 이상 원하지 않는다는 듯이.

"이것이 하나님께서 원하시는 바라면 이 또한 그분의 뜻이겠지."

수의사 아저씨가 우리 한 명 한 명에게 미소를 보내며 말한다. 근사한 미소다. 바우더베인 드 그루트의 미소보다도 근사하다.

"그리고 오늘은 부모님께 특별히 잘해드리렴."

하나와 나는 고분고분 고개를 끄덕인다. 오버 오빠는 방 안의 난방 파이프만 뚱하게 쳐다보고 있다. 파이프 위에 메말라가는 나비 몇 마리가 있다. 수의사 아저씨가 그걸 보고 엄마 아빠한테 말하지 않기만을 바랄 뿐이다.

"이제 소들을 보러 가봐야겠다."

아저씨가 몸을 돌려 나가서 문을 닫는다.

"왜 아빠가 직접 와서 말해주지 않지?"

내가 묻는다.

"아빠는 조치를 취하느라 바쁘니까."

오빠가 말한다.

"무슨 조치?"

"목장을 폐쇄하고, 소독약 욕조를 준비하고, 송아지들을 들여놓고, 기구들과 우유 탱크를 소독하고."

"우리한테도 조치를 취해야 하지 않아?"

"당연하지. 하지만 우리는 태어날 때부터 이미 울타리에 갇히고 묶여 있는 상태야. 우린 다른 게 될 수 없어."

그러고는 오빠가 내게 가까이 다가온다. 오빠는 아빠의 자연스러운 권위를 조금 얻으려고 아빠의 애프터셰이브를 바르고 있다.

"당국에서 젖소들을 어떻게 죽이는지 알려줄까?"

나는 고개를 끄덕이고 어떤 선생님의 말을 생각한다. 내가 나의 공감 능력과 한없는 상상력으로 장차 크게 될 거라고, 하지만 조만간 거기에 걸맞는 단어들을 찾아야 할 거라고, 안 그러면 모든 것과 모든 사람이 내 안에 머물게 될 거라고 했다. 그러다 언젠가는 마치 검은 스타킹처럼—나는 검은 스타킹을 신지 않지만, 우리 반 친구들은 개신교인들이 검은 스타킹을 신는다는 이유로 나를 놀리곤 한다—나는 안쪽으로 구겨져서 오로지 어둠만, 끝없는 어둠만 보게 될 것이다. 오버 오빠가 검지손가락을 관자놀이에 대더니 탕 하는 총소리를 내고는 갑자기 내 코트 끈을 끌어당겨 내 목을 죈다. 나는 오빠의 눈을 똑바로 쳐다본다. 그 순간 오빠가 물잔에 햄스터를 넣고 흔들었을 때와 똑같은 증오가 눈에 비친다. 나는 오빠를 뿌리치고 외친다.

"오빠 미쳤어!"

"우린 모두 미칠 거야. 너도 마찬가지야."

오빠가 말하고는 자기 책상 서랍에서 '에어로' 미니 초코 볼 한 팩을 꺼내더니, 포장지를 뜯고는 초코볼들을 입안에 한 알 한 알씩 잔뜩 집어넣어서 커다란 갈색 곤죽이 되도록 씹는다. 지하실에서 훔쳐온 건가 보다. 유대인들이 사과 소스 단지들이 보관된 벽 뒤에 잘 숨었기를 바랄 뿐이다.

16

아빠는 까마귀들의 장례식을 제일 좋아한다. 가끔 두엄 더미나 들판에서 까마귀 시체를 찾으면 아빠는 그걸 밧줄에 거꾸로 묶어서 벚나무 가지에 매달아놓는다. 그러면 금세 까마귀 떼가 나타나 몇 시간이고 나무 주위를 맴돌며 동료에게 마지막 인사를 건넨다. 다른 어떤 동물도 까마귀처럼 오래 애도하지는 않는다. 보통 까마귀 무리에서 유난히 튀는 녀석이 하나 있다. 다른 녀석들보다 덩치가 약간 크고, 사납고, 가장 큰 소리로 울어대는 까마귀. 그 무리의 목사님쯤 되는 모양이다. 그들의 검은 깃털 망토가 옅은 빛깔의 하늘과 대조되어 아름다워 보인다. 게다가 아빠는 까마귀들이 총명하기까지 하다고 했다. 수를 셀 수 있고, 사람들의 얼굴과 목소리를 기억하며, 자신을 나쁘게 대한 사람에게 앙심을 품을 줄도 안다는 것이다. 그런데 까마귀 시체가 매달린 이후로 녀석들이 목장 마당을 어슬렁거린다. 아빠가 집과 축사들을 돌아다니는 동안 까마귀들은 홈통 위에 올라앉아 무언가를 찾듯 아래를 내려다본다. 사격장에 있는, 판지로 만들어진 토끼 모형처럼. 녀석들의 검은 눈은 아빠의 가슴에 총구멍 두 개를 뚫어버릴 듯하다. 나는 까마귀들을 보지 않으려 애쓴다. 녀석들이 우리에게 뭔가를 말하고 싶은 것이거나, 아니면 젖소들이 죽기를 기다리고 있는 것인지도 모른다. 어제 할머니는 목장 안에 들어온 까마귀들은 죽음의 징조라고 했다. 다음 차례는 엄마나 나일 거라는 생각이 든다. 오늘 아침 아빠가 새로 만들 침대 치수를 재야 하니 나더러 마당에 누우라고 한 데에는 이유가 있을 것이다. 아빠는 화물 받침대, 오크나무, 오버 오빠의 닭장에서 남은 널빤지들로 침대를 만들 거라고 했다. 나는 써늘한 돌바닥에 두 팔을 몸 옆에 나란히 붙이고 누워서, 아빠가 줄자로 머리부터 발끝까지 재는 것을 지켜보며 생각했다. 침대에서 다리를 잘라내고 매트리스만 빼면 관이 되겠구나.

나는 관 안에 엎드리고 유리창에 내 엉덩이가 보이는 자세로 눕고 싶다. 모두가 내 똥구멍을 보고 인사할 수 있도록. 거기야말로 모든 문제가 도사린 곳이니까 말이다. 아빠가 줄자를 접어 넣었다. 아빠는 내가 맛히스 오빠의 침대에서 자는 걸 그만둬야 한다며, "작은 요니가 더 이상 못 견딘다"고 했다. 그리고 지난 몇 주 동안 내 안색이 너무 창백해서 옆집 린 아주머니가 금요일 저녁마다 귤을 한 상자씩 가져다주기 시작했다. 어떤 귤들은 나처럼 종이로 된 외투를 덧입고 있었다. 나는 세균을 들이마시거나 맛히스 오빠에게 가까이 가지 않으려고 항상 숨을 얕게 쉰다. 그러다 보니 얼마 못 가서 나는 바닥에 쓰러지고 만다. 주변의 모든 것이 새하얀 눈밭처럼 흐려진다. 하지만 나는 금세 의식을 회복한다. 눈앞에 하나의 걱정스러운 얼굴이 보인다. 하나는 끈적거리는 손을 수건처럼 내밀어 내 이마를 덮어준다. 나는 기절하는 것이 좋은 경험이라고, 이곳 목장에서 죽음을 만날 가능성보다 그 눈밭 같은 풍경 속에서 맛히스 오빠를 만날 가능성이 더 높다고 하나에게 굳이 말해주지 않는다. 아까 내가 마당에 누워 있고 아빠가 장부에 치수를 적고 있었을 때 까마귀들이 내 위를 빙빙 맴돌았다.

엄마는 새 매트리스에 깨끗한 맞춤 시트를 씌우고 내 베개를 흔들어 부풀린다. 내 머리를 누일 베개 한가운데를 주먹으로 두 번 꾹꾹 누르기도 한다. 나는 책상 의자에 앉아 내 새 침대를 보고 있다. 예전 침대가 벌써부터 그리워진다. 비록 끄트머리가 발가락에 닿아서 몸을 위 아래로 죄는 고문기구 안에 들어가 있는 것 같았지만, 그래도 거기 누워 있으면 안전한 기분이 들었다. 내가 어느 정도 이상 자라서는 안 된다는 경계가 쳐져 있는 것 같았다고 할까. 새 침대는 너무 넓어서 이리저리 뒹굴 수도 있고 대각선으로 누울 수도 있다. 맛히스 오빠의 몸 모양대로 움푹 꺼진 부분도 없으니, 이제 내가 직접 침대를 꺼뜨려서 그 안에 들어가 누워야겠다. 이제 어디에서도 오빠의 치수를 잴 수 없다.

엄마가 침대 가장자리에 꿇어앉아 이불에 팔꿈치를 얹는다. 이불에서는 물거름 냄새가 난다. 바람이 잘못된 방향으로 불어서 냄새가 밴 것이다. 요즘 들어 점점 더 자주 바람이 그런 식으로 분다. 이러다가는 젖소 냄새가 우리 머릿속에서조차 사라져 아무 데서도 맡을 수 없게 될지도, 우리가 맡을 수 있는 냄새라고는 갈망과 서로의 부재만 남을지도 모른다. 엄마가 이불을 부드럽게 두드린다. 나는 고분고분 일어나 이불 속으로 들어간 다음 엄마의 얼굴을 볼 수 있도록 옆으로 돌아눕는다. 엄마는 호수 건너편 어디엔가 있는 것 같다. 몸이 너무 깡말라서 얼음 구멍 속에 얼어붙은 쇠물닭처럼 보인다. 나는 발을 오른쪽으로 움직여서 엄마의 두 손에 가져다 댄다. 그러자 엄마는 전기라도 오른 것처럼 부리나케 손을 치운다. 엄마의 눈 밑이 거뭇하게 꺼져 있다. 나는 구제역 소식이 엄마에게 얼마나 영향을 주었는지, 까마귀들이 나 때문에 온 건지 엄마 때문에 온 건지 가늠해보려 한다.

"악에 당하지 말고, 악을 선으로 이기십시오." 아침 예배 때 렝케마 목사님이 이렇게 설교했다. 나는 하나와 마을의 다른 몇몇 아이들과 함께 오르간 옆 발코니 자리에 앉아 있었다. 그렇게 위에서 내려다보니 저 아래 검은 모자들의 바다가 마치 둥지에서 제때 주워가지 않아서 썩어버린 달걀들의 검은 반점 박힌 노른자처럼 보였다. 내 주위의 몇몇 아이들도 둥지에 너무 오래 있었던 탓에 졸린 눈으로 허공을 바라보며 앉아 있었다. 그런데 검은 모자들 틈바구니에서 갑자기 아빠가 일어서는 게 보였다.

엄마가 아빠의 검은 외투 자락을 잡아당겼지만 아빠는 무시하고 주변을 둘러보며 외쳤다.

"목사들이 그 원인이잖습니까!"

교회 안이 쥐 죽은 듯 조용해졌다. 모두가 우리 아빠를 쳐다보았고 발코니에 있는 아이들은 모두 하나와 나를 쳐다보았다. 나는 코트 옷깃에 턱을 더 깊이 파묻고 서늘한 지퍼가 피부에 닿는 감각을 느꼈다.

다행히도 오르간 연주자가 흰 건반을 만지는가 싶더니 찬송가 51번을 연주하기 시작했다. 사람들은 찬송을 부르려고 일어섰고, 아빠의 항의는 달걀노른자들 속에 빠진 버터처럼 마을 사람들 사이에 녹아들었고 틈틈이 나지막이 수군거리는 소리들이 이어졌다. 얼마 지나지 않아 엄마가 찬송집을 겨드랑이 사이에 끼고 코를 훌쩍이며 교회를 빠져나가는 것이 보였다. 벨러가 내 옆구리를 쿡 찌르며 말했다.

"너희 아빠 제정신이 아닌가 봐."

나는 대답하지 않았다. 다만 모래밭에 집을 지은 어리석은 남자에 대한 동요를 떠올렸다. 비가 내려 홍수가 나자 집이 와르르 무너져버렸다는 내용이었다. 아빠도 무너지는 모래밭에 말을 지은 것이나 다름없었다. 어떻게 목사님을 비난할 수가 있나? 혹시 우리 잘못인가? 어쩌면 이것도 재앙 중 하나인지도 모른다. 자연 현상이 아니라 경고로서 닥쳐온 재앙.

엄마가 조용히 노래를 부른다.

"푸른 하늘보다, 황금 별들보다 높은 곳, 천국에 우리 아버지 계시네. 맛히스, 오버, 야스, 하나를 보신다네."

나는 노래를 따라 부르지 않는다. 내 주의는 책상 아래의 양동이에 쏠린다. 엄마는 두꺼비들이 더럽고 징그러운 짐승이라고 생각한다. 가끔 엄마는 장화 벗는 기구 뒤에 놔두는 빗자루와 쓰레받기로 녀석들을 쓸어담아 토마토 껍질 버리듯 두엄 더미에다 팽개치곤 한다. 내 두꺼비들도 잘 지내지는 못하는 것 같다. 녀석들은 약간 아파 보인다. 피부도 더 건조해졌고, 대부분의 시간을 눈을 감고 앉아서 보낸다. 기도를 시작했는데 어떻게 마무리 지어야 하는지 몰라서 그러는지도 모르겠다. 나도 대화를 끝맺는 법을 잘 모른다. 그냥 발을 직직 끌면서 앞을 보고 있으면 상대방이 "그래, 그럼 잘 가"라고 한다. 내가 두꺼비들에게 "잘 가"라고 해야 할 날이 오

지 않았으면 좋겠지만, 녀석들이 계속 먹이를 안 먹으면 그날
은 오고야 말 것이다.

엄마가 노래를 멈추더니 분홍색 나이트가운 주머니에 손
을 넣어 포일에 싼 조그마한 꾸러미를 꺼낸다.

"미안하다."

엄마가 말한다.

"뭐가요?"

"별들 때문에, 오늘 저녁 때문에. 젖소들이 문제야. 충격이
심해서 그랬어."

"괜찮아요."

나는 꾸러미를 받아든다. 쿠민 치즈가 올려진 핫케이크다.
엄마의 주머니 속에서 치즈가 뜨뜻해졌다. 엄마는 내가 한 입
베어먹는 것을 지켜본다.

"넌 정말 희한해. 너도, 그 괴상한 코트도."

엄마가 이 말을 하는 이유는 아까 옆집 린 아주머니가 우
리 집 소들 안부를—나아가 우리 형제들의 안부를—확인하
러 왔을 때 내 코트 이야기를 또 꺼냈기 때문이다. 심지어 수
의사 아저씨도 엄마에게 내 코트에 대해 언급했다. 그러고는
잠시 뒤, 송아지들 먹이를 주고 돌아온 엄마는 부엌 한가운데
에 발판사다리를 놓고 올라섰다. 보통은 천장의 거미줄을 떼
어낼 때만 펴서 쓰는 사다리였다. 거미가 있는 거미줄을 발견
할 때마다 엄마는 "저리 가, 이 노처녀야"라고 말하곤 했다.
그건 엄마가 하는 유일한 농담이지만 우리는 잼 병에 잡아
가둔 곤충처럼 그 농담을 소중히 여긴다. 그런데 이번에 엄마
가 발판사다리에 올라간 건 거미를 없애기 위해서가 아니었

다. 엄마가 직접 친 거미줄에서 날 꺼내기 위해서였다.

"그 코트 당장 벗지 않으면 난 여기서 뛰어내릴 거야."

엄마는 나보다 한참 위에 서서 팔짱을 끼고 있었다. 기다란 검은 치마를 입고, 입술은 체리를 먹은 흔적으로 약간 붉었다—체리는 엄마가 아직까지 먹는 몇 안 되는 음식 중 하나였다. 엄마는 새하얀 벽지 위에 짜부라진 거미 몸뚱이처럼 보였다. 나는 사다리의 높이를 가늠해보았다. 죽음이 찾아오기에 충분한 높이일까? 목사님 말에 따르면 우리가 악보다 강하기 때문에 악마가 우리 마을을 두려워한다고 했다. 하지만 그게 사실일까? 우리가 악보다 강한가?

나는 배 속을 찌르는 듯한 격심한 통증을 억누르려고 주먹으로 배를 꾹 누르며 엉덩이를 반사적으로 조였다. 마치 방귀를 참는 것처럼. 하지만 그건 방귀가 아니라 폭풍이었다. 내 안에서 폭풍이 몰아치고 있었다. 뉴스에 나오는 허리케인처럼 내 속의 폭풍에도 이름이 있었다. 나는 이걸 성령이라고 불렀다. 성령이 내 안에서 휘몰아쳤고, 내 겨드랑이는 코트 천에 들러붙어 있었다. 이 보호막이 없으면 나는 병이 들 터였다. 나는 그 자리에 얼어붙은 채 서서 엄마를, 광이 나는 엄마의 슬리퍼를, 페인트 튄 자국이 있는 사다리 발판을 바라보았다.

"열을 세겠어. 하나, 둘, 셋, 넷……."

엄마의 목소리가 서서히 멀어지고 부엌이 빙빙 돌았다. 나는 코트 지퍼로 손을 가져가려고 했지만 아무리 해도 손이 닿질 않았다. 그러더니 둔하게 쿵 하고 뼈가 부엌 바닥에 부딪히는 소리가 났고, 쾅 소리에 이어 고함 소리가 들렸다. 별안간 부엌 안에 각양각색의 코트를 입은 사람들이 들어찼다. 수의사 선생님이 송아지 두 마리의 머리를 만지듯 내 양 어깨에 손을 얹는 느낌이 들었고, 온화하게 타이르는 목소리가 들렸다. 차차 시야가 선명해지면서 엄마가 눈에 들어왔다. 엄마는 아빠가 콩을 두엄 더미에다 가져다 버리는 데에 썼던 손수레에 누워 있었다. 오버 오빠가 마을의 의사 선생님 댁으로 데려갈 거라며 손수레를 밀고 마당으로 나갔다. 내겐 까마귀 몇 마리가 날아오르는 것만이 보였다. 내 눈에 어린 눈물 때문에 까마귀들이 마스카라 얼룩처럼 보였다. 아빠는 엄마를 폭스바겐에 태워주겠다는 제안을 거절했다. "썩은 귤을 채소 가게에 다시 가져가는 법이 어딨소?"라면서. 즉 엄마의 자업자득이라는 뜻이었다. 나는 우리가 엄마를 싣고 나가서 다시는 데려오지 못할 날이 머지않으리라는 생각이 들었다. 그리고 저녁 내내 아빠는 말 한마디 하지 않았다. 아빠는 그저 작업복 차림으로 앉아서 손에는 예네버르* 한 잔을 들고 담배를 피우며 텔레비전만 보았다. 재떨이 없이 무릎 위에 담배를 올려놓고 피우는 탓에 아빠의 작업복에는 담뱃불 구멍이 점점 많아지고 있었다. 여기 있는 게 숨이 막힌 나머지 공기구멍이 더 필요해 그러는 것만 같았다.

구제역 뉴스 이후로 계속 우리 집에 있었던 수의사 아저씨가 나와 하나를 데리고 마을로 드라이브를 나갔다. 차 안에 있는 것만큼 가만히 한 자리에 앉아 있기 좋은 방법도 없

* 네덜란드의 전통 증류주.

다. 주변의 모든 것이 움직이고 변화하는데 나는 몸을 움직이지도 않고 그 모든 것을 볼 수 있지 않은가. 우리는 유채밭으로 차를 몰고 가다가 보닛에 앉아서 콤바인 기계가 풀 베는 모습을 구경했다. 검은 씨앗들이 커다란 컨테이너에 실렸다. 수의사 아저씨는 저 씨앗으로 등불 기름, 소 사료, 바이오 연료, 마가린을 만들 수 있다고 이야기했다. 한 떼의 거위들이 날아갔다. 녀석들은 건너편으로 향하고 있었다. 잠시 동안 나는 거위들이 만나*처럼 떨어져 우리 발치에 목이 부러진 채 뒹굴기를 바랐지만, 녀석들은 더 멀리멀리 날아가서 끝내 시야에서 사라졌다. 나는 하나를 돌아보았지만 걔는 수의사 아저씨와 학교에 대한 대화에 깊이 빠져 있었다. 하나는 신발을 벗고 줄무늬 양말 바람으로 보닛 위에 걸터앉아 있었다. 나도 녹색 장화를 벗고 싶었지만 그럴 엄두가 나지 않았다. 병은 도둑처럼 온갖 틈으로 숨어 들어올 수 있다. 그런데 엄마 아빠는 도둑의 교활함을 과소평가한다. 부모님은 우리 집 뒷문으로는 아는 사람들만 들락거릴 거라고 생각해서 외출할 때 앞문만 잠가둔다.

우리는 집에서 있었던 일에 대해서는 언급 한번 하지 않았다. 콤바인 기계는 유채 줄기를 베어내고 쓸 수 있는 부분만 남기지만, 우리에게는 공포를 베어낼 만한 말이 없었다. 우리는 묵묵히 해가 지는 것을 지켜보았고, 돌아가는 길에는 감자튀김 가게에서 감자튀김을 한 봉지 사서 차 안에서 먹었

---

* 이집트에서 탈출한 이스라엘 민족이 음식과 물이 없어 굶주릴 때 하나님이 하늘에서 내려준 기적의 음식.

다. 그러다 보니 차 안에 김이 서렸고 내 눈에도 눈물이 맺혔다. 아주 잠깐이었지만 처음으로 나는 외롭지 않았다. 감자튀김은 그 어떤 음식보다도 사람들을 하나로 묶어주는 힘이 있다.

그리고 한 시간이 지난 지금, 어려움에도 불구하고 희망으로 가득 찬 저녁을 보내고 난 뒤 우리는 손가락에 기름과 마요네즈 냄새를 묻힌 채 침대에 누워 있게 된 것이다. 감자튀김을 먹은 뒤라서 나는 핫케이크를 먹고 싶은 기분이 들지 않는다. 하지만 엄마를 실망시키고 싶지 않기에 그냥 한 입 먹는다. 엄마가 손수레에 누운 채 다친 발을 가장자리 너머로 내려뜨린 모습이 자꾸만 눈앞에 어른거린다. 그때 오버 오빠는 갑자기 너무나 연약해 보여서 나는 오빠를 달래주고 싶었다. 로마서 12장에 보면 "우리에게 주신 은혜대로 받은 은사가 각각 다르니 혹 예언이면 믿음의 분수대로, 혹 섬기는 일이면 섬기는 일로, 혹 가르치는 자면 가르치는 일로, 혹 위로하는 자면 위로하는 일로, 구제하는 자는 성실함으로, 다스리는 자는 부지런함으로, 긍휼을 베푸는 자는 즐거움으로 할 것이니라"라는 구절이 나온다. 내가 받은 은사가 무엇인지는 모르겠다. 닥치고 듣기만 하는 게 내 은사일지도 모른다. 그래서 나는 그렇게 했다. 난 그냥 오빠한테 심즈 게임은 어떻게 되어가고 있느냐고, 심들이 벌써 키스했느냐고 물었다. 그러자 오빠는 "아직"이라고 대꾸하고 자기 방에 틀어박혔다. 〈히트존〉 최신판이 오빠 방 스피커에서 너무 큰 소리로 흘러나와서 내가 노랫말을 조용히 따라 부를 수도 있을 정도였다. 하지만 아무도 뭐라고 하지 않았다.

엄마는 냉동 콩처럼 점점 축 늘어지고 있다. 가끔 엄마는 손에서 물건을 떨어뜨리고는 우리 탓을 한다. 오늘 나는 주기도문을 다섯 번 외웠다. 마지막 두 번은 내 주위의 모든 것을 주시하기 위해 눈을 뜬 채로 기도했다. 예수님도 이해해주셨으면 좋겠다. 젖소들도 갑자기 공격당할까 봐 경계하느라 한쪽 눈을 뜨고 자지 않던가. 나는 밤중에 나를 기습할 수 있는 모든 것에 점점 더 공포를 느낀다. 모기부터 하나님에 이르기까지.

엄마는 텅 빈 눈으로 내 야광 이불을 바라본다. 나는 핫케이크 조각을 애써 삼키지 않는다. 나 자신 때문에 불행해지고 싶지 않다. 나는 엄마가 또 다시 발판사다리를 꺼내지 않기를 바란다. 그걸 이용하면 밧줄이나 사료 저장고로 올라가기가 더 쉬워질 테니까. 올라간 후 사다리를 걷어차면 그만이다. 오버 오빠 말에 따르면 자살하는 데 시간은 얼마 안 걸린다고 한다. 목매달아 죽으려는 사람들만 시간이 오래 걸리는데, 그때 가서 심사숙고해야 할 것들이 몰려오기 때문이란다. 교회에서 묵상하는 데에는 최소한 페퍼민트 사탕 두 알을 먹는 만큼의 시간이 걸린다. 그리고 이번에 엄마가 높은 곳에 대한 두려움에도 불구하고 발판사다리에 올라갔으니 저장고에 올라가지 못하란 법도 없다.

"너무 어두워요."

나는 입에 핫케이크를 가득 문 채로 말한다. 엄마가 기대감에 찬 눈으로 나를 본다. 나는 벨러와 쓰는 교환일기장을 떠올린다. "뭐가 되고 싶니?"라는 질문의 대답에 엄마는 빗금을 긋고 "좋은 기독교인"이라고 적었다. "키가 몇 센티미터야?"라는 질문에 내 키가 급성장했다고 적은 건 아무의 눈에도 띄지 않았다는 뜻이었다. 내가 좋은 기독교인인지 잘 모르겠다. 엄마가 다시 기운을 낼 수 있는 뭔가를 드린다면 가능할지도.

"어둡다고? 어디가?"

엄마가 묻는다. 나는 입안에 든 걸 삼키며 말한다.

"어디든 다요."

엄마가 침대 옆 탁자의 스탠드를 켜고는 방을 살금살금 나가는 시늉을 한다. 붕대를 감은 아픈 발을 이끌고, 나이트가운 벨트를 꽉 여미며. 이건 맛히스 오빠가 살아 있었을 적에 종종 했던 놀이다. 이 놀이는 아무리 해도 질리지 않는다.

"큰 곰님! 큰 곰님! 못 자겠어요, 무서워요."

나는 손가락 사이로 엄마를 훔쳐본다. 엄마는 창가로 걸어가서 커튼을 열며 말한다.

"이것 봐, 내가 너를 위해 달을 잡아왔어. 달도, 반짝이는 별들도 모두. 우리 곰이 또 뭐가 필요할까?"

'사랑요'라고 나는 마음속으로 생각한다. 축사에서 생존이라는 공통의 목표를 가지고 숨 쉬는 소들이 내뿜는 온기 같은 사랑. 녀석들의 젖을 짤 때 내 머리를 기댈 수 있는 따스한 옆구리. 소들이 우리에게 줄 수 있는 모든 사랑은 녀석들에게 사탕무 한 덩어리를 줄 때 이따금씩 혀를 내미는 것으로 이루어져 있다.

"아무것도 없어요. 난 행복한 곰이에요."

나는 계단이 삐걱거리는 소리가 그치기를 기다려 커튼을 닫고, 나를 구출해줄 사람에 대해 생각하려 애쓴다. 그래서 내 배 속을 죄어오는 불쾌감이 사라지도록, 그 대신 갈망이—새들이 가장 잘 표현할 수 있는 갈망이 나를 사로잡도록. 그러고 보니 내가 움직일 때마다 침대가 삐걱거린다. 내가 한밤중에 일어나면 부모님이 알 거라는 뜻이다. 나는 매트리스 위에 서서 다락방 기둥에 매달린 밧줄을 목에 걸어본다. 너무 헐겁다. 매듭을 만져보니 움직이지 않는다. 너무 오랜 시간 동안 고정되어 있었던 탓이다. 그래도 나는 그걸 목에 스카프처럼 감고 거친 조직들이 피부에 쓸리는 것을 느껴본다. 서서히 질식하는 것은 어떤 기분일까. 스스로 그네가 되어서 내 움직임을 예상한다는 것은, 생명이 내게서 빠져나가는 것을 느낀다는 것은. 엉덩이를 까고 소파에 엎드려 비누받침대가 될 때 느끼는 것과 조금 비슷하지 않을까.

17

"이건 신고식이야."

나는 하나에게 말한다. 하나는 내 새 매트리스 위에 책상다
리를 하고 앉아 있다. 걔가 입은 파자마 몸판에 바비의 머리
가 그려져 있다. 긴 금발 머리에 분홍색 입술을 하고 있지만,
얼굴의 절반은 닳아 없어졌다. 우리 욕조 가장자리에 있는 바
비 인형들처럼. 우리는 수세미와 비누로 그들의 미소를 문질
러 없애버렸다. 특히 지금처럼 소들이 아픈 때에, 뭔가 미소
지을 건덕지가 있다는 인상을 엄마한테 주고 싶지 않았다.

"그게 뭐야? '신고식'이라는 게?"

하나가 묻는다. 걔는 머리를 틀어올리고 있다. 나는 틀어올
린 머리를 좋아하지 않는다. 그렇게 하면 머리가 너무 꽉 조
이는 데다가, 사람들이 우리를 더더욱 '검은 스타킹'이라고
부르게 되기 때문이다. 교회에서 본, 여자들의 틀어올려진 머
리카락은 꼭 뭉쳐진 양말 같으니까.

"새로 들어온 사람이나 물건을 환영하는 의식이야. 나한테
새 침대가 생겼고 오늘 밤이 첫 밤이잖아."

"좋아. 그럼 나는 뭘 해야 해?"

"우선 환영부터 하자."

나는 머리카락을 귀 뒤로 쓸어넘기고 큰 목소리로 또박또

박 말한다.

"어서 와, 침대야."

나는 침대 시트에 손을 얹는다.

"그럼 이제 의식을 치르자."

나는 매트리스에 엎드리고 베개로 머리를 덮은 뒤 고개를 옆으로 돌려 하나를 본다. 그리고 이제부터 걔는 아빠고 나는 엄마라고 한다.

"좋아."

하나가 말하고 내 옆에 엎드린다. 나는 베개를 더욱 깊이 뒤집어쓰고 매트리스에 코를 묻는다. 매트리스에서는 엄마 아빠가 이걸 산 가구점의 냄새가 나고, 새로운 삶의 냄새가 난다. 하나가 나를 따라한다. 우리는 잠시 그렇게 총에 맞은 까마귀들처럼 엎드린 채 아무 말도 하지 않는다. 그러다 내가 베개를 떼어내고 하나를 본다. 하나의 베개가 위 아래로 부드럽게 들썩이고 있다. 이 매트리스는 배다. 우리의 배. "만일 땅에 있는 우리의 장막 집이 무너지면 하나님께서 지으신 집 곧 손으로 지은 것이 아니요 하늘에 있는 영원한 집이 우리에게 있는 줄 아느니라". 문득 고린도후서에 나오는 구절이 떠오른다. 나는 하나에게 눈길을 돌리고 속삭인다.

"이제부터 여기가 우리의 작전 기지야. 여기서 우린 안전해. 지금부터 하는 말 따라해. '침대야, 나 야스와 하나, 즉 엄마와 아빠는 너를 기꺼이 어두운 작전의 세계로 초대할게. 여기서 우리가 말하거나 원한 모든 건 우리끼리만 아는 비밀이야. 지금부터 너는 우리와 함께야.'"

하나는 내 말을 되풀이한다. 매트리스에 얼굴을 파묻고 옆드려 있어서 말한다기보다는 웅얼거리는 것 같다. 말투를 들으니 따분해하는 것 같다. 머지않아 걔는 이제 그만하고 다른 놀이를 하자고 할 거이다. 하지만 이건 놀이가 아니다. 나는 아주 심각하다.

이 모든 일이 심각하다는 인식을 주기 위해 나는 개 뒤통수를 덮은 베개 위에 손을 얹고, 베개 양쪽 끝을 잡은 다음 힘껏 내리누른다. 하나는 즉시 하체를 꿈틀거리기 시작한다. 내가 힘을 더 줘야 한다는 뜻이다. 걔가 손을 휘저으며 내 코트를 할퀸다. 하지만 그래봤자 내 밑에서 벗어날 수 없다. 나는 걔보다 강하다.

"이건 신고식이야. 여기 살러 오는 사람은 질식할 뻔하는 게 어떤 기분인지 느껴야 해. 맛히스 오빠처럼, 죽을 뻔해야 해. 그래야 우린 친구가 될 수 있어."

그렇게 말하고 베개를 떼어내자 하나는 울음을 터뜨린다. 얼굴이 토마토처럼 뻘겋다. 걔는 게걸스럽게 공기를 들이마신다.

"멍청아! 질식할 뻔했잖아."

"그게 중요한 거야. 이제 너는 내가 매일 밤 어떤 기분인지 알 테지. 그리고 침대는 무슨 일이 일어날 수 있는지 알 거고."

나는 흐느껴 우는 하나에게 다가붙어 뺨에 흐르는 짭짤한 공포를 핥아준다.

"울지 마, 이 남자야."

"무섭단 말이야, 이 여자야."

하나가 속삭인다. 나는 곰인형에게 종종 하듯이 하나에게 맞붙어 천천히 몸을 움직인다. 코트가 내 피부에 들러붙는다. 그러다 하나가 잠들려고 하는 기색을 느끼고 움직임을 멈춘다. 지금 잘 시간이 없다. 나는 다시 일어나 앉는다.

"나는 수의사 아저씨를 고를래."

나는 불쑥 입을 열어 애써 결연한 목소리로 말한다. 잠시 침묵이 흐른다.

"친절하고, 건너편에 살고, 수많은 동물들의 심장 소리를 듣잖아."

하나가 고개를 끄덕이자 파자마의 바비도 고개를 끄덕인다.

"바우더베인 드 그루트는 우리 같은 여자애들이 고르기엔 너무 야심이 많은 남자야."

우리 같은 여자애들이라는 게 무슨 뜻인지 모르겠다. 우리가 누구인지 결정 짓는 것이 무엇인가? 사람들이 우리를 보고 우리가 뭘데르 가라는 것을 어떻게 알 수 있나? 나는 우리 같은 여자애들이 이 세상에 많은데 이제껏 못 마주쳤을 뿐이라고 생각한다. 아버지들과 어머니들도 언젠가는 만나게 된다. 그리고 모두의 안에 부모라는 존재가 있기 때문에 마침내 결혼도 할 수 있는 것이다.

우리 부모님이 서로를 어떻게 발견했는지는 아직도 미스터리다. 아빠는 뭔가를 찾는 데에는 영 소질이 없는 사람이다. 물건을 잃어버렸다가 호주머니에서 발견하는 일이 허다하고, 장 볼 때는 항상 목록에 적힌 것과 다른 것을 사 온다. 예컨대 엄마가 원하는 요거트는 따로 있는데 아빠는 이것이든 저것이든 상관없다고 여겨서 엉뚱한 것을 사는 것이다. 두 사람이 어떻게 만났는지는 우리에게 한 번도 이야기해주지 않았다. 엄마는 그때가 좋은 시절이었다고 생각하지 않는다. 하기야 이곳에 좋은 시절이라고는 거의 없고, 있더라도 나중에야 깨닫곤 한다. 나는 두 사람이 딱 소들처럼 만나지 않았을까 의심하고 있다. 어느 날 할머니 할아버지가 엄마의 방문을 열고 아빠를 수소처럼 들여보낸 게 아닐까. 그러고 나서 문을 닫았더니, 짠, 우리가 태어난 것이다. 그날부터 아빠는 엄마를 '아내'라고 부르고 엄마는 아빠를 '남편'이라고 불렀으리라. 기분이 좋을 때는 '이 남자야'라든지 '이 여자야'라고 부르고. 내가 생각하기엔 이상한 호칭이다. 서로의 성별이나, 서로가 서로에게 속한다는 사실을 잊어버릴까 봐 걱정이라도 하는 것 같지 않은가.

나는 엄마 아빠가 어떻게 만났는지에 대해 벨러에게 거짓말을 했다. 두 사람이 수퍼마켓의 러시아풍 샐러드 코너에서 똑같이 소고기가 들어간 걸 골라서, 샐러드 통에 동시에 뻗은 손이 맞닿는 바람에 만나게 됐다고 이야기한 것이다. 우리 선생님 말에 따르면 사랑하는 데 눈을 마주칠 필요는 없고, 몸이 닿는 것으로 충분하고도 남는다고 한다. 나는 그렇다면 눈이 마주치지도 않고 몸이 닿지도 않는 것은 뭐라고 부르는지 궁금했다.

아무튼 나는 우리 같은 여자애들이 더 있다고 생각하면서도 하나에게 고개를 끄덕인다. 그 여자애들은 우리처럼 항상 젖소 냄새나, 아빠의 분노나 담배 연기 냄새가 풍기지는 않을 수도 있겠지만, 그런 차이는 어떻게 해결할 방법이 있을 것이다.

나는 손으로 내 목을 잠깐 눌러본다. 피부에 닿았던 밧줄의 감촉이 아직까지 생생하다. 그보다 더 전에 부엌 발판사다리가 흔들거리다가 쿵 넘어졌던 장면을 떠올리자, 밧줄이 조금 더 팽팽해지면서 후두 아래에 닿는 이중 매듭이 느껴진다. 모든 것이 목구멍 바로 밑에서 멈추는 듯하다. 내 이불 위에 번지는 아빠의 트랙터 전조등 불빛처럼. 밖에서 아빠가 들판에 쇠두엄 뿌리는 소리가 들린다. 이 작업은 몰래 해야 한다. 지금은 오염을 줄이기 위해 두엄 살포가 금지되었기 때문이다. 하지만 그러면 어쩌라는 건지 모르겠다. 두엄 더미 위에 손수레를 굴리기 위해 가로놓은 널빤지들이 두엄에 파묻힐 지경이다. 더 이상 쏟아버릴 공간도 없는 것이다. 아빠는 한밤중에 들판에다 뿌리면 아무도 눈치 못 챌 거라고 했다. 아까는 심지어 방역 당국에서 하얀 옷을 입은 사람이 와서 푸른 독약이 들어 있는 쥐덫 수십 개를 목장 전체에 설치하고 갔다. 쥐들이 구제역을 옮기지 못하게 하려는 조치였다. 하나와 나는 깨어 있어야 한다. 아빠가 갑자기 우리에게서 떠나버리면 안 되니까. 전조등의 빛줄기가 침대 발치에서 내 턱 밑으로 옮겨오더니 잠시 뒤 다시 밑에서부터 움직여온다.

"트랙터 사고로 죽을까, 퇴비 제조 탱크에 빠져 죽을까?"

하나가 이불 밑에서 내게 몸을 꽉 붙인다. 개의 검은 머리카락에서 사일리지 풀 냄새가 난다. 나는 잠시 숨을 깊이 들이쉬며 생각한다. 나는 그토록 자주 소들을 저주했는데, 이제 소들이 죽임당한다고 하니 녀석들이 우리 곁에 있어주기를 무엇보다 간절히 바라게 되는구나 하는 생각. 목장이 너무나 조용해져서 우리가 녀석들의 소리만을 기억하게 되고, 홈통 속 까마귀들만이 우리를 지켜보게 되는 일은 없기를.

"언니, 얼어붙은 빵처럼 차갑다."

하나가 내 겨드랑이에 머리를 기대며 말한다. 걔는 놀이에 참여하지 않는다. 말이 씨가 될까 봐 걱정돼서 그러는 건지도 모르겠다. '링고'를 볼 때 어떤 출연자가 행운의 녹색 공을 뽑을지 예측할 수 있듯, 죽음도 예측할 수 있을지도 모른다고 생각하는 것이다.

"녹아버린 콩보다야 얼어붙은 빵이 되는 게 낫네."

내 말에 우리는 웃음을 터뜨린다. 엄마가 우리 소리에 깰까 봐 이불을 머리 위까지 뒤집어쓴다. 나는 내 목에 올렸던 손을 하나의 목으로 가져가본다. 따스하다. 피부 너머로 척추의 윤곽이 만져진다.

"당신은 나보다 완벽한 덩치를 가졌구먼, 이 여자야."

"뭐에 완벽하다는 거야, 이 남자야?"

하나가 내게 죽을 맞춰준다.

"구출하기에 완벽하다고."

하나가 내 손을 밀어낸다. 사실 구출하는 데에 완벽한 덩치 같은 건 필요없다. 오히려 완벽하지 못해야 한다. 그래야만 우리가 연약하며 따라서 구출될 필요가 있다는 뜻이 된다.

"우리가 연약한가?"

"밀짚만큼이나 연약하지."

하나가 대답한다. 불현듯 나는 상황을 이해한다. 얼마 전부터 있었던 모든 일들이 제자리에 맞아떨어지는 기분이다. 그동안 내내 우리는 연약했던 것이다.

"이건 출애굽기에 나오는 재앙 중 하나야. 틀림없어. 단지 출애굽기와는 다른 순서로 재앙이 내려오고 있는 것뿐이야.

이해가 돼?"

"무슨 말이야?"

"음, 우선 네가 코피를 흘렸잖아. 그건 물이 피로 바뀌었다는 뜻이지. 그리고 두꺼비 이주를 했고, 학교에서는 머릿니가 나왔고, 처음 태어난 자식이 죽었고, 두엄 더미 주위에는 말파리가 들끓고, 오버 오빠의 장화에 메뚜기가 밟혀 죽었고, 나는 달걀 프라이를 먹다가 혀를 데어서 구강염이 생겼어. 그리고 우박과 폭풍이 왔고."

"지금 소 전염병도 그래서 도는 거라고 생각해?"

하나가 충격받은 표정으로 묻는다. 걔는 심장께에 손을 올리고 있다. 정확히 파자마에 그려진 바비 인형의 귀를 덮고 있어서, 마치 우리 대화를 못 듣게 막으려는 것처럼 보인다. 나는 천천히 고개를 끄덕이고 마음속으로 생각한다. 이다음에 올 재앙이 한 가지 더 있다고. 그것이야말로 최악이다. 어둠. 완전한 어둠. 아빠의 주일용 외투에 뒤덮여버린 낮. 나는 굳이 소리 내어 말하지 않지만 우리는 끊임없이 저 건너편을 갈망하는 사람이 이 집에 두 명 있다는 사실을 알고 있다. 호수를 건너 그 너머에서 제물을—파이어볼 알사탕이 됐든 죽은 동물이 됐든— 바치고 싶어하는 두 사람.

그때 트랙터 소리가 멎는다. 내 방 안을 비춰주던 전조등 불빛도 사라진다. 나는 어둠과 맞서기 위해 침대 옆 탁자의 스탠드를 켠다. 아빠가 두엄 살포 작업을 끝냈나 보다. 아빠가 작업복 차림으로 서서 멀찍이 펼쳐진 목장을 바라보는 것이 눈에 그려진다. 빛나는 것이라고는 오로지 목장 앞의 타원형 창문뿐인 장면. 마치 하늘의 달이 얼근히 취해서 몇 미터쯤 아래로 굴러떨어진 것처럼 보이겠지. 목장을 볼 때 아빠는 3대에 걸친 목장주들을 본다. 목장은 원래 뮐데르 할아버지 것이었고, 할아버지는 자신의 아버지에게서 목장을 물려받았다. 할아버지가 돌아가시고 나서도 할아버지의 젖소들 중 상당수는 계속 살아갔다. 아빠는 할아버지의 젖소들 중 한 마리도 구제역에 걸려서 물을 마시지 않았다는 이야기를 종종 들려주었다.

"아버지는 청어를 한 통 가득 사서 그 병든 소의 입에 쑤셔 넣었어. 그렇게 하면 단백질이 보충될 뿐만 아니라 굉장히 목이 말라지거든. 그래서 녀석은 혀에 난 물집이 아픈데도 참고 물을 마시기 시작했지."

여전히 흥미로운 이야기라고 생각한다. 하지만 이제는 청어로 혀 물집을 치료할 수 없다. 할아버지의 젖소들도 살처분될 것이다. 아빠의 생계 전체를 한꺼번에 빼앗길 것이다. 아빠에게는 딱 그런 느낌일 것이다. 티세이가 젖소들의 수만큼, 그러니까 180마리의 티세이가 한꺼번에 죽는 것 같을 것이다. 아빠는 젖소 한 마리 한 마리, 송아지 한 마리 한 마리를 모두 안다.

하나가 내게서 몸을 뗀다. 하나의 끈적끈적한 피부가 내 피부에서 천천히 떨어져나간다. 이럴 때 걔는 내 방 천장에서 가끔씩 떨어지는 야광별 같다. 나는 이제 빌 만한 소원이 다 떨어졌다. 하지만 이제 나는 하늘이 소원을 비는 곳이라기보다 공동묘지라는 것을 안다. 모든 별은 죽은 아이이고, 그중에서 가장 아름다운 별이 맛히스 오빠다. 엄마가 그렇게 가르쳐줬다. 그래서 나는 언젠가 맛히스 오빠가 하늘에서 떨어져 우리가 모르는 사이에 남의 집 정원에 도착할까 봐 걱정스럽다.

"안전한 곳으로 가야겠네."

하나가 말한다.

"그렇지."

"하지만 그러면 우린 언제 건너편으로 가?"

동생은 조급한 듯하다. 걔는 기다림에 대해 잘 모른다. 항상 뭐든지 곧바로 해야 직성이 풀리는 애다. 나는 걔보단 더 신중한 편이다. 그래서 너무나 많은 것이 나를 스쳐 지나간다. 때로는 다른 것들이 나보다 조급하게 굴기도 하니까.

"언니는 말은 잘하는데 정작 결과물은 없어."

나는 하나에게 더 노력하겠다고 약속하면서 덧붙인다.

"쥐들이 떠나면 사랑이 뛰어놀 거야*."

"그것도 재앙이야? 쥐?"

"아니. 고양이가 돌아올 때를 위한 대비책이야."

"사랑이 뭔데?"

나는 잠시 생각하다가 말한다.

"신앙심이 덜 깊은 할머니가 만들던 에그노그처럼 걸쭉하고 황금빛을 띠는 것. 맛있게 만들려면 모든 재료를 올바른 순서와 비율로 넣는 게 중요해."

"에그노그는 역겨운데."

"맛을 즐기는 법을 배워야 하는 거야. 사랑도 처음에는 별로야. 하지만 맛을 볼수록 점점 입에 붙고 달콤해져."

* '고양이가 없는 곳에서는 쥐들이 뛰어논다'는 속담을 패러디한 것.

하나가 나를 꼭 껴안는다. 마치 자기 인형을 안듯이 내 겨드랑이 밑을 붙잡으면서. 엄마 아빠는 누군가를 안아주는 일이 좀처럼 없다. 타인을 안으면 자기 비밀의 일부가 바셀린처럼 상대방에게 묻어나기 때문일 것이다. 그래서 나는 나 자신을 껴안지 않는다. 내가 어떤 비밀을 드러내고 싶은지 잘 모르겠다.

18

아빠의 나막신은 현관 깔개 옆에 놓여 있다. 더 이상의 오염을 방지하기 위해 딱딱한 앞코에 푸른 비닐 커버가 씌워져 있다. 저 비닐을 내 얼굴에 씌워서 나 자신의 숨만 호흡할 수 있었으면 좋겠다. 나는 바구니에 든 채소 껍질들을 두엄 더미에 내버리러 아빠의 나막신을 신고 나간다. 이슬이 희끗하게 맺힌 쇠똥 위에 바구니를 기울이다 보니 문득 이것을 마지막으로 당분간 쇠똥을 못 볼 수도 있겠구나 하는 생각이 든다. 이른 아침 소들이 음매 하고 우는 소리, 사료 농축 혼합기가 돌아가는 소리, 우유 탱크의 냉각 시스템이 켜지는 소리, 옥수수 사료에 이끌려와 헛간 서까래에 둥지를 튼 산비둘기들이 구구거리는 소리, 그 모든 것이 흐려지면서 우리가 생일 때라든지 밤에 잠이 안 올 때에나 회상하는 무언가가 될 것이고, 모든 것이 빌 것이다. 축사도, 치즈 제조장도, 사료 저장고도, 우리의 심장도.

우유 탱크에서 마당 한가운데로 이어지는 배수관으로 우유가 흘러간다. 아빠가 탱크 꼭지를 연 모양이다. 더 이상 우유를 팔 수 없는데도 아빠는 마치 아무 일도 일어나지 않는다는 듯 소젖 짜는 작업을 계속하고 있다. 아빠는 젖소들을 철창 안에 몰아들이고 착유 컵을 젖통에 붙이고 젖을 짠 다음, 내 헌 팬티에 연고를 묻혀 녀석들을 닦아준다. 한때 나는 아빠가 소 젖통이나 착유 컵을 닦는 데 아무 거리낌 없이 내 낡은 팬티를 쓰는 것을 부끄러워했지만, 가끔 밤이면 나는 오버 오빠부터 얀선 아저씨에 이르기까지 수많은 사람들의 손을 거쳐간 팬티들의 가랑이 부분을 생각했고, 그들의 굳은살과 물집이 박인 손바닥이 나를 그런 식으로 만지는 것도 생각했다. 가끔 팬티는 젖소들 사이에서 어디론가 없어졌다가 마침내 바닥에 팬 홈 사이에서 발굽에 걷어차인 채 발견되기도 한다. 아빠는 그걸 '젖통 걸레'라고 부른다. 더 이상 팬티라고 보지도 않는 것이다. 토요일이면 엄마는 젖통 걸레들을 빨아서 빨랫줄에 널어둔다.

나는 채소 껍질 바구니 밑바닥에서 남은 사과 씨 부분을 손톱으로 집다가, 흰 천막 옆에 쪼그려 앉아 있는 수의사 아저씨를 곁눈으로 본다. 아저씨는 항생제 병에 주사기를 담근 다음 한 송아지의 목에 주삿바늘을 찌르고 있다. 저 송아지는 설사를 한다. 겨자 같은 노란색 설사가 녀석의 옆구리에 튀었고, 바람 부는 날 울타리 장대들처럼 다리가 부들부들 떨린다. 수의사 아저씨는 일요일에도 와서 일하지만, 만약 우리가 욕실에서 맨 엉덩이에 체온계를 꽂은 채 깔개 위에 누워 있었다면 치료는 월요일로 미뤄졌을 것이다. 만약 그랬다면 엄마는 코르티아크여에 대한 네덜란드 동요를 불러줬겠지. "코르티아크여는 자주 아파요, 하지만 일요일엔 안 아프고 평일에만 아프지요." 나는 그 동요를 들을 때마다 코르티아크여가 겁쟁이라고 생각했다. 학교는 못 가겠는데 교회는 갈 수 있다는 것 아닌가. 그건 좀 나약한 짓이다. 나는 중학교에 들어가고 나서야 그 행동의 의미를 이해했다. 코르티아크여는 모든 낯선 것이 무서웠던 것이다. 혹시 괴롭힘을 당했나? 나처럼 학교 운동장을 보자마자 복통이 일어났을까? 수학여행 일정이 발표됐을 때 세균들도 모조리 따라가겠다고 했을까? 메스꺼움을 잠재우기 위해 페퍼민트 사탕을 식탁 가장자리에 대고 부수기도 했을까? 따지고 보면 코르티아크여는 불쌍한 애다.

걸음을 내디딜 때마다 비닐 커버가 바스락거린다. 아빠는 언젠가 "죽음은 언제나 나막신을 신고 온다"고 했다. 나는 이해가 되지 않았다. 왜 스케이트화나 운동화가 아닐까? 하지만 이제는 알겠다. 죽음은 대체로 스스로 존재를 알리며 등장하는데, 우리가 그 모습을 보지도, 그 소리를 듣지도 않으려고 하는 경우가 많다는 것을. 얼음이 너무 약한 곳들이 있다는 것도, 구제역이 우리 마을을 지나칠 리 없다는 것도 우리는 진작에 알고 있지 않았던가.

나는 토끼장으로 도망친다. 그곳이야말로 내가 모든 질병으로부터 안전할 수 있는 곳이다. 나는 철망 너머로 축 늘어진 당근 잎사귀를 밀어넣는다. 문득 토끼의 척추가 떠오른다. 그 고개를 꺾으면 척추뼈가 부러질까? 아무리 작은 존재라도 다른 존재의 죽음이 우리 수중에 있다는 것은 무시무시한 생각이다. 벽돌을 쌓는 흙손처럼, 우리 손은 무언가를 지을 때 쓸 수도 있지만 그 예리한 날로 무언가를 알맞은 크기로 자를 수도 있는 것이다. 나는 여물통을 치우고 디우에르티어의 털에 손을 얹고 귀가 몸에 반듯하게 붙도록 쓰다듬는다. 녀석의 귀 가장자리는 안에 들어 있는 연골 때문에 딱딱하다. 그 순간 나는 눈을 감고 아동용 텔레비전 프로그램에 나오는 곱슬머리 여자를 떠올린다. 그녀가 성 니콜라스의 동료들이 모두 길을 잃었다며, 이제 모두들 아침에 일어나보면 벽난로 옆에 걸어둔 신발은 모두 텅 비어 있을 테고 성 니콜라스의 말에게 주려고 준비한 당근은 벽난로의 열기에 축 늘어진 채 주황색 껍질이 다 쪼글쪼글하게 변했을 거라고 말할 때 그녀의 걱정스러운 눈빛을. 또한 그녀의 탁자 위에 놓인 머랭 과자들과 사람 모양의 생강 쿠키들을 떠올린다. 나는 가끔 내가 그 생강 쿠키들 중 하나가 되어 그녀에게 아주 가까이, 그 누구보다도 가까이 다가갈 수 있다면 어떨까 하고 상상한다. 그러면 그녀는 말할 것이다. "야스, 물건은 커지기도 하고 줄어들기도 하지만 사람은 늘 같은 크기로 있는 거야." 나 자신의 말로는 더 이상 안심이 되지 않으니 그녀가 나를 안심시켜주는 것이다.

다시 눈을 떠보니 토끼의 오른쪽 귀가 내 손가락 사이에 들어와 있다. 나는 디우에르티어의 뒷다리 사이를 만져본다. 그냥 자연스럽게 일어난 일이다. 예전에 도자기 천사 인형들을 만졌을 때도 그랬던 것처럼. 그런데 그 순간 수의사 아저씨가 들어온다. 나는 재빨리 손을 빼내고 고개를 수그려 여물통을 제자리에 돌려놓는다. 얼굴이 붉어지면 그만큼 머리가 더 묵직해진다. 부끄러움은 워낙 덩어리가 크니까.

"전부 다 열이 있어. 어떤 놈들은 42도나 돼."

수의사 아저씨가 그렇게 말하고는 물탱크에 녹색 비누로 손을 씻는다. 물탱크 안에 이끼가 피어 있다. 당장 솔로 닦아야겠다. 나는 탱크 가장자리 너머를 들여다본다. 비누 거품을 보니 속이 울렁거린다. 아랫배에 손을 얹어보니 부풀어오른 창자가 만져진다. 정육점에서 파는, 도무지 소화시킬 수 없는 회향 소시지를 만지는 것만 같다.

수의사 아저씨는 나무 탁자 위에 있는 석조 여물통들 사이에 녹색 비누를 내려놓는다. 그건 예전에 키우던 토끼들이 쓰던 것이다. 녀석들은 대부분 늙어 죽었다. 아빠는 우리가 절대 나가 놀아서는 안 되는, 멀리 떨어진 들판에 녀석들을 가져가서 삽으로 묻었다. 가끔 나는 거기 묻힌 토끼들이 죽었음에도 이빨이 계속 자라나지 않을까, 그래서 땅 위로 튀어나온 녀석들의 이빨에 소들이나 심지어 아빠의 발이 걸리지는 않을까 걱정이 된다. 그래서 내가 디우에르티어에게 잎사귀를 많이 주고 풀도 양동이째로 가져다주는 것이다. 씹을 것이 충분히 있어야 이빨이 너무 길게 자라지 않을 것 같아서.

"왜 나아지지 않아요? 아이들은 열이 나도 곧 낫잖아요."

수의사 아저씨는 오래된 행주로 손을 닦고 행주를 벽에 달린 갈고리에 도로 걸어놓는다.

"전염될 가능성이 너무 높아서 고기도 우유도 팔 수가 없거든. 그러면 손실을 감수할 수밖에 없지."

나는 고개를 끄덕이지만 이해가 되지 않는다. 그러면 더 큰 손실 아닌가? 우리가 그토록 사랑하는, 저 뜨끈뜨끈한 육체들을 곧 죽일 거라니. 유대인들과 비슷하지 않은가. 그들은 미움받았다는 차이가 있지만, 사랑과 무력감 속에 무덤으로 가는 것보다 더 일찍 죽는 것이라는 점에서는 같다.

수의사 아저씨는 사료 양동이를 거꾸로 뒤집어 그 위에 앉는다. 아저씨의 검은 곱슬머리가 파티용 색종이처럼 얼굴 주위에 드리워져 있다. 나는 키가 멀쑥 커져서 아저씨를 내려다보는 기분이다. 어쨌거나 내 키가 실제로 커졌다는 사실은 교환일기장에 적어넣는 것 외에 어디다 써먹어야 할지 알 수 없다. 한때는 문설주에 키를 표시하기도 했다. 아빠가 줄자와 연필을 가져와서 우리 머리가 닿는 곳에 눈금을 긋고 수치를 적어넣었다. 하지만 맛히스 오빠가 집에 오지 않은 날 아빠는 문설주를 올리브색으로 칠해버렸다. 최근에는 항상 닫혀 있는, 집 전면의 덧창에 칠해진 녹색과 같은 색이다. 우리가 자라는 걸 아무도 못 보게 막아놓은 셈이다.

"안타까운 일이지."

아저씨는 한숨을 쉬고 두 손바닥을 허공에 쳐든다. 손 안쪽에 생긴 물집들이 보인다. 아빠가 수소의 정액을 유리병에 담아서 발송할 때 봉투 안에 넣는 뽁뽁이와 똑같이 생겼다. 가끔 그 뜨뜻미지근한 유리병들이 아침 식탁 위에 세워져 있을 때가 있다. 겨울 아침에 일어나면 마룻바닥의 냉기가 발가락부터 뺨까지 끼쳐와서 나는 그 유리병들을 뺨에 갖다대곤 했다. 그러는 동안 엄마가 뒤에서 난로에 난 작은 창문에 침을 뱉고 키친타월로 광내는 소리가 들려왔다. 엄마가 유리창에 광내는 작업을 끝낸 다음에야 아빠는 오래된 신문지를 불쏘시개 삼아 그 안에 집어넣을 수 있었다. 엄마는 창문 안에서 불꽃이 장작과 맞붙어 싸우는 장면이 들여다보여야 온기가 더 잘 느껴진다고 했다.

엄마는 내가 정액 유리병을 뺨에 대는 게 불미스러운 짓이라며 마뜩잖아했다. 엄마 말에 따르면 그 안에 든 정액에서 송아지가 만들어진다고 한다. 온 마을 사람들이 모아놓은 촛농으로 할머니가 새 양초를 만들듯이. 하지만 유리병 속 물질은 희끄무레하고, 어떤 부분은 묽으면서도 어떤 부분은 아주 걸쭉했다. 한번은 유리병을 몰래 내 방으로 가지고 올라간 적도 있다. 하나는 유리병이 다 식어서 그걸로 우리 몸을 데울 수 없게 되면 뚜껑을 열어보자고 했다. 그래서 유리병이 우리 몸만큼 싸늘해졌을 때 우리는 그 안에 새끼손가락을 담그고, 셋을 헤아린 다음 입안에 넣어보았다. 찝찔하고 맛이 없었다. 저녁이 되었을 때 우리는 우리 몸에서 송아지가 나오는 상상을 했고, 그러다 구원자를 찾는 작전이 우리 마음속에서 꽃피었다. 우리 스스로 어느 때보다도 커진 기분이었다. 우리는 구원자의 손 안에서 시험관 속 정액 같은 액체로 변할 것이다.

"그 코트 편안하니?"

나는 대답을 얼른 하지 못하고 머뭇거린다. 내 생각은 여전히 수의사 아저씨의 손바닥 물집에 머물러 있다.

"네, 아주 편안해요."

"너무 덥진 않고?"

"그렇게 안 더워요."

"그것 때문에 놀림받기도 하니?"

나는 어깨를 으쓱한다. 나는 대답을 떠올리는 건 잘하지만 그걸 입 밖으로 꺼내는 건 잘 못한다. 대답을 하면 상대방의 관찰을 받게 된다. 나는 관찰을 좋아하지 않는다. 관찰이란 치즈 왁스에 뒤덮인 버터 브러시가 옷에 떨어졌을 때처럼 끈질기게 들러붙는다. 씻어내기가 거의 불가능하다.

수의사 아저씨가 빙그레 웃는다. 그러고 보니 아저씨는 내가 본 누구보다도 콧구멍이 크다. 코를 매우 자주 후빈다는 뜻이겠다. 아저씨와 나 사이의 이 유대감은 잊지 말아야겠다. 아저씨의 목에는 청진기가 걸려 있다. 문득 저 싸늘한 금속이 내 가슴에 닿는 상상, 아저씨가 내 안에서 움직이고 변화하는 모든 것을 듣는 상상이 떠오른다. 아저씨가 걱정스러운 듯 이마를 찡그리고, 송아지에게 하듯 내게 우유를 먹이려고 검지와 엄지로 턱을 쥐는 상상도. 아저씨는 저 녹색 먼지막이 외투 자락 안에 나를 따스하게 간직할 것이다.

"오빠가 그립니?"

아저씨가 갑자기 묻더니, 내 종아리에 손을 얹고는 부드럽게 눌러 쥔다. 내가 아픈지 확인하려는 건지도 모른다. 송아지 다리의 살집을 만져보면 송아지가 얼마나 튼튼한지 알 수 있으니까. 아저씨는 손을 앞뒤로 슬슬 문지른다. 그러자 청바지 속의 피부가 뜨거워지면서, 추운 겨울날 집에 돌아가 핫초콜릿을 마실 생각과 같은 온기가 온몸에 퍼진다(막상 집에 도착했을 때쯤이면 그 생각은 식어버리기 일쑤이지만). 나는 단정하게 깎은 아저씨의 손톱을 바라본다. 왼손 약지에 남은 반지 자국이 눈에 띈다. 그 부분의 피부만 눌려 있다. 우리가 사랑하는 사람들은 우리 심장 속이나 피부 밑에 늘 눈에 띄게 존재한다. 엄마가 내 침대 가장자리에 걸터앉아 도자기처럼 매끄러운 목소리로 엄마를 사랑하느냐고 물을 때 내가 "하늘만큼 땅만큼"이라고 대답하면 가슴이 쪼개질 것처럼 부풀어 오르듯이. 가끔은 갈비뼈가 갈라지는 소리마저 들려서, 이러다 영원히 부러져버리는 건 아닐까 걱정될 정도다.

"네, 그리워요."

나는 조용히 말한다. 누가 내게 맛히스 오빠가 그립냐고 묻는 건 처음이다. 머리를 쓰다듬는 것도, 뺨을 쥐는 것도 아닌 명확한 질문으로. "너희 부모님은 어떻게 지내시니?"나 "소들은 어떻게 지내니?"가 아니라 "너는 어떻게 지내니?"라고 묻는 것. 나는 내 신발을 내려다본다.

다시 수의사 아저씨를 보니 아저씨는 갑자기 의기소침해진 듯 보인다. 종종 엄마도 저런 표정을 짓곤 한다. 마치 하루 종일 물잔을 머리에 이고 단 한 방울도 흘리지 않고 건너편에 다녀온 것처럼. 그래서 나는 이렇게 말한다.

"하지만 저는 아주 잘 지내고 있어요. 그래서 행복에 대해서 말할 수도 있고, 엎드려 주님을 찬양할 수도 있어요. 제 청바지 무릎이 다 닳아서 만화 캐릭터가 그려진 헝겊으로 기워야 할 정도로요."

아저씨가 껄껄 웃는다.

"너는 내가 본 여자애들 중 가장 예쁘단다. 그거 아니?"

나는 객관식 질문의 선택지에 쳐진 동그라미처럼 얼굴이 새빨갛게 달아오르는 걸 느낀다. 아저씨가 살면서 얼마나 많은 여자애들을 봤는지 몰라도 기분이 좋긴 하다. 누군가가 나를 보고 예쁘다고 생각한다니. 솔기가 해어지고 빛이 바랜 코트를 입고 있는데도. 뭐라고 대답해야 할지 모르겠다. 우리 선생님 말에 따르면 객관식 질문에는 종종 함정이 숨어 있다고 한다. 모든 답안이 현실의 일부를 담고 있지만 한편으로는 거짓말이기 때문이다. 수의사 아저씨가 청진기를 셔츠 속으로 숨겨 넣는다. 그리고 밖으로 나가기 전에 나를 향해 윙크한다. "화해하자고 저러는 거지." 아빠가 엄마한테 윙크를 하면 엄마는 이렇게 말하곤 한다. 그럴 때마다 화가 난 말투다.
평화라는 것은 오래전에 죽었기 때문이다. 그럼에도 내 갈비
뼈 안에서는 무언가가 후끈 타오르고 있다. 심장이 아닌 어딘
가 다른, 종종 블랙베리 덤불처럼 활활 타오르는 어딘가가.

19

우리는 하나님의 말씀과 함께 자라고 있지만 우리 목장에 서 말은 점점 부족해지고 있다. 부엌에 둘러앉아 커피를 마시기 시작한 지 한참 지났는데 우리는 나오지 않은 질문들에 고개만 끄덕이며 침묵하고 있다. 수의사 아저씨는 보통 아빠가 앉는 식탁 상석에 앉아 있다. 아저씨는 블랙커피를 마시고, 나는 레모네이드를 진하게 해서 마신다. 사료 급여 시간 전의 오후에 늘 그러듯 아빠는 자전거를 타고 호수에 나갔다. 혹시라도 뭔가 놓친 게 있을까 싶어서 둘러보러 간 것이다. 바지의 왼쪽 다리 부분은 바퀴살에 끼이지 않도록 파란색 빨래집게로 고정하고서. 아빠가 놓치는 것은 많다. 아빠는 눈앞보다는 땅이나 하늘을 보면서 가는 편이다. 지금 내 키는 딱 하늘과 땅 사이에 끼어 있기 때문에 아빠의 눈에 띄려면 더 커지든가 작아지든가 해야 할 것이다. 가끔 나는 부엌 창문으로 아빠가 제방 저 너머로 멀어져서 점이 될 때까지, 무리에서 떨어진 새처럼 보일 때까지 지켜보곤 한다. 맛히스 오빠가 죽고 처음 몇 주 동안에는 아빠가 자전거 짐받이에 오빠를 싣고 오기를 기대했었다. 비록 뼈까지 얼어붙은 상태로라도. 그러면 모든 게 다시 괜찮아질 것 같았다. 하지만 이제 나는 안다. 아빠의 자전거 짐받이는 언제나 비어 있을 것이

223

고, 예수님이 구름을 타고 내려오지 않듯 맛히스 오빠도 절대로 돌아오지 않는다는 것을.

식탁에는 침묵이 흐른다. 전반적으로 말이 오가지 않으니 대부분의 대화는 내 머릿속에서만 일어난다. 나는 지하실의 유대인들과 길게 수다를 떨고 그들에게 우리 엄마의 마음 상태에 대해 어떻게 생각하는지, 엄마가 최근에 뭘 먹는 걸 본 적이 있는지, 짝짓기하기를 거부하는 내 두꺼비들처럼 엄마가 어느 날 쓰러져 죽어버릴 거라고 생각하는지 물을 것이다. 나는 지하실 한가운데에 음식이 차려진 식탁이 있을 거라고 상상한다. 그 주위의 선반에는 밀가루 봉투들과 오이 피클 단지들, 그리고 엄마가 좋아하는, 기름투성이 봉투에 든 견과류가 있다(엄마는 아빠에게는 반으로 쪼개진 견과를 주지만 자신은 통째 그대로의 견과를 좋아한다). 그리고 엄마는 가장 좋아하는, 바닷빛 바탕에 데이지 무늬가 있는 원피스를 입을 것이다. 엄마는 성경 안에서도 아가서를 무척 아름답다고 생각하니, 유대인들이 엄마를 위해 아가서를 읽어줄지도 묻고 싶다. 그리고 유대인들이 엄마를 돌봐줄지, 기꺼이 돌봐줄지 아니면 어려워할지도 궁금하다.

아빠에 대한 대화는 다르다. 그건 주로 아빠가 모아둔 돈에 대한 내용이다. 아빠가 만약 우리를 떠나 새 가족을 꾸린다면, 그 가족은 아빠에게 말대답을 더 많이 했으면 좋겠다. 우리가 가끔 신을 의심하듯, 그 가족의 누군가가 아빠를 감히 의심하고 도전하기를 바란다. 심지어는 아빠에게 화가 나서 이렇게 말해버렸으면 한다. "당신 귀는 사탕무로 꽉 들어차서 자기 자신의 말밖에 안 들리죠. 그리고 그 교통 통제 차단봉 같은 팔은 너무 헐거우니 수리를 좀 해야겠어요. 경첩을 아예 없애버려야 해요." 이러면 참 좋겠다.

　오버 오빠가 나를 향해 혀를 내민다. 내가 오빠를 볼 때마다 오빠는 혀를 내밀어 보인다. 어른들이 레모네이드와 같이 준 초콜릿 머랭 비스킷을 먹은 오빠의 혀는 갈색으로 물들어 있다. 나는 비스킷을 두 조각으로 갈라서 그 안에 발린 하얀 크림을 이로 갉아 먹는다. 수의사 아저씨가 내게 윙크한다. 그제야 나는 내 눈이 눈물로 가득 차 있었다는 것을 깨닫는다. 나는 학교 과학 시간에 배운, 처음으로 달에 발을 디딘 인간이라는 닐 암스트롱에 대해 생각한다. 태어나서 처음으로 누군가가 자신에게 애써 가까이 다가왔을 때 달은 어떤 기분이었을까. 어쩌면 수의사 아저씨도 그런 우주비행사일지도 모른다. 드디어 누군가가 애써 나를 들여다보고 내 안에 삶이 얼마나 남았는지 살펴봐줄 수 있는 것이다. 우리 대화가 좋은 대화이기를 바란다. 좋은 대화라는 게 무엇으로 이루어지는지 잘 모른다는 점이 문제이지만. '좋은'이라는 단어가 들어가야 한다는 점은 분명해 보인다. 그리고 상대방의 눈을 오랫동안 마주보는 것도 잊지 말아야 한다. 눈을 너무 자주 피하는 사람은 숨겨야 할 비밀이 있다는 뜻이고, 비밀은 언제나 냉동고 속 다진 고기 통처럼 머릿속 깊고 차가운 곳에 숨겨져 있으니까. 그걸 밖으로 꺼내서 내버려두면 상하게 마련이다.

　"모든 동물이 설사를 하고 있어요. 지금보다 더 나빠지지는 않을 거예요."

수의사 아저씨가 침묵을 깨려고 말한다. 엄마는 두 주먹을 말아쥐고 있다. 식탁 위에 놓인 엄마의 주먹이 몸을 둥글게 만 고슴도치 같다. 나는 하나에게 저 고슴도치들이 겨울잠을 자고 있지만 금세 우리 턱을 어루만질 거라고 했다. 엄마는 가끔 우리 입꼬리에 말라붙은 우유를 긁어내기 전에 검지로 우리 턱의 정맥을 훑곤 한다.

그때 현관문이 열리고 아빠가 부엌으로 들어온다. 아빠는 스웨터 지퍼를 내리고 냉동된 빵 봉투를 조리대 위에 던진다. 그리고 식탁 옆에 서서 머랭 비스킷을 크게 베어 먹는다.

"내일 이 시간쯤 당국에서 사람들이 올 겁니다."

수의사 아저씨의 말에 아빠가 식탁을 쾅 내리친다. 엄마의 비스킷이 약간 튀어오르자 엄마는 손으로 비스킷을 보호하듯 덮는다. 내가 머랭 비스킷이었다면 엄마의 손안에 완벽하게 들어갔을 것이다.

"우리가 뭘 했기에 이런 꼴을 당해야 하죠?"

엄마가 의자를 뒤로 밀어내고 조리대로 향한다. 아빠는 눈물을 터뜨리지 않으려고 콧구멍 사이의 살을 손가락으로 꼬집는다. 빵이 마르지 않도록 빵 봉투를 클립으로 죄듯이. 아빠는 다만 이렇게 말한다.

"너희들 모두 위층으로 가. 당장."

오버 오빠가 다락방을 가리킨다. 우리는 오빠를 따라 오빠의 방으로 들어간다. 방 안의 커튼들이 모두 완전히 닫혀 있다. 오늘 오후 과학 시간 끝무렵에 선생님이 말하기를, 코로 숨을 쉬면 공기가 콧속의 조그마한 털들로 걸러지는 반면, 입으로 숨을 쉬면 공기가 곧장 몸속으로 들어가기 때문에 병균을 막을 수 없다고 했다. 그러자 벨러가 일부러 큰 소리를 내며 입으로 숨을 들이쉬었다. 모두 웃음을 터뜨렸지만, 나는 안절부절못하며 걔를 쳐다보기만 했다. 벨러가 아프기라도 하면 우리 우정은 끝장이었다. 이제 나는 코로만 숨을 쉰다. 입은 단단히 닫고 있다. 뭔가 말할 때만 입을 여는데, 이제는 그럴 일마저 줄어들고 있다.

"너 바지 내려야 돼, 하나."

오버 오빠의 말에 내가 묻는다.

"왜?"

"생사가 걸린 문제이니까."

"아빠가 소 닦을 팬티 더 필요하대?"

나는 내 팬티에 대해 생각한다. 엄마가 내 침대 밑에 숨겨둔, 오줌이 말라붙어 노랗게 변하고 딱딱해진 팬티들을 발견했는지도 모른다. 하지만 오버 오빠는 내가 어이없는 질문을 했다는 듯 눈썹을 치켜올리더니 고개를 젓는다.

"뭐 재미있는 거 하려고 그래."

"또 뭐가 죽는 건 아니지?"

하나가 묻는다.

"아니야. 죽는 거 없어. 그냥 게임이야."

하나가 열성적으로 고개를 끄덕인다. 하나는 게임을 무척 좋아한다. 걔는 종종 거실 카펫에 앉아 혼자서 모노폴리를 하기도 한다.

"그러면 팬티 벗고 침대에 가서 누워."

내가 뭘 어쩔 작정이냐고 묻기도 전에 하나가 자기 바지를 벗고 팬티를 발목까지 내린다. 나는 걔 가랑이의 갈라진 틈을 바라본다. 오버 오빠가 말한 커스터드 빵처럼 생기진 않았다. 그보다는 예전에 장화 벗는 기구 뒤에 있던, 오빠가 주머니칼로 째보았던 민달팽이와 비슷해 보인다. 그 속에서 나왔던 끈적끈적한 점액도.

오빠가 침대로 건너가 하나 옆에 앉는다.

"이제 눈을 감고 다리 벌려."

"너 눈 뜨고 있지?"

내가 말한다.

"아니야."

하나가 대꾸한다.

"속눈썹 떨리는 게 보이는데."

"밖에서 바람 들어와서 그래."

확실히 하기 위해 나는 손으로 하나의 눈을 덮는다. 걔 속눈썹이 내 피부를 간질이는 게 느껴진다. 그러는 동안 오버 오빠는 콜라 한 캔을 가져오더니 거칠게 흔든다. 그러고는 캔을 걔 가랑이에 가져다 대고서 다리를 최대한 넓게, 분홍빛 속살이 드러날 만큼 벌린다. 오빠는 콜라를 몇 차례 더 흔들더니 입구를 하나에게 바싹 가져다 붙이고, 갑자기 뚜껑을 딴다. 그러자 콜라가 곧바로 걔 속살 안으로 쏟아져 들어간다. 하나가 엉덩이를 들썩이며 소리를 지른다. 나는 깜짝 놀라 손을 치운다. 그런데 걔 눈에서 드러난 표정은 내가 모르는 감정이다. 고통은 아니고 그보다는 평화에 가깝다. 걔가 킥킥 웃는다. 오빠는 한 캔을 더 가져와서 똑같은 과정을 반복한다. 하나의 눈이 더 커지고, 내 손바닥에 맞닿은 걔 입술이 축축해지면서 나직한 신음소리가 새어 나온다.

"아파?"

"아니, 기분 좋아."

오버 오빠가 캔 하나에서 뚜껑을 뽑아내더니, 그걸 하나의 가랑이 틈새에 튀어나온 조그마한 분홍색 돌기에다 놓는다. 그리고 하나를 콜라 캔처럼 따려고 하듯이 뚜껑을 확 잡아당긴다. 하나가 더 크게 신음하며 이불 위에서 몸부림친다.

"그만해, 오빠. 애가 아파하잖아!"

하나는 베개 위에 누운 채 땀과 콜라에 젖어 있다. 오빠도 땀을 흘리고 있다. 오빠는 반쯤 빈 콜라 캔들을 바닥에서 집어들더니 그중 하나를 내게 건넨다. 나는 그걸 게걸스럽게 들이마시며, 캔 가장자리 너머로 하나가 팬티를 주워 입으려 하는 모습을 지켜본다.

"잠깐만. 네가 안전하게 간직해줘야 할 게 있어."

오빠가 말하더니 책상 밑에서 쓰레기통을 꺼내 내용물을 바닥에 비운다. 그리고 불합격 처리된 시험지들 사이에서 콜라 캔 뚜껑을 수십 개 꺼낸다. 오빠는 그걸 한 개씩 하나의 안에 집어넣는다.

"안 그러면 너희 둘이 콜라를 훔친 걸 엄마 아빠가 눈치챌 거야."

하나는 불평하지 않는다. 걔는 별안간 다른 사람이 된 것 같다. 거의 후련해진 것처럼 보인다. 우리 둘이 부모님의 짐을 벗겨주기 위한 부담을 영원히 짊어지기로 약속했는데도 불구하고. 나는 화가 나서 그 애를 노려본다.

"엄마 아빠는 너를 사랑하지 않아."

나도 모르게 입에서 나온 말이다. 하나는 내게 혀를 내밀어 보인다. 하지만 개의 눈에서 동공이 작아지면서 안도감이 서서히 흐려지는 게 보인다. 나는 재빨리 개 어깨에 손을 올리고 농담이었다고 말한다. 엄마 아빠의 사랑을 받고 싶은 건 우리 모두 마찬가지다.

"우린 제물을 더 바쳐야 해."

오버 오빠가 말하고는 컴퓨터 앞에 앉아 전원을 켠다. 나는 방금 우리가 무슨 제물을 바친 건지 모르지만, 오빠가 또 새로운 임무를 꺼낼까 봐 감히 물어볼 엄두가 안 난다. 하나는 오빠 옆의 접이식 의자에 앉는다. 둘 다 아무 일도 없었다는 듯 행동하는 걸 보니 정말로 그런 건지도 모른다. 나만 쓸데없이 걱정하는 건지도. 밤이 오는 것에 대해 매번 걱정하는 것처럼. 그건 그냥 과정의 일부이다. 내가 어둠을 아무리 두려워해도 결국에는 언제나 빛이 다시 찾아든다. 지금도 비록 인공적인 조명이긴 하지만 컴퓨터 화면의 빛이 켜지자 당장의 어둠은 가셨다. 나는 한편에 굴러다니는 캔 뚜껑 하나를 집어, 토끼 수염과 저금통 조각이 든 호주머니에 넣는다. 하나를 조심해야 한다. 개는 걸음을 내디딜 때마다 우리를 배신할 수 있다. 개 몸속에서 뚜껑들이 잘그랑거리는 소리가 들릴지도 모르니까. 가끔 콜라를 마시다 뚜껑이 부러져 캔 속으로 빠지면 한 모금씩 마실 때마다 뚜껑 소리가 들리지 않던가. 나는 오빠와 동생의 등을 바라본다. 그러고 보니 코티지 치즈 통에 부딪히는 나비 날개 소리가 더는 들리지 않는다는 데에 퍼뜩 생각이 미친다. 마태복음 구절이 떠오른다. "네 형제가 죄를 범하거든 가서 너와 그 사람과만 상대하여 권고하라 만일 들으면 네가 네 형제를 얻은 것이요". 오버 오빠와 나는 정말로 대화가 필요하다. 우리 둘만이 아니라 셋이 연관된 일이라 하더라도, 잠시 동안이나마 하나의 귀는 닫아두어야 한다.

저녁 식사 뒤 나는 재빨리 밖으로 빠져나가 축사에 둘러쳐진 빨간 차단선을 넘고, 손을 마스크 삼아 얼굴을 가리고서 축사 안으로 들어간다. 축사 문도, 창문도 방역 지침에 따라 내내 닫혀 있었기 때문에 사일리지 냄새와 섞인 암모니아 냄새가 훅 끼쳐온다. 나는 젖소들 뒤편의 바닥을 두엄 삽으로 훑어서 묽은 배설물을 한가운데로 몰아 쌓는다. 바닥에 패인 홈들로 배설물이 새나가 지하에 떨어지는 소리가 들린다. 삽을 적절한 각도로 뻗지 않으면 자꾸만 홈에 끼인다. 이따금씩 나는 젖소의 발굽을 밀어서 움직이라고 신호를 준다. 때로는 거칠게 떠밀기도 해야 한다. 안 그러면 녀석들은 나를 그냥 무시한다. 나는 배수로 뒤를 따라 걸어서 건유우*들에게로 향한다. 녀석들은 지금 먹는 것이 마지막 식사라는 사실에도 아랑곳하지 않는 듯 여유롭게 풀을 씹으며 서 있다. 나는 베아트릭스에게 팔을 뻗어 내 손을 핥게 해준다. 녀석은 검은 바탕에 머리는 하얗고 눈 주위에 갈색 얼룩이 있는 소다. 소의 눈은 모두 파랗다. 빛을 반사하는 막이 한 겹 더 있기 때문이다. 겨울이면 나는 송아지들을 상대로 내 얼어붙은 손가락을 핥게 한다. 손이 내 가슴속 슬픔처럼 완전히 진공 포장되다시

---

* 다음 산차의 유즙 영양분을 보충하고 유선 상피 세포를 쉬게 하기 위하여 착유를 중지한 소.

피 할 때까지. 소가 손을 빼는 소리를 들을 때마다 오버 오빠가 해준 이야기가 떠오른다. 오빠는 얀선 아저씨네 아들이 손가락 대신 뭔가 다른 것을 소 입에 넣었다고 했다. 하지만 그런 건 한 달에 한 번씩 두엄 살포할 때마다 마을에 풍기는 악취처럼 떠도는 이야기일 뿐이다. 무시하는 게 상책이다.

나는 다시금 베아트릭스가 내 손을 핥게 한다. 우선 신뢰를 얻은 다음 인정사정없이 후려쳐라, 오버 오빠는 그렇게 가르쳤다. 오빠가 나비를 잡은 것도 그 방법을 통해서였다. 나는 베아트릭스의 머리에서부터 등을 지나 엉덩이뼈와 꼬리 사이 부분까지 손을 훑어내린다. 소들은 귀와 더불어 그 부분을 만져주는 걸 제일 좋아한다. 저녁마다 나는 내 몸에서 비슷한 부분을 찾으려고 손전등을 들이대지만, 쓰다듬는다고 마음이 안정되거나 숨이 가빠지는 부위는 발견할 수 없었다. 내 손은 저절로 움직이듯 녀석의 엉덩이뼈에서 꼬리 쪽으로 미끄러져 나간다. 녀석의 똥구멍이 배고픈 아기의 입처럼 벙긋거리는 게 보인다. 나는 아무 생각 없이 손가락을 그 속에 넣어본다. 따뜻하고 널찍하다. 그 아래에 뭔가 매달려 있는데, 오버 오빠가 말한 커스터드 빵처럼 생겼지만 그보다는 더 분홍색을 띠었고 끝자락에 털이 한 뭉치 달려 있다. 나는 그 둘 사이에 또 다른 구멍을 만져본다. 좁고 말랑말랑한 구멍. 이게 젖소의 보지인 모양이다. 그 즉시 녀석은 엉덩이를 오므리고 꼬리를 바짝 붙이면서 불안한 듯 뒷걸음친다. 그러자 머릿속에 하나가 떠오른다. 나는 손가락을 앞뒤로 움직여본다. 점점 더 빨리. 그러다 보니 지겨워진다. 나는 다른 쪽 손을 코트 주머니에 넣는다. 그러자 저금통 조각, 콜라 캔 뚜껑, 디우에르티어의 수염 사이에서 치즈 주걱이 만져진다. 치즈 제조장에서 그걸 가져왔다는 걸 잊고 있었다. 나는 주걱을 주머니에서 꺼내들고 허공에서 이리저리 돌리며 온갖 각도에서 살펴본다. 문득 아이디어 하나가 떠오른다. 구원자는 시험을 통과해야 한다. 잠수부가 되려면 잠수 면허증을 따야 하듯이. 그러면 이걸로 수의사 아저씨를 시험해야겠다. 아저씨가 젖소의 몸속을 돌아다니는 치즈 주걱을 빼낼 수 있다면, 소녀의 몸속을 돌아다니는 심장도 구할 수 있을 테니까. 나는 베아트릭스가 느낄 고통을 각오하며 실눈을 뜨고 치즈 주걱을 녀석의 똥구멍에 조심스럽게 밀어넣는다. 점점 더 힘을 주자 똥구멍이 넓어지면서 치즈 주걱 모양에 맞게 변하고, 더 이상 깊이 넣을 수 없을 정도가 된다. 나는 똥구멍 속에 완전히 들어가 있던 내 손과 손목을 빼낸다. 손목까지 똥으로 뒤덮여 있다. 나는 녀석의 따스한 옆구리를 토닥여준다. 아빠가 비누를 내 안에 넣고 종아리를 토닥거렸듯이.

"베아트릭스가 뭔가 이상해요."

나는 엄마가 우유통을 씻을 때 쓰는 세제로 내 팔을 씻고, 호스로 장화 밑창을 헹구고 수도꼭지를 잠그고 나서 수의사 아저씨에게 가서 말한다.

"내가 가서 보마."

아저씨가 축사로 걸어간다. 잠시 뒤 돌아온 아저씨의 눈빛에서는 아무것도 읽히지 않는다. 걱정스럽게 눈살을 찡그리지도 않았고, 입매를 엄숙하게 굳히지도 않았다.

"어때요?"

"베아트릭스는 왕족이잖니. 조금만 아파도 엄살을 피우지.

잘못된 건 아무것도 없어. 녀석은 건강하단다. 그런데 저 불쌍한 것이 내일이면 죽어야 한다니. 이 구제역 난리는 하나님이 보시기에 천인공노할 일일 거야."

나는 아저씨에게 빙그레 미소 짓는다. '링고'에 나오는 여자 진행자가 녹색 공을 뽑는 데 실패한 참가자에게 그러듯이.

20

"살처분이 시작됐어."

엄마가 축사 문 옆에 서서 쉰 목소리로 말한다. 양손에는 방수 펜으로 각각 '차'와 '커피'라고 쓴 보온병을 들고 있다. 그렇게 하면 균형을 유지할 수 있기라도 한 것처럼. 팔 아래에는 분홍색 설탕 크림을 바른 빵들이 든 봉투를 끼고 있다. 나는 엄마를 따라 축사로 들어간다. 바로 그 순간 소들이 쓰러지기 시작한다. 집게차의 기계손이 녀석들의 뒷다리를 잡아 그 거추장스러운 몸뚱이를 끌어내더니, 축제장에서 파는 봉제인형처럼 녀석들을 번쩍 들었다가 트럭에 떨어뜨린다. 어떤 소 두 마리는 빙빙 돌아가는 소 브러시 아래 서서 한가롭게 풀을 씹고 있다. 코에 두꺼운 딱지가 앉은 녀석들은 자기 동료들이 털썩 주저앉거나 칸막이 안에서 미끄러져 나동그라지는 꼴을 열띤 눈으로 쳐다본다. 어떤 송아지들은 사체 처리 트럭에 들어가는 동안에도 숨이 붙어 있기도 하고, 또 어떤 녀석들은 도살용 충격기에서 발사된 금속탄을 이마에 맞기도 한다. 신음과 트럭 옆면에 쿵쿵 부딪히는 소리가 내 피부 속에 작은 균열을 일으키고 몸이 뜨겁게 달아오른다. 코트 옷깃을 코까지 끌어올리고 옷깃에 달린 끈을 씹어대도 소용이 없다. 심지어 막시마, 유에일티어, 블라르티어까지 가차

없이 죽임당했다. 녀석들은 쓰러지고 떠난다. 텅 빈 우유갑처럼 접혀 컨테이너에 던져진다.

아빠의 고함소리가 들린다. 아빠는 오버 오빠와 함께 급여 구역에 서 있다. 파란색과 초록색으로 된 작업복을 입고 수영모자를 쓰고 얼굴에 마스크를 낀 남자들이 그 주위를 둘러싸고 있다. 아빠는 시편 35장 1절을 목청껏 외우고 있다. 급기야 비명에 가깝게 악을 쓰는 아빠의 입꼬리에 침이 고인다.

"여호와여, 나와 다투는 자와 다투시고 나와 싸우는 자와 싸우소서 방패와 손 방패를 잡으시고 일어나 나를 도우소서 창을 빼사 나를 쫓는 자의 길을 막으시고……."

침이 아빠의 턱을 타고 천천히 흘러내려 바닥에 떨어진다. 나는 그 침방울들에 집중한다. 아빠에게서 흘러나오는 슬픔은 죽은 소들에게서 나오는 묽은 똥과 피와 닮았다. 그 똥과 피는 타일 사이로 흘러가 배수관에 이르러 냉각 탱크에서 나오는 우유와 뒤섞인다.

송아지들이 먼저 죽었다. 제 어미들이 무참히 살해당하는 장면을 보이지 않기 위해서였다. 오버 오빠는 항의의 뜻으로 가장 어린 송아지를 마당의 나무에 거꾸로 매달아놓았다. 녀석은 다리를 나뭇가지에 묶인 채 혀를 빼물고 있다. 마을의 목장주들 모두가 죽은 소나 돼지를 진입로 옆에 매달아두었다. 어떤 사람들은 살처분 담당자들이 못 들어오게 하려고 나무 한 그루를 베어내 목장으로 향한 길에 가로놓아두기도 했다. 이후에는 예전에 우리 목장에 쥐약을 놓아주었던, 흰색 옷을 입은 남자가 쥐 사체들을 수거해 살처분 업체 밴에 조심스럽게 가져다놓았다. 쥐약은 검은색 컨테이너에 아무렇

236

게나 던져넣었다.

"너희는 죽이지 말지어다!"

아빠가 외친다. 아빠는 할아버지가 키우셨던, 지금은 허공
에 다리를 뻗고 드러누워 있는 소 옆에 서 있다. 바닥에 팬 홈
들에 부러진 꼬리들이 흩어져 있다. 뿔도, 발굽도.

"살해자들! 히틀러!"

오버 오빠가 뒤따라 외친다. 나는 뒤쫓긴 소들 같은 운명
을 맞이한 유대인들에 대해, 질병을 너무 무서워해서 사람들
을 박테리아처럼 쉽게 근절할 수 있는 무언가로 생각하게 된
히틀러에 대해 생각한다. 역사 수업 시간에 선생님은 히틀러
가 네 살 때 얼음 구멍에 빠졌다가 한 신부님이 구해줘서 살
았다며, 어떤 사람은 얼음 구멍에 빠져도 구출되지 않는 편이
낫다고 말했다. 나는 왜 히틀러 같은 나쁜 사람은 구출되었는
데 우리 오빠는 그러지 못했는지 궁금했다. 아무 잘못도 하지
않은 젖소들이 왜 죽어야 하는지도.

오버 오빠가 마스크 쓴 남자들 중 한 명을 때리기 시작한
다. 그 눈에 증오가 서려 있다. 에베르천 아저씨와 얀선 아저
씨가 오빠의 작업복을 붙잡아 끌어당겨 진정시키려 한다. 하
지만 오빠는 아저씨들을 뿌리치고 축사에서 뛰어나가, 아직
도 보온병 두 개를 들고 문가에 못박힌 듯 굳어 있는 엄마를
지나쳐 달려간다. 만약 내가 엄마의 손에서 보온병 한 개라도
빼내면 엄마는 자기 차례가 된 건유우처럼 바닥에 호되게 넘
어지고 말 것이다. 죽음의 악취가 내 목구멍에 엉겨붙은 단백
질 파우더 덩어리처럼 들러붙는다. 나는 그걸 꿀꺽 눌러 삼키
고 송아지들을 눈꼬리에 들러붙은 벌레처럼 깜빡여 떼어내

려 하지만, 이내 눈이 따끔거리기 시작하더니 눈물이 아니면 송아지들을 없앨 방법이 없게 되어버린다. 모든 상실에는 잃고 싶지 않았지만 놓아줄 수밖에 없었던 무언가를 붙잡으려 했던 온갖 시도들이 들어 있다. 가장 아름답고 희귀한 구슬로 가득 찬 봉투에서 우리 오빠에 이르기까지. 우리는 상실에서 우리 자신을 발견한다. 우리 그대로의 우리—둥지에서 떨어진 채 누군가가 다시 주워 올려주기만을 기다리는, 털 없는 찌르레기 새끼처럼 연약한 존재. 나는 소 때문에 울고, 세 왕때문에 운다. 처음에는 연민 때문이지만, 이내 불안의 코트에 감싸인 나 자신이 우스꽝스러워서 눈물이 나온다. 나는 재빨리 눈물을 닦아낸다. 하나에게 가서 우리가 당분간은 건너편에 갈 수 없다고 말해야겠다. 엄마 아빠를 이대로 두고 떠날 순 없다. 소들이 없어진 지금 그분들은 어떻게 될 것인가?

나는 냄새에 맞서기 위해 손으로 입을 막고 중얼거린다.

"우리 아빠는 니우레커란트에서 난 어린 방울양배추를 즐겨 먹는다. 우리 아빠는 니우레커란트에서 난 어린 방울양배추를 즐겨 먹는다. 우리 아빠는 니우레커란트에서 난 어린 방울양배추를 즐겨 먹는다."

소용없다. 진정이 되지 않는다. 나는 아빠를 돌아본다. 아빠는 쇠스랑을 들고 마스크 낀 남자들을 자꾸만 가리키며 화를 내고 있다. 그들이 건초나 사일리지 풀 뭉치였다면, 우리는 그들을 들어 올려 옮겨서 녹색 비닐로 감싸다가 들판에다 보이게 내놓고 마를 때까지 놔뒀을 것이다. 그중에서 가장 키가 큰 남자 한 명은 축사 문 옆에 엄마와 나란히 서서 분홍색 설탕 크림을 바른 빵을 먹고 있다. 그가 턱 아래로 내린 마스크가 토사물 봉지처럼 매달려 있다. 그는 크림을 앞니로 먼저 긁어 먹은 다음 빵을 먹는다. 그러는 동안에도 젖소들은 벽에 날아가 부딪히고 머리에 금속탄을 맞고 기절하는 중이다. 그가 봉투에서 두 번째 빵을 휙 꺼내서 크림을 살살 긁어 먹는 것을 보니 내 피부 속 균열이 더 커지는 것 같다. 애벌레가 나비가 되기 전에 느끼는 감각이 이런 것이리라. 하지만 무언가가 애벌레를 가로막고 있다. 고치가 갈라지고 새어 드는 자유의 빛이 보이는데도―그리고 갈비뼈 속에서 심장이 너무 세차게 뛰어서 온 마을 사람들이 들을까 봐 더럭 겁이 난다. 내가 밤중에 곰인형 위에 엎드려 어둠을 지나가고 있을 때 사람들이 들을까 봐 겁이 나듯이. 마음 같아서는 소리를 지르며 저 남자들 배를 걷어차거나, 마스크 두 개를 그들의 눈앞에 대고 묶어서 우리 소들을 더 이상 못 보게 하고 싶다. 그러면 자기들이 저지른 짓의 어둠만 보일 것이다. 검고 끈적끈적한 어둠이 그들이 내디디는 걸음마다 들러붙을 것이다. 저들의 멍청한 머리를 붙잡고 얼룩진 축사 안으로 끌어당겨 놓고, 집게차 기계손으로 그들의 다리를 거머쥐어 컨테이너에 떨어뜨리고 싶다.

아빠가 쇠스랑을 떨어뜨리고 고개를 들어 축사 서까래를 올려다본다. 쾅쾅 소리가 날 때마다 비둘기들이 날아오른다. 녀석들의 깃털은 지저분하다. 평화는 언제나 순백색을 띠고 찾아오지만 이건 평화가 아니라 전쟁이다. 나는 아빠가 내게 다가와 나를 꽉 끌어안아주기를, 그래서 아빠 작업복의 단추들이 내 뺨에 파묻히고, 아빠에게 매달리고 싶은 갈망 속에 나 자신을 잃어버릴 수 있기를 잠깐이나마 바란다. 하지만 지금 내가 나 자신을 잃을 수 있는 곳은 상실 그 자체뿐이다.

밖으로 나가보니 오버 오빠가 일회용 작업복을 벗고 있다. 오빠는 들판의 두엄 더미 옆에 마른 갈대들을 쌓아 피워놓은 시위용 모닥불에다 작업복을 던져버린다. 그 주위에는 목장 주들 몇몇이 망연자실해하며 둘러서 있다. 우리 몸도 그렇게 벗어버릴 수 있다면, 우리를 뒤덮은 먼지에서 자유로워질 수 있다면 얼마나 좋을까.

De avond is ongemak

제**3**부

Marieke Lucas Rijneveld

1

갑자기 오버 오빠가 내 귀에 입을 맞대고 천천히, 단호히 속삭인다.

"하나님 빌어먹을."

커튼 틈으로 들어온 빛 한 줄기가 오빠의 이마에 드리워 진다. 머리를 찢어서 생겼던 붉은 상처는 내 양말 솔기 같은 흉터가 되었다. 나는 눈을 질끈 감고서 금지된 말이 들어 있 는, 치약 냄새가 밴 따뜻한 숨결을 느낀다. 오빠가 여러 번 되 풀이한 그 말은 내 고막 속으로 사라진다. 그게 부모님의 귀 가 아니라 내 귀여서 천만다행이다. 이건 우리가 입에 담을 수 있고 생각할 수 있는 말 중에서도 최악의 말이다. 우리 목 장에서 그 누구도 한 적이 없다. 나는 서글픈 기분이 든다. 나 자신이 아니라 하나님 때문이다. 하나님은 여기서 벌어지는 일들을 주체할 수 없는데도 사람들이 하나님의 이름을 들먹 이고 있지 않은가. 오빠가 그 말을 하면 할수록 나는 이불 속 에서 움츠러든다.

"너 심즈 비밀번호 썼지."

오빠가 줄무늬 파자마 차림으로 내 위에 올라타서 말한다. 오빠의 손은 내 베개 양옆을 짚고 있다.

"딱 한 번."

나는 조용히 대답한다.

"그럴 리 없어. 네 아바타들은 지독한 부자가 돼서 이젠 두 번 다시 일할 필요도 없잖아. 이건 반칙이야. 내 허락을 먼저 받았어야지, 빌어먹을!"

아빠의 애프터셰이브 냄새가 난다. 시나몬과 호두가 섞인 냄새다. 아빠에게 해주듯 오버 오빠를 만족시켜야겠다는 생각이 든다. 나는 본능적으로 몸을 굴려 엎드리고 파자마와 팬티를 내려 엉덩이를 드러낸다. 오빠가 내 귓가에서 입을 떼더니 말한다.

"뭐 하는 거야?"

"내 똥구멍에 손가락을 넣어."

"더럽잖아!"

"하지만 아빠는 하는걸. 그래야 매일 똥이 나오니까. 터널을 뚫어놓는 거야. 뭔지 알지? 모래를 채워넣은 수조에 개미들을 넣고 굴을 뚫어준 적 있잖아. 잠깐이면 돼."

오빠가 셔츠 소매를 걷어올리고는 내 볼기를 조심스럽게 벌린다. 자기만 만질 수 있는, 소중히 관리하는 동물 백과사전을 펼치는 것처럼. 그러고는 앵무새 같은 희귀 동물을 가리키듯이 검지손가락을 밀어넣는다.

"안 아파?"

"안 아파."

나는 이를 악물고 눈물을 참으려 애쓰며 말한다. 원래는 '선라이트' 녹색 비누(사실은 녹색이 아니고 누리끼리한 빛이지만)를 같이 넣어야 한다는 점은 말하지 않는다. 구제역 걸린 소들 몇몇이 그랬듯이 입에 거품을 무는 건 바라지 않는다. 요즘 아빠는 나한테 이 일을 해주는 걸 점점 더 자주 잊어버린다. 누군가는 이 일을 대신 해줘야 한다. 그러지 않으면 나는 병원에 가야 하거나 아니면 해충처럼 박멸당할지도 모른다.

오빠가 손가락을 최대한 깊이 밀어넣는다.

"방귀 뀌기만 해봐."

뒤를 돌아보니 오빠의 파자마 아랫도리가 팽팽해져 있다. 지난번에 오빠의 고추가 신기하게 변했던 게 생각난다. 고추가 손가락 몇 개 굵기만큼 굵어질 수 있을까, 그걸 넣으면 터널을 더 넓힐 수 있지 않을까, 하는 생각이 든다. 하지만 말로 꺼내지는 않는다. 아직은 아니다. 질문을 하면 기대가 생기게 마련인데 나는 내가 기대에 부응할 수 있을지 모르겠다. 선생님이 내게 질문을 하면 가끔 내 머릿속이 수정펜으로 지워진 것처럼 느껴진다. 그리고 가뜩이나 화가 난 오버 오빠의 심기를 더 건드려서는 안 된다. 오빠가 욕하는 소리에 엄마 아빠가 깨기라도 하면 어쩌나. 그런데 오빠가 손가락을 앞뒤로 움직이기 시작한다. 점점 더 빨리. 마치 자기가 가진 희귀한 동물을 손으로 쿡쿡 찔러서 깨우려고 하는 것처럼. 내 엉덩이가 천천히 위 아래로 움직인다. 도망가고 싶으면서도 계속 이렇게 있고 싶다. 가라앉고 싶으면서 한편으로는 떠 있고 싶다. 눈앞에 흰 설원의 풍경이 펼쳐진다.

"장어들이 얼마나 오래 사는지 알아?"

"아니."

나는 속삭인다. 속삭여야 할 이유가 없는데도 내 목소리는 저절로 작아지면서 거칠어진다. 입안에 침이 고인다. 나는 잠깐 내 두꺼비들을 떠올린다. 녀석들은 서로의 위에 올라타서 서로를 '이 남자야', '이 여자야'라고 부른다. 청파리 한 마리를 먹으려고 다투기라도 하듯 녀석들의 기다란 혀가 서로를 휘감는다. 두꺼비에게도 고추가 있나? 수소들의 고추는 오버오빠가 나무 권총을 총집에 넣듯이 고추집 안에 쑥 들어가던데, 두꺼비도 그러나?

"88살까지 살 수 있대. 천적은 세 종류가 있어. 가마우지, 기생충, 낚시꾼."

오빠가 별안간 손가락을 내 똥구멍에서 빼낸다. 설원의 풍경이 녹아내린다. 가슴속에서 안도감과 동시에 실망감이 차오른다. 오빠가 나를 칠흑처럼 새까만 내 마음속으로 도로 밀어넣은 것처럼, 손전등 불빛이 나를 비추며 무대를 만들어주다가 다시 꺼져버린 것처럼. 요즘 나는 곰인형에 엎드려 가랑이를 맞대고 움직이면서 이 목장을 탈출하는 일에 점점 더 많은 시간을 보내고 있다. 그러다 보면 침대 널빤지들이 삐걱거리지만, 점점 더 세게 하다 보면 그 소리가 들리지 않게 되고, 마침내는 하루의 모든 긴장이 사라지면서 귀에서 쉭쉭거리는 소리만 들려온다. 그럴 땐 바다가 낮시간보다 훨씬 더 가까이 다가온 것만 같다.

"엄마 아빠는 마흔다섯 살이고 천적은 없어."

"그건 아무 의미도 없잖아."

나는 팬티와 파자마 바지를 끌어올리며 대답한다. 아빠가 할 일을 다른 사람에게 맡겼다고 해서 화내지는 않았으면 좋겠다. 하지만 요즘 아빠는 이 일을 해주기는커녕 내게 손도 대지 않는다. 나는 더 이상 아빠에게 짐이 되고 싶지 않다.

"그래, 아무 의미도 없지."

오빠가 말하더니 침을 두 번 삼킨다. 그 사실에 개의치 않는 척, 우리 자신보다 부모님을 더 일찍 잃을 수도 있다는 것이 무섭지 않은 척. 오빠는 자기 검지손가락을 보며 얼굴을 찌푸리더니 잠깐 냄새를 맡아본다.

"이게 비밀의 냄새로군."

"역겨워."

"엄마 아빠한텐 아무 말도 하지 마. 안 그러면 디우에르티어를 죽이고 그 한심한 코트도 벗겨버리겠어. 하나님 빌어먹을."

오빠가 나를 밀쳐내더니 내 방에서 성큼성큼 걸어나간다. 오빠가 아래층으로 내려가 부엌 찬장 문을 열었다가 다시 탕 닫는 소리가 들린다. 이제 소들이 없으니 우리는 더 이상 정해진 시간에 아침 식사를 하지 않는다. 어쩔 때는 아예 아침 식사가 차려지지 않기도 한다. 메마른 크래커와 인스턴트 죽만 있을 뿐. 아빠는 수요일에 마을 빵집에서 빵을 얻어 오는 걸 자꾸만 잊는다. 아니면 갑자기 곰팡이가 두려워져서 그런 건지도 모른다. 오후에는 우리 모두 아빠 앞에 서야 한다. 그때면 아빠는 창가의 흡연용 의자에 오른다리를 왼다리 위에 꼬고 앉아서―그 자세는 아빠에게 어울리지 않는다. 양다리를 쩍 벌리고 앉는 편이 낫다― 손에는 장부에서 꺼낸 파란 만년필을 들고 있다. 우리는 새로 들어온 가축이고 병이 날 가능성이 있는지 검사받아야 하는 것이다. 그래서 우리는 달걀 케이크 밑면을 까뒤집듯 우리의 맨 등을 내보여야 한다. 아빠는 우리에게 푸른색이나 흰색 곰팡이 반점이 있는지 검사하는 셈이다.

"죽지 않겠다고 약속하렴."

우리는 고개를 끄덕인다. 우리는 배가 고프다는 사실이나, 굶주림 때문에도 죽을 수 있다는 사실은 언급하지 않는다. 저녁이면 엄마는 통조림 미트볼 수프에, 냄비에 부숴뜨려 넣어 익힌 베르미첼리 면을 넣어준다. 그렇게 하니 마치 엄마가 아직 우리를 위해 요리를 하고 있는 것처럼 보인다. 암탉 그림으로 장식된 수프 그릇에 면 몇 가닥이 구명정처럼 둥둥 떠 있을 때도 있다.

다리가 무겁게 느껴진다. 나는 공룡 이불 아래에서 다리를 약간 움직여서 정상적인 무게로 느껴지도록 해보지만, 다리라는 것이 정확히 어떻게 느껴져야 정상인지 모르겠다. 아마도 무게가 아예 없는 느낌이 들어야 정상이겠지. 내 몸의 일부인 모든 것은 무게가 없고, 내 몸 외부의 것들은 무겁게 느껴져야 하는 것이다. 오버 오빠의 치약 냄새와 욕설이 섞인 숨결이 마치 끈질긴 우유 거래처 고객처럼 내 주위를 맴돌고 있다. 그런 고객들은 무엇에도 만족하지 않고, 고개를 꼿꼿이 쳐들고 마치 자기가 목장 주인인 양 마당을 성큼성큼 돌아다닌다. 나는 이불을 걷고 하나의 방으로 이어진 복도를 건너간다. 개 방은 복도 맨 끝에 있고 방문이 언제나 살짝 열려 있다. 하나는 복도 불을 항상 켜두어야 한다고 우긴다. 도둑들이 나방처럼 불빛 주위에 모여들게 되어 있으니, 아침이면 아빠가 그들을 밖으로 다시 쫓아내면 된다는 것이다.

나는 하나의 방문을 살짝 밀어본다. 걔는 이미 깨어나서 엎드려 그림책을 보고 있다. 우리는 책을 많이 읽는다. 우린 책 속의 영웅들을 좋아해서 머릿속에 지니고 다니며, 우리 자신이 주인공이 되어서 그들의 이야기를 계속 이어나간다. 언젠가 나는 엄마의 영웅이 되어 하나와 같이 마음 편히 건너편으로 떠날 것이다. 그리고 두꺼비들과 유대인들을 풀어주고, 아빠에게는 얼굴에 흰 점이 있는 새 젖소들을 축사 가득히 넣어주고, 밧줄이란 밧줄은 모두 없애고 사료 저장고도 없앨 것이다. 높은 곳을 없애면 그런 데 올라가고픈 유혹도 없어질 것이다.

"오빠가 욕했어. '하나님 빌어먹을'이라고 했어."

나는 침대 발치에 앉으며 속삭인다. 하나의 눈이 휘둥그래진다. 걔는 그림책을 내려놓고 말한다.

"아빠가 들으면……."

하나의 눈꼬리에 잠이 묻어 있다. 나는 새끼손가락으로 그걸 닦아줄 수 있을 것이다. 예전에 오버 오빠와 땜질용 칼로 달팽이 한 마리를 껍질에서 꺼내서 그 미끈미끈한 몸뚱이를 타일 바닥에 짓이겨버렸듯이.

"그러니까. 어떻게 좀 해야겠어……. 엄마한테 오빠가 못되게 군다고 말할까? 에베르천 아저씨가 개를 없애고 싶어했던 거 기억나? 성질 고약한 녀석이라고 하더니 일주일 뒤에 안락사됐잖아."

"오버 오빠는 개가 아니잖아, 이 멍청아."

하나가 대꾸한다.

"하지만 못됐고 심술궂잖아."

"맞아. 그러니까 오빠한테 뭔가를 줘야 해. 주사를 놓기보다는 뼈다귀를 줘서 조용히 시키는 거지."

"그럼 뭘 주는데?"

"동물."

"산 채로, 죽은 채로?"

"죽은 거. 그게 오빠가 원하는 거니까."

"그럼 동물이 불쌍하잖아. 내가 먼저 오빠와 얘기해볼게."

"아무 말도 하지 마, 멍청하긴. 얘기했다간 괜히 화만 부추 길 거라고. 그리고 우린 '작전'에 대해 이야기해야 해. 난 여 기 더 오래 있고 싶지 않아."

하나의 말에 나는 수의사 아저씨를 생각한다. 아저씨는 치 즈 주걱을 찾아내지 못했으니 내 심장을 구하는 것은 불가능 하다. 하지만 그 얘기를 하나에게 꺼내지는 않는다. 그보다 더 중요한 문제들이 있다.

하나가 침대 옆 탁자에서 파이어볼 알사탕 봉지를 집어든 다. 봉지 앞면에는 입에서 불길을 내뿜는 만화 캐릭터가 그 려져 있다. 하나는 비닐봉지를 찢어 열더니 내게 빨간 알사탕 한 알을 준다. 나는 그걸 입에 넣고 빤다. 그러다 너무 매워지 자 즉시 뱉어낸다. 사탕은 색깔이 계속 변한다. 빨간색에서 오렌지색, 오렌지색에서 노란색으로.

"구출돼서 건너편에 가면 파이어볼 공장을 세우자. 빨간 공으로 가득 채워진 수영장에서 매일매일 헤엄칠 수 있을 거 야."

하나는 알사탕을 한쪽 뺨에서 다른쪽 뺨으로 옮기며 말한 다. 우리는 이걸 마을 안쪽 카르네멜크세베흐에 있는 작은 사 탕 가게에서 산다. 그 가게 주인 아줌마는 늘 똑같은 귀여운 흰색 앞치마를 걸치고, 검은 머리카락은 빗질을 안 하는지 사 방으로 뻗쳐 있다. 모두가 그 아줌마를 '마녀'라고 부른다. 아줌마에 대한 흉흉한 소문들이 나돈다. 벨러에 따르면 아줌마는 길고양이들을 고양이 모양 감초 사탕으로 변신시키는가 하면 사탕을 훔치려 하는 아이들을 토피 사탕으로 바꾸기도 한다고 한다. 그래도 마을 아이들은 모두 그 가게에서 사탕을 산다.

사실 우리 아빠는 그 가게 사탕을 사지 말라고 한다. "그 여자는 하나님을 두려워하는 기독교인인 척하지만 실은 이교도야. 가끔 일요일인데도 가게 산울타리를 손질하는 걸 봤어"라면서. 언젠가 나는 벨러와 함께 그 가게 뒤편으로 돌아가서 산울타리 너머 정원을 훔쳐본 적이 있다. 식물들이 너무 무성하게 자라서 하늘에 닿을 정도였다. 나는 마녀가 자기 정원을 엿본 사람을 밤중에 몰래 찾아가서 식물로 변신시킨 다음 뒷문 밖 화분에 옮겨 심는다고 벨러에게 말해서 겁을 줬다.

그 가게에서는 사탕 외에 문구류도 팔고 트랙터나 벗은 여자 사진이 표지에 실린 잡지들도 취급한다. 출입문을 열면 종이 땡그랑 울리지만 사실 그럴 필요가 없다. 아줌마의 남편이 늘 카운터 뒤에 서서 들어오는 사람들을 주시하고 있기 때문이다. 그 아저씨는 휘펫종 개처럼 호리호리한 몸에 자기 얼굴처럼 하얀 먼지막이 외투를 입고, 눈은 가게 손님에게 자석처럼 달라붙는다. 아저씨의 옆에 있는 새장에는 앵무새가 한 마리 있다. 판라위크 부부는 그 알록달록한 새에게 주야장천 말을 건다. 주로 새 볼펜들이 아직 도착하지 않았다든지, 감초맛 신발끈 젤리가 너무 딱딱하게 말라붙어서 그걸로 유리창도 부술 수 있겠다든지, 날씨가 너무 덥거나 춥거나 텁텁하다고 불평하는 내용이다.

"언니 이제 가야 돼. 안 그러면 엄마 아빠가 깨겠어."

하나가 말한다. 나는 고개를 끄덕이고 파이어볼을 깨물어서 껌으로 만든다. 달콤한 시나몬 맛이 입안을 채운다. 하나는 그림책을 집어 들고 마저 읽는 척하지만 더 이상 집중하지 못하는 티가 난다. 단어들이 그 애 눈앞에서 춤을 추고 있는 것이다. 내 머릿속에서도 종종 단어들이 춤을 춰서, 질서정연하게 줄을 세워 입 밖으로 내보내기가 점점 더 힘이 든다.

2

쇠스랑 두 개가 기도하느라 깍지 낀 두 손처럼 서로 이빨을 맞물린 채 마당에 놓여 있다. 오버 오빠는 보이지 않는다. 나는 마른 피 냄새가 풍기고 부러진 소 꼬리들이 드문드문 바닥에 붙어 있는 텅 빈 축사에 가서 오빠를 찾아본다. 소들이 떠나고 아무도 여기 오지 않았다. 나는 텃밭으로 가본다. 오빠가 직접 심은 비트 옆에 주저앉아 있는 모습이 보인다. 어깨가 떨리고 있다. 나는 멀찍이 서서 오빠가 죽은 비트 한 포기를 품에 안는 것을, 그리고 새로운 씨앗을 심으려고 흙에다 손가락을 마구 쑤셔대는 것을 지켜본다. 내 엉덩이에 손가락을 넣었을 때와 비슷한 손놀림이지만 이번에는 더 거칠다. 다른 손으로는 비트 잎사귀를 어루만지고 있다. 기분이 좋을 때라면 오빠는 닭의 깃털도 어루만져줄 것이다. 여기서 벌어진 일에 오빠는 손을 쓸 수 없다. 죽음이 왔으니까. 나는 내 코트를 두 팔로 감싼다. 아직 11월밖에 안 됐는데 지난밤에 벌써 얼음이 얼었다.

오빠가 불쑥 몸을 일으켜 고개를 돌리더니 내가 여기 서 있는 걸 본다. 출애굽기의 한 구절이 떠오른다. "네가 만일 너를 미워하는 자의 나귀가 짐을 싣고 엎드러짐을 보거든 그것을 버려두지 말고 그것을 도와 그 짐을 부릴지니라". 나는 오빠에게 미소를 보낸다. 내가 평화로운 의도로 여기에 왔다는 것을, 나는 언제나 평화를 추구한다는 것을 보여주기 위해. 비록 가끔은 전쟁을 벌이고 싶은 마음이 간절하지만, 그래서 가끔은 부서진 장난감을 텃밭으로 가져와 적양파들 사이에, 날개가 한 짝밖에 없는 천사 옆에 파묻곤 하지만. 그럼에도 나는 알고 있다. 우리가 우리의 유년을 묻을 수 있으려면 애초에 더 좋은 가족 출신이어야 한다는 것을, 그러려면 우리 스스로 땅 밑에 묻히는 수밖에 없으리라는 것을. 하지만 아직 때가 무르익지 않았다. 우리에게는 아직 사명이 있어서 아직까지 두 발로 버티고 서 있는 것이다. 비록 지금 오버 오빠는 축축한 땅에 반쯤 엎드린 채 나를 돌아보며 굳어 있지만. 나는 장화 신은 발을 어색하게 앞뒤로 직직 끌며 내 팔에 돋은 소름을 깨닫는다. 허리에 닿는 파자마 바지 고무줄이 헐렁하다. 오빠가 벌떡 일어선다. 오빠의 얼굴에 눈물 자국이 있다. 오빠는 줄무늬 파자마에 묻은 진흙을 툭툭 털어낸다. 우리의 감정을 흔드는 것들은 마침내 우리를 치즈 덩어리처럼 부스러지게 만들 것이다.

오빠가 내 앞에 마주선다. 오빠의 숱 많은 눈썹이 가시 달린 철사처럼, 더 이상 가까이 오지 말라는 경고처럼 눈 위에 걸려 있다. 오빠는 한 손으로 시들어버린 비트 두 포기를 든 채 다른 쪽 손등으로 뺨을 문질러 닦는다. 비트는 뿌리 끝부분이 주름졌고 곰팡이의 흔적이 엿보인다. 잎사귀는 누리끼리하다.

"방금 네가 본 건 없었던 일이야."

오빠가 속삭인다. 나는 짧게 고개를 끄덕이고, 해충을 물리치려고 콜리플라워 주위에 뿌려놓은 커피 찌꺼기를 내려다본다. 엄마 아빠가 우리를 갉아먹는 해충인 걸까? 오빠가 몸을 돌린다. 파자마 상의에 축축한 흙이 묻어 있다. 처음으로 나는 텃밭에 구덩이를 파고 그 안에 오버 오빠를 눕히고 구덩이를 메우는 상상을 한다. 그러고 나서 갈퀴질을 하고, 케일을 심었을 때처럼 그 위에 서리가 내려서 작황이 좋아지기를 기대하는 것이다. 그러면 내가 오빠라고 부를 수 있는 더 나은 존재가 생길 것이다. 내 책상 서랍이 밀크 비스킷으로 너무 꽉 차면 과자를 나눠줄 수 있는 오빠. 학교 운동장에서 또 싸움에 휘말리거나 자전거 보관소에서 럭키스트라이크 담뱃불을 무당거미에 대고 비벼 끄며 으스대는 바람에 나를 창피하게 하지 않는 오빠.

"하나님이 저주하지 않으면 오빠도 저주하지 마. 주님이 욕하지 않으면 오빠도 욕하지 말고."

오빠가 손수레 앞에서 발길을 멈춘다. 예전에 엄마가 실려 있던, 지금은 밑바닥에 빗물이 고여 있는 수레다. 나는 퉁명스럽게 손수레를 발로 차서 뒤엎어버린다. 그러자 물이 엎질러져서 오빠의 장화 발목께에 차오른다. 맛히스 오빠의 녹슨 레이싱 카트가 손수레 옆에 놓여 있다. 붉은색 옆좌석은 빛이 바랬고 뒷부분에는 커다랗게 부서진 구멍이 있다. 맛히스 오빠가 죽은 이후로 아무도 그걸 타지 않았다. 오버 오빠가 빙그레 웃는다.

"넌 언제나 너무 착해, 안 그래?"

"나는 오빠가 욕하지 않길 바랄 뿐이야. 엄마 아빠가 죽기를 바라기라도 하는 거야, 뭐야?"

"엄마 아빠 이미 죽었어."

오빠가 목을 손가락으로 긋는 시늉을 한다.

"그리고 너도 곧 죽을 거야."

"거짓말 하고 있네."

"안 죽으려면 제물을 바쳐야 해."

"왜?"

"때가 되면 알려줄게."

"그때가 언젠데?"

"토마토 색깔이 알맞게 익는 것과 같아. 토마토를 줄기에 달린 채로 너무 오래 두면 갈라지고 터지고 곰팡이가 피지. 딱 맞는 순간을 찾아야 해."

오빠가 내게서 발길을 돌린다. 오빠가 팔 아래에 끼운 비트들 때문에 파자마에 흙이 묻는다.

3

아빠는 은제 젖소 트로피들을 하나씩 하나씩 쓰레기봉투에 넣고 봉투를 조이는 노란색 끈을 잡아당긴다. 봉투 입구가 괄약근이 수축된 젖소 엉덩이처럼 보인다. 아빠는 봉투를 들고 잠시 머뭇거린다. 나는 읽고 있던 자연에 관한 책 너머로 아빠를 지켜본다. 막 감은 머리카락은 옆 가르마를 타서 빗어넘겨서 쟁기질된 들판처럼 빗 결대로 갈라져 있고, 담배를 문 입술은 재떨이처럼 움푹 들어가 있다. 옆 가르마를 타니 아빠가 히틀러와 약간 닮아 보이지만 나는 그 말을 입 밖으로 꺼내지 않는다. 그러면 아빠는 나까지 아빠를 미워한다고 생각할 테고, 지금보다도 더욱 구부정하게, 땅과 가깝게 기울어진 자세로 걸을 것이다. 맛히스 오빠의 무덤과 더 가깝게. 오빠의 무덤 속에는 가족 중 한 명이 더 묻힐 공간이 마련되어 있다. "선착순으로 들어가는 거지"라고 엄마는 언젠가 말했다. 두 사람이 먼저 들어가려고 서로 경쟁하지는 않았으면 좋겠다.

오빠의 기일에도, 생일에도 우리는 교회 옆 묘지에 간다. 거기서 죽음은 침엽수의 냄새를 풍긴다. 무덤에 도착하면 엄마는 묘비 위에 올려진 오빠의 사진에 침을 약간 뱉고 손수건으로 닦아준다. 오빠의 입에 묻은 우유를 닦듯이. 아빠는

256

등불을 켜고 무덤 주위의 식물들과 꽃들에 물을 준다. 우리가 자세를 바꿀 때마다 발밑의 자갈들이 아작아작 소리를 낸다. 나는 실수로 엄마와 부딪히지 않기 위해 최대한 가만히 서 있는다. 모두 아무 말도 하지 않는다. 나는 매번 오빠의 무덤 옆과 뒤에 있는 무덤들을 둘러본다. 어떤 여자애는 여름에 배에서 뛰어내렸다가 프로펠러에 휘감겼다고 한다. 어떤 여자의 무덤에는 거대한 나비 조각상이 있는데, 그녀가 생전에 날고 싶어했지만 날개가 없어서 못 날았기 때문이란다. 시신에서 악취가 풍기기 시작했을 때에야 겨우 발견된 남자도 있다. 하지만 성경에 따르면 언젠가는 저 모든 무덤이 열리고 죽은 자들이 돌아올 것이다. 나는 항상 그게 무서운 일이라고 생각했다. 눈알이 텅 비고 이가 덜그럭거리는 시체들이 모조리 땅속에서 튀어나와 생물학 표본들의 행렬처럼 마을을 행진하는 광경이 상상되었다. 그들은 당신을 안다며 이 집 저 집 문을 두드리고 친척이라 주장할 것이다. 그때 가서 우리가 맛히스 오빠를 알아보지 못하면 어떡하냐고 내가 걱정하자, 할머니가 고린도전서의 구절을 읽어준 적이 있다. "어리석은 자여 네가 뿌리는 씨가 죽지 않으면 살아나지 못하겠고 또 네가 뿌리는 것은 장래의 형체를 뿌리는 것이 아니요 다만 밀이나 다른 것의 알맹이 뿐이로되 하나님이 그 뜻대로 그에게 형체를 주시되 각 종자에게 그 형체를 주시느니라. 죽은 자의 부활도 그와 같으니 썩을 것으로 심고 썩지 아니할 것으로 다시 살아나며 욕된 것으로 심고 영광스러운 것으로 다시 살아나며 약한 것으로 심고 강한 것으로 다시 살아나며 육의 몸으로 심고 신령한 몸으로 다시 살아나나니". 나는 지상에서 맛히스 오빠가 무언가 근사한 것으로 꽃필 수 있다면 어째서 우리가 오빠를 땅속에 씨앗처럼 심었는지 이해가 되지 않았다. 아빠가 몸을 돌리기 전까지 우리는 언제 무덤을 떠나야 하는지 모른다. 보통 나는 침엽수들을 손으로 훑으며 걸어다닌다. 죽음을 향해 공경심과 공포에서 우러난 진심 어린 조의를 표하듯이.

아빠는 헤어 왁스로 가르마를 고정해놓았다. 유대인들이 마룻널 틈으로 아빠의 저런 모습을 보지 않았으면 좋겠다. 공연히 겁을 먹을 테니. 하지만 가끔 나는 그들이 아직 지하실에 살고 있는지 의심스럽다. 요즘 너무 조용한 데다, 이제 겨울이 오고 있으니 지하실이 굉장히 추워질 것이기 때문이다. 그 아래에 있다가는 블랙커런트 주스가 든 병들처럼 서서히 몸이 얼 것이다. 더 따뜻한 건초 헛간으로 옮겨줘야 할 것 같다.

나는 자연 책을 마저 읽는다. 개미와 개미의 운반 능력에 관한 이야기가 나오고 있다. 나는 엄마를 위해서라도 유대인들이 아직 지하실에 있었으면 좋겠다. 책에서 보니 여왕개미의 신하들을 없애면 오래지 않아 여왕개미도 외로움을 못 이겨 죽고, 신하들 역시 그 어미가 날개를 내려뜨리고 죽어버리면 자기들도 뒤따라 죽는다고 한다. 지금 쓰레기봉투 매듭을 단단히 묶고 있는 아빠 역시 엄마가 없으면 오래 살지 못할 것이다. 아빠는 우유 십만 리터를 생산한 바우더와 베인이라는 젖소 덕분에 은메달을 하나씩 받았다. 머리에 흰 점이 있는 소들 중에서도 녀석들은 아빠가 가장 아끼는 소였다. 그 소식은 〈일간 개신교인〉에 사진과 함께 실리기도 했다. 그 주

일요일 예배가 끝나고 사람들은 우리에게 부드러운 악수를 건넸고, 이후에 사람들이 설교에 대해 토론하는 카페 훅스테인에서는 바닐라 스폰지 케이크를 공짜로 한 조각 줬다. 잠시 동안 아빠는 교회 사람들 사이에서 내 야광별들처럼 빛을 내뿜는 듯 보였다. 아빠는 사람들과 대화할 때 커다랗게 손짓을 해가며 입이 귀에 걸리도록 웃으며 말했다. 가축상에게 송아지를 팔았을 때 짓던 바로 그 웃음이었다. 나는 아빠를 보며 생각했다. 저 사람은 아빠가 아니라고, 곧 우리와 함께 집으로 갈 타인이라고, 주변 사람들이 다시 빛나기 시작하면 저 사람의 빛은 사그라들 거라고. 그래서 우리가 어두운 상태를 유지해야 하는 것이다. 그래야 아빠와 보기 좋은 대조가 되니까. 아빠가 바우더와 베인의 성공에 대해 사람들에게 설명하는 모습을 보며 나는 깊은 인상을 받았다. 사람은 때때로 자기 자신을 팔아야 한다. 우리 모두 언젠간 그 기법을 익히게 된다. 아빠는 그 방면에서 솜씨가 좋다. 아빠는 언젠가 하나와 나의 매매도 성사시킬 것이다. 비록 우리는 우리 스스로 떠나고 싶어서 안달하고 있지만. 그날 아빠가 사람들과 이야기하는 걸 들으면서 나는 케이크의 기름지고 거뭇한 가장자리 부분들을 떼어내서 코트 주머니에 넣었다. 집에 돌아가면 소파 가장자리에 서서 찌르레기 새끼들의 부리에 벌레를 드리우듯 엄마에게 케이크 조각들을 건넬 작정이었다. 맛히스 오빠의 무덤에 가져다놓을까 생각도 했다. 오빠가 케이크를 좋아했었기 때문이다. 특히 빵 가운데 부분이 살짝 촉촉하고 위에 휘핑크림과 초콜릿 토핑이 얹힌 케이크를 좋아했다. 하지만 그런 짓을 했다가는 무덤에 벌레가 꼬이겠지 싶어서 그만두었다.

창밖으로 아빠가 쓰레기봉투를 검은 컨테이너에 내버리는 게 보인다. 돌아온 아빠는 창가의 흡연용 의자에 앉는다. 담배 연기가 피어올라 아빠 얼굴의 절반이 흐릿하게 가려진다. 아빠는 나를 보지 않은 채 말한다.

"항의의 의미로 나무에 송아지를 매달 게 아니라 농부를 하나 매달았어야 했어. 그러면 그 추잡한 이교도들 정신이 번쩍 들었을 텐데. 줏대 없는 빵덩어리 같은 것들."

아빠는 종종 '빵덩어리'라는 말을 욕으로 쓴다. 그 말을 듣자마자 나는 아빠가 나뭇가지에 거꾸로 매달린 채 혀를 빼물고 있는 모습이 상상된다. 이제 아빠는 아예 영원히 세상을 떠나겠다고 으름장을 놓을 생각인지도 모른다. 곧이어 아빠는 내게 어느 날 자전거를 타고 세상 끝으로 달려간 남자에 대한 이야기를 기억하느냐고 묻는다. 남자는 자전거를 모는 동안 브레이크가 고장난 걸 발견하고는, 무엇이든 누구든 자신을 멈출 수 없으리라는 생각에 안도감을 느꼈다고 한다. 그 착한 남자는 마침내 세상 끝까지 이르러 자전거째로 굴러떨어졌다. 평생을 굴러떨어지며 살았듯이. 그런데 이번에는 추락에 끝이 나질 않았다. 죽음이란 그런 느낌일 것이다. 다시 일어날 수도, 깁스를 할 수도 없는 끝없는 추락. 나는 숨을 죽인다. 그 이야기를 들었을 때 나는 조금 겁이 났다. 그래서 아빠가 이야기 속 남자를 몰래 뒤따르지 못하도록, 하나와 함께 구겨진 병 뚜껑들을 아빠 자전거의 바퀴살에 끼워넣은 적도 있었다. 그때만 해도 나는 아빠가 바로 그 남자였다는 것을 몰랐다. 끝없이 굴러떨어지고 있는 남자는 바로 아빠였다.

"벌써 똥 눴니?"

아빠가 느닷없이 묻는다. 그 순간 나는 온몸이 뻣뻣해진다. 아빠가 담배 연기에 완전히 휩싸여서 잠시만 사라져줬으면 좋겠다는 생각이 든다. 아까 초콜릿 우유 같은 묽은 걸 조금 누기는 했지만 똥다운 똥은 누지 못했다. 아빠는 진짜 똥을 말하고 있는 것이다. 정말로 노력해야 끄집어낼 수 있는 어떤 것.

"그리고 무슨 허섭스레기를 읽고 있는 거야? 킹 제임스 성서나 읽는 게 낫겠다."

나는 충격에 사로잡힌 채 자연 책을 덮는다. 개미들은 자기 체중보다 5천 배나 더 무거운 것을 옮길 수 있다고 한다. 사람의 능력은 그에 비하면 보잘것없다. 사람들은 자기 몸무게만 한 물건을 겨우 한 번 들어 올릴까 말까 하고, 자기 슬픔의 무게는 견디지도 못한다. 나는 스스로를 보호하려고 무릎을 모아 세운다. 아빠가 커피잔에 담뱃재를 턴다. 엄마가 싫어하는 걸 알면서도 그런다. 엄마는 그렇게 하면 커피에서 젖은 담배 맛이 난다고, 그리고 담배는 사망 원인 1위라고 강조한다.

"똥을 누지 못하면, 병원에 가서 배에 구멍을 내서 똥을 비닐봉지로 흘려보내야 할 거야. 그러고 싶으냐?"

아빠가 의자에서 일어나 난롯불을 돋우러 간다. 아빠는 불 옆에 쌓인 불쏘시개 더미처럼 자기 걱정들을 쌓아올린다. 걱정거리들은 우리의 뜨거운 마음속에서 활활 타오른다. 우리는 모두 아빠의 걱정을 원하는 법이다. 비록 그 걱정이 잠깐만 타오르다 꺼져서 온기를 전해주지 못하더라도.

나는 고개를 젓는다. 아빠에게 오버 오빠가 손가락을 넣어주었으니 괜찮을 거라고 말하고 싶지만, 그러면 아빠가 실망할 것 같아서 싫다. 사람을 불필요한 존재로 만들 수는 없지 않은가. 그랬다간 아빠는 녹슬어버릴 것이다.

"너 일부러 참고 있는 거지, 그렇지?"

나는 다시 고개를 젓는다.

아빠가 다가와서 내 앞에 마주 선다. 손에 불쏘시개 하나를 들고 있다. 아빠의 눈이 검어 보인다. 파란색 부분은 검은 동공에 삼켜진 것만 같다.

"하다못해 개도 똥을 누는데. 어디 네 배 좀 보자."

나는 조심스럽게 바닥에 다리를 내려뜨린다. 아빠가 내 코트 자락을 붙잡는다. 그런데 그제야 배꼽에 박아놓은 압정에 생각이 미친다. 아빠가 그걸 보면 죽은 동물의 귀에서 귀표를 빼내듯 거칠게 뽑아버릴 것이다. 그러면 엄마 아빠는 절대로 휴가를 가지 않을 것이다. 내가 가고 싶은 장소는 오로지 나 자신뿐이니까.

"안녕하세요."

그때 갑자기 등 뒤에서 말소리가 들린다. 그러자 아빠가 내 코트 자락을 놓아준다. 아빠의 표정이 갑자기 변한다. "내륙에서는 하늘이 갑자기 개는 경우가 많지요"라고 디우에르티어 블록이 크리스마스 전 특집 방송에서 말하듯이. 요즘 그녀는 일주일간 방송을 맡아 진행하고 있다. 가끔 그녀가 나를 향해 윙크하면 나는 우리가 하는 일이 옳다는 확신이 든다. 하나와 내가 떠나고 나면 디우에르티어 블록이 상황을 지켜봐줄 것이다. 그렇게 생각하면 조금 안심이 된다. 아빠가 난로 문을 열고 불쏘시개를 집어넣는다.

"저 동물은 앞은 건강한데 뒤가 병들었어요."

수의사 아저씨가 아빠에게서 내게로 시선을 돌린다. 젖소들을 볼 때 으레 짓던 표정이 지금은 나를 향하고 있다. 아저씨는 고개를 끄덕이고 녹색 재킷의 단추를 하나하나 푼다. 아빠가 한숨을 쉰다.

"저 애 똥구멍에 문제가 있다는 거요."

나는 내 침대 옆 탁자 밑에 숨겨둔 비누들을 떠올린다. 여덟 개나 있어서 그걸로 온 바다에 거품을 일으킬 수도 있을 것 같다. 모든 물고기, 바다코끼리, 상어, 해마가 깨끗하게 씻길 것이다. 아예 빨랫줄도 만들어서 녀석들을 거기다 널고 엄마의 빨래집게로 집어놓으면 어떨까.

"올리브유를 먹이고 식단을 다양하게 해보세요."

수의사 아저씨가 말한다. 아저씨의 코에서 콧물이 흐르고 있다. 아저씨는 코를 훌쩍거리더니 소매로 콧물을 닦아낸다.

나는 자연 책을 더욱 힘껏 움켜쥔다. 내가 읽고 있던 페이지를 접어두는 걸 깜빡했다. 누가 내 페이지를 대신 접어줄 수 있다면 얼마나 좋을까. 그래서 내가 내 자리를 알고, 내 이야기를 어디서부터 살아가야 하는지 알 수 있다면, 그리고 그 자리가 여기인지 아니면 저 건너편, 즉 약속의 땅인지 알 수만 있다면.

아빠가 불쑥 몸을 돌려 부엌으로 걸어간다. 아빠가 허브 찬장을 뒤적이는 소리가 들린다. 그러더니 오래된 올리브유 한 병을 들고 돌아온다. 뚜껑 가장자리가 누렇게 말라붙어 있다. 우리 집은 음식에 올리브유를 쓰지 않는다. 아빠가 문 경첩이 삐걱거리지 않게 하려고 기름칠할 때에나 가끔 쓴다.

"입 벌려봐."

아빠가 말한다. 나는 수의사 아저씨를 돌아본다. 아저씨는 나를 보지 않고 벽에 걸린 엄마 아빠의 결혼사진을 쳐다보고 있다. 그건 두 사람이 서로 마주보고 있는, 서로 사랑에 빠졌음을 알 수 있는 유일한 사진이다. 비록 엄마는 애매한 미소를 입가에 떠올리고, 아빠는 풀밭에 어설프게 한쪽 무릎을 꿇고 앉아 기형이 된 다리가 안 보이는 자세로 찍혀 있지만. 두 사람 다 몸이 유연하던 때라서 마치 이 사진을 찍기 위해 올리브유를 몸에 바르기라도 한 것 같다. 아빠는 갈색 정장을 입었고 엄마는 우윳빛 드레스를 입었다. 사진을 들여다보면 볼수록 두 사람의 미소는 점점 미심쩍은 빛을 띠는 듯하다. 미래에 무슨 일이 일어날지 이미 알고 있었던 듯이, 두 사람 주위의 들판에 젖소들이 신부 들러리처럼 둘러싸고 있는 것처럼.

내가 뭔가를 할 새도 없이 아빠가 내 코를 쥐어막더니 내 입에 기름병을 대고 올리브유를 쏟아붓는다. 나는 캑캑거린다. 아빠가 병을 떼어낸다.

"됐다. 이만하면 충분할 거야."

나는 맛이 고약한 기름을 애써 삼키고 기침을 몇 번 한다. 기름 두른 빵틀처럼 되어버린 입술을 무릎에 문질러 닦고, 두 팔로 배를 감싸안는다. 토하지 말자, 토하지 말자, 안 그러면 죽는다. 아빠가 손으로 바깥을 가리키자 수의사 아저씨가 그쪽을 돌아본다. 두 사람이 무슨 말을 하는지는 들리지 않는다. 나는 다만 죽은 소들을 집어 들었던 집게차처럼 언젠가 하나님이 이 목장을 들어 올리기를 바랄 뿐이다. 나는 배 위에 둔 손을 꽉 말아쥔다. 똥을 누고 싶기도 하고 누고 싶지 않기도 하다. 오버 오빠가 뭔가 더 큰 것을 쑤셔넣어야 하려나? 똥이 나오면 나는 화장지를 몇 장 조심스럽게 접어서—똥에는 여덟 장, 오줌에는 네 장을 쓰는 것이 규칙이다— 두엄 삽을 다루듯 내 손으로 엉덩이 사이를 훑을 것이다. 치즈에 구멍이 뽕뽕 나게 해주는, 엄마가 쓰는 레닛 효소도 한 모금 마셔야 하려나? 그러면 내 안에도 구멍들이 생겨서 마침내 모든 게 밖으로 나오지 않을까.

4

    나는 브로콜리의 꽃 부분을 접시에 뭉갠다. 브로콜리는 조그마한 크리스마스트리처럼 생겼다. 그걸 보면 맛히스 오빠가 집에 오지 않은 날 저녁이 생각난다. 아빠의 쌍안경을 목에 걸고 창틀에 앉아서 보냈던 시간. 그 쌍안경은 원래 오색딱따구리를 찾는 데 쓰는 것이었다. 나는 오색딱따구리도 보지 못했고 우리 오빠도 보지 못했다. 쌍안경 줄 때문에 내 목덜미에 붉은 자국이 남았다. 내 시선을 거꾸로 돌려서, 그러니까 쌍안경의 커다란 쪽 렌즈를 들여다봄으로써 우리에게서 점점 멀어져가는 것을 가까이 되돌릴 수 있다면 얼마나 좋을까. 나는 크리스마스트리에서 떼어낸 천사들을 찾으려고 쌍안경으로 하늘을 종종 올려다보았다. 맛히스 오빠가 죽고 일주일 뒤에 오버 오빠와 나는 다락방의 상자에서 몰래 그것들을 꺼내서, 서로의 몸을 맞비빈 다음("나의 매력적인 천사!"라고 오빠는 가식적으로 신음했고, 나는 "나의 사랑스러운 도자기 조각!"이라고 받아쳤다.), 오빠 방의 천장 창문으로 그것들을 던져서 배수로에 떨어트렸다. 비바람을 맞으면서 천사들은 녹색으로 변했다. 어떤 것들은 오크나무 낙엽들 아래에 묻혔다. 우리는 천사들이 아직도 그 자리에 있는지 확인하러 갔다가 매번 실망한다. 이런 사소한 차질을 겪는다고 해서 천사들이 날 수 있는 능력을 잃는다면, 맛히스 오빠를 어떻게 천국으로 데려갈 수 있겠는가? 어떻게 그들이 오빠와 우리를 지켜줄 수 있겠는가?

결국 나는 쌍안경에 렌즈 뚜껑을 도로 씌우고 케이스에 돌려놓았다. 그리고 다시는 꺼내지 않았다. 오색딱따구리가 돌아오는 철이 되어도. 쌍안경의 렌즈는 영원히 시커멓게 남아 있을 것이다.

나는 브로콜리를 입에 가득 넣는다. 우리는 점심에는 늘 따뜻한 요리를 먹는다. 저녁에는 모든 것이 차가워진다. 목장 마당도, 엄마 아빠 사이의 침묵도, 우리의 심장도, 빵에 바를 잼과 러시아풍 샐러드도. 나는 의자에 어떻게 앉아야 할지 모르겠다. 자세를 약간 고쳐 앉으며 화끈거리는 똥구멍의 통증을 가라앉히려 애쓴다. 그 통증 때문에 오버 오빠의 손가락이 자꾸 떠오른다. 아무런 티도 내지 말아야 한다. 안 그러면 오빠가 내 토끼를 저녁처럼 차갑게 만들어버릴 테니까. 그리고 그 일은 나 스스로 원한 것 아니던가? 암소로서 수소를 진정시키고 싶다면 엉덩이를 보여줘야 하는 것이다.

수의사 아저씨의 접시 옆에 놓여 있는 청진기에서 시선을 뗄 수가 없다. 청진기를 실물로 본 건 이번이 두 번째다. 네덜란드 1번 채널에서 한 번 본 적은 있지만 청진기를 댄 몸이 나오지는 않았다. 그러면 벗은 몸이 너무 많이 노출될 테니까. 나는 수의사 아저씨가 청진기를 내 맨가슴에 올려놓고 금속에 귀를 대고는 엄마에게 이렇게 말하는 상상을 한다. "이 아이 심장이 찢어진 것 같은데요. 가족력이 있나요, 아니면 처음 있는 일인가요? 아무래도 공기가 맑은 해변으로 보내야 할 것 같습니다. 이곳의 물거품이 여러분의 깨끗한 옷에 배어들면 심장이 더 빨리 감염될 수 있어요." 상상 속에서 아저씨는 바지 주머니에서 스탠리사(社) 커터를 꺼낸다. 아빠가 사일리지 풀 더미를 묶은 밧줄을 자를 때 쓰는 칼인데, 그걸로 밧줄을 쓱쓱 몇 번 그으면 풀 더미의 형체가 무너져내린다. 그런 다음 수의사 아저씨는 내 가슴에 사인펜으로 선을 긋는다. 새끼 염소 일곱 마리를 잡아먹은 커다랗고 나쁜 늑대가 떠오른다. 그 늑대는 결국 배가 갈려서 염소들이 산 채로 구출되었는데, 내 배 속에서는 커다란 여자애 하나가 나올지도 모르겠다. 공포에서 헤어나온 여자애겠지. 어떤 애가 됐든, 피부와 코트 속에 너무 오랫동안 숨어 있었던 여자애가 드디어 모습을 드러낼 것이다. 수의사 아저씨는 청진기를 내 피부에서 떼고 나면 내 가슴에 귀를 대봐야 할 것이다. 나는 그저 숨을 들이쉬고 내쉼으로써 아저씨의 머리를 위 아래로 움직여 아저씨가 나를 이해하게 만들 수 있을 것이다. 나는 온갖 곳이 다 아프다며 아무도 만져본 적 없는 곳들을 짚을 것이다. 발가락에서부터 정수리에 이르기까지 이런저런 곳들을 다. 우리는 주근깨들 사이에 선을 그어서 경계선을 정할 수도 있고, 아니면 점과 점을 연결해 그림 그리는 놀이를 하듯 그 선으로 사람 형체를 만들어 오려낼 수도 있을 것이다. 하지만 만약 아저씨가 도와달라는 내 외침을 들어주지 않는다면, 나는 내 가슴에 닿은 청진기 금속을 떼어내고 입을 한껏 크게 벌려서 동그란 끝부분을 최대한 목구멍 깊숙이 삼킬 것이다. 그러면 아저씨도 듣지 않을 수 없겠지. 숨이 막히는 것은 결코 좋은 신호가 아니니까.

오버 오빠가 내 갈비뼈를 팔꿈치로 쿡 찌른다.

"여보세요, 야스 씨, 정신 차리고 그레이비 좀 건네주시죠."

엄마가 내게 그레이비 병을 넘겨준다. 손잡이가 부러진 병이다. 그레이비 위에는 지방 덩어리가 둥둥 떠 있다. 나는 혹시라도 오버 오빠가 나한테 무슨 생각을 하고 있었느냐고 물어서 기분을 잡칠까 봐 재빨리 그레이비 병을 오빠에게 건넨다. 오빠는 학교의 온갖 남자애들 이름을 들먹일 것이다. 하지만 내가 가장 많이 생각하는 남자애는 이미 죽어서 생전에 개가 자전거를 대던 곳에 위령패가 세워져 있다. 아무튼 지금은 여러모로 분위기가 안 좋다. 소들은 사라졌고, 수의사 아저씨는 구제역이 마을의 모든 목장주에게 미친 영향에 대해 이야기하고 있다. 그중 상당수는 그 문제에 대해 이야기하고 싶어하지 않는데 그런 사람들이야말로 가장 위험한 이들이라며, 실의의 무게에 짓눌려서 뭔가 어리석은 짓을 할 가능성이 높다고 한다.

"이해가 잘 안 되는군. 그래도 다들 자식들이 있지 않소."

아빠는 아무도 보지 않은 채 그렇게 말한다. 나는 오버 오빠를 흘끔 돌아본다. 오빠는 접시에 닿을 만큼 머리를 수그리고 있다. 브로콜리의 구조를 살펴보고 그 꽃 부분을 우산으로 써서 그 밑에 우리를 숨길 수 있을지 확인하려는 것처럼. 주먹을 말아쥔 걸 보니 오빠는 아빠가 한 말이나 또는 하지 않은 말 때문에 화가 난 것 같다. 엄마 아빠 역시 커튼을 제자리에 고정시키는 데에 쓰는, 납으로 된 추처럼 무거워질 수 있다는 것은 우리 모두 알고 있다. 나는 수의사 아저씨를 계속 지켜본다. 이따금 아저씨는 은색 나이프를 혀로 핥는다. 아저씨는 혀가 잘생겼다. 색깔도 진한 빨간색이다. 나는 아빠의 온실 속 식물들을 떠올린다. 아빠가 칼을 휘둘러 식물의 잎맥을 잘라낸 다음 꺾꽂이용 잎사귀를 영양토에 꽂아놓고 꺾쇠로 고정하는 것을. 수의사 아저씨의 혀가 내 혀에 닿는 상상이 떠오른다. 그러면 웅크렸던 내 몸이 마침내 풀릴까? 얼마 전 하나가 내 입에 혀를 밀어넣었을 때 나는 개가 마지막 꿀 한 방울을 마셨다는 걸 알 수 있었다. 수의사 아저씨의 혀에서도 꿀맛이 날지, 그게 내 배 속에서 근질거리는 벌레들을 잠재워줄지 궁금하다.

아빠가 식탁 앞에 앉아 두 손에 머리를 파묻는다. 아빠는 더 이상 수의사 아저씨의 말을 듣고 있지 않다. 아저씨는 갑자기 슬그머니 몸을 내밀더니 속삭인다.

"내가 보기에는 네 코트가 너한테 아주 잘 어울리는 것 같아."

어차피 다들 들을 수 있는데 뭐 하러 속삭이는 건지 모르겠다. 다른 사람들도 그러는 걸 종종 본 적이 있다. 모두가 몸을 약간 기울여주고 귀를 곤두세워주기를, 자석처럼 자신에게 끌려왔다가 제자리로 돌아가주기를 바라는 듯이. 힘과 관련된 문제인 것 같다. 오늘 하나가 친구네 집에서 자느라 이 자리에 없어서 유감이다. 지금 옆에 있었다면 우리가 구출될 날이 머지않았다는 것을 알았을 텐데. 치즈 주걱 사건은 잊어야 할지도 모르겠다. 그 사건으로 나는 수의사 아저씨에 대한 신뢰를 약간 잃었다. 초등학교 4학년 때, 아빠가 나를 식탁으로 불렀을 때와 비슷했다. 식탁에서 젖소와 관련되지 않은 주제로 대화를 나눈 건 그때가 처음이자 마지막이었다.

"너한테 할 이야기가 있다."

그때 아빠는 말했다. 내 손가락은 나이프나 포크 같은, 무언가 잡을 만한 것을 찾았지만, 저녁 식사까지는 아직 한참 남았고 식탁은 비어 있었다.

"성 니콜라스는 존재하지 않아."

아빠는 그 말을 하면서 나를 보지 않고 비스듬히 든 컵 속의 커피 찌꺼기만 내려다보았다. 그러더니 다시 헛기침을 하고 말했다.

"학교에 오는 성 니콜라스는 사실 티에러야. 우리 단골 우유 고객 있잖아. 대머리인 사람."

나는 티에러 아저씨가 가끔 손마디로 자기 머리를 두드리며 입으로 통통거리는 소리를 내는 장난을 치는 것을 생각했다. 우리는 아저씨가 그럴 때마다 무진 좋아했다. 그 아저씨가 수염을 붙이고 빨간 모자를 쓴 모습이 상상이 되지 않았다. 뭔가 말을 하고 싶었지만 목구멍이 정원에 있는 우량계처럼 꽉 막혀서 목소리가 나질 않았다. 마침내 눈물이 넘쳐흐르며 울음이 터졌다. 나는 거짓이었던 모든 것을 생각했다. 난롯불 앞에 앉아서 성 니콜라스가 들어주기를 바라며 크리스마스 노래를 불렀는데, 고작해야 진박새 한 마리 정도나 우리 노래를 들었을 뿐이라니. 밖에 내놓은 우리 신발에 들어 있던 귤과 그것 때문에 한동안 양말에서 새콤한 냄새가 났던 것도 거짓이다. 디우에르티어 블록도 가짜일지 모른다. 우리가 착하게 굴지 않으면 성 니콜라스가 빈 자루에 우리를 집어넣고 스페인으로 데려가버릴 거라는 말도 거짓이었다.

"그럼 디우에르티어 블록은요?"

"그 사람은 진짜야. 하지만 텔레비전에 나오는 성 니콜라스는 배우야."

나는 엄마가 나 먹으라고 커피 필터에 넣어준 페페르노트*들을 돌아보았다. 우리에게 주어진 모든 것이 신중하게 계산된 것이었다. 심지어 향신료 맛이 나는 저 조그마한 쿠키들마저도. 나는 페페르노트를 만지지 않고 식탁 위에 내버려둔 채 눈물만 흘렸다. 그러자 아빠가 일어나서 행주를 가져오더니 그걸로 내 눈물을 거칠게 닦아주었다. 내가 울음을 멈췄는데도 아빠는 내 얼굴이 구두약에 뒤덮이기라도 했다는 듯—환상을 자아내는 광택제나, 성 니콜라스의 동료들**이 얼굴에 묻히고 다니는 숯검댕을 닦아주듯 계속 문질렀다. 나는 오랜 세월 아빠가 문을 두드려온 방식대로 아빠의 가슴을 두드리고 싶었다. 그리고 저 밤으로 도망쳐서 현재로 돌아오지 않고 싶었다. 어른들은 지금까지 쭉 거짓말을 해왔던 것이다. 그러나 그 이후로도 나는 하나님을 믿듯 굳건하게 성 니콜라스를 믿으려고 노력했다. 내가 성 니콜라스와 그 동료들을 상상할 수 있고 텔레비전에서 볼 수 있는 한, 그리고 내가 소원을 빌고 기도할 수 있는 대상이 존재하는 한, 그들도 존재하는 것이었다.

수의사 아저씨가 접시에 남은 마지막 브로콜리 조각을 입으로 가져가더니, 몸을 또 앞으로 내밀면서 나이프와 포크를

* 밀가루, 설탕, 아니스 씨, 시나몬, 정향 등을 넣고 만든 네덜란드식 크리스마스 과자.
** 성 니콜라스와 함께 다닌다는 전설 속의 무어인 캐릭터 '즈바르터 핏'을 뜻하며, 이 캐릭터로 분장할 때는 흔히 얼굴에 검댕을 칠한다.

접시 위에 십자 모양으로 내려놓는다. 다 먹었다는 신호다.

"너 몇 살이니?"

아저씨가 묻는다.

"열두 살요."

"그러면 거의 완성됐네."

"완성이 아니라 실성이겠죠."

오버 오빠가 말한다. 수의사 아저씨는 오빠의 말을 못 들은 척한다. 내가 거의 완성되었고 누군가를 위해 준비되었다는 생각에 나는 뿌듯해진다. 사실 나는 오히려 점점 더 허물어져가는 느낌이지만. 그래도 완성된다는 건 언제나 좋은 일이라는 것쯤은 알고 있다. 내 우유 뚜껑 딱지 수집도 거의 완성되었다. 비닐 케이스 세 개만 더 채우면 끝이다. 이제 곧 나는 완성된 파일을 넘겨보며 내가 이긴 판과 진 판을 쭉 돌이켜보는 기분을 느낄 수 있을 것이다. 자기 자신을 넘겨본다는 건 더 어려운 일이겠지만, 어른이 되면 그렇게 할 수 있을지도 모른다. 문설주 앞에서 키를 재면 늘 똑같은 위치에 눈금을 긋게 되어서 더 이상 예전 눈금을 지울 수 없게 되는 것이다. 그리고 라푼젤은 탑에 갇혔다가 왕자에게 구출되었을 때 열두 살이었다. 라푼젤이라는 이름이 독일어로 마타리 상추를 뜻한다는 걸 아는 사람은 많지 않다.

수의사 아저씨가 나를 한참 쳐다보더니 말한다.

"너한테 왜 아직 남자친구가 없는지 모르겠구나. 내가 네 나이였으면 뭘 어떻게 해야 하는지 알았을 텐데."

내 뺨이 그레이비 병 표면처럼 뜨겁게 달아오른다. 그런데 아저씨가 만약 열두 살이었다면 뭘 어떻게 해야 하는지 알았을 거라면서 우리 아빠만 한 나이인 지금은 모른다는 게 무슨 뜻인지 이해가 되지 않는다. 어른들은 모든 걸 알아야 하지 않나?

"내일 비가 올 수도 있다는군."

아빠가 느닷없이 말한다. 지금까지 대화를 전혀 듣지 않았던 것이다. 엄마는 자신이 거의 아무것도 먹지 않았다는 걸 아무도 눈치채지 못하도록 조리대와 식탁을 연신 오락가락하고 있다. 지난번에 읽은 자연 책에서 개미들은 위장이 두 개라고 했다. 하나는 자기 자신을 위한 것이고 다른 하나는 다른 개미들을 먹이기 위한 것이란다. 감동적인 이야기이다. 나도 위장을 두 개 갖고 싶다. 그러면 한 개는 엄마를 적당히 살찌우는 데에 쓸 수 있을 것이다.

수의사 아저씨가 내게 윙크한다. 내일 벨러에게 아저씨에 대해 이야기해야겠다. 드디어 나도 속닥거리면서 이야기할 대상이 생긴 것이다. 아저씨가 다림질 안 한 식탁보보다 주름살이 많다거나, 돼지 열병에 걸린 송아지처럼 기침을 한다거나, 우리 아빠보다 나이가 많을지도 모른다거나, 콧구멍이 너무 커서 감자튀김 세 개는 들어갈 것 같다는 말은 하지 않을 것이다. 바우더베인 드 그루트보다 잘생겼다고 이야기할 것이다. 그건 큰 의미가 있다. 학교가 끝나고 나는 종종 벨러와 같이 내 다락방에서 바우더베인 드 그루트의 음악을 듣는다. 걔도 나도 무척 슬플 때가 있다. 예컨대 벨러는 톰이 문자메시지 끝에 대문자 X* 대신 소문자를 붙이면 굉장히 울적해한

* 키스를 뜻하는 약어.

274

다. 문자메시지에 마침표를 찍으면 대문자 X가 자동으로 나타나는데도 그걸 굳이 소문자로 바꿨다는 뜻이기 때문이다. 그럴 때면 우리는 서로에게 말한다. "내 안에 익사한 나비가 있어"라고. 그러면 우리는 상대방이 어떤 감정인지 정확히 이해하고 그저 고개를 끄덕인다.

5

오버 오빠의 등불에서 묻어난 흰색 종잇조각이 아직도 붙어 있는 삽을 들고, 나는 파자마 차림으로 번식장(우리는 부모님 몰래 '정액 헛간'이라고 부른다) 뒤편의 들판으로 나간다. 그리고 티세이가 묻힌 자리 옆에 구덩이를 판다. 오버 오빠는 티세이를 묻은 다음 파헤쳐진 흙을 삽 뒷면으로 고르게 펴놓았지만 막대기를 꽂아두진 않았다. 이건 우리가 기억하고 바라보고 싶은 무언가가 아니기 때문이다. 땅을 파다 보니 배 속을 찌르는 듯한 통증이 점점 더 심해진다. 숨을 가쁘게 몰아쉬며 나는 엉덩이를 꽉 조이고 나직히 중얼거린다.

"조금만 기다려, 야스, 거의 다 됐어."

구덩이가 충분히 깊어졌을 때 나는 주변을 휙 둘러본다. 아빠와 오빠는 아직 잠들어 있고 하나는 소파 뒤에서 바비 인형들을 가지고 놀고 있다. 엄마가 어디 갔는지는 모르겠다. 린 아줌마와 케이스 아저씨를 만나러 옆집에 들렀는지도 모르겠다. 그 부부는 새로운 소들이 도착할 때를 대비해 새 우유 탱크를 사들였다고 한다. 2만 리터짜리로.

나는 부랴부랴 내 줄무늬 파자마 바지의 끈을 풀고 팬티와 함께 발목까지 내린다. 얼음장처럼 차가운 바람이 엉덩이에 닿는다. 나는 구덩이 위에 쪼그려 앉는다. 어제저녁 아빠는 내 변비 문제를 해결하기 위한 마지막 시도로 성경을 들여다보았고, 신명기에서 참고할 만한 구절을 찾아냈다. "네 진영 밖에 변소를 마련하고 그리로 나가되 네 기구에 작은 삽을 더하여 밖에 나가서 대변을 볼 때에 그것으로 땅을 팔 것이요 몸을 돌려 그 배설물을 덮을지니". 아빠는 책장을 더 넘기다 성경을 덮고 한숨을 쉬었다. 도움이 되는 내용이 아무것도 없다는 뜻이었지만, 아빠가 읊은 구절은 내 머릿속에 남았다. 밤중에도 그 생각으로 잠이 안 올 정도였다. 나는 어둠 속에서 몸을 뒤척거리며 세 단어를 생각했다. "네 진영 밖". 하나님은 목장 마당 밖을 뜻하신 것이리라. 그러면 나는 거기서만 똥을 눌 수 있는 걸까? 내 계획에 대해 부모님에게는 아무 말도 하지 않았다. 내가 똥을 못 눈다는 건 우리 가족이 아직까지 대화를 나누는 유일한 주제이고, 부엌에서 내가 가족들 앞에서 일어나 티셔츠를 걷어 올릴 때 모두가 나를 올려다보는 유일한 이유이기 때문이다. 쌍알처럼 부풀어오른 내 배를 내보이고 있노라면 내 오골계가 거대한 흰 알을 낳았을 때처럼 뿌듯했다.

나는 다리 사이를 돌아보고 엉덩이를 내리누르는 압박감을 느낀다. 올리브유 덕분인지 성경 구절 덕분인지는 몰라도 똥이 나오기는 한다. 다만 김이 피어오르는 거대한 벌레 같은 갈색 덩어리가 땅에 드리워진 게 아니라 조그마한 덩어리 몇 개만 떨어진다. 계속 힘을 주다 보니 악문 턱으로 눈물이 흘러내리고 현기증이 난다. 그래도 계속해야 한다. 모든 것을 꺼내놔야 한다. 그러지 않으면 언젠가 난 터져버릴 것이고, 그러면 집과 나 자신으로부터 더 멀어지고 말 것이다. 내가 눈 똥은 디우에르티어가 눈 것보다 조금 더 클 뿐 비슷하게 생겼다. 작은 파이 같다. 할머니는 당신이 가끔 만드시는 기름진 송아지 고기 소시지와 비슷하게 생긴 똥이 가장 건강한 똥이라고 했다. 내 똥은 전혀 그렇게 생기지 않았다.

방귀가 자꾸만 나온다. 나는 냄새를 못 견디고 코를 쥐어막는다. 똥 묻은 소들로 가득한 축사보다 훨씬 심하다. 더 이상 아무것도 나오지 않아서 나는 잎사귀를 찾아 주위를 둘러본다. 그런데 이제 보니 모든 나무가 벌거벗었거나 얇은 서리에 뒤덮여 있다. 나는 여름날 소들이 물을 마시는 이런 들판에서 똥구멍이 욕조 마개에 틀어막힌 듯 얼어붙는 건 원치 않는다. 그래서 엉덩이를 닦지 않은 채로 팬티와 파자마 바지를 끌어올린다. 천이 피부에 닿아 똥이 묻지 않도록 조심하면서. 그리고 몸을 돌려서 마치 병아리들 위를 맴도는 독수리처럼 구덩이를 굽어본다. 그 안에 놓여 있는 똥덩어리들을 잠시 내려다보던 나는 흙으로 그 위를 덮기 시작한다. 삽으로 땅을 평평하게 고르고, 장화로 몇 번 밟아 다진 다음 그 위에 막대기를 꽂는다. 내가 내 일부를 잃은 곳이 여기임을 나중에도 알 수 있도록. 그러고 나서 나는 들판을 떠나 다른 삽들과 쇠스랑들이 있는 데에 삽을 돌려놓고, 옆집 남자애들이 잃어버린 물건들을 죄다 변기 안에서 찾는다던 이야기를 떠올린다. 파란 단추, 레고 블록, 축제장에서 쏜 플라스틱 총알, 볼트에 이르기까지. 그 생각을 하니 나 스스로가 커진 기분이 든다.

6

벨러가 말한다.

"슬픔은 자라지 않아. 슬픔이 차지하는 공간만 넓어져."

참 쉽게도 말한다. 걔가 말하는 공간이란 겨우 어항 정도의 크기이고 구피 두 마리가 죽었을 때 생긴 것이다. 이제 걔가 열두 살이 되자 그 공간은 수족관이 되었다. 그게 다. 반면 내 공간은 자꾸 커지기만 하고 멈출 기미가 보이지 않는다. 처음에는 2미터 정도였는데 이제는 성경에 나오는 거인 골리앗처럼 커졌다. 그래도 나는 벨러에게 고개를 끄덕인다. 개 수족관의 유리가 깨져서 눈물이 쏟아져 나오는 건 원치 않으니까. 나는 사람들이 우는 상황을 감당할 수 없다. 그 사람을 밀크 비스킷처럼 포일에 싸서 어두컴컴한 서랍 속에 넣고 마를 때까지 놔두고만 싶다. 슬픔을 느끼고 싶지 않다. 나는 행동을 원한다. 물집을 침으로 찔러 터뜨려서 걸리적거리던 통증을 없애듯, 내 일상을 꿰찌를 수 있는 무언가. 하지만 오늘 오후는 수의사 아저씨가 떠나고 나서 엄마가 소동을 일으키는 바람에 내 머릿속 생각들이 번잡해졌다. 아빠는 뭐든 너무 심각하게 받아들이지 않기를 바랄 때 '소동'이라고 부른다. 난데없이 엄마가 "죽고 싶어"라고 말한 것이었다. 그때 엄마는 식탁을 치우고 식기세척기에 그릇들을 넣고, 도마 위에 있던 감자 싹들을 닭들에게 주기 위해 음식물쓰레기 바구니에 쓸어 넣던 참이었다.

"죽고 싶어. 이만하면 충분히 살았어. 내일 내가 차에 치여서 로드킬당한 고슴도치처럼 짜부라진다면 기쁘겠어."

처음으로 나는 엄마의 눈에서 절망을 보았다.

오버 오빠가 식탁에서 일어났다. 오빠는 주먹으로 자신의 정수리를 눌렀지만 그래도 진정하지 못했다.

"그럼 나가 죽어버리세요."

"오빠! 엄마가 무너지려 하잖아."

나는 속삭였다.

"여기서 무너지고 있는 사람이 보여? 무너지고 있는 건 우리밖에 없어."

오빠가 푸른 델프트산 도자기 타일이 대어진 가스레인지 위 벽에다 휴대폰을 내던진다.

"하나님 빌어먹을."

노키아 핸드폰이 부서진다. 나는 그걸로 하던 뱀 게임을 떠올린다. 그 뱀은 이제 죽었을 것이다. 보통 그 뱀은 쥐를 너무 많이 먹고 커져서 화면 밖으로 튀어나오려 할 때 몸이 엉키기는 했지만, 그럼에도 죽지는 않았다. 하지만 이제는 결딴나고 말았다.

쥐 죽은 듯 고요한 가운데 수돗물 떨어지는 소리만 들린다. 이윽고 거실에서 아빠가 다친 다리를 뒤뚱뒤뚱 이끌고서 쿵쿵거리며 걸어들어왔다. 아빠는 오빠를 떠밀어 부엌 바닥에 넘어뜨리고 오빠의 두 팔을 등 뒤로 돌려 잡았다.

"그럼 해보라고요! 자살하라고요! 안 그러면 내가 다 죽여버릴 테니까!"

오빠가 악을 썼다.

"너는 네 하나님 여호와의 이름을 망령되게 부르지 말라! 여호와는 그의 이름을 망령되게 부르는 자를 죄 없다 하지 아니하리라*!"

아빠가 고함을 쳤다. 엄마는 수세미에 세제를 약간 뿌리고는 오븐 그릇을 닦으며 중얼거렸다.

"이것 봐. 난 나쁜 엄마야. 너희는 나 없이 더 잘 살 수 있을 거야."

나는 오빠의 비명이 멈출 때까지 손으로 귀를 막았다. 마침내 아빠가 오빠를 놓아주었고, 엄마는 오븐을 열고 아직 뜨거운 베이킹 틀에 손목을 대고서 몇 초간 몸을 데웠다.

"엄마는 최고의 엄마예요."

내 목소리에서 거짓말이라는 티가 났다. 우리 축사처럼 텅 비고 공허한 목소리였다. 생명력이라곤 남아 있지 않았다. 하지만 엄마는 방금 무슨 일이 일어났는지 잊은 듯했다.

"당신 때문에 우리 다 미쳐버리겠어! 환장하겠네!"

아빠가 허공에 두 팔을 쳐들고 말하면서 잠작 헛간으로 발길을 옮겼다. 신앙심 깊은 할머니의 말에 따르면, 말싸움은 싹이 났을 때 즉시 잘라내야 한다고 했다. 우리가 싹인가? 아니다. 부모가 자식 안에서 살아가는 거지 그 반대가 아니다. 광기는 우리 안에서 살아간다.

"정말로 죽고 싶으세요?"

---

* 출애굽기 20장 7절.

나는 엄마에게 물었다.

"그래. 하지만 신경 쓰지 마. 나는 형편없는 엄마니까."

엄마는 발을 돌려 음식물쓰레기 바구니를 가지고 헛간으로 향했다.

나는 그 자리에 잠시 굳어 있다가 오버 오빠에게 손을 내밀었다. 오빠는 코피를 흘리고 있었다. 오빠가 내 손을 쳐내더니 말했다.

"팬티에 똥이나 묻히고 다니는 게."

벨러와 나는 정액 헛간의 먼지투성이 돌바닥에 앉아 있다. 헛간 한가운데에는 철제 틀에 가죽을 씌워서 만든 젖소 모형이 있다. 수소를 흥분시키기 위해 있는 것이다. 가죽 아래에는 검은 의자가 달린 철제 난간이 있다. 의자는 가죽 재질이다. 수소의 정액을 받아내기 위해 의자를 앞뒤로 움직이게끔 조작할 수 있다. 가죽은 군데군데 찢어져 있다. 이 소 모형은 디르크 4세라고 불린다. 송아지 수백 마리의 씨를 뿌린 유명한 수소의 이름을 따서 붙인 것이다. 사람들은 그 수소의 동상을 만들어 마을 광장 한가운데의 단상 위에 세워놓았다. 나는 슬픔이란 늘 작은 규모로 시작해 나중에는 커진다는 벨러의 주장을 가로막는다. 걔가 인생에 대해 아는 것은 관광객들이 마을에 대해 아는 지식 정도이다. 어두운 골목길들, 외부인에게 금지된 통로를 어떻게 찾아야 하는지 모른다.

"디르크 위에 엎드려."

나는 말한다. 벨러는 왜냐고 묻지도 않고 젖소 모형 위에 올라간다. 나는 그 아래 검은 가죽 의자에 앉는다. 젖소 가죽

안은 텅 비어 있고 철제 틀이 파이프로 보강되어 있다. 젖소 모형 양옆에 벨러의 발이 내려뜨려진다. 개가 신은 '올스타' 스니커즈 앞코 부분이 진흙투성이고 신발끈은 회색이다.

"이제 말을 타는 것처럼 엉덩이를 움직여봐."

벨러가 움직이기 시작한다. 나는 몸을 옆으로 기울여서 개를 올려다본다. 벨러는 몸을 더 잘 지탱하기 위해 가죽 윗부분을 붙잡고 있다.

"더 빨리."

벨러가 더 빨리 움직인다. 디르크 4세가 삐걱거린다. 몇 분 뒤 벨러가 멈추더니 숨을 헐떡이며 말한다.

"이거 지루하고 힘들어."

나는 의자를 조정해 정확히 벨러의 엉덩이 밑으로 옮겨 앉는다. 아직 네 단계는 더 움직일 수 있다.

"내가 재밌는 거 알려줄게."

"넌 항상 그렇게 말하지. 하지만 이건 완전 바보 짓이야."

"한 번만 해보자. 네가 이 암소의 상대 수소라고 상상해봐. 할 수 있어."

"그리고?"

"다시 움직여봐."

"그럼 어떻게 되는데?"

"끝까지 하고 나면, 파이어볼 사탕처럼 계속 변하는 멋진 색깔들이 보일 거야. 그리고 다리 저 건너편에 슬픔이 없는 곳으로 가게 돼. 네 구피들이 아직 살아 있고 네가 돌봐줄 수 있는 곳."

벨러가 눈을 감는다. 그리고 몸을 앞뒤로 움직인다. 뺨이 점점 붉어지고 입술에 침이 묻어 촉촉해진다. 나는 의자에 몸을 파묻는다. 엄마 아빠에게 강의를 한번 해야 하지 않을까 싶다. 두꺼비들에 대해 이야기하고 짝짓기를 어떻게 해야 하는지 설명하는 것이다. 엄마가 아빠 위에 엎드리는 것이 중요하다. 엄마의 등은 생강 쿠키만큼이나 연약하니까. 그리고 이렇게 해야만 엄마는 음식을 다시 먹을 것이고 아빠도 무언가 의지할 데가 생길 것이다. 목장 안에서 두꺼비 이주를 준비해야 한다. 아빠를 방 한편에 놓고 엄마를 다른 편에 놓은 다음 서로 맞은편으로 건너가게 해야 한다. 또한 둘이 같이 헤엄칠 수 있도록 욕조에 물도 받아둬야 한다. 새 민트색 욕조를 샀던 그날처럼. 맛히스 오빠가 떠나기 이틀 전이었던 12월의 그날, 엄마 아빠는 그 욕조에 같이 들어갔다. 맛히스 오빠는 "이제 둘 다 완전히 벌거벗었겠네"라고 말했고, 우리는 끓는 기름에 던져진 애플 프리터 두 개를 상상하며 킬킬 웃어댔다. 두 사람은 황금빛으로 익은 채 허리에 수건을 냅킨처럼 두르고 나왔다.

젖소 모형의 경첩이 더 요란하게 삐걱거린다. 아빠는 디르크 4세를 자랑스러워했다. 이걸 쓰고 나면 항상 옆구리를 토닥여주곤 했다. 갑자기 목이 화끈거리고 눈이 따끔거린다. 올해 첫눈이 일찍 내려 내 심장 속에 떨어진다. 묵직하다.

"색깔 같은 거 안 보여."

나는 의자에서 기어올라가 여전히 눈을 감고 있는 벨러의 옆에 선다. 그리고 헛간 작업대 옆 의자에 걸쳐져 있던 연녹색 레인코트를 재빨리 입는다. 그때 별안간 문이 열리더니 오버 오빠가 고개를 들이민다. 오빠의 눈길이 나에게서 벨러에게로, 그리고 다시 나에게로 옮겨온다. 오빠는 안으로 들어와 문을 닫는다.

"뭐 하고 놀아?"

"멍청한 놀이."

벨러가 대꾸한다.

"나가."

나는 말한다. 오버 오빠를 우리 놀이에 끼워줄 수는 없다. 그랬다가는 뭔가 못된 짓을 할 테니까. 오빠는 이 마을 날씨만큼이나 신뢰할 수 없는 상대다. 그러고 보니 아까 부엌 바닥에 밀쳐졌을 때 터졌던 코피가 오빠의 코에 아직 남아 있다.

마음 한구석에서는 오빠가 안타깝긴 하다. 하지만 오빠가 욕설을 시작한 이후로 그런 감정은 많이 들지 않는다. 게다가 이제 오빠는 음식을 훔치는가 하면, 벽난로 선반에 있는, 휴가 비용을 모으는 깡통에서 돈을 빼돌리기도 한다. 오빠 때문에 우리 가족이 캠핑을 갈 가능성은 0이 되었고, 게다가 아빠가 집을 나갈 준비를 하려고 모으는 자금에도 차질이 생겼다. 이제 아빠가 살 수 있는 것은 기껏해야 토스터와 빨래건조대 정도일 것이다. 언젠가 오빠는 엄마 아빠의 심장도 훔칠 것이다. 가마우지를 잡아 입에 물고 다니는 길고양이들이 그러듯, 오빠는 들판에 그 심장들을 파묻을 구덩이를 팔 것이다.

"내가 재밌는 거 아는데."

오빠가 말한다.

"오빠하곤 같이 안 놀아."

"난 상관없어. 야스는 재미없는 것밖에 몰라."

"거봐, 벨러는 된다잖아."

오빠가 작업대 위의 찬장에서 은빛 나는 인공수정 주입기 몇 개와 알파사(社)의 주입기 덮개들이 든 상자를 꺼내며 말한다. 주입기는 기다란 막대기에 색깔 있는 마개가 달린 것으로, 임신에 실패한 젖소들을 수정시키는 데 쓰는 도구다. 오빠는 파란 장갑 한 켤레를 내게 건넨다. 나는 오빠를 보고 싶지 않을 때는 오빠 턱에 까칠하게 자란 수염에 시선을 둔다. 그건 가끔 엄마가 나더러 커드에 섞어 넣으라고 하는 쿠민 씨앗들처럼 보인다. 오빠는 며칠 전부터 면도를 하기 시작했다. 나는 긴장한 채 오빠의 일거수일투족을 지켜본다.

"너는 내 조수 해."

오빠가 그렇게 말하고는 찬장을 탕 하고 열더니, 이번에는 젤 같은 게 들어 있는 작은 병을 꺼낸다. 오빠는 그걸 주입기에 바른다. 병에 붙은 라벨을 보니 '윤활제'라고 적혀 있다.

"이제 바지 벗고 소 위에 엎드려."

벨러는 군말 없이 오빠의 지시를 따른다. 그러고 보니 최근 벨러가 톰에 대해서는 별로 이야기하지 않고 우리 오빠에 대해 이야기할 때가 많은 것 같다. 걔는 오버 오빠의 취미가 뭔지, 무슨 음식을 좋아하는지, 금발과 흑발 중 어느 쪽을 더 좋아하는지 등등을 알고 싶어한다. 나는 오빠가 벨러를 만지지 않았으면 좋겠다. 그러다가 수족관이 깨져버리면? 그러면 우린 어떻게 하나? 일단 벨러가 디르크 4세에 엎드린 이상 나는 개 엉덩이를 벌려주는 수밖에 없다. 벨러의 똥구멍이 학교에서 쓰는 만년필 꽂이처럼 드러난다.

"안 아프지?"

벨러가 묻는다.

"무서워하지 마. 넌 많은 참새보다 귀하니까."

나는 얼굴에 미소를 띤 채 말한다. 마태복음에서 따온 말이다. 예전에 내가 밤중에 죽을까 봐 무서워서 잠을 못 잘 때 할머니가 해준 말이기도 하다.

오빠는 벨러의 똥구멍을 더 잘 보려고 사료 양동이를 뒤집어 엎고 그 위에 올라서더니, 주입기를 벨러의 엉덩이 사이에 가져가서 그 싸늘한 금속봉을 아무 경고도 없이 벨러의 안으로 밀어넣는다. 벨러는 다친 짐승처럼 비명을 지른다. 나는 깜짝 놀라서 개 엉덩이에서 손을 놓는다.

"가만히 있어. 안 그러면 더 아플 거야."

오빠가 말한다. 벨러는 뺨으로 눈물을 쏟으며 몸을 벌벌 떤다. 나는 열에 들뜬 채 잉크가 새는 내 만년필을 떠올린다. 선생님은 그걸 하룻밤 동안 찬물 속에 세워두었다가 다음날 헹구고 말리라고 했다. 벨러도 찬물에 담가야 하나? 내가 걱정스러운 눈으로 오빠를 보자, 오빠는 헛간 한쪽 구석에 있는, 수소 정액이 든 스트로들이 액체질소에 보관되어 있는 컨테이너를 고갯짓한다. 아빠가 컨테이너를 잠가두는 것을 깜빡한 듯하다. 나는 오빠도 나처럼 벨러를 헹굴 생각인가 보다고 추측하고, 컨테이너를 열고 스트로를 하나 꺼내서 오빠에게 넘겨준다. 주입기는 여전히 벨러의 엉덩이 사이에 꽂혀 있다.

"너는 세상에서 가장 훌륭한 조수야."

얼음이 약간 녹는다. 우리가 하고 있는 건 좋은 일 같다. 가끔은 좀 험악한 방식으로 제물을 바쳐야 할 때도 있는 법이다. 하나님이 아브라함에게 이삭을 제물로 바치라고 했을 때 아브라함이 정말로 그를 바쳤던 것처럼. 그리고 죽음을 만나서 평화로워지려 하는 우리의 노력에 하나님이 만족하실 때까지 다양한 것들을 시도해야 한다.

오빠가 스트로 하나를 주입기에 넣는다. 너무나 많은 선택지가 있음에도 우리는 그 일을 한다. 질소 때문에 벨러의 피부가 델 거라는 사실도 모른 채. 나는 정액 헛간에서 뛰쳐나간다. 겁이 나서 다리가 자꾸 무거워진다. 오버 오빠가 나를 맹렬히 뒤쫓아온다. 우리는 마당 맞은편을 향해 날듯이 달려간다.

"우리를 시험에 들게 하지 마옵시고 다만 악에서 구하소서."

나는 집 벽에 자전거를 대고 있는 하나를 보며 중얼거린다. 짐받이에 개 베개가 묶여 있고, 하나의 손에는 친구네 집에서 자느라 꾸린 가방이 들려 있다. 개가 할머니 댁에 가지 않은 지 오래되어서 그 가방에는 좀이 잔뜩 슬었다. 우리는 그것들을 엄지와 검지로 으스러뜨려 먼지로 만든 다음 후후 불어 날리곤 한다.

"이리 와."

나는 하나를 앞질러 토끼장 뒤의 건초 더미를 향해 달리며 말한다. 우리는 건초 뭉치들 사이로 기어 들어간다. 아빠에게도, 까마귀들에게도, 하나님에게도 안 보이게끔.

"나 좀 안아줄래?"

나는 묻는다. 벨러의 비명이 아직도 귓전을 울리고, 반쯤 찬 어항처럼 터져 열려 있던, 휘둥그레 뜬 두 눈이 어른거린다. 나는 울음을 터뜨리지 않으려 안간힘을 쓴다.

"왜 그래? 무슨 일이야? 덜덜 떨고 있잖아."

하나가 걱정스러운 표정으로 나를 본다.

"왜냐하면…… 왜냐하면, 터질 것 같아서 그래. 아빠의 암탉 중 하나가 너무 큰 달걀을 낳았던 때 기억나? 알이 엉덩이 밖으로 반쯤 나온 채 막혀 있었잖아. 아빠가 그 닭을 죽이지 않았다면 녀석은 터져버렸을 거야. 내장이 온 사방에 흩어졌겠지. 나도 딱 그렇게 터질 것 같아."

"아, 그래. 그 불쌍한 녀석."

"나도 불쌍한 애야. 이제 좀 안아줄래?"

"안아줄게."

나는 하나의 머리카락에 코를 묻는다. 베이비샴푸 냄새가 난다.

"있잖아, 나는 더 커지고 싶지만, 내 팔은 더 자라지 않았으면 좋겠어. 지금 네가 내 팔 안에 꼭 맞잖아."

하나가 잠시 침묵하더니 말한다.

"언니 팔이 너무 길어지면 그걸로 내 몸을 두 번 감으면 되지. 목도리처럼."

7

그날 밤 나는 벨러에 대한 꿈을 꾼다. 우리는 마을 변두리, 연락선 바로 옆에 있는 숲에서 여우사냥 게임을 하며 놀고 있다. 왠지는 몰라도 벨러는 우리 엄마가 일요일에 착용하는 코트와 모자 차림이고, 모자 위에는 망사 같은 걸 둘렀고 옆에 검은 리본을 달고 있다. 코트 자락이 바닥에 끌려서 진흙이 묻었고 걸을 때마다 바스락거리는 소리가 난다. 그제야 나는 벨러와 여우가 합쳐져 반은 사람이고 반은 동물인 무언가로 변했다는 것을 깨닫는다. 우리는 숲속으로 더 깊이 들어갔다가, 어둠 속에서 장화 벗는 기구를 세로로 세워놓은 것처럼 보이는, 키 크고 가느다란 나무들 사이에서 길을 잃는다. 내가 어디로 걸어가든 벨러는 녹슨 것 같은 붉은빛을 띤 여우가 되어 나타난다.

"너 여우니?"

벨러가 묻는다.

"그래. 그러니까 썩 꺼져. 너를 신선한 닭처럼 잡아먹기 전에."

벨러가 경멸조로 턱을 치켜들며 머리카락을 뒤로 쳐서 넘긴다.

"멍청이. 여우는 나야. 이제부터 너에게 질문을 해야겠다.

만약 대답하지 못하면 너는 토하거나 설사를 할 거고 일찍
죽고 말 거야."

벨러의 코와 귀가 갑자기 뾰족해진다. 뭐든 뾰족해지면 더
낫다. 이는 음식을 씹기 더 좋아지고, 귀는 소리를 더 잘 듣게
된다. 여우의 몸은 벨러에게 잘 어울린다. 벨러가 한 걸음 앞
으로 내디딜 때마다 나는 물러선다. 걔가 헛간에서처럼 당장
이라도 소름 끼치는 비명을 내지르며 낚싯바늘에 걸린 강꼬
치고기처럼 눈을 커다랗게 뜰 것만 같다. 무력하게.

"너희 오빠는 정말로 죽은 거야, 아니면 죽음이 너희 오빠
인 거야?"

벨러가 마침내 묻는다. 나는 고개를 젓고 내 신발 앞코를
내려다본다.

"죽음에겐 가족이 없어. 그래서 외롭지 않으려고 새로운
몸을 찾아다니는 거야. 그 사람이 땅속에 묻히면 또 새로운
사람을 찾아다니지."

벨러가 손을 내민다. 불현듯 목사님이 언젠가 해준 말씀이
떠오른다. "적과 싸우는 유일한 방법은 적을 친구로 만드는
겁니다"라던.

나는 세균이 없는 신선한 공기를 들이켜려고 고개를 돌렸
다가 묻는다.

"내가 너한테 손을 내밀면 어떻게 되는 거야?"

벨러가 더 가까이 다가온다. 살이 타는 냄새가 난다. 갑자
기 걔 엉덩이가 반창고로 뒤덮인다.

"너를 눈 깜짝할 사이에 잡아먹을 거야."

"손을 내밀지 않으면?"

"그러면 천천히 잡아먹겠지. 그게 더 고통스러울걸."

나는 개한테서 도망치려 하지만 내 다리가 젤리처럼 변하고 장화가 발에 비해 너무 커진다.

"여우의 배 속에 얼마나 많은 들쥐가 들어 있는지에 따라 자기 공허를 헤아릴 필요가 없어진다는 거 알아?"

드디어 내가 도망치기 시작하자, 벨러는 숨바꼭질을 하는 듯한 어조로 나를 부른다. 그 애의 목소리가 저절로 메아리쳐 울린다.

"나의 들쥐, 들쥐, 들쥐야."

8

아빠는 은도금된 스케이트화를 얼마나 높은 데에 걸지 보려고 눈을 가늘게 뜬다. 아빠는 나사 세 개를—혹시 한 개가 떨어질 경우를 대비해— 입에 물고, 손에는 전기 드릴을 들고 있다. 엄마는 젖은 눈으로 멀찍이 서서 청소기 호스를 들고 있다. 나는 엄마의 나이트가운 벨트가 느슨해져서 드러난 흰 조끼를 바라본다. 얇은 천 너머로 엄마의 축 처진 젖가슴의 윤곽이 보인다. 오버 오빠가 가끔 만드는 달걀 머랭과 비슷하게 생겼다. 오빠는 그걸 네 개씩 지퍼백에 넣어서 운동장에서 파는데, 달걀이 너무 오래되면 흰자가 묽어져서 머랭이 질척해진다. 아빠가 부엌 계단을 내려가자 엄마가 청소기 전원을 끈다. 정적에도 은빛이 도는 것 같다.

"비뚤어졌어."

엄마가 말한다.

"아닌데."

아빠가 대답한다.

"정말 비뚤어졌다니까. 봐, 여기서 보면 비뚤어진 게 보여."

"그러면 거기 서 있지 마. 비뚤어져서 그런 게 아니라 어느 각도에서 보느냐에 따라 다르게 보이는 거야."

엄마가 가운 벨트를 여미더니 청소기 호스를 끌고 거실을 서둘러 나간다. 청소기는 하루 종일 순종적인 개처럼 엄마 뒤를 따라 온 집 안을 돌아다닌다. 가끔 나는 저 흉측한 파란색 짐승에게 질투가 난다. 엄마는 자식들보다 저 청소기와 더 깊은 관계를 맺고 있는 듯 보인다. 주말마다 엄마는 청소기의 배를 지극정성으로 닦아주고 새 필터를 넣어준다. 내 배는 터지기 일보직전인데.

나는 다시 스케이트화를 돌아본다. 스케이트화 안에 붉은 벨벳 안감이 대어져 있다. 똑바로 걸려 있지 않긴 하다. 하지만 나는 아무 말도 하지 않는다. 아빠는 소파에 앉아서 멍하니 앞을 쳐다보고 있다. 아빠의 어깨에 먼지가 약간 앉았다. 손에는 여전히 드릴을 들고 있다.

"아빠, 허수아비처럼 보여요."

방금 막 거실에 들어온 오버 오빠가 도전적인 어조로 말한다. 나는 오늘 아침 5시가 되어서야 오빠가 집에 돌아오는 소리를 들었다. 나는 누운 채로 기다리며, 오빠의 기척 하나하나에 귀를 기울이며 분석했다. 심장이 쿵쾅거렸다. 오빠의 발이 비틀거리며 미끄러지는 소리, 오빠가 벽을 더듬는 소리, 삐걱거리는 계단(여섯 번째와 열두 번째 계단)을 밟지 않는 것을 깜빡하는 바람에 나는 삐걱 소리. 곧이어 오빠는 딸꾹질을 하더니 화장실 변기에다 대고 토했다. 벌써 며칠째 오빠는 매일 밤을 밖에서 보내고 돌아와 이렇게 행동하고 있었다. 내 파자마는 끊임없이 땀에 젖었다. 아빠의 말에 따르면 구토는 몸이 해묵은 죄를 없애려고 하는 거랬다. 오빠가 동물을 죽이는 실수를 저지른 것은 사실이다. 하지만 마을 헛간들에서 열리는 파티에 다녀온 게 무슨 잘못인지는 이해가 되지 않았다. 내가 아는 것은 오빠가 매번 다른 여자애들의 입에 혀를 넣는다는 사실이었다. 내 방 창문으로 오빠가 그러는 걸 볼 수 있었다. 오빠는 축사 등불 빛 아래에서, 마치 천상의 빛에 휩싸인 예수님이라도 된 것처럼 서서 그 행동을 했다. 그때마다 나는 내 팔뚝에 입을 갖다대고 땀투성이 피부에 혀로 원을 그려보았다. 짭짤한 맛이 났다. 오늘 아침 나는 오빠에게 몇 마디 하지 않았다. 오빠의 주위에 있는 박테리아를 들이마셨다가 나까지 토하고 싶지 않아서였다. 맛히스 오빠가 살아 있던 시절, 내가 인생에서 처음이자 마지막으로 토했던 때가 떠올랐다.

그때는 수요일이었다. 나는 여덟 살 정도였고, 아빠와 같이 마을 빵집에 빵을 얻으러 간 참이었다. 돌아오는 길에 아빠는 유난히 큰 건포도 빵을 내게 주었다. 푸르고 흰 반점이 생기지 않은, 아직 신선하고 맛있는 빵이었다. 그런데 할머니 댁에 도착했을 때쯤—우리는 매번 할머니 댁에 들러서 빵으로 가득 찬 사료 자루를 드리고 갔다— 속이 울렁거렸다. 할머니 댁의 앞문은 장식용에 가까웠고 늘 뒷문만 사용했기에 우리는 집 뒤편으로 돌아갔고, 나는 거기 텃밭에 대고 토했다. 갈색 토사물 속에 부풀어오른 딱정벌레 같은 건포도들이 둥둥 떠다녔다. 할머니가 당근을 심은 자리였다. 아빠가 장화 신은 발로 재빨리 그 부분의 흙을 흩트렸다. 나는 나중에 할머니가 당근을 뽑아 먹고 나로 인해 앓아누워 돌아가실 거라고 생각했다. 그때까지만 해도 나는 내가 죽을까 봐 두렵지는 않았다. 그 두려움은 맛히스 오빠가 집에 돌아오지 않은 이후에야 생겼다. 그때부터는 할머니 텃밭에서의 사건이 여러 가능성으로 상상되었다. 최악의 경우 나는 죽음의 위기를 간신히 넘긴 것일 수도 있었다. 가끔은 오버 오빠가 토하는 이유가 상대 여자애들이 오빠의 목구멍에 혀를 너무 깊이 밀어넣어서 그런 게 아닌가 싶었다. 칫솔을 너무 깊이 쑤셔넣으면 구역질이 나는 것처럼. 엄마 아빠는 오빠에게 어디 갔다 오느냐고도, 어째서 맥주와 담배 냄새에 찌들어 있느냐고도 묻지 않았다.

"자전거 타러 갈래?"
나는 소파 뒤에 앉아 그림을 그리고 있는 하나에게 속삭인다. 걔는 사람의 몸은 빼고 머리만 그린다. 우리가 다른 사람들의 기분에만 신경 쓴다는 것을 보여주는 부분이다. 그림 속 사람들은 슬프거나 화가 난 듯 보인다. 하나는 오른팔 아래에 가방을 끼고 있다. 친구네 집에서 자고 온 이후로 걔는 그때 가져갔던 가방을 어디에나 가지고 다닌다. 언제라도 탈출할 수 있다는 가능성에 매달리고 싶은 듯하다. 걔는 나나 다른 사람들이 그 가방에 손을 대지도, 심지어 언급도 못 하게 한다.
"어디로?"
"호수로."
"거기서 뭐 하고 싶은데?"
"작전 짜기."
하나가 고개를 끄덕인다. 우리 작전을 실행에 옮길 때다. 더 이상 여기 머무를 수 없다.

현관에서 하나는 파란색 외투 걸이에 걸린 파카를 집어든다. 오버 오빠의 외투 걸이는 노란색, 내 것은 초록색이다. 내 것 옆에는 빨간색 외투 걸이가 있다. 거기에 외투는 걸려 있지만 그걸 입을 사람은 이제 없다. 나무 옷걸이에는 오로지 엄마 아빠의 외투만 걸 수 있는데, 외투 옷깃을 적신 소나기의 물기가 옷걸이에 스며들어서 휘어져버렸다. 한때는 집 안에서 가장 믿음직한 어깨들이었건만 이제는 점점 더 쳐지고 있다.

아빠가 내 코트에 달린 후드를 붙잡았던 때가 생각난다. 맛히스 오빠가 죽은 지 2주쯤 되던 날이었다. 그때 나는 아빠에게 어째서 오빠에 대해 이야기하면 안 되느냐고 물었고, 천국에는 책 반납이 늦어져도 연체료를 물지 않는 도서관이 있느냐고도 물었다. 맛히스 오빠에게는 돈이 없는데, 오빠도 우리도 모두 책 반납하는 걸 곧잘 잊어버리곤 했다. 특히 로알드 달의 책이나 '화 난 마녀' 시리즈를 연체하기 일쑤였다. 부모님은 그 책들이 무신론적이라고 했기 때문에 몰래 읽어야 했지만. 우리는 그 책들을 사서에게 도로 맡기고 싶지 않았다. 사서는 우리를 좀처럼 친절하게 대해주지 않았다. 맛히스 오빠는 그 아줌마가 손가락에 기름을 묻히고 다니는 아이들과 책장 귀퉁이를 접는 아이들을 무서워한다고 했다. 책장 귀퉁이를 접는 아이들은 오로지 진짜 집이 없는, 즉 언제나 돌아갈 수 있는 장소가 없는 아이들뿐이다. 그래서 어디까지 읽었는지 기록을 해둬야 하는 것이다. 나도 나중에는 그렇게 하게 되었다. 나는 아주 조그맣게 접긴 하지만. 어쨌든 아빠에게 그 질문을 했더니 아빠는 내 후드를 붙잡아 나를 코트째로 들어 올려서 빨간색 외투 걸이에 걸어버렸다. 나는 대롱대롱 매달린 채 발버둥을 쳤지만 빠져나올 수 없었다. 바닥이 발밑에서 사라진 것 같았다.

"여기서 질문은 누가 해야 하지?"

아빠가 물었다.

"아빠요."

"아니. 하나님이 하는 거야."

나는 곰곰이 생각해보았다. 하나님이 내게 질문을 한 적이 있던가? 기억나지 않았다. 사람들이 내게 물을 수 있는 질문들에 대한 답변을 많이 생각해두기는 했어도. 그러느라고 하나님의 목소리가 안 들렸던 건지도 모른다.

"맛히스가 돌아올 때까지 거기 매달려 있든지."

"언제 돌아오는데요?"

"네 발이 바닥에 닿을 때."

나는 바닥을 내려다보았다. 내 키가 자라는 속도를 고려하면 꽤 오랜 시간이 걸릴 게 틀림없었다. 아빠는 나가는 척했다가 몇 초만에 다시 돌아왔다. 코트 지퍼가 내 목에 파고들어서 아플뿐더러 숨 쉬기가 힘들었다. 아빠는 나를 바닥에 내려주었고, 그날 이후로 나는 두 번 다시 맛히스 오빠에 대한 질문을 하지 않았다. 나는 도서관에 연체료가 많이 쌓이도록 일부러 내버려뒀고, 때로는 이불 속에서 책을 소리내어 읽으며 맛히스 오빠가 천국에서 들을 수 있기를 바랐다. 벨러에게 중요한 시험에 대해 문자 메시지를 보낼 때처럼, 오빠에게 보내는 이야기 맨 끝에도 해시태그를 붙였다.

나는 하나 뒤에서 자전거를 타고 제방을 따라 달린다. 개 가방은 짐받이에 실려 있다. 우리는 가는 도중에 린 아주머니와 마주친다. 내가 소아성애자가 아니라는 것은 알지만, 그래도 나는 린 아주머니 자전거 뒤에 앉아 있는 아주머니의 아들을 보지 않으려 애쓴다. 금발과 어우러진 개 외모는 어딘가 천사 같은 구석이 있고, 나는 나보다 나이가 많든 적든 상관없이 천사를 무진 좋아한다. 하지만 우리 할머니는 여우에게 거위를 맡겨서는 안 된다고 말한 적이 있다. 할머니는 여우도, 거위도 키우지 않지만, 그래도 그 둘을 같이 붙여놓으면 상황이 좋게 흘러가지 않으리라는 것은 상상할 수 있다. 린 아주머니가 멀찍이서 우리에게 인사한다. 걱정스러운 표정이다. 아주머니가 우리에게든 우리 부모님에게든 뭔가 질문을 하지 않게끔 하려면 우리 둘 다 명랑하게 마주 웃어줘야 하겠다.

"행복한 척해."

나는 하나에게 나직하게 말한다.

"어떻게 하는지 까먹었어."

"졸업 사진 찍듯이."

"아, 알겠어."

하나와 나는 최대한 활짝 웃어 보인다. 내 입꼬리가 팽팽하게 당겨진다. 린 아주머니는 별다른 까다로운 질문을 하지 않고 우리를 지나친다. 나는 아주머니의 아들을 흘끔 돌아본다. 그 순간 그 애가 다락방의 밧줄에 매달려 있는 장면이 상상된다. 천사들은 언제나 매달려 있어야 한다. 그래야 자기 축을 중심으로 회전하면서 모두에게 똑같은 도움을 나눠줄 수 있기 때문이다. 나는 끔찍한 상상을 떨쳐내기 위해 눈을 몇 차례 깜빡이고 지난 주일 예배 때 렝케마 목사님이 하신 말씀을 떠올린다. 누가복음에 대한 이야기였다.

"악은 바깥에서 우리에게 들어오지 않고 우리 안에서 생겨납니다. 그게 우리의 난점이지요. 오늘 성경 말씀 속 세리는 자기 가슴을 치며 기도했습니다. '여기가 모든 악의 근원이오'라고 말하듯이 자기 가슴을 친 겁니다."

나는 내 가슴을 주먹으로 누른다. 몸이 경직되고 자전거 위에서 휘청거릴 만큼 힘껏. 그러면서 "용서해주세요, 하나님"이라고 속삭인다. 그런 다음 하나에게 모범을 보이기 위해 양손을 핸들에 도로 내려놓는다. 자전거를 탈 때 손을 핸들에서 떼면 안 된다. 하나가 그러면 나는 야단을 친다. 차가 우리 앞을 지나가려 할 때 "차!" 혹은 "트랙터!"라고 소리를 지르듯, 야단칠 때도 짧게 소리를 지른다.

하나의 앞니에는 이앙기 같은 틈이 나 있다. 내 긴장된 가슴에 공기가 일순간 더 많이 들어오는 것이 느껴진다. 때로는 내 위에 거인이 앉아 있는 것만 같다. 밤중에 맛히스 오빠에게 더 가까워지려고 숨을 참고 있을 때면 가끔 오빠가 내 책상 의자에 앉아서 갓 태어난 송아지처럼 커다란 눈망울로 나를 지켜볼 때가 있다. 오빠는 "더 오래 참아야 해, 훨씬 더 오래"라며 나를 부추기기도 한다. 아무래도 내 책에서 '커다랗고 다정한 거인'이 탈출한 게 아닌가 싶다. 그 책을 침대 옆 탁자에 펼쳐둔 채로 놔두었다가 잠든 적이 있기 때문이다. 하지만 내 곁에 있는 거인은 다정하지 않다. 그보다는 화가 많고 고압적이다. 그는 아가미가 없는데도 숨을 오랫동안 참을 수 있다. 어쩔 땐 밤새도록 참고 있기도 한다.

다리에 이르러 우리는 자전거를 길가에 팽개친다. 난간이 시작되는 자리에 나무 팻말이 붙어 있고, "근신하라, 깨어라. 너희 대적 마귀가 우는 사자같이 두루 다니며 삼킬 자를 찾나니."라는 글귀가 칠해져 있다. 베드로전서에 나오는 구절이다. 풀밭에 껌 포장지가 버려져 있다. 누가 건너편으로 가기 전에 입냄새를 없애고 싶었나 보다. 호수는 잔잔하다. 거짓이라고는 찾아볼 수 없는 경건한 사람의 얼굴처럼. 물가 여기저기에는 벌써 얇은 얼음이 얼어 있다. 나는 거기에 자갈을 던져본다. 자갈은 얼음 위에 떨어진다. 하나가 바위들 중 한 개에 올라가더니 가방을 옆에 내려놓고, 눈 위에 손차양을 치고 건너편을 내다본다.

"그자들이 술집에 몸을 숨긴다는 얘기를 들었어."

"누가?"

내가 묻는다.

"남자들 말이야. 그리고 남자들이 뭘 좋아하는지 알아?"

나는 대답하지 않는다. 뒤에서 보니 동생은 더 이상 내 동생이 아니라, 누구라고 해도 좋을 법한 타인으로 보인다. 걔의 검은 머리가 더 길어졌다. 내 생각엔 엄마가 매일 땋아주게 하려고 일부러 기르는 것 같다. 그러면 엄마가 걔를 매일 만져야 한다는 뜻이니까. 내 머리는 있는 그대로 늘 괜찮다.

"아무리 씹어도 맛이 사라지지 않는 껌."

"그런 게 어딨어."

내가 대꾸한다.

"언제나 달콤하게 남아 있어야 한다는 거야."

"그 남자들이 덜 씹으면 되잖아."

"아무튼 너무 끈적거리면 안 된대."

"나는 껌 씹으면 맛이 엄청 빨리 없어지던데."

"언니는 소처럼 껌을 씹잖아."

나는 엄마를 떠올린다. 엄마의 턱은 매일같이 너무 많이 씹어서 긴장되어 있을 것이고, 긴장감 때문에 엄마는 사료 저 장고에서 뛰어내리거나 치즈 온도를 재려고 쓰는 온도계를 깨뜨리고 수은을 삼킬 수도 있다. 아빠는 우리가 아주 어렸을 때부터 수은에 대해 경고했다. 그걸 먹으면 금방 죽는다고 했 다. 그 이야기를 듣고 나는 죽는 과정이 빠를 수도 있고 느릴 수도 있다는 것과 두 가지 다 장단점이 있다는 것을 알게 되 었다.

나는 하나 뒤에 서서 개 파카에 머리를 기댄다. 하나는 차 분하게 숨을 쉬고 있다.

"우리 언제 떠나?"

하나가 묻는다. 차가운 바람이 내 코트 안으로 파고든다. 몸서리가 쳐진다.

"내일 오후 쉬는 시간 이후에."

하나는 대답하지 않는다.

"수의사 아저씨가 나더러 완성되었다고 했어."

"수의사 아저씨가 그런 걸 어떻게 아는데? 그 아저씨는 완 성된 동물들만 보잖아. 불완전한 동물들은 안락사시키고."

하나가 갑자기 신랄하게 쏘아붙인다. 질투가 나는 걸까?

나는 하나의 양쪽 옆구리에 두 손을 올린다. 여기서 한 번 만 밀면 물에 빠질 것이다. 그러면 나는 맛히스 오빠가 어떻게 물속에 잠겼는지, 어떻게 그런 일이 일어날 수 있었는지 볼 수 있을 것이다.

그래서 나는 그렇게 한다. 나는 바위에서 하나를 밀쳐서 물에 빠뜨리고 어떻게 하나 지켜본다. 걔는 수면 밑으로 쑥 빠져 들어갔다가 다시 떠올라 고개를 내밀며 캑캑거린다. 공포로 휘둥그레진 두 눈이 검은색 낚시찌 같다. 나는 하나의 이름을 외친다.

"하나, 하나, 하나!"

하지만 바람이 내 말소리를 바위에 내리꽂는다. 나는 물가에 무릎을 꿇고 앉아 하나의 팔을 잡아당긴다. 그 이후로 모든 것이 달라진다. 나는 온통 젖은 동생 위에 온 체중을 싣고 엎드려서 되뇐다.

"죽지 마, 죽지 마."

우리는 교회 종이 다섯 번 울릴 때까지 일어나지 않는다. 동생의 온몸에서 물이 흘러내린다. 나는 걔 손을 잡고 젖은 행주 짜듯 꽉 틀어쥔다. 우리는 언젠가 복권에서 당첨되어 얻은, 식탁 위에 놓여 있는 '베아트릭스 여왕' 비스킷 깡통처럼 텅 비어 있다. 아무도 우리를 채울 수 없다. 하나가 가방을 집어든다. 걔는 다리 옆에서 나부끼는, 빨간색과 흰색으로 된 자루 모양 풍향계처럼 격렬하게 떨고 있다. 나는 자전거를 어떻게 타는지, 어떻게 집으로 돌아가는지 기억이 잘 안 난다. 우리가 어디로 가고 있었는지도 모르겠다. 다리 건너편에 있던 약속의 땅이 갑자기 단조로운 엽서 속 그림이 되어버렸다.

"내가 미끄러졌어."

하나가 말한다. 나는 고개를 내젓고 주먹으로 관자놀이를
꾹 누른다.

"정말이야, 내가 미끄러졌어. 그렇게 된 거야."

9

그날 밤 나는 또 열에 들뜬 꿈을 꾼다. 이번에는 동생이 나오는 꿈이다. 걔는 호수 위에서 뒷짐을 진 채 구름을 헤치며 스케이트를 타고 있다. 렝케마 목사님의 폭스바겐이 배수로 옆에 주차되어 있고 전조등 불빛이 얼음을 비춘다. 그 빛줄기가 하나가 돌아야 할 트랙의 크기를 알려주고 있다. 렝케마 목사님은 검은 사제복 차림으로 차 보닛에 걸터앉아 무릎 위에 성경을 올려두고 있다. 주변의 모든 것이 눈과 얼음으로 뒤덮여 하얗다.

그런데 전조등 불빛이 천천히 내 쪽으로 옮겨온다. 나는 사람이 아니고 둑 옆에 버려진 접이식 의자다. 이제 아무도 스케이트를 탈 때 나를 잡고 의지할 필요가 없다. 내 다리는 싸늘하게 식었고, 등받이는 사람의 손길을 그리워한다. 하나가 내 앞을 지나가며 스케이트 날이 얼음을 지치는 소리가 들릴 때마다 나는 그 애에게 소리치고 싶다. 하지만 의자는 소리를 지를 수가 없다. 얼음에 난 바람구멍들이 얼마나 위험한지 하나에게 경고하고 싶지만, 의자는 사람들에게 경고 같은 건 할 수 없다. 나는 그 애를 붙잡고 싶다. 걔를 내 등받이에 기대게 하고 내 무릎 위에 앉히고 싶다. 하나는 내 앞을 지나갈 때마다 나를 흘끔거린다. 코가 빨개졌고 귀에는 아빠의 귀마개를 쓰고 있다—가끔 우리는 아빠의 손이 우리의 차가운 머리를 감싸주기를 바랄 때 저 귀마개를 쓰곤 한다. 나는 내가 걔를 얼마나 사랑하는지 말해주고 싶다. 그 마음이 너무나 간절해서 내 등받이가 잠깐 빛난다. 하루 동안 사람을 앉혔던 것처럼 나무판이 따스하게 달아오른다. 하지만 의자는 누군가를 사랑한다고 말할 수 없다. 그리고 이 의자가 나라는 걸, 야스가 가구로 변장한 상태란 걸 아무도 모른다. 조금 떨어진 곳에서 검둥오리들이 미끄러져 지나간다. 녀석들이 얼음 밑으로 가라앉지 않는 것을 보니 안심이 된다. 비록 내 동생은 검둥오리 서른다섯 마리를 합친 만큼의 무게가 나가겠지만. 그런데 얼음판 위를 다시 둘러보니 하나가 전조등 빛줄기 밖으로 나아가 시야에서 벗어나고 있다. 렝케마 목사님이 경적을 울리며 전조등 불빛을 깜빡거린다. 동생의 노란 뜨개 모자가 기울어가는 해처럼 서서히 내려앉는다. 나는 그 애가 물속으로 가라앉지 않길 바란다. 나 자신이 얼음 깨는 송곳이 되어, 그 애를 향해 내 몸을 내어 꽂고 싶다. 걔를 구하고 싶다. 하지만 의자는 사람을 구할 수 없다. 의자는 누군가가 다가와 자기 위에 앉아 쉴 때까지 묵묵히 기다릴 따름이다.

10

"땅에 막대기가 있으면 거기에 두더지 덫이 있는 거야."

아빠가 내게 삽을 건네주며 말한다. 나는 삽의 가운데 부분을 잡는다. 어둠 속 덫에 떨어진 두더지들이 딱하다는 생각이 든다. 나도 딱 그 녀석들 같다. 낮 동안에는 시야가 점점 검어지는 듯하다가 저녁이 되면 바로 눈앞의 내 손도 보이지 않는다. 나는 발치의 흙을 약간 파서 우리가 잔디 아래 쑤셔넣었던 모든 것을 뒤집어 엎는다. 오늘 아침 침대 옆 탁자의 스탠드를 켰는데, 빛이 들어오나 싶더니 금세 꺼져서 암흑에 잠겼다. 나는 스위치를 다시 눌러봤지만 아무 일도 일어나지 않았다. 그 순간 스탠드에서 바다가 넘쳐 나오는 것만 같았다. 내 파자마가 축축하게 젖었고 오줌 냄새가 났다. 나는 숨을 참고 맛히스 오빠를 생각했다. 그렇게 40초를 헤아렸다. 그런 다음 신선한 공기를 들이마시고 스탠드의 나사를 풀어보았다. 전구는 멀쩡해 보였다. 문득 이 암흑이 마지막 재앙인가 보구나, 이제 모든 재앙이 끝나겠구나 하는 생각이 들었다. 나는 부리나케 그 생각을 떨쳐버렸다.

학부모 방문의 날 선생님이 우리 엄마 아빠에게 했던 말이 옳았다. 내가 과도한 상상력을 갖고 있다는, 그래서 내 주위에 레고로 된 세계를 쌓아 올린다는 말. 레고처럼 끼우기도,

빼내기도 쉬웠다. 나는 그렇게 누가 적이고 누가 친구인지 결정했다. 그리고 선생님은 내가 교실 문간에서 나치식 경례를 했다는 사실도 부모님에게 말했다. 그때 내가 팔을 허공에 쳐들고 "하일 히틀러"라고 말했던 것은 오버 오빠의 말 때문이었다. 오빠는 내가 그렇게 하면 선생님이 웃을 거라고 했다. 하지만 선생님은 웃지 않았고 내게 방과 후에 남아서 깜지를 쓰라고 시켰다. "나는 역사를 조롱하지 않겠습니다. 나는 하나님을 조롱하지 않겠습니다"라는 구절이었다. 그걸 쓰면서 나는 생각했다. 내가 올바른 편에 서 있다는 걸, 우리 엄마가 유대인들을 지하실에 숨겨두고 있다는 걸, 그 유대인들은 '스물티어스' 비스킷을 비롯해 달콤한 과자들을 먹어도 되고 탄산음료를 한없이 마셔도 된다는 걸 선생님은 모른다고. 그리고 스물티어스 비스킷에는 양면이 있어서 한쪽은 초콜릿이고 한쪽은 생강 쿠키로 되어 있다는 것도 선생님은 몰랐다. 나에게도 양면이 있다. 나는 히틀러이기도 하고 유대인이기도 하다. 선하면서도 악한 존재인 것이다. 나는 욕실에서 젖은 파자마 바지를 벗고 난방이 들어오는 바닥에 펼쳐놓았다. 그리고 깨끗한 팬티와 코트를 입은 다음 욕조에 기대어 파자마가 마르기를 기다렸다. 그때 문이 열리더니 오버 오빠가 들어왔다. 오빠는 시체라도 보는 듯한 눈초리로 파자마를 보고는 물었다.

"너 오줌 쌌냐?"

나는 단호하게 고개를 저었다. 그리고 스탠드에서 빼낸 전구를 단단히 거머쥐었다. 조그맣고 평평한 전구였다.

"아니. 스탠드에서 물이 나왔어."

308

"거짓말쟁이. 스탠드에는 물이 없어."

"있었어. 세상엔 오대양이 있잖아."

"그럼 왜 여기서 오줌 냄새가 나는데?"

"바다 냄새가 그러니까. 물고기도 오줌을 누잖아."

"아무튼. 이제 제물을 바쳐야 할 때야."

오빠가 말했다.

"내일 하자."

나는 약속했다.

"좋아. 내일 하는 거다."

오빠가 내 파자마를 흘긋 보더니 덧붙였다.

"안 그러면 네가 오줌 싸는 괴물이라고 학교 애들한테 다 말해버릴 거야."

오빠는 나가서 문을 닫았다.

나는 욕실 바닥에 납작하게 엎드려서 접영을 연습했다. 그러자 폭신폭신한 욕실 매트에 가랑이를 맞비비게 되어서 곰인형 위에서 움직이는 것과 같은 자세가 되었다. 바닷속에서 물고기들과 함께 헤엄치는 느낌이었다.

나는 아빠를 따라 들판을 걷는다. 서리를 맞아 굳은 풀들이 장화에 밟히는 느낌이 돌처럼 단단하다. 들판에 내보낼 젖소들이 없으니 아빠는 덫을 매일 확인한다. 지금도 아빠는 오른손에 새로운 덫 두 개를 들고서, 닫혀버린 오래된 덫들을 교체하려고 하는 중이다. 나는 방에서 숙제를 하다가 종종 창밖으로 아빠가 같은 길을 따라 들판을 걸어가는 것을 보곤 한다. 어쩔 때는 엄마와 오버 오빠도 같이 간다. 위에서 내려다보면 땅은 꼭 루도* 판처럼 보인다. 그럴 때면 가족들은 마치 장기말 같고, 나는 그들이 목장이나 축사 안에 안전하게 돌아왔을 때와 같은 안도감을 느낀다. 하지만 우리 모두 동시에 같은 장소에 있기는 점점 어려워지고 있다. 목장 안의 방들에는 장기말 하나씩만 둘 수 있고, 그 이상의 장기말이 몰리면 싸움이 일어난다. 그러면 아빠는 집 안에도 두더지 덫을 놓을 것이다. 아빠는 그 외에 할 일이 아무것도 없어서 하루 종일 왜가리 인형처럼 흡연용 의자에 앉아 아무 말도 않고 있다가 우리를 먹잇감 삼는다. 왜가리들은 두더지를 무척 좋아하지 않던가. 아빠는 주로 킹 제임스 성경에 대해 우리를 심문할 때만 입을 연다. 머리카락을 잃고 힘도 모두 잃은 사람은 누구지? 소금 기둥으로 변한 사람은 누구지? 고래가 삼킨 사람은 누구고? 자기 형제를 죽인 사람은? 신약성경에는 얼마나 많은 책이 들어 있지? 우리는 흡연용 의자가 재앙이라도 되는 것처럼 피해 다니지만 가끔은 어쩔 수 없이 지나가야 할 때가 있다. 식사 직전에만 해도 그렇다. 그때마다 아빠가 자꾸만 질문을 하는 통에 수프는 차갑게 식고 비스킷은 눅눅해져버린다. 한 번만 틀린 대답을 해도 아빠는 우리를 방으로 보내 묵상을 하라고 한다. 아빠는 세상에 묵상할 게 얼마나 많은지 모르는 듯하다. 생각을 하면 할수록 생각할 것이 더 생겨나고, 우리 몸은 자라나고 있고, 이런 묵상은 교회에서처럼 페퍼민트 사탕으로 꺼버릴 수도 없다는 사실을.

* 윷놀이와 비슷한 보드게임. 구획이 나뉜 판에서 게임을 펼친다.

"옛날에는 가죽 한 장을 1길더*씩 받고 팔았어. 가죽을 널 빤지에 못으로 박아 펴놓고 말리곤 했지."

아빠가 말한다. 아빠는 한 막대기의 옆에 웅크려 앉아 있다. 이제 아빠는 덫으로 잡은 두더지들을 축사 뒤에 사는 왜 가리들에게 먹이로 준다. 녀석들은 두더지를 우선 물에 담가 적셔서─마른 채로는 삼킬 수가 없는 것이다─ 씹지도 않고 삼킨다. 아빠와 하나님의 말씀도 딱 그렇게 목구멍으로 미끄 러져 넘어간다.

"그래, 이 녀석아, 이건 침착하게 해야 해. 덫에 물리면 꼼 짝없이 죽는 거야."

아빠가 막대기를 땅에 더 깊이 꽂으며 속삭인다. 덫에는 아무것도 잡히지 않았다. 다음 덫으로 가본다. 역시 아무것도 없다. 두더지들은 혼자 살기를 좋아한다. 녀석들은 혼자서 어 둠 속으로 들어간다. 모든 존재가 결국에는 자신의 어두운 측 면과 맞서 싸워야 하듯이. 내 머릿속은 점점 더 자주 새까맣 게 변한다. 하나는 때때로 자기 자신을 뒤집어 엎지만, 나는 빌어먹을 머릿속 터널에서 어떻게 나갈 수 있는지 모르겠다. 그 터널에서라면 나는 엄마 아빠를 구석구석에서 막아세울 수 있고, 두 사람은 팔이 몸뚱이에 붙은 연약한 스프링처럼 변한 채 헛간 속 녹슨 두더지 덫처럼 꼼짝없이 갇힌다.

"그 동물들한테는 너무 추운 날씨야."

아빠가 말한다. 아빠의 코에서 콧물이 흐른다. 아빠는 며칠 째 면도를 하지 않았다. 코에는 나뭇가지에 긁혀서 생긴 붉은

---

* 네덜란드의 옛 화폐로, 유로 도입 직전의 화폐 가치는 600원 정도였다.

생채기가 있다.

"네, 너무 춥죠."

나는 어깨를 바람막이처럼 곧추세우며 말한다. 아빠는 멀리 박혀 있는 막대기들을 바라보다 별안간 말한다.

"마을 사람들이 너에 대해 수군거린다. 네 코트에 대해 말이야."

"제 코트가 왜요?"

"코트 속에 두더지가 쌓아놓은 흙 두둑이라도 있니? 그런 거야?"

아빠가 히죽 웃는다. 나는 얼굴이 달아오른다. 벨러의 가슴은 슬슬 자라기 시작했다. 체육 시간에 탈의실에서 내게 직접 보여줬다. 걔 젖꼭지는 분홍색이었고 마시멜로처럼 부풀어 있었다.

"이제 네 차례야."

벨러의 말에 나는 고개를 저었다.

"내 가슴은 크레스*처럼 어둠 속에서 자라. 건드리면 안 돼. 그랬다가는 시들시들해질 거야."

벨러는 이해해주었지만 얼마 못 가 인내심을 잃을 것이다. 오버 오빠와 나 때문에 당분간은 침묵하겠지만. 지난번에 있었던 일에 대해 걔네 부모님에게서 항의 전화가 오지 않은 걸 보면 부모님에게 말하지는 않은 모양이었다. 하지만 학교에서 우리 책상 사이에는 역사책 한 권이 베를린 장벽처럼 가로놓여 있다. 그 사건 이후로 벨러는 나랑 말을 섞지 않으

* 흔히 샐러드에 넣어 먹는 갓류 식물.

려고 하고 내 밀크 비스킷 수집에도 관심을 완전히 잃었다.

"건강한 여자애들은 모두 두둑이 있지."

아빠가 일어나더니 내 앞에 마주선다. 추위 때문에 아빠의 입술이 텄다. 나는 약간 떨어진 데에 있는 막대기를 재빨리 가리킨다.

"저 안에는 두더지가 있을 것 같아요."

아빠가 몸을 돌리고 내가 가리킨 곳을 내다본다. 아빠의 금발 머리가 길었다. 내 머리도 그렇다. 둘 다 딱 어깨 위까지 내려온다. 여느 때 같았으면 엄마가 진작 우리를 광장에 있는 미용실에 보냈을 것이다. 이제 엄마는 우리 머리를 챙기는 걸 잊었다. 아니면 머리가 텁수룩하게 자라도록 놔두고 싶은 건지도 모른다. 담쟁이덩굴에 집이 뒤덮이듯 우리가 머리카락에 서서히 파묻혀 사라지기를 바라는지도. 그러면 우리가 얼마나 보잘것없는 존재인지 아무도 볼 수 없을 것이다.

"그런 모습으로 하나님 앞에서 결혼할 수나 있을 것 같니?"

아빠가 삽으로 땅을 내리찍는다. 이번에도 아무것도 없다. 우리 반에서 나를 봐주는 남자애는 아무도 없다. 걔들이 나를 주목할 때는 나를 놀림감으로 삼을 때뿐이다. 어제는 펠러가 자기 바지 속에 손을 넣더니 지퍼 밖으로 손가락을 내밀며 말했다.

"이거 만져봐. 발기됐어."

나는 아무 생각도 없이 걔 손가락을 감싸쥐었다. 담배를 피워서 누렇게 뜬 피부 아래 뼈대가 만져졌다. 그러자 온 반 아이들이 환호성을 질렀다. 나는 약간 당황해서 창가에 있는 내 자리로 돌아갔다. 그러는 동안에도 웃음소리는 더 커졌고 베를린 장벽은 토대부터 흔들거렸다.

"전 결혼 안 할 거예요. 건너편으로 가려고요."

나는 여전히 교실에서 벌어졌던 일에 대해 생각하면서 말한다. 나도 모르게 나온 말이다. 그러자 아빠의 얼굴에서 핏기가 싹 가신다. 내가 '벌거벗었다'라는 단어를 입에 올리기라도 한 것처럼. 그건 젖가슴 발육에 대한 이야기보다 더 나쁜 화제다.

"언젠가 감히 다리를 건널 생각을 하는 사람은 다신 돌아오지 못할 거야."

아빠가 큰 목소리로 말한다. 맛히스 오빠가 집에 돌아오지 않은 날 이후로, 아빠는 도시를 한번 발을 들이면 우리를 집어삼키고 중독시킬 퇴비 제조 탱크 같은 곳으로 묘사하며 경고해왔다.

"죄송해요, 아빠. 별 생각 없이 한 말이었어요."

나는 조용히 말한다.

"네 오빠가 어떻게 됐는지 알잖아. 너도 그렇게 되고 싶은 거냐?"

아빠가 땅에서 삽을 뽑아내더니 내게서 걸음을 옮긴다. 바람이 우리 사이를 스치고 지나간다. 아빠는 마지막 덫 옆에 쪼그려 앉는다.

"내일은 그 코트 벗어. 내가 확 태워버릴 거야. 그러면 이문제로 다시는 얘기할 일 없겠지!"

아빠가 외친다. 그러자 나는 불현듯 두더지 덫 날 사이에 아빠의 몸이 끼인 모습이 상상된다. 우리는 그 장기말이 어디서 죽었는지 표시하기 위해 아빠의 머리 옆에 나뭇가지를 꽂고 있다. 나는 그 고약한 상상을 떨치려고 머리를 흔들며 토끼장의 물통에 연결된 정원용 호스로 덫을 헹군다. 나는 두더지 두둑은 두렵지 않지만 그것들이 자라나는 장소인 어둠은 두렵다.

우리는 아무런 전리품 없이 목장으로 돌아간다. 가는 길에 아빠는 두더지 두둑 몇 개를 삽으로 후려쳐서 흩트린다.

"가끔은 겁을 좀 주는 게 좋아."

아빠가 말을 잇는다.

"너도 네 엄마처럼 납작해지고 싶은 거냐?"

나는 교회의 헌금함처럼 축 늘어진 엄마의 젖가슴을 떠올린다.

"그건 엄마가 안 먹어서 그런 거잖아요."

"네 엄마는 걱정이 너무 많아. 그래서 다른 게 들어갈 자리가 없는 거야."

"왜 걱정이 많은데요?"

아빠는 대답하지 않는다. 나는 엄마의 걱정이 우리와 관련된 것임을 알고 있다. 우리가 좀처럼 정상적으로 행동하지 못하기 때문에. 우리는 정상이 되려고 해도 결국은 엄마를 실망시키고야 만다. 올해 수확한 감자들처럼 실패작이라고 할까. 엄마는 그 감자들이 너무 잘 부스러지거나 너무 진득하다고 생각했다. 나는 내 책상 밑의 두꺼비들이나, 녀석들이 짝짓기할 예정이라는 사실에 대해서는 아무 말도 하지 않는다. 두꺼비들은 결국 짝짓기를 할 것이고, 다시 먹기 시작할 것이고, 모든 게 괜찮아지리라는 것을 나는 안다.

"네가 코트를 벗으면 네 엄마도 다시 살이 붙을 거다."

아빠가 나를 곁눈질한다. 아빠는 미소를 지으려는 듯하지만 입꼬리가 얼어붙은 듯 움직이지 않는다. 나는 잠깐 나 자신이 커진 기분이 든다. 큰 사람들은 서로 미소 짓고 서로 이해한다. 자기 자신을 이해하지 못할 때조차도. 나는 코트 지퍼에 손을 올린다. 그리고 아빠가 눈을 돌린 틈을 타서 다른 쪽 손으로 코딱지를 파서 입안에 넣는다.

"저는 코트를 벗으면 병이 날 거예요."

"우리 가족을 멍청이로 보이게 하려고 작정했어? 네 해괴한 행동 때문에 우리 모두 시달려서 죽을 지경이야. 내일 벗어."

나는 걸음을 늦춰서 아빠 뒤로 물러나 아빠의 등을 보며 걷는다. 아빠는 붉은 재킷을 입었고 등에 사냥꾼용 가방을 멨다. 그 안에는 두더지도, 아무것도 들어 있지 않다. 아빠의 발밑에서 풀이 바스락거린다.

"아빠가 죽지 않았으면 좋겠어요."

나는 바람에 대고 소리친다. 아빠는 내 말을 듣지 못한다. 아빠가 손에 든 두더지 덫들이 바람에 흔들려 부드럽게 맞부딪힌다.

316

11

부엌에서 몰래 가져온 작은 냄비 안에 넣어둔 두꺼비들의 머리가 수면 위에 새싹처럼 떠 있다. 나는 둘 중 더 통통한 녀석의 머리를 검지손가락으로 조심스럽게 밀어본다. 그러자 머리는 다시 수면 밖으로 올라온다. 녀석들은 너무 약해져서 헤엄은 못 치지만 떠 있는 데에는 무리가 없다.

"하루만 지나면 우리는 영영 떠날 거야."

나는 두꺼비들을 물에서 꺼내며 말한다. 그리고 빨간 줄무늬 양말로 녀석들의 울퉁불퉁한 피부를 닦아준다. 아래층에서 엄마가 고함치는 소리가 들린다. 엄마와 아빠가 싸우고 있다. 오랜 우유 고객 중 한 명이 교회 신도들에게 불평했기 때문이다. 이번에는 우유가 너무 연하다거나 묽다는 문제가 아니라 우리, 즉 세 왕에 대한 불평이었다. 확실히 내 얼굴색은 연한 우유처럼 창백하고 눈은 묽은 우유처럼 축축하다. 엄마는 그게 다 아빠의 잘못이라고, 아빠가 우리에게 아무 신경도 안 쓰기 때문에 그렇다고 한다. 반면 아빠는 그게 다 엄마의 잘못이라고, 엄마가 우리에게 아무 신경도 안 쓰기 때문에 그렇다고 한다. 그런 말이 오고 간 다음 엄마 아빠는 둘 다 집을 나가겠다고 으름장을 놓지만 그건 불가능하다는 사실이 드러나고야 만다. 오로지 한 번에 한 명씩만 짐을 꾸릴 수 있고,

한 번에 한 명씩만 애도될 수 있으며, 나중에 돌아와서 아무 일도 없었던 것처럼 행동할 수 있는 것도 한 명뿐이어야 하니까. 이제 두 사람은 누가 떠날지를 두고 싸우고 있다. 내심 나는 떠나는 사람이 아빠이기를 바란다. 아빠는 보통 오후에 커피 마실 시간쯤 되면 어차피 돌아오니까. 아빠는 커피를 마시지 않으면 두통이 도진다고 한다. 엄마의 경우에는 잘 모르겠다. 과자로 엄마를 붙잡을 수 없는 것은 분명하다. 우리가 엄마에게 애원하고 우리 스스로를 연약하게 만들어야 한다. 두 사람은 서로 점점 더 멀어지는 것 같다. 주일에 교회에 가려고 자전거를 몰고 제방 위를 달릴 때, 엄마가 점점 더 빨리 가는 바람에 아빠가 벌어진 거리를 메워야 하는 것처럼. 말다툼도 마찬가지다. 아빠가 해결해야 한다.

"내일 내 코트를 벗기겠대."

나는 속삭인다. 두꺼비들은 충격이라도 받은 듯 눈을 껌뻑인다.

"나는 딱 삼손 같은 것 같아. 내 힘은 머리카락이 아니라 코트에 들어 있지만. 코트가 없으면 나는 죽음의 노예가 될 거야. 이해가 되니?"

나는 일어나서 젖은 양말을 침대 밑에 있는 젖은 팬티들 사이에 숨긴다. 그리고 두꺼비들을 코트 주머니에 넣고서 하나의 방으로 간다. 약간 열린 방문 틈으로 문을 등지고 누워 있는 하나가 보인다. 나는 안으로 들어가서 개 잠옷 아래 맨등에 손을 얹어본다. 피부에 소름이 돋아 있어서 레고 블록처럼 느껴진다. 그 위에 나 자신을 끼우고 다시는 떨어지지 않을 수도 있을 것 같다. 하나가 졸린 듯 몸을 뒤척인다. 나는 두더지에 대해, 아빠가 내 코트를 벗기겠다고 말한 일에 대해, 그리고 부부싸움에 대해 말하고, 두 사람이 집을 떠나겠다고 한다고, 언제나 떠나겠다고 으름장을 놓는다고 이야기한다.

"우린 고아가 될 거야."

나는 말한다. 하나는 내 말을 반만 듣고 있다. 걔 눈을 보니 머릿속이 어딘가 딴 데 가 있는 것을 알 수 있다. 나는 조바심이 난다. 보통 우리가 같이 있을 때는 목장 마당을 돌아다닌다. 탈출 경로를 생각하고, 더 나은 삶을 꿈꾸고, 세상이 심즈 같다고 상상한다.

"두더지 덫에 걸릴까, 아니면 온도계의 수은을 삼킬까?"

하나는 아무 대답도 않고 손전등으로 내 얼굴을 비춘다. 나는 팔로 눈을 가린다. 하나는 우리 상황이 안 좋다는 걸 모르는 걸까? 우리는 수련 잎을 타고 물 위에 뜬 채 엄마 아빠한테서 점점 멀어져가고 있다. 죽음은 엄마 아빠뿐만이 아니라 우리 안에도 들어와 있다. 죽음은 언제나 누군가의 몸이나 동물을 찾아다닐 것이고, 무언가를 붙잡을 때까지 멈추지 않을 것이다. 그럴 거라면 우린 차라리 다른 결말을 고를 수도 있다. 우리가 책에서 보고 아는 것과는 다른 결말을.

"어제 언니가 죽는 걸 상상할 수 있다고 했지. 몸속에 구멍이 점점 많이 생겨나서 마침내 몸이 부서지는 거. 그러느니 그냥 스스로를 부숴버리는 게 나아. 그편이 덜 아프니까."

동생이 내 얼굴에 자기 얼굴을 가까이 가져온다.

"건너편에서 우릴 기다리는 사람들이 있어. 어둠 속에서 우리 위에 엎드리는 것밖에 못 하는 사람들. 밤이 낮을 땅에다 누르는 것과 비슷한데, 그보다는 더 상냥하게 우리를 누를 거야. 그다음에는 엉덩이를 움직이겠지. 왜, 있잖아, 토끼들이 하는 것처럼 말이야. 그런 다음엔 우리는 세상 물정에 밝아지고, 탑 속의 라푼젤처럼 머리를 길게 기를 수 있게 돼. 그러면 무엇이든 될 수 있어. 무엇이든."

하나의 호흡이 빨라진다. 내 뺨이 따뜻하게 달아오른다. 내가 지켜보는 앞에서 하나는 손전등을 베개 위에 내려놓더니 자기 잠옷 원피스를 한 손으로 걷어 올린다. 그리고 다른 쪽 손으로 알록달록한 물방울 무늬가 있는 팬티 위를 누른다. 걔는 눈을 감고 입을 살짝 벌린다. 하나의 손가락이 팬티 위에서 움직이기 시작한다. 나는 꼼짝도 못 하고 하나가 신음을 흘리며 그 작은 몸을 다친 짐승처럼 구부리는 것을 바라만 본다. 걔는 몸을 앞뒤로 살짝 움직인다. 내가 곰인형에 대고 하는 것과 비슷하면서도 다르다. 걔가 무슨 생각을 하는지 모르겠다. 워크맨을 갖고 싶다는 생각이나 두꺼비들이 짝짓기하는 생각에 빠져 있는 게 아니라는 점은 분명하다. 그러면 무슨 생각을 하고 있지? 나는 베개 위의 손전등을 집어들어 걔를 비춰본다. 이마에 땀 몇 방울이 맺혀 있다. 추운 장소에서 너무 뜨끈하게 달아오른 몸에 물방울이 맺히듯이. 얼른 걔를 도와줘야 하는 걸까. 걔가 아픈 건지, 아래층에서 아빠를 데려와야 하는 건 아닌지 모르겠다. 하나는 열이 40도까지 치솟은 듯 보인다.

"무슨 생각 하고 있어?"

나는 속삭인다. 하나의 눈은 멍하니 초점이 풀려 있다. 내가 없는 어딘가에 가 있는 것 같다. 지난번에 콜라 캔을 가지고 놀았을 때 그랬듯이. 나는 초조감이 든다. 우리는 언제나 함께여야 하는데.

"벌거벗은 남자."

하나가 말한다.

"그걸 어디서 봤는데?"

"판라위크 씨네 가게에 있는 잡지에서."

"우리 거기 가면 안 되잖아. 파이어볼 샀어? 매운 거?"

하나는 대답하지 않는다. 나는 슬슬 걱정이 된다. 걔는 턱을 치켜들고 눈을 질끈 감더니, 아랫입술을 깨물고 또 신음하고는 내 옆에 풀썩 널브러진다. 온통 땀투성이다. 머리카락 한 타래가 얼굴 옆에 들러붙어 있다. 아픈 것처럼 보이면서 그렇지 않기도 하다. 나는 이 행동을 어떻게 이해해야 할지 생각해본다. 내가 하나를 호수에 떠밀어서 생긴 일인가? 나비가 고치에서 나오듯 자기 피부를 뚫고 나와서 유리창이나 오버 오빠 손아귀에 자기 몸을 마구 부딪힐 생각인가? 나는 하나한테 미안하다고, 걔를 호수에 떠밀 의도는 아니었다고 말하고 싶다. 나는 맛히스 오빠가 어떻게 물속에 가라앉았는지 보고 싶었을 뿐인데, 하나의 몸은 오빠의 몸이 아니었던 것이다. 어떻게 그런 걸 헷갈릴 수 있었을까? 나는 지난번에 꾼 악몽에 대해서도 털어놓고, 이제 겨울이 썰매를 타고 마을로 오고 있지만 절대로 호수에서 스케이트를 타지는 않겠다고 약속해달라고 말하고 싶다. 하지만 하나는 행복해 보인다. 나는 화가 나서 몸을 돌리려는데, 귀에 익은 바스락 소리가 들린다. 하나가 잠옷 주머니에서 빨간 파이어볼 두 개를 꺼낸 것이다. 우리는 나란히 누워서 파이어볼을 빨고, 풍선을 불고, 사탕이 너무 뜨거워지면 킬킬 웃는다. 하나가 내게 몸을 맞댄다. 우리 옆방 문이 탕 닫히고 엄마가 우는 소리가 들린다. 그 외에는 사방이 조용하다. 한때는 아빠가 카펫을 털듯 엄마의 등을 두드리는 소리가 들리기도 했다. 엄마가 하루 동안 들이마신 모든 잿빛, 일상의 먼지, 켜켜이 앉은 슬픔을 털어내려는 듯이. 하지만 그런 소리는 들리지 않은 지 오래되었다.

하나가 커다란 풍선을 분다. 풍선이 팡 터진다.

"아까 네가 한 게 뭐야?"

내가 묻는다.

"나도 몰라. 그냥 요즘 어쩌다 보니 하게 됐어. 엄마 아빠한텐 말하지 마, 알았지?"

나는 부드럽게 말한다.

"응, 당연히 안 하지. 널 위해 기도할게."

"고마워. 언닌 세상에서 제일 착한 언니야."

12

잠에서 깨어나면 내 계획은 늘 더 크게 느껴진다. 사람도 아침에는 척추 디스크의 수분 때문에 키가 2센티미터쯤 더 커지듯이. 오늘 우리는 건너편으로 갈 것이다. 그래서인지 몰라도 기분이 이상하다. 주변 모든 것이 더 어두워진 듯 보인다. 오버 오빠와 내가 축사 뒤에 서 있는데 첫눈이 내려와 커다란 눈송이가 우리 뺨에 달라붙는다. 오늘 아침 엄마가 올겨울 첫 도넛에 그랬듯 하나님이 우리에게 가루 설탕을 뿌리고 있는 것 같다. 도넛을 깨물면 입꼬리에 기름이 흘러내린다. 올해는 엄마가 여느 해보다 이르게 준비를 시작했다. 엄마는 도넛과 애플 프리터를 직접 튀겨서 양동이에 세 겹으로 쌓는다. 도넛, 키친타월, 애플 프리터. 엄마는 그렇게 양동이 두 개를 꽉 채워서 지하실로 가져갔다. 유대인들도 새해를 즐길 권리가 있으니까. 프리터를 만드느라 사과 껍질을 벗기고 나서 엄마의 손가락은 완전히 굽어버렸다.

오버 오빠의 머리카락이 눈 때문에 희끗해졌다. 오빠는 내가 제물을 바치면 내가 아직까지 오줌을 싼다는 사실을 아무에게도 말하지 않겠다고 약속했다. 그러니 심판의 날은 미뤄질 것이다. 오빠는 닭장에서 어린 수탉들 중 한 마리를 꺼내왔다. 아빠는 그 녀석을 무척 자랑스럽게 여겨서 가끔 "젖통

323

이 일곱 개인 젖소처럼 자랑스럽다"고 한다. 새빨간 허리털과 초록색 목털, 커다란 귓불과 반질반질 윤이 나는 볏 때문이다. 최근 있었던 온갖 일에도 아무 영향을 받지 않은 유일한 생명체인 그 수탉은 가슴을 내민 채 마당을 행진하고 있다. 녀석은 탁한 회색 눈으로 우리를 차분히 바라본다. 그때 내 코트 주머니 속에서 두꺼비들이 움직이는 게 느껴진다. 녀석들이 감기에 걸릴까 봐 걱정이 된다. 장갑 안에 넣어 가져올걸 그랬다.

"녀석이 세 번 울면 멈출 수 있어."

오빠가 말하고 내게 장도리를 건넨다. 나는 장도리 자루를 다시금 꽉 움켜쥔다. 엄마 아빠, 디우에르티어, 맛히스 오빠, 녹색 비누로 가득 찬 내 몸, 하나님과 그분의 부재, 엄마 배 속의 돌멩이, 우리가 찾을 수 없는 별, 벗어야 하는 내 코트, 죽은 젖소 안에 들어 있는 치즈 주걱을 생각한다. 수탉이 한 번 울었을 때 장도리는 녀석의 살에 내리꽂히고, 녀석은 돌바닥 위에 쓰러져 죽는다. 예전에 엄마는 이 장도리로 젖소 저금통을 부수게 했다. 이번에 내가 부순 것에서 나오는 것은 돈이 아니라 피다. 내 손으로 동물을 죽여본 건 처음이다. 그전까지 나는 그저 방조자였다. 예전에 할머니가 지내던 보호시설(보호라곤 없는 곳이었지만)에서 거미 한 마리를 밟아 죽였을 때 할머니는 말했다.

"죽음은 여러 행동으로 나눠지고 또 그 행동들이 다시 여러 단계로 나눠지는 절차야. 죽음은 절대로 그냥 일어나지 않아. 언제나 원인이 있어. 이번에는 그 원인이 너였던 거야. 너도 무언가를 죽일 수 있어."

할머니 말이 옳았다. 내 뺨에 묻은 눈송이들이 눈물에 젖어 녹아내린다. 어깨가 불규칙적으로 들썩거린다. 가만히 있으려 해보지만 몸이 주체가 되질 않는다.

오버 오빠가 수탉의 몸뚱이에서 장도리를 빼내더니 축사 옆의 수도꼭지에 헹구면서 말한다.

"대박이다. 너도 해냈네."

오빠가 몸을 돌리더니 수탉의 다리를 집어들고 들판으로 걸어간다. 녀석의 머리가 바람을 맞아 앞뒤로 부드럽게 흔들린다. 나는 떨리는 두 손을 내려다본다. 충격으로 몸을 조그맣게 웅크리고 있다가 일어서니 마치 내 관절들이 핀으로 꿰여 있어서 모든 게 연결되어 있지만 또 한편으로는 독립적으로 움직이는 것만 같다. 그런데 갑자기 줄노랑가지나방 한 마리가 내 주위를 파닥이며 날아다닌다. 날개에 잉크가 쏟아진 얼룩 같은 검은 반점들이 있는 나방이다. 오버 오빠의 나비 상자에서 탈출한 모양이다. 그렇지 않고서야 12월에 나비나 나방이 보일 리가 없다. 원래대로라면 동면에 들어가야 하니까. 나는 나방을 손으로 움켜서 귀에 가져가본다. 원래 우리는 오버 오빠의 것은 머리카락이든 장난감이든 간에 아무것도 만져서는 안 된다. 우리가 만지면 오빠는 길길이 날뛰며 욕을 한다. 심지어 오빠의 정수리도 마찬가지다. 오빠는 항상 자기 정수리를 손으로 누르고 다니지만 우리에겐 손도 못 대게 한다. 나는 내 손 안에서 공포에 빠져 퍼덕거리는 나방의 날갯짓 소리를 듣다가 주먹을 꽉 말아쥔다. 나쁜 말을 끼적인 종잇조각을 구겨뜨리듯이. 정적이 흐른다.

내 안의 폭력만이 소음을 일으킨다. 소음은 점점 커져간다. 마치 슬픔처럼. 벨러의 말마따나 오로지 슬픔만이 공간을 필요로 한다. 반면 폭력은 공간을 그냥 차지한다. 나는 죽은 나방을 손에서 떼어내 눈밭에 떨어트린다. 그리고 장화 신은 발로 그 위에 눈을 밀어 덮는다. 싸늘한 무덤이다. 화가 난 나는 축사 벽에 주먹을 휘둘러 손마디가 까지도록 후려친다. 이를 악물고서 축사 칸막이들을 바라본다. 얼마 지나지 않아 이 축사는 젖소들로 다시 채워질 것이다. 부모님은 새로 주문한 소들을 기다리고 있다. 아빠는 사료 저장고에 페인트칠도 새로 했다. 저장고가 너무 눈길을 끌어서 죽고 싶어하는 엄마의 마음을 자극할까 봐 걱정된다. 문제는 모든 게 정상으로 돌아간 듯 보이리라는 것이다. 맛히스 오빠의 죽음과 구제역 이후에도 모두가 자기 삶을 살아가듯이. 하지만 나는 아니다. 죽음을 향한 갈망은 전염성이 있는지도 모른다. 아니면 하나의 반에 들끓는다는 머릿니처럼 이 사람 머리에서 저 사람 머리로—이번에는 내 머리로— 뛰어 옮겨가는 것인지도. 나는 눈밭에 털썩 드러누워 양팔을 위아래로 움직여본다. 지금 일어날 수만 있다면 얼마나 좋을까. 내가 도자기로 만들어졌고 누군가가 나를 실수로 떨어뜨려 산산조각 낸다면, 그래서 나를 보고 내가 부서졌다는 걸, 포일에 싸인 그 빌어먹을 천사들처럼 아무짝에도 쓸모가 없어졌다는 걸 알아준다면 얼마나 좋을까. 내 입에서 나오는 입김이 가늘어진다. 손바닥에 닿던 장도리 손잡이의 감촉이, 수탉 울음소리가 아직까지 생생하다. "너희는 죽이지 말고 스스로 복수하지 말지니라." 나는 복수를 해버렸고, 그렇다면 재앙 하나가 더 남았다는 뜻이다.

갑자기 누군가의 두 손이 내 겨드랑이 밑을 잡더니 나를 일으켜세운다. 몸을 돌려보니 내 앞에 아빠가 서 있다. 아빠의 검은 베레모가 검은색이 아니라 흰색이 되었다. 아빠는 천천히 손을 내 뺨 위로 올린다. 그 순간 나는 우리가 우시장 사람들처럼 서로 손을 철썩 치고 내 고기가 건강한지 병들었는지 평가할 거라는 생각이 든다. 그런데 아빠의 손가락이 구부러지더니 내 뺨을 살며시 어루만지고 지나간다. 너무나 순식간에 벌어진 일이어서 나는 그 일이 실제로 일어난 게 맞는지, 차가운 공기 속에 뿜어져 나오는 우리의 입김으로 내가 손을 상상해냈을 뿐 실제로는 바람이 스쳐 지나간 게 아닐까 긴가민가하다. 나는 부르르 떨면서 마당에 흩어진 핏자국을 돌아본다. 하지만 아빠는 그걸 보지 못했다. 게다가 눈이 서서히 죽음을 감춰주고 있다.

"안으로 들어가렴. 내가 금방 가서 코트를 벗겨주마."

아빠가 축사 옆쪽으로 가서 사탕무 분쇄기를 작동시킨다. 아빠가 손잡이를 꽉 붙잡고 돌리자 녹슨 바퀴가 삐걱삐걱 돌아가며 사탕무 조각들이 주위로 흩날리고, 대부분은 금속 바구니에 떨어진다. 토끼들에게 주려는 것이다. 녀석들은 사탕무 조각에 사족을 못 쓴다. 나는 눈밭에 발자국을 남기며 걸음을 옮긴다. 누군가가 나를 찾아낼 것이라는 희망이 자꾸만 커져간다. 누군가가 나 자신을 찾게 도와주고, 말해주기를. "차갑게, 차갑게, 미지근하게, 따뜻하게, 더 따뜻하게, 뜨겁게."

들판에서 돌아온 오버 오빠에게서는 아무런 변화도 보이지 않는다. 오빠는 아빠를 등진 채 내 앞에 서더니 내 코트 지퍼를 잡고 위로 확 끌어올린다. 내 턱의 살갗이 지퍼에 끼인다. 나는 비명을 지르며 뒤로 물러나 조심스럽게 지퍼를 내린다. 따가운 살갗을 만져보니 지퍼의 금속 고리에 긁혀 생채기가 났다.

"배신이란 그런 느낌인 거야. 그리고 이건 시작일 뿐이야. 아빠에게 그게 내 아이디어였다고 말하기만 해봐, 그러면 그야말로 철저히 배신당하게 될 테니."

오빠가 속삭이며 손가락으로 자기 목을 긋는 시늉을 한다. 그리고 몸을 돌려 아빠에게 손을 들어 인사한다. 오빠는 아빠와 같이 축사에 들어가도 된다고 허락받았다. 너무나 오랜만에 아빠는 자기 소들이 몰살당한 장소로 돌아갈 참이다. 아빠는 내게도 따라오겠느냐고 묻지 않고 나를 추위 속에 놔두고 떠난다. 나는 지퍼에 살갗 조각이 끼어 있고, 한쪽 뺨은 아빠의 손길 때문에 화끈거리는 채로 서 있다. 예수님이 말했듯나도 아빠에게 내 다른 쪽 뺨을 보여주었어야 했다. 아빠가 진심으로 그런 행동을 한 게 맞는지 확인하기 위해. 나는 목장으로 발길을 돌린다. 하나가 눈덩이를 굴리고 있다.

"내 가슴 위에 거인이 앉아 있어."

나는 하나의 앞에 이르러 말한다. 하나가 눈덩이 굴리기를 멈추고 고개를 든다. 꽁꽁 어는 추위에 개 코가 빨갛게 물들었다. 하나는 맛히스 오빠의 푸른 손모아장갑을 끼고 있다. 수의사 아저씨가 호수에서 가져왔던, 저녁 식사용 고깃덩어리처럼 가스레인지 뒤 접시 위에 놓고 해동했던 바로 그 장갑이다. 엄마는 오빠가 장갑을 잃어버릴까 봐 걱정해서 끈을 매달아놨는데, 오빠는 그게 유치하다고 생각했다. 그때 엄마는 손가락이 어는 것이야말로 가장 끔찍한 일이라고 말했다.
심장이 너무 오래 차갑게 식는 것이 얼마나 끔찍한 일인지에
대해서는 생각도 못한 채.

"거인이 거기서 뭐하는데?"

하나가 묻는다.

"그냥 무거운 몸으로 앉아 있어."

"언제부터?"

"꽤 오래전부터. 하지만 이번에는 비켜주지 않겠다고 버티
고 있어. 오버 오빠가 아빠랑 같이 축사에 들어갔을 때부터
이래."

"아, 질투가 나는 거구나."

"아니야!"

"그런 거야. 주님은 거짓말하는 거 싫어하셔."

"거짓말이 아니야."

나는 가슴을 부풀렸다가 장도리에 얻어맞은 듯 다시 웅크
린다. 장도리의 감촉이 자꾸만 느껴진다. 샤워한 지 오래된
오버 오빠가 내 몸 위에 엎드렸을 때의 느낌처럼. 오빠가 아
빠와 같이 있다고 해서 질투가 나는 게 아니다. 다만 아빠가
아끼는 수탉의 죽음에 나만큼이나 오빠도 책임이 있으면서
정작 오빠는 눈밭에 나자빠지지 않았다는 것, 그 사실에 질투
가 난다. 어째서 오빠는 우리를 얼음처럼 차가운 작전들로 끌
어들이면서도 감기 한번 걸리지 않나? 나는 하나에게 수탉에
대해, 내가 엄마 아빠를 살리기 위해 바친 제물에 대해 말하
고 싶다. 하지만 결국 아무 말도 하지 않는다. 하나를 괜히 걱
정시키고 싶지 않다. 그리고 그런 말을 했다가는 하나가 다시

329

는 침대에서 내게 다가붙지 않을지도 모른다. 너무나 많은 것이 숨겨져 있고 개 생각보다 더 많은 일을 할 수 있는 내 가슴에 개가 기대어오는 일도 없어질지도 모른다. 그러고 보면 예전에도 이런 오후가 있었다. 일기장의 한 페이지를 다음 페이지에 딱풀로 붙였다가 나중에 살살 다시 떼어냈을 때. 우선 무언가를 없애버렸다가 나중에 정말로 그 일이 일어난 게 맞는지 확인하는 것이다.

"언니 자신을 더 크게 키워서 거인을 작게 줄이면 되잖아."

하나가 눈뭉치 두 개를 위아래로 붙이며 말한다. 머리와 몸통 부분이다. 그걸 보니 크리스마스에 하나와 오버 오빠와 함께 눈사람을 만들고 하리라는 이름을 붙였던 때가 생각난다.

"하리 기억나?"

나는 하나에게 묻는다. 그러자 하나의 입꼬리가 올라가면서 개 뺨이 하얀 접시 위에 올려진 모차렐라 덩어리처럼 툭 불거진다.

"우리가 당근을 엉뚱한 데에 꽂았던 눈사람 말이지? 엄마가 완전 난리가 나서 그해 겨울에 먹을 당근을 몽땅 토끼들한테 줘버렸잖아."

"네 잘못이었지."

내가 씩 웃으며 말하자 하나가 반박한다.

"가게에서 본 그 잡지 때문이었어."

"다음 날 아침에 보니 하리는 없어졌고 아빠는 응접실에서 눈 녹은 물을 뚝뚝 흘리고 있었지."

"이건 중대 발표다. 하리는 죽었다."

하나가 짐짓 굵은 목소리로 말한다.

"그런 이후에는 식탁에 절대로 콩과 당근이 올라오지 않았어. 콩만 먹었지. 부모님은 우리가 또 당근을 보면 더러운 생각을 할까 봐 너무 무서웠던 거야."

하나가 등을 굽히며 깔깔 웃는다. 나는 나도 모르게 두 팔을 벌린다. 하나가 무릎에 묻은 눈을 털어내고 일어서더니 나를 껴안는다. 환한 대낮에 이렇게 안고 있으니 이상한 기분이다. 낮에는 우리 팔이 더 뻣뻣해지고, 저녁에는 우리 얼굴처럼 팔에도 젖소 연고를 바른 것만 같다. 하나가 코트 주머니에서 부러진 담배 한 개비를 꺼낸다. 마당에서 찾았다고 한다. 오버 오빠의 귀에서 떨어졌을 것이다. 마을 남자애들이 다들 귀 뒤에 담배를 끼우고 다니니 오빠도 그렇게 한다. 하나는 그걸 입에 잠깐 물더니, 눈사람에 꽂힌 당근 아래에 꽂아넣는다.

13

나는 내 손을 본다. 손마디가 불그스름하고 두 군데는 살갗이 까졌다. 그 부분의 살만 더 짙은 분홍색이고 가장자리에 피가 묻어 있어, 부러진 새우 머리처럼 보인다. 나는 헛간으로 가서 장화를 만지지 않고 벗으려고 한쪽 발로 다른쪽 발꿈치를 누른다. 장화 벗는 기구를 쓰고 싶지는 않다. 그것은 더 이상 아무도 도움을 청해오지 않아 혼자서 외롭게 서 있다. 젖소들이 떠난 후로 엄마 아빠는 검은 나막신만 신는다. 오래전에 우리는 주철로 된 장화 벗는 기구도 썼지만 기형이 된 아빠의 다리 때문에 휘어져버렸다. 나는 장화를 걷어차 벗고 부엌으로 통하는 문을 건넌다. 부엌은 티끌 하나 없이 깨끗하고 심지어 의자들도 식탁에서 동일한 간격을 두고 놓여 있다. 조리대에는 커피잔들이 행주 위에 엎어져 있고 그 옆에 티스푼들이 가지런히 정렬되어 있다. 조리대 위 메모패드에는 "잠을 설침"이라고 쓰여 있는데, 그 위에 적힌 날짜를 보니 젖소들이 살처분되기 하루 전이다. 엄마는 구제역이 터진 이후로 짧은 문장으로 일기를 써왔다. 젖소들이 죽은 날에는 "서커스가 시작되었다"라고 쓰여 있다. 그게 다다. 메모 패드 옆에는 쪽지가 하나 놓여 있다. "응접실에 손님들 오심. 조용히 할 것."

나는 양말바람으로 살금살금 거실로 들어가 응접실 문에 귀를 대본다. 교회 원로들이 엄숙한 목소리로 대화하는 소리가 들린다. 그들은 일주일에 한 번씩 "설교가 열매를 맺었는지", "말씀의 씨앗이 뿌려진 이후 작물이 자랐는지" 보러 온다. 우리가 독실한 신앙인인지, 하나님의 말씀과 렝케마 목사님의 설교를 잘 듣는지. 그런 다음에는 늘 용서에 대해 이야기하면서 커피를 빙글빙글 젓는다. 그때마다 그들의 꿰뚫는 듯한 시선이 내 배 속에도 소용돌이를 일으키는 것 같다. 보통은 엄마 아빠만 손님맞이를 하고, 우리 세 왕은 한 달에 한 번만 그 자리에 동참한다. 원로들은 주로 우리가 성경에서 어느 부분을 잘 아는지, 그리고 인터넷과 알코올, 성장기에 넘치는 활기, 우리 외모 등에 대해 어떻게 대처하고 있는지 혹은 어떻게 대처할 생각인지 묻는다. 그런 다음에는 으레 경고가 이어진다. "성결해지는 것은 의로워지는 것과 이어진단다. 두 가지는 분리될 수 없는 거야. 바리새인들의 누룩을 조심하렴*."

이제 새 젖소들이 도착할 예정이라 아빠는 준비하느라 바빠서 엄마 혼자서만 손님맞이를 해야 한다. 방문 맞은편에서 원로들이 묻는 소리가 들린다.

"지금 자매님 삶의 방식은 얼마나 순수한가요?"

나는 나무 문에 귀를 더 바짝 붙여보지만 대답은 들리지 않는다. 엄마가 속삭이는 데에는 그 자체로 의미가 있다. 하나님이 듣지 않기를 바라는 것이다. 하지만 교회 원로들의 귀

---

* 마태복음 16장 6절의 가르침.

도 어차피 하나님에게 속한다는 것을 우리 모두 알고 있다. 결국 하나님이 그들을 만든 것이니까.

"쇼트브레드 비스킷 드시겠어요?"

엄마가 갑자기 큰 소리로 묻는다. 베아트릭스 여왕의 두상이 그려진 비스킷 통이 열린다. 쇼트브레드의 섬세하고도 달콤한 향기가 여기까지 전해진다. 쇼트브레드는 커피에 적셔서는 안 된다. 그 즉시 부스러져버리기 때문에 티스푼으로 커피 밑바닥을 긁어야 먹을 수 있다. 그런데도 원로들은 매번 머그컵에 비스킷을 담근다. 마태복음에 나오는 세례식 의식문을 나직이 외우며 연약한 아이들을 물에 담가 세례를 주는 목사처럼 조심스럽게.

시계를 보니 원로들의 가정 방문은 이제 막 시작된 것 같다. 앞으로 한 시간은 더 걸릴 거라는 뜻이다. 완벽한 상황이다. 이제부터 나를 방해할 사람은 아무도 없다. 나는 지하실 문을 살짝 두드리고 속삭인다.

"친구."

아무 반응도 없다. 아빠의 수탉을 죽인 이후로 나는 '친구들' 중 한 명이 될 수 없다. 하지만 "적"이라고 불러봐도 아무 소리도 들리지 않는다. 초조하게 발을 끄는 소리도, 애플 소스 단지 뒤에 황급히 숨는 소리도. 그런데 애플 소스는 이제 거의 다 먹어서 떨어졌을 것이다. 오버 오빠와 하나가 빵을 비롯해 무엇에든 애플 소스를 발라 먹으니까.

나는 문을 밀어 열고 벽을 더듬어 전등 줄을 찾아 당긴다. 불빛이 가물거려서 켜지려나 말려나 싶더니 마침내 켜진다. 지하실에서는 도넛과 애플 프리터로 가득 찬 양동이들에서 새어 나오는 기름 냄새가 풍긴다. 유대인은 어디에도 보이지 않는다. 코트에 붙은 야광별들의 빛도 없다. 선반 위의 프랑크푸르트 소시지 통들과 달걀술 병들 옆에는 블랙커런트 주스 병들이 고이 놓여 있다. 유대인들이 도망친 걸까? 엄마가 미리 경고해서 어딘가 다른 곳에 숨었나? 나는 등 뒤의 문을 닫고 거미줄을 피해 고개를 수그리며 지하실 더 안쪽으로 들어가본다. 더 이상 아무도 숨어 있지 않은 곳에 깔린 정적이 회색 거미줄과 비슷해 보인다. 나는 주머니 속 두꺼비들을 만져본다. 녀석들은 마침내 서로의 위에 올라탄 채로 내 코트 천에 얼음덩이처럼 들러붙어 있다.

"금방 풀어줄게."

나는 출애굽기에 나오는 구절을 떠올리며 녀석들을 안심시킨다. "너는 이방 나그네를 압제하지 말라 너희가 애굽 땅에서 나그네 되었었은즉 나그네의 사정을 아느니라*".

이제 두꺼비들을 놓아줄 시간이다. 녀석들의 피부가 엄마가 마트에서 사온, 설탕 크림이 든 개구리와 쥐 모양 초콜릿처럼 차가워졌기 때문이다. 나는 그 초콜릿의 은박 포장지를 늘 손톱으로 반듯하게 펴서 간직한다. 어제 텔레비전에서 디우에르티어 블록이 보라색 개구리 머리를 베어먹고는 속에 든 흰 아이스크림을 보여주었다. 그녀는 윙크하더니 모든 게 잘될 거라고, 성 니콜라스의 동료들이 길을 잃긴 했지만 어느 눈썰미 좋은 농부가 그들을 찾아내서 제 갈 길로 되돌려줬다고 했다. 그러니 굴뚝을 아이들의 마음처럼 깨끗하게 청소해

* 출애굽기 23장 9절.

놓기만 한다면 모든 아이들이 제때 선물을 받을 거라고 했다.

그 뒤에 엄마는 다리미질을 하며 '링고'를 보았다. 하나는 엄마가 언젠가 방송에 나가야 한다며, 우리가 엄마 이름으로 신청해야 한다고 했다. 하지만 나는 초조하게 고개를 저었다. 엄마가 텔레비전 화면 너머로 넘어가버리면 다신 돌아오지 못할 것이다. 아니면 화면이 치직거릴 때 픽셀로만 나타나거나. 그러면 아빠는 어떻게 되나? 그리고 뒤죽박죽이 된 단어는 누가 알아맞히나? 엄마는 그걸 잘한다. 어제는 D로 시작하는 단어가 나왔는데, 처음으로 엄마는 못 맞혔다. 그런데 나는 단번에 알아맞혔다. duisternis(어둠). 그건 무시할 수 없는 징조처럼 느껴졌다.

나는 벽 옆의 냉동고 앞에서 멈춰선다. 그 위에는 천이 덮여 있고 천 귀퉁이에 과일 모양 추가 달려 있다. 지하실엔 바람이 불지 않으니 추를 달 필요가 없는데도. 어쨌든 나는 천을 벗기고 냉동고 뚜껑을 열어본다. 얼어붙은 크리스마스 슈톨렌*들만 보인다. 엄마 아빠는 매년 정육점, 스케이트 협회, 노동조합에서 슈톨렌을 선물받는다. 너무 많아서 우린 다 못 먹고, 닭들마저도 질려서 안 먹으면 그냥 닭장 안에서 썩어가게 놔두곤 한다.

냉동고 뚜껑은 엄청나게 무겁다. 고무 패킹에서 문짝을 떼어내려면 있는 힘껏 당겨야 한다. 그래서 엄마는 우리에게 늘 경고했다. "냉동고에 빠져버리면 크리스마스 때까지 못 보는 줄 알아." 나는 꽝꽝 얼어붙은 하나의 몸을 엄마가 꺼내는 상

---

* 독일 등지에서 크리스마스 철에 즐겨 먹는, 견과와 과일과 향신료가 든 빵.

상을 하곤 했다.

뚜껑을 열자마자 나는 냉동고 옆에 서 있는 막대기를 뚜껑 아래에 받쳐서 열린 상태로 놔두고, 열린 틈 안으로, 얼음에 난 구멍 속으로 몸을 비집어 넣는다. 맛히스 오빠가 생각난다. 오빠는 이런 기분이었을까? 오빠의 호흡은 급작스럽게 끊어졌을까? 문득 수의사 아저씨가 에베르천 아저씨와 함께 오빠를 물에서 꺼냈을 때 했던 이야기가 기억난다. "저체온증에 걸린 사람은 도자기처럼 조심조심 다뤄야 해요. 살짝만 건드려도 치명적일 수 있어요"라던. 지금껏 내내 우리는 맛히스 오빠가 우리 머릿속에서 산산조각으로 부서지지 않게끔 지극히 조심스럽게 다뤘다. 오빠에 대한 이야기도 꺼내지 않을 만큼.

나는 크리스마스 슈톨렌들 사이에 누워서 배 위에 두 손을 포갠다. 내 배는 또 꽉 차서 부풀어올랐다. 코트 너머로 살을 찌르는 압정이, 냉동고 내벽에 언 얼음이 느껴진다. 스케이트가 얼음을 쌩 가르는 소리도 들린다. 나는 코트 주머니에서 두꺼비들을 꺼내 내 옆에 내려놓는다. 녀석들의 피부가 푸르스름하고 눈은 감겨 있다. 어딘가에서 읽은 바에 따르면, 두꺼비들이 서로의 위에 올라탈 때는 수컷의 엄지손가락에 검은 뿔 같은 혹이 생겨나서 암컷을 더 단단히 붙잡을 수 있게 된다고 한다. 녀석들이 너무나 조용히 바짝 붙어 있어서 나는 마음이 뭉클해진다. 나는 초콜릿 개구리들에게서 벗겨낸, 반듯하게 펴놓은 알록달록한 은박지를 코트 주머니에서 꺼내서 그걸로 두꺼비들의 몸을 살며시 감싸준다. 이렇게 해주면

따뜻할 것이다. 그리고 더 이상 생각하고 말고 할 것도 없이
나는 냉동고 뚜껑을 받친 막대기를 걷어차고 중얼거린다.

"나도 갈게, 사랑하는 맛히스 오빠."

탕 하는 소리가 요란하게 울리고 냉동고 안의 불빛이 꺼진
다. 사방이 새까맣고 조용하다. 싸늘하게 조용하다.